喜看家乡新变化

——“我的家乡（村庄、家庭）环境变化大”主题征文优秀作品集

灵宝市教育体育局◎编

河南科学技术出版社
·郑州·

图书在版编目（CIP）数据

喜看家乡新变化 / 灵宝市教育体育局编 .—郑州：河南科学技术出版社，2019. 5（2023. 2 重印）

ISBN 978-7-5349-9553-8

Ⅰ. ①喜…　Ⅱ. ①灵…　Ⅲ. ①中国文学-当代文学-作品综合集　Ⅳ. ①I217. 1

中国版本图书馆 CIP 数据核字（2019）第 095537 号

出版发行：河南科学技术出版社
　　地址：郑州市郑东新区祥盛街 27 号　　邮编：450016
　　电话：（0371）65788139　65788613
　　网址：www. hnstp. cn
策划编辑：李肖胜　冯俊杰
责任编辑：杨　莉　樊晓辉　冯俊杰
责任校对：冯扬帆
封面设计：张德琛
责任印制：张艳芳
印　　刷：永清县晔盛亚胶印有限公司
经　　销：全国新华书店
开　　本：720 mm×1020 mm　1/16　　印张：20. 5　　字数：380 千字
版　　次：2019 年 5 月第 1 版　　2023 年 2 月第 2 次印刷
定　　价：50. 00 元

《喜看家乡新变化》编委会

策　　划：王跃峰　王高峰　郭仙朋

主　　任：张少波

副 主 任：严过慈　何赞朝　贠智民　杨杰伟

执行编辑：许宏博　郭兴华　黄　敏　赵飞燕

序　言

张少波

灵宝，就如她的名字一样，物华天宝、人杰地灵。这里有《山海经》中记载的华阳山、夸父山，有国家六大探源工程之首西坡新石器时代遗址考古发掘项目，有灿烂的仰韶文化、龙山文化，有老子著经的千年雄关函谷关。2018 年以来，这座文化之城又焕发了勃勃生机，一场打造“环境美、田园美、村庄美、庭院美”的“美丽之战”在灵宝城乡各处拉开了序幕。

这场推进文明城市创建和百城建设提质的“美丽之战”，既是灵宝市委、市政府贯彻落实习近平总书记视察指导河南时重要讲话精神的重大决策部署，也是践行新发展理念、回应群众新期待的一项具体行动，是推动提升城市品质、增加群众幸福感获得感的重要举措。全市广大干部群众积极行动、主动作为，推进城乡环境面貌焕然一新；以非常之举、非常之力、非常之功，肩扛所扛、扛起担当，打好“美丽之城”的创建之战；以“零容忍”态度打击违法建设、违章建筑，持续开展城乡环境卫生大整治行动，加大廊道绿化建设力度，打好环保治理攻坚战，深入开展精神文明建设活动。

为了全面展示灵宝的新变化，尽显家乡之美，纵深推进大整治攻坚行动，形成长效巩固提升态势，中共灵宝市委宣传部、灵宝市教体局、共青团灵宝市委、灵宝市文联联合举行“我的家乡（村庄、家庭）环境变化大”主题征文比赛。号召师生与家长做一个发现者，关注家乡新变化；做一个体验者，感受变化；做一个聆听者，倾听变化；做一个参与者，推动变化；做一个歌咏者，展现变化；做一个传播者，宣传变化。

征文大赛启动后，广大师生、家长进乡村进社区，走访干部群众，

了解家乡建设历史，对比家乡旧貌新颜变化，见证“打违治乱”“一村一品”及廊道绿化工作的新成效。各学校邀请法制辅导员开展法制讲座、专题报告，分析典型案例，普及法律常识，强化师生、家长法制意识。此次盛大赛事，是一次文字的饕餮盛宴。一大批热爱家乡的仁人志士拿起生花妙笔，书写家乡的喜人变化，讴歌为我市打造生态宜居城乡环境做出贡献的人。他们将手中的笔转化成嘹亮的传声筒，激情动员广大市民积极参与到城乡环境大整治攻坚行动中来，推进巩固大整治攻坚行动的硕果，从而使这片土地上的人们切实养成文明生活的习惯，以便人人争做遵纪守法爱护城乡环境的优秀市民。短短半个月的时间，各基层学校纷纷组织不同层级的选拔活动。经过两个多星期的写作及稿件征集，最终征集到693篇。其中，在职教师179篇、学生家长168篇、高中学生54篇、初中学生110篇、小学学生182篇。大赛在“金城传媒”“灵宝教体局”等微信公众号上陆续推出优秀征文作品30篇。

这些作品富有生活气息，立足于新时代社会主义核心价值观，站立于新时代发展建设之高点，有细致的体验和独到的视角。作品从小处着眼，表现了发展中的文明、现代灵宝与时俱进的变化历程，践行了“绿水青山才是金山银山”的全新理念。作品激浊扬清，表现出对家国社会的负责，对时代重任的担当。作品还注意布局谋篇、化大为小，视角具体明确，小口切入，纵深剖析，着眼于灵宝的特点，从景物、特产、文化、交通、百姓生活、城市建设、名胜古迹、历史故事等方面，表现灵宝的时代变迁，抒情感人，说理透彻。

征文活动评选期间，主办单位邀请省、市级作协会员参与了评选活动。通过优中选优，最终编辑出版了《喜看家乡新变化》征文优秀作品集。本书是一个关于“美丽”的见证，它绘就了一幅“生态、美丽、宜居”的家乡新貌，见证了灵宝人民在建设“生态、美丽、宜居”家乡之路上洒下的汗水、留下的足迹，书写了灵宝人民昂扬的斗志及奋斗的历史。以此为序，以纪念这一次关于“美丽”的奋斗史。

目 录

第一部分 教师组

第二部分　家长组

第三部分　高中生组

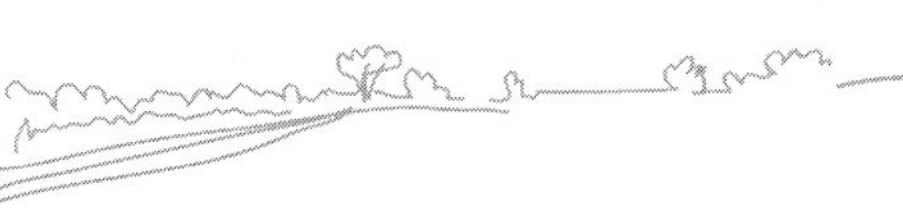

第四部分　初中生组

第五部分　小学生组

第一部分　教师组

弘农涧河记忆

灵宝市教育体育局　苏旭升

那双叫作“自然”的大手没有吝啬任何对秦岭的勾画雕刻，弘农涧便是其杰作之一，孕育于豫陕界的河因涧得名弘农涧河，自南向北，过灵宝城自函谷关入黄河。

我喜欢弘农涧河，我从小就厮磨于她的怀抱。

我的初中生活，是在老家五亩乡度过的。学校操场外的弘农涧河，清凌凌的河水里满是我洗脸濯足的记忆。在灵宝县城读高中时，弘农涧河流淌在院墙外，每逢周末，乱河滩里泛起的一波波水仗是最欢娱的。上班不几年，我就进了城。刚开始还有点小兴奋，可没过多久，新鲜感没了，觉得作为灵宝母亲河的弘农涧河，从建设到管理，水平都不够档次，缺少应有的层次和品位。

灵宝，自古通洛阳、达长安，连京都、接帝畿。灵宝人，吮吸着涧河母亲的乳汁，自然不甘于母亲的干瘪枯瘦，誓要改变旧模样，对母亲河的整修改造几乎从未间断。上游，加固了窄口水库，给肆虐的雨水套上了笼头，“龙湖”景区便是她昂起的头；中游，疏浚河道，整修河岸，沿河两岸的一个个白墙红瓦新农村是她新换的彩装；城区段筑堤成湖、建桥便民，不断拉大的城市框架和逐步提升的城市品位体现了她的雍容华贵；下游，培育了十多公里的沿河樱花大道，新修的连霍高速公路、郑（州）西（安）高铁、三（门峡）灵（宝）快速通道、310国道正是母亲百褶裙上拉起的横纹。

我是看着弘农涧河变化的，也是在她的变化中成长的。

印象中，弘农涧河的治理，灵宝城市的建设，几十年来从未停过。微信上传着一个笑话：一个农村小伙在灵宝做建筑，年年春节都给家里发信、打电话，总说我在灵宝治理涧河，城市建设工期紧，今年不回家过

年。

几十年来，小伙子在灵宝治理涧河，我在灵宝教书育人，岗位不一样，目标却相同，都在为母亲河、为灵宝美好的明天而努力。我不敢说，弘农涧河两岸的每一寸土地都有我的足迹，但我敢说，它的每一丝变化，我都是见证者。在河岸流连、逡巡久了，我便有了自己喜欢的地方：新华广场、体育馆和沿河公园。

新华广场是灵宝老城的标志性广场。新灵桥西 500 米的三角地带，聚拢了新华书店、邮电局、几大银行等。我最喜欢光顾的是新华书店，买不买看一看，心里也踏实。几个店员待我都很好：看吧，爱书的人前程都是不可限量的——可惜这句话没有应验在我身上啊！20 世纪末已搬到新址的书店分类更细、藏书更多、功能更全了，连标语都由“书籍是人类进步的阶梯”换成了“咖啡厅里の书屋，享受你的午后时光”。邮电局是我的最爱，高中时，我的第一笔稿费便是从那里取出来的。还记得那次又去取稿费，柜台里的胖阿姨笑着说，好样的，一定要坚持写下去啊！现在，每每经过老邮电局，总有一种愧疚默默涌上心头。

体育馆是灵宝新区恢宏建筑的代表。我读大学期间，灵宝城向东跨越了弘农涧河，每次回灵宝，都能够发现灵宝城体量在增大，市容在变靓，体育馆就是在那个时期建成的。参加工作后，每年灵宝春节联欢晚会的演播、元宵节礼花的燃放，我都徜徉在体育馆热闹的氛围中。现在，绕着标准化的塑胶跑道走圈成了我每晚的必修课，那群踩着铿锵鼓点雄赳赳阔步的队伍在一天天壮大。

沿河公园的修建，美化了弘农涧河，也让灵宝城不断蜕变。横跨涧河的六座桥，彩虹卧波般将灵宝的新区、老区、北区连通；河岸郁郁葱葱的花草树木装扮着公园的每一寸肌肤；鳞次栉比、不断拔高的楼群使灵宝的现代化气息日益浓郁。

那个周末，我专门从环城桥开始，沿河滨路向北，越新灵桥、东关桥、思平桥、桐沟桥、金银吊桥，经银水湖公园、路园、虢园、养生文化园、金水湖公园折回，就像自己跟自己玩游戏，仿佛熊大附体，大汗淋漓却心情舒畅，对于母亲河的变化，心中那份喜悦难以言表。

以前，过涧河步履匆匆，现在我喜欢坐在河岸。甚至从黄昏坐到天黑，看河畔金柳下悠闲的老人们下棋谈天。那个鹤发童颜的大爷棋下得真叫精，摆一盘棋不到十秒，走一步棋更快，往往是对手刚放棋，他便“嘣”一声按下了自己的棋子，赢多输少却从不喜形于色。你歪头呆看，他只做自我，淡定啊！

有时我会靠在河栏，看桥上车来人往、河里游船悠悠、湖面野鸭翩翩。灵宝城路宽了，楼高了，老区、新区、北区、工业园区、产业园区……一个比一个漂亮。弘农涧河，可以名副其实地称为灵宝第一主河了。

一场春雨后，天刚放晴，一条新的弘农涧河，一个新的灵宝城展现在人们眼前。夜幕降临，雨后的河岸灯格外炫目，高楼群中的霓虹在天幕下争奇斗艳。涧河的夜开始了，夜的灵宝更加迷人。

此时，沿河十余公里的樱花公园雏形已现，明年，“廿里樱花醺函关”的景致必将招徕四方宾朋。灵宝，这座历史悠久的城市，正以前所未有的速度前进着……

“厨房革命”静悄悄

五亩乡桂花小学　郭泽生

好久没有回乡了，思乡之情像陈年老酒，越酿越浓。趁着清明节祭祖扫墓之际，我带着家人回了一趟农村老家。

刚到村口，我们一家人就大吃了一惊，不由得啧啧称赞，这还是我们那个村吗？你看，原先“晴天一身土，雨天一身泥”、坑坑洼洼的土路不见了，一条水泥砂石混凝土硬化路宽阔平整，蜿蜒如游龙，路两旁是一棵棵挺拔威武的青松，像仪仗队在列队欢迎我们；青松下是修剪成型的冬青、花花草草，村边那条静静流淌了千百年的弘农涧河，也仿佛一下子返老还童了，两岸是行行垂杨柳，碧绿的麦田、金黄的油菜花田，正是“一水护田将绿绕，两山排闼送青来”。新修的小桥头是一丛丛翠竹，迎风摇曳，舞姿翩翩。小桥旁，新修了拦水坝，形成了两个小湖泊，湖面一艘小游艇在等待我们垂钓或巡游……

进了村，变化就更大了，几乎让我们认不出来——那大片大片不知住过多少代人的土坯房、老院落不见了踪影，拔地而起的是一排排黛瓦白墙的楼房，一户户都是油漆铮亮的大铁门院落，高大气派。村子中央是新修建的一座戏台，戏台前方，是村民文化健身广场，绿树红花，各种健身器材，老人、孩子们正在健身、嬉戏……广场边，“绿水青山就是金山银山”的标语横幅，红底白字，格外醒目……

我们来到了大哥家。哥哥嫂子一家子热情地招呼我们。一见面，大哥就给我们报告了一个好消息：我们村去年被批准为河南省新农村建设示范点了！到了做午饭的时候了，“啪——”，只见嫂子轻轻按下了沼气灶的开关，瓷砖贴面的灶台上，淡蓝色的火焰便欢快地在锅底下跳跃起来，呼呼作响。在端锅炒菜的刹那间，沼气燃出的淡蓝色火苗蹿起足有一尺多高。案板上还放着一套电磁炉，地上放着久已不用的蜂窝煤炉。站在一旁，大哥指着地上的蜂窝煤炉笑着说：“这些炉具，如今革命成功，光荣退休了！”和大哥一家一起吃着沼气灶上做出的香喷喷的饭菜，一边聊起他家的“厨房革命史”。

现年60多岁的大哥，是20世纪70年代毕业的高中生，爱读书，喜欢钻研技术。现在是村党支部副书记、村委会副主任，也是远近有名的能人。他管理的苹果园是当地数一数二的示范园。小时候我们家里兄妹多，做饭烧柴是令人头疼的事。记得那时，星期天和村里的叔伯们往返跑几十里山路到西山（小秦岭山脉）砍柴，翻山越岭挑回家。常常是天不亮出发，到晚上摸着黑甚至半夜里才赶回。肩膀磨得又红又肿，尝够了生活的艰辛。山坡上、地堰边、悬崖畔上的茅草野蒿，甚至连扎手刺人的酸枣枝儿……一切能烧的东西都成了乡亲们的“抢手货”。最害怕七八月连阴雨天，要是赶上一连下个十天半月的雨，烧了上顿没下顿，全家就有断炊的危险。屋外秋雨淅淅沥沥不住点地下，遍地泥泞，父亲母亲只好冒雨去折些湿树枝，做饭时烟熏得母亲直流泪，那情景至今历历在目。

早在上小学、初中时，大哥就听老师介绍过沼气用着如何如何方便，听了感觉像做梦一样。毕业回到农村后，三十多年前，爱好学习的他，从收音机里听说过，从报纸、刊物上看到过有关沼气技术的介绍，他高兴得彻夜难眠，畅想着用上沼气后的好日子，那才叫得劲儿呢！当时他已结婚成家，一家三口人，挤在一孔小窑洞里。这孔小窑洞既是厨房，又是卧室。小窑外垒了一个土灶台，烟熏火燎。过去做饭要往灶膛里塞柴草，灶灰特别多，灶台上落着一层层的柴灰。那时候，日子过得紧巴巴的，哪还有气力搞沼气。后来听说邻近地区有人建沼气池，正打算去看，却又听说失败了，他的希望也破灭了。只是在梦里用上了沼气。改革开放以后，九十年代初开始栽苹果，大哥家也和村里群众一样，手头逐渐宽裕了些，慢慢用上了蜂窝煤炉，这一用又是二十年。

十五年前，大哥家盖起了五间平房，八年前起了二层，精心装修，成了漂漂亮亮的楼房，终于实现了儿时“楼上楼下，电灯电话”的幸福生活美梦。他开辟了一间专门的厨房，宽宽敞敞，明明亮亮。他又花 300 多元买了一套电磁炉。

前几年，听说市里推广沼气富民工程，他将信将疑。直到去现场参观，亲眼看到了沼气的神奇效果以后，他才铁了心上马沼气池。按照高标准、高起点的统一池型设计、统一施工标准、统一物料供应、统一专业施工队的要求，做好“猪—沼—果”循环经济模式规划，趁冬闲在院外自家 3 亩果园里选好点，早早动工挖好池子。一开春，市、乡财政给予资助，还派来了工程队带着钢模板浇筑施工，没多久便将一个体积足足有 10 立方米的沼气池建成了，统一配备的沼气灶具、调控净化器、输气管道等，很快试气成功，派上了用场。

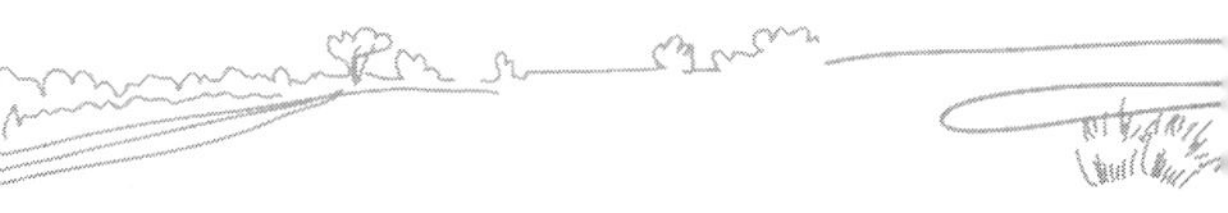

站在大哥家的方方正正的大院里，过去院里院外随地堆积晾晒的树枝柴草不见了踪影，上房台阶上养着一盆盆鲜花，高大气派的大铁院门外、院内墙根，到处都是花花草草，我眼前仿佛看见了夏秋季节月季花、芍药、美人蕉、串串红、木槿等开得正艳，泰山红宝石甜石榴、红提葡萄、中华寿桃果实累累……

“做饭烟熏火燎，茅坑臭气冲天，蚊子苍蝇乱飞，院子像个垃圾堆。”提起往日的生活大嫂说，“自从用上沼气，我们农村妇女也从灶台边‘解放’了出来。以前早上起床后开始打扫卫生，生火做饭，大概要一个小时。然后洗碗、喂猪、下地。活还没干完，又热又累又困乏，又饥又渴，回到家还得准备生火做中午饭。午后，洗衣、下地干活，紧接着又得准备晚饭了。现在和城里人用的天然气一样，烧沼气既干净又快当，按下开关就能点火做饭，十几分钟就能做好饭。秸秆杂草不用往家拿，原先堆在厨房内的秸秆、锯屑全部用来肥田。院子里、家里也干净了、清爽了。家里热水不断。没有了杂乱的柴火和腾腾的烟雾，打扫卫生也省力多了。一家人围坐在一起看电视读书报的时间增多了，乡亲们聚在一起聊天议事的机会增多了，知道的国家大事多了，学到的致富技术多了，说话办事比以前文明多了，邻里和睦多了。”

谈到沼气的好处，大哥如数家珍，屈指道来：“建一口沼气池连带改了厨房、厕所和庭院，现在卫生好多了。沼气能做饭、照明，沼液能消毒、喂猪、喷施作物叶面，可以说全部是宝。沼液浇的菜不生虫，夏天用沼气，厨房不进蚊子和苍蝇。养猪户用沼液冲刷猪圈，沼渣拌猪食，猪的毛色特别好，各种传染病都少光顾。去年我家把沼液用作叶面喷洒肥喷了6次，到了深秋叶子墨绿发亮，坐果率高、品质好，基本上不生病。据有关专家测算，建造一个8立方米的沼气池，一年可产沼气370至440立方米，能解决3至5口人的农户一年的生活燃料，每年可节约薪柴1.5吨或节煤1.5吨，节电100千瓦时左右，节约燃煤费600元左右。每年还可为10亩耕地提供肥料，每亩节约农药、化肥支出100多元。”大哥说建这个沼气池总投资大约2200元，市里补贴了500元，乡财政又补贴200元，他家建这个池子花的钱，一两年就可以全部收回。

说到兴致高时，被乡亲们称呼为“农民诗人”的大哥，随口就来了一段顺口溜：“沼气灯不用电，沼气灶能做饭，烧水炒菜都能办，沼液沼渣上果树，生产出的无公害苹果红又甜，真正做到了无污染，绿色食品市场上又能卖出好价钱……”

在大哥的带动下，我们村沼气富民一期工程共发展 12 户，12 个沼气池全部产气成功。村民们尝到了甜头，发展热情高涨，踊跃报名，我们村第二期工程沼气池发展到了 50 个。

四十年弹指一挥间。数十年沼气梦今朝圆。农家小小厨房里的变迁，让人感慨万千。大哥家静悄悄的厨房“革命”，见证了我国社会主义新农村翻天覆地的巨大变化。

情系梨湾源

河滨小学　高志萍

汽车沿着笔直的城乡公路向北行驶，春天的气息透过窗户扑面而来，窗外嫩绿的桃树叶密密麻麻地织在一起，那满树的绿色似乎要惊亮我的双眼。“万亩提子园生产基地”的展示牌在这满眼绿色映衬下格外引人注目，科学规划的提子园，一块接着一块，勤劳的村民正忙着给提子苗掐条剪枝。印象中梨湾源也是这等模样？黄土原上梨湾源村，稀稀落落几间土房。几位村妇，婆长媳短地打发时间，平平淡淡地生活，农村人的生活就是这么简单。大约过了 20 分钟便到了我阔别 20 多年的家乡——灵宝市函谷关镇梨湾源村。

“梨湾源到了！”按捺不住激动的心情，疾步下车，目之所及，眼前的景象让我心头一震。道路宽阔整洁，房屋错落有致，路旁、庭院种满了树木，呈现出一派欣欣向荣的景象。2.5 公里的村道贯穿南北，道路两旁“二十四孝”文化长廊图文并茂，以村民喜闻乐见的形式，展示了从远古帝王舜的“孝感动天”到学子仲由的“百里负米”，孝悌、孝志、孝心、孝德等内容为村里男女老少树立了孝行榜样，在春雨润无声的美德润泽下，家庭和睦，幸福绵长。

看到我们在谈论文化长廊，村里的一位老人走过来，主动和我们聊了起来：“这几年我们村里变化可大了，真是一天一个样。”

随行的孩子问道：“爷爷，能给我们说说村里发生怎样的变化吗？”

“我们有水了。”几分喜悦，几多自豪。不由让我想到二十多年前，梨湾源被称作“旱原”，这里的人们一直过着吃水靠担，种田靠天的生活，过去的一幕幕像过电影一样从眼前拂过。

“我们村有机井，和城里人一样喝的是自来水，3 座提灌站，浇水灌溉可方便了。”言语之中尽是骄傲。

“爷爷，你说，有水是不是就有钱了？”孩子们继续问道。

“当然啦！村里人都知道，梨湾源，大变样，人勤果飘香，致富奔小康。好了，你们还是听张书记介绍吧。”

在村委张书记的引导下，我们沿着平坦的村道继续前行。张书记如数家珍地讲了起来：“我们村的文化长廊主要以二十四孝、“道德经”为主。同时，还聘请了专家定期给村民上课，讲家风学家训，传承优良家风，弘扬传统美德……”

一路上，张书记讲述了梨湾源村充分发挥党员干部的先锋带头作用，严格落实党的惠农政策，激发群众干事创业的激情，以实际行动致富奔小康的故事。我和孩子也亲身感受到了勤劳的梨湾源人已从靠天吃饭、靠天喝水的观念转变为科学种植发家致富、言传身教重视文化。

文化长廊尽头，向东走进田间，几台挖掘机正在工作。“这片开阔地，村里准备修建游泳池，配套游乐园，让咱们农村人在自己的家门口也能享受像仙境一般的绿色生活。”再往前走，眼前出现一排土窑，“在这里我们将以土窑文化为挖掘点，弘扬先辈艰苦朴素的优良传统……”胸中有丘壑，脚下就有路。“千年古槐树”“黄河观景台”“梨湾御花园”未来将成为一张张靓丽的名片，为我们讲述着梨湾源人奋斗的故事。

在村子转了一圈，我们又回到了文化长廊的起点。张书记颇有感慨地说：“这几年村里变化很大。就拿葡萄种植来说吧，先后引进了阳光玫瑰、紫甜无核等10余个品种。同时，聘请专家为群众讲解种植管理技术，与旅行社合作开展‘乡村采摘一日游’活动，真正解决村民致富难、难致富的实际问题，现在葡萄种植面积已达1300多亩，村民们的干劲儿可足了。”张书记朴实的话语再次印证了文化墙上的“幸福生活是奋斗出来的”。桃树300多亩，车厘子30亩，花椒树150亩，丹参120亩，已成为该村农民增收的新渠道。我相信在市委市政府的坚强领导下，勤劳朴实的梨湾源人定会凭借自己的努力开辟出一条通往幸福生活的康庄大道。

见证了梨湾源村的变化，我是既感慨，又眷恋，抑或是自豪，多种情绪萦绕心头。仰头，点点春雨滴落脸颊，温润惬意，更多的是感到舒心。都说谷雨有雨生百谷，种下种子结硕果。这点点雨水恰似久违了的号角，催快了人们忙碌的脚步，催生了人们不懈奋斗的内心。我将怀揣着梨湾源的情义，以此为动力，全身心投入到不懈的追求中。

记忆深处的那片杏花微雨

五亩乡中心学校　田海青

清明节，我们带着儿子回老家，途中偶遇一片杏花林，一丛丛，一簇簇，从树枝开到树梢，不留一点空隙。一时兴起，我便倏地钻进杏花林不肯出来，任凭记忆深处的那片杏花微雨相伴的温润岁月扑面而来。

小时候，我和爸爸、妈妈住的是接瓦连椽的土坯房，家里没有像样的物件，记忆最深的可能就是那盏带玻璃罩子的煤油灯了。每天晚上，小桌的中间放着一盏光亮如豆的煤油灯，一家人围聚在灯下做活。我坐在小桌旁借着昏黄的灯光写作业，爸爸剥玉米，妈妈纳鞋底。“快点写，点灯熬油的，夜深了，明天还要早起上学……”常常是妈妈的唠叨还在耳畔，我就梦见周公了，一不留神，额头上的刘海发出刺啦刺啦的声音，直到一股刺鼻的烧焦味蔓延开，我才会一激灵清醒过来，使劲拍拍脑袋，装模作样地继续写作业，为此没少挨妈妈的打。

上学的那条路，虽然是村里的主路，但是坑坑洼洼，窄得只容一辆架子车通过，同时还得小心翼翼。天晴时，路面全是浮土，淘气的孩子总喜欢跺着脚一路小跑，任凭身后扯起一绺绺黄土，夹杂着一串串笑声四处飞溅。若逢雨天，浮土雨水融合，一脚踩下去，软软的、黏黏的，像踩在面团里，微微一抬脚还会扯出长丝，又似掉进了麦芽糖缸里。如若用劲过猛，就会人鞋分离，摔个四脚朝天。那时候，上学路上的记忆就是“晴天一身土，雨天浑身泥”。

学校大门旁，斑驳的土墙上“为人民服务”的字样也还记忆犹新。教室门前的台阶大约有五六层，全是由窄石条铺就而成的，雨天特别光滑，一天摔个两三次是常有的事情。教室是一座破戏台改建成的，屋顶的瓦稀稀疏疏，屋外大雨滂沱，屋里细水长流，我们就像游击队员一样，东躲西藏，只为找一处干地儿可以安心听课。窗户是用白纸贴着的，冬天遮不了风，夏天挡不了雨。哪怕是春天，手也常常是通红的，拿不住笔，翻不起纸。唯一有趣的，要属风从窗户缝挤进来，裹挟着满鼻子的香气。轻轻在窗户纸上捅个洞，好家伙！数枝粉杏喧哗着，绽放着，如云似雪像飞絮，挤挤挨挨越过墙头伸到了窗外，我们就会趁老师不注意伸手拽一朵花插在辫梢，你瞅瞅我，我瞧瞧你，相视一笑，又故作认真地听课写作业……

小学快毕业时，家里盖了红砖青瓦房，一家人告别了盛载着太多辛酸生活的土坯房，我也踩着小学时光最后的尾巴挪进了新瓦房教室，很矮很简陋，但终归是真正的教室了。初中毕业，虽说在灵宝上师范，但那时的车稀缺得很，常常是放长假了才能回去，大抵一年也就那么三四次吧。毕业后，在他乡上班，回去小住的日子更是屈指可数。再后来，工作调动了，也结婚了，偶尔回家也是匆匆而过，几乎不留宿，小时候的家乡慢慢地变成了故乡，儿时的记忆也渐行渐远。

“妈妈，我在姥姥家咋没见过你说的煤油灯？也没走过那条那么有意思的小路呢？”儿子打断了我的思绪。老公也打趣地说道：“你妈妈在忆苦思甜呢，你们这一代娃的幸福生活都是父辈们辛苦奋斗出来的。”儿子狡黠地笑着说：“我妈不是老念叨姥姥家的那片杏花吗？等我长大了，我要让这里通上高速公路和铁路，许你们三生三世都可以享受十里杏花的芬芳……”孩子的童言趣语，竟然让我泪眼婆娑，捻起飘落在衣襟上、头发上朵朵娇俏的花瓣，掸掉一身的杏花香，我们继续驱车前行。

天下起蒙蒙细雨，但一路上却没有颠簸的眩晕，没有泥坑的牵绊，平平稳稳，畅通无阻。来到村口，极目乡村田野，如画的村庄点缀在青山绿水间，质朴的教学楼在雨中静默生辉，清亮的溪水绕着畦畦良田，水泥村道从公路两旁向田间瓦舍延伸。二婶家、王大爷家门口怎么都添置了这样高端大气的绿色垃圾桶呢？环顾四周，家家户户都是如此，门口打扫得干干净净，像要过年似的。长年累月堆放着废弃物，而且早已坍塌的小磨坊也不见了，房前屋后的巷道一下子亮堂了起来。再往前走，新建的文化大院里，健身器材一应俱全，身边的胖叔自豪地告诉我：“要到晚上，村民下地回家，这里才热闹，有跳舞的，有练太极的……”乍一听，我还真似信非信，这岂不是和城里一样了？

微风轻抚，香气扑鼻。向那一排排错落有致的搬迁房寻去，白墙镶蓝边，院内花草长，窗明炊烟起，桌前饭菜香。但还是独独缺了那缕记忆深处的杏花香，怎能甘心？拐过房舍，曲径通幽之处，一股花香充斥着我的鼻腔，徘徊在唇齿舌尖。多么熟悉的味道，那分明就是久违的故乡的味道啊！细雨微风，红杏枝头，春意正浓。细细端详，这片杏花再也不是当年自生自灭、任顽劣孩童随便攀爬采摘的那片山间野杏花了。据说，去年村里引进了新品种，通过嫁接种植，科学管理、采摘并销售，已初成规模。唯一不变的还是那股清香，沁人心脾。

暮色来临，村落两边的路灯次第亮起，我们又要离开了。再次回望这熟悉而又陌生的地方，心中默念：如果岁月有痕，就让岁月留下我对家乡深深的眷恋与期望，与她们相约在杏花微雨深处，一路芬芳！

悠悠涧河水　深深弘农情

河滨小学　秦奕洁

灵宝，南依秦岭，北濒黄河，是坐落在河南省西部的一座古老而年轻的城市。厚重的历史文化在这里孕育，新兴的城市文明在这里兴起。

涧河，穿城而过，使这座城更添灵气与活力。有了水，城更显伟岸；有了城，水更添妩媚。它从朱阳镇西南部两岔河村而来，流经灵宝市区，途经函谷古道，汇入滔滔黄河。

悠悠涧河水就这样缓缓而来，静静而去，没有奔腾的波浪，没有磅礴的气势，始终静静的，静静地流淌着……滋润着涧河两岸，滋养着家乡人民。在涧河的波光里，映着家乡的朝霞暮色，映着家乡的万家灯火，映着家乡的沧桑变化。

家住涧河岸边，靠着环城桥边，记忆中环城桥至新华桥的涧河是荒凉的，孤寂的。大片芦苇丛郁郁葱葱，在风中摇曳，发出沙沙的响声，使人有种旷野的凄凉感。河岸边杂草丛生，乱石满地，靠岸的人家在河岸边开垦出一片片的菜地，种上小蒜、韭菜、大葱等蔬菜，吃时也极为方便，居住在岸边的人家不为省钱，就是多了份对劳动的依恋和自给自足的乐趣而已。但愉悦了自己，却破坏了河道。那些圈起来的一块块菜地或用栅栏围住，或用石块堆砌，或顺手找几条荆棘随手做围墙，涧河岸边被整得坑坑洼洼，斑斑驳驳。上游洗车的、涮洗的、喂牲口的来来往往，加上河里随处可见的白色垃圾，使这条原本美丽的河变得污浊不堪。每每从桥上走过，望着浑浊的河水，闻着刺鼻的气味，不愿多逗留一刻。

有一次和小院的大妈闲聊，听她说："河边的花开了，可美了，还有人在放风筝呢!"我疑惑不解："没见过河边有花呀，只有一片凌乱的芦苇丛吧!"大妈笑了："闺女，你每天忙着上班，也没时间去河边，早变了，政府改造涧河，现在环城桥下环境可美了，大片大片的花，晚上去散步的人可多了。"

我无法想象曾经脏、乱、差的涧河边会变了样。一个周末，和儿子去走了一趟，果然变了容颜。整个河道做了整改，芦苇依然郁郁葱葱，依然在风中摇曳，但芦苇丛中曲曲折折建了几个平台，可以走近看到它、摸到它。从中交错围了几个荷花池，娇艳的荷花开得正艳，浮萍铺满荷塘，鱼儿在水间嬉戏。几个摄影爱好者拿着摄像机不时摆着各种姿势，把美丽的景色留在镜框里。顺着哗哗的水流声，我抬眼望去，河上横亘着几座窄窄的铁桥，不锈钢护栏在阳光下熠熠闪光。几个孩子欢笑着从桥上跑上跑下，银铃般的笑声醉人心房。靠近岸边的是大片大片的波斯菊，红的、粉的、紫的、白的……姹紫嫣红，仿佛花的海洋，蜂忙蝶舞，花香醉人。人们徜徉花海中，用镜头留下与花相依偎的倩影。

变了，真的变了！沿河而下，滨河公园绿草如茵，花团锦簇，红色中国结形状的“核心价值观”格外醒目；金水湖微波粼粼，亭台楼阁古香古色，引得游人流连忘返；路园花海迷人，玉兰花、樱花、桃花争奇斗艳，妖娆多姿。樱花公园的建设正在筹备中，绵延至函谷关的樱花带的建成必将给美丽涧河镶嵌上一条美丽的项链。

政府加大对涧河的改造力度，建设美丽涧河，创建文明城市，是造福子孙后代的功德事。勤劳的灵宝人民正用勤劳的双手创建美丽家乡，灵宝已成为家乡人心目中最美的宜居城市。

悠悠涧河水，静静地向前流着，载着家乡人的梦一直流向远方……

我的家乡，变，变，变

灵宝市第二小学　吴秀平

周五下午吃罢饭，我像往常一样朝体育馆的方向走去。刚走出小区，恰碰朋友开车回家，几分钟寒暄后，我被拽上车，朋友的顺风车载我回到川口乡老家。

第二天清晨，睡眼蒙眬中，一首优美的乐曲响起来："清晨，我站在青青的牧场，看到神鹰披着那霞光，像一片祥云飞过蓝天……"这不是洒水车的乐曲吗？曲调越来越清晰，声音渐近渐响，揉揉惺忪的睡眼，心里纳闷着：体育馆的洒水车怎么来到我们乡村呢？于是，我快速穿上衣服来到村头马路边，我被眼前的一幕怔住了：一辆白色的大肚子洒水车缓缓行驶，伴随着悦耳动听的乐曲，亮晶晶的水珠向外喷洒，画出一道道优美的弧线。它所经过的地方，灰尘悄悄地溜走了，平整的马路顿时露出了健美的肌肤。路边的牡丹、月季花抬起了连日来垂下的头，频频招手，跳起了欢快的舞蹈。两边的雪松挺直脊梁纷纷朝它投去了感谢的目光。它撒珠喷玉不停，款款而去，洗净了路面，洗绿了小树，洗亮了绿叶，洗艳了花朵，送来了清新的空气，迎来了清晨的第一缕霞光。瞧，老老少少，一个个都出来了，慢跑的，快走的，抡胳膊甩腿的，打太极拳的……构成了一道靓丽的风景线。家乡变了，变了……

吃罢早饭，刚放下碗，一阵刺耳的"哐哐声"直达小院，不绝于耳。循声而去，巷子西头李大爷家门口几个穿着制服的工人正在一节一节搭着一个个像梯子般的架子，架子最顶端还有一个绿色的小房子，原来是一辆吊车。它的旁边站着一个凶头巴脑的"大家伙"，样子可真酷！黄色的皮肤，浑身都是铁打的，呈"凸"字形，最前面长着一个又大又长的带畚斗的大手臂，伸缩自如，竟是一辆挖掘机，它可是钻地、挖土、拆房子的高手呢！我思忖着，李大爷家盖新房挖地基吗？怎么可能啊，早都没地方盖了。难道李大爷要将房子西边占用巷子加盖起来的一间小卖铺拆掉吗？只见高个子吊车挥舞着巨臂轻而易举地吊起了它的猎物——空心板，一块，两块……房顶被掀个朝天。这时，挖掘机雄赳赳、气昂昂来了，又是挖又

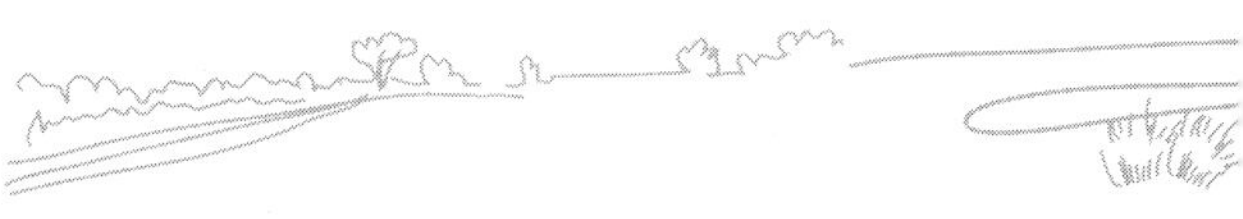

是砸，一间好好的房子三下五除二就被大卸八块，夷为平地了。隔壁的王婶心疼地对李大爷说："多可惜啊，这下财路断了。"李大爷点点头说："是啊，想开了也没啥，国家的土地咱白白用了近十年，还占了大家的巷子，也知足了。"这时，四邻五舍也来搭把手了，你拾砖头，我铲土，他来清扫平整，大家自发加入了拆除违章乱建的行列中。在吊车和挖掘机俩兄弟的亲密合作下，村子里加盖的车库、储物间、厕所等违章建筑瞬间消失得无影无踪。条条巷子宽敞起来了，一辆辆私家车穿梭往来，再也不用折尺行走了。村南村北，村东村西，绿树葱茏，花团锦簇，青山绿水尽收眼底。田地里，石桥边，活动中心，欢歌笑语荡漾在人们的心田。家乡变了，变了……

下午，老妈邀我去距村子二三里处水泥厂边捋槐花，我一听心里就犯嘀咕："那槐花还能吃吗？"看着老妈左手拿钩镰右手拿袋子的热火劲，实在不忍心拒绝老妈，于是任由她带我去。临近槐林，一阵芳香扑鼻，连风打的旋儿都浸透着香气。放眼望去，似瑞雪初降，白茫茫一片，记忆中灰白的槐花不见了，水泥厂机器的轰鸣声销声匿迹，两个通天的烟囱也不见了。难道它们把四月的主战场让给槐花了吗？同行的张大叔告诉我说："现在市委市政府加大环保整顿力度，水泥厂去年都关掉了，村北边占用麦田建的养鸡场也拆了……"看着走在回家路上的大婶大叔，个个挎走一篮一篮白生生的槐花，心里装着喜盈盈的满足，我心里有着说不出的高兴。家乡变了，变了……

吃罢晚饭，王婶来家和老妈唠嗑。从她们的闲聊中，我得知我的同龄人"白娃"，他外出学习了樱桃栽培技术，近几年回家承包了村子东头的坡地，培植大片樱桃，现在已成立川口乡樱桃采摘示范基地；名叫"格格"的，更是独树一帜，办起了服装厂；名叫"小凯"的则办起了摩托车修理连锁店。更有 80、90 后的小辈们，每天提着皮包，和外地商户谈判。年轻人个个积极进取，探寻的目光射向四方。家乡变了，变了……

晚上，我和老妈在枕边聊了许久许久……老家的记忆依然是那么清晰：土木土房，纵横交错；村道坑洼，尘土乱飞；勤劳的人们，面朝黄土背朝天，耕耘在鞋底大的土地上，一年又一年……如今的家乡，一座座房屋气势恢宏，一条条道路明亮干净，一方方苗圃姹紫嫣红，一道道巷子宽敞平整，3 路公交车更是开到家门口。家乡的天蓝了，水绿了，树青了，花艳了，交通便了，人们乐了。家乡变了，变了……

“绿水青山就是金山银山”，勤劳朴实的家乡人践行着这一科学理念，在灵宝市创建文明城市的道路上，城乡携手，走向未来。

我的印象灵宝

灵宝市第二实验初级中学　翟林林

印象灵宝，那一定是一幅巨型的画卷。很遗憾，于我而言，只是胸中有而笔下无。因为没有笔底波澜的恢宏气势，也没有妙笔生花的文字功力，有的只是以一个凡人微观的视角，带着肆意泛滥的家乡情结，描绘着我眼中的印象灵宝——一条河，一条路，一群人。

流淌在心底的河

对孩提时代的记忆，全是村边的“母子河”。小河临村前而过，向西汇入村西的灞底大河。在那不知愁滋味的年代，“母子河”已沉淀了记忆深处那许多已远去的欢乐。灞底河就是我的母亲河。最惬意的是夏天，一群光着腚的小孩，呼朋引伴，三五成群，游走在大河，可以说，整个暑假是在水中“泡”过的。在那泥底光滑、坡度较大的河段里，我们玩“溜水滑坡”，欢声笑语夹杂着流水潺潺，如昨天般在耳畔回响。在水深平缓的河段，“跳水比赛”“扎猛子比赛”“游泳比赛”，那“一浪高过一浪”。趁“赛事”间歇，捉泥鳅、烤青蛙……灞底河就是我童年的乐园。

当我“知荣明耻”之际，这条母亲河也与我渐行渐远。河里的鱼影不见了，蛙声听不到了，连河边的水草和灌木丛也不见了。不知何时，大量的污水、废渣开始肆无忌惮地排入了这条承载了我儿时欢乐的河，水质日益恶化，昔日美景化为乌有。我无心再看她一眼，那浑浊的河水分明是她的眼泪。

近几年，河道整治，岸坝加固，雨污分流，天然气进乡镇，建立污水处理厂等。落寞的母亲河又渐泛生机。河水又回旋起清波，飞鸟时翔时集，鱼蛙或隐或跃。久违的亲切感又袭上心头。去年暑期里，我们一家还经常到大河里洗衣裳，孩子时而追赶蜻蜓、蝴蝶，时而在水中嬉戏。我有所思：这条河也要给孩子留下童年的记忆。将来，记得住乡愁，留得住乡情。

最近，大河又扮靓了。岸边市场拆除，小企业、小作坊被取缔，将取而代之的是游园……相信不久将来，灞底河又会在孩子的心底流过。

延伸在脚下的路

我的“五龙路东段”，连接着东西两头的家与工作单位，自 2013 年起，在我脚下，已奔走了五六年。当然，此五龙路东段，非彼高大上的五龙路，只不过乡间村道罢了。作为披星戴月的夜行人，只有这条路与我相伴。蕴藉着我五六年的美好憧憬，记录着我挥之不去的人生经历。起初，我的“五龙路东段”是一条笔直的水泥乡道。贯穿东西，经临车窑小区，穿过果园，穿越坟场，经过村庄，直达国道，就是家的方向了。但心中总有缺憾：断密涧河的简易桥，车窑小区的扬土路，总让我留下土灰泥点的尴尬。时隔不久，新医院、新小区拔地而起，路又改成了坑坑洼洼的石子路，最终彻底断了我的“直道”。还好，五龙大桥终于盘踞于断密涧河之上了，离我憧憬中的“五龙大道东段”又近了一步。无奈中，穿行大小中原村路，曲线“行军”，虽不时有野狗出没，但毕竟还是“捷径”，走国道要绕很远。就这样，我的“五龙路东段”变成了村间曲道。我不堪其扰，也无可奈何。“五龙大道”成为一个心结：何时能小路变通途，成为景观大道，让我无忧无虑、自由自在地奔走呀。

形势逼人，促使我下定决心，在灵宝城必须安个家。从此，就这样与“曲路”也暂时断交了。现如今，灵宝五龙东路也在如火如荼地修建之中，将成为连接城东产业区、中原新城、市医院乃至北区的纽带。与现今的金城大道、长安路一起组成灵宝城的东西大动脉。我喜不自胜，栽得梧桐树，凤凰自飞来。城市东区的繁华又浮现眼前，五龙路东段路阔、树绿、花盛，我将继续作为这片沃土沧桑巨变的见证者，向“家”的方向前进。这条路还要在我的脚下延伸…

行进在文明路上的人

黑夜里，一个 90 后女孩跪在冰冷的柏油路上，抢救着倒地的伤者，脸上写满了焦急……是夜，气温降在零度以下，灵宝女护士夜幕救人的照片在网络刷屏，温暖了寒夜里的人心。

夕阳下，一个中年人，下班回家，却意外在共享单车前筐中捡到 13 万元的巨额现金，主动报警，归还失主，一脸轻松安然……这几天，春和景明，花满金城，馨香了灵宝人的心脾。

有道是“一花独放不是春，万紫千红春满园”。各行各业的道德楷模，如雨后春笋般涌现。不必说背母看社火的大孝子，亦不必说与歹徒做斗争

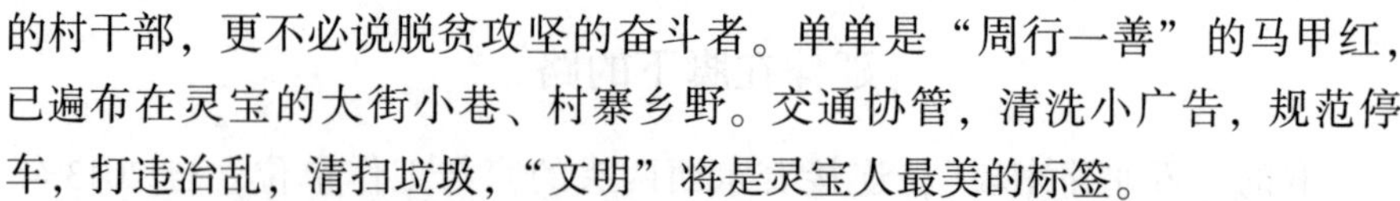

的村干部，更不必说脱贫攻坚的奋斗者。单单是“周行一善”的马甲红，已遍布在灵宝的大街小巷、村寨乡野。交通协管，清洗小广告，规范停车，打违治乱，清扫垃圾，“文明”将是灵宝人最美的标签。

当然，我也是受益者。在夜行回家的路上，遇到停车搭载的陌生司机；在小区里，遇见失而复得的包裹；在大街上，遇到管闲事的“好事者”……其实，文明如同阳光，可以让不见光的角落也有温度，因为它传递的能量无处不在，无处不有。

灵宝的城乡颜值更高了，灵宝人素质提升了。在创文明城的道路上，我们都是主人。做个文明的人，做一个无愧于产生《道德经》之地的人。我也昂首阔步地走在文明的大道上。

每个灵宝人，心中也一定有一幅印象灵宝的巨幅画卷，或工笔细描，或写意泼墨。其一定以美丽城乡为背景，以文明为底色，我们每个人也一定是画卷里的主角。我的印象灵宝，大家的印象灵宝。

山路十八弯

灵宝市第一初级中学　强红瑞

一直想回到生我养我的小山村——灵宝市阳平镇强家村，去看看曾经玩耍过的苇塘，走走家里的苹果园，转转儿时踏过的沟沟壑壑，但今天推明天，明天推后天，一直未能如愿。

不曾想，令我即刻踏上归程的，却是为探亲而来。惊闻四大（叔叔）摔了一跤，本就得过脑血栓的他，经过这一摔，已是危在旦夕，于是放下了手头的一切直奔强家村。

我们村是一个聚族而居的村子，村子里95%的人都姓强。但是这里远离公路，到达我们村要七拐八绕，不熟悉路的人真是不好找。尤其是村边横亘着一个大水库，两边“S”形的陡坡，曾经是令我们发怵的弯道。其实我们村还有个特别接地气的名字——“沟那村”，意思是“沟的那边”。据说以前就没有路，祖辈们在沟边硬生生地踩出了一条羊肠小道，成为出村的要道，我的祖辈们从来不负于上天赐予的光荣姓氏，总是自强不息。当地流传着“过了沟那坡，秀才比牛多”的俗语，祖辈们勤劳能干，重视教育，后代人才辈出。父亲说我们的祖上叫强仁、强德，是兄弟俩，曾官至京城，后来叶落归根。父亲在土地整改时还曾看到过他们的棺椁，身着官袍，袍上的花纹栩栩如生，神态安详。

正沉思间，车已到了水库边，那一汪碧水泛着幽幽的蓝绿色，沉静无比。这潭水承载着我儿时太多的记忆，这还是我小时候洗衣玩耍的那潭水吗？这还是滋养这方土地的生命之泉吗？这还是无情吞噬过很多生命的那潭深水吗？我感觉它似乎离我非常遥远，深不可测，既熟悉而又陌生。仔细一看，原来是河堤上修了高高的水泥路，两边安上了天蓝色的护栏，大大降低了河岸两边的坡度，所以离水的距离确实远了很多，路也一下子平坦、安全、通畅、开阔起来，旁边竖立一块碑，名曰：南沟大桥落成纪念碑。

不由想起少年时代陪母亲一起卖苹果的情景，瘦弱的母亲拉着一车子苹果，下坡的时候怕坡太陡，担心刹不住车冲下水库去，总是让我蹲在车尾巴上压车，加大摩擦。到上坡的时候我又变成了母亲的小帮手，帮她推车助力，瘦弱的母亲身上何以能迸发出那么大的能量啊！这下好了，宽阔平整的大道，来往穿梭的汽车、三轮车都宣告了那个苦力时代的结束！乡亲们再也不用发愁外出买卖东西啦！

回到村里，我的眼睛怎么都不够使，东瞧瞧西看看，总是想寻觅儿时的踪迹。原先我就读的小学校门前有一个大沟，现在已没有了踪迹，全部填平了。所有的道路都铺成了水泥路，顺畅无阻，隔几步远就看到蓝白相间的垃圾仓，整个村庄巷道整齐，道路平坦开阔，看上去整洁美丽了许多。路边的桐花开得甚是繁茂，粉紫色的花朵一嘟噜一嘟噜地垂着，地上落英一片。拾起一朵桐花，想起小时候，总是两手夹住搓软，一手捏住喇叭口，嘟着嘴鼓着腮帮子吹泡泡，只听得“噗”的一声，花破了，随手一丢，重新捡起一朵再吹，先舔一舔花梗上的甜味儿，那时玩得不亦乐乎。现在想想，真为那份童趣哑然失笑！忽然鼻端幽香扑来，深深地吸一口气，真香啊！原来是沟沟崖崖上的槐花开了，远远望去真是白色的花海，一阵儿风吹过，花香弥漫，顿时沁人心脾，令人心旷神怡。

到四大跟前探望，不由百感交集，为四大的衰老，也为我逝去的年少岁月。多年不见，三大、五大也都在，好在他们的身体都还硬朗，见我们回来甚是亲热。三大是一个养蜂人，一辈子和蜜蜂打交道，他的家里总是放着一排一排整齐的蜂箱，蜜蜂总是忙忙碌碌地飞进飞出，有时在蜂箱门口聚成一大堆，似乎是在召开集体会议呢！每年春季，槐花盛开的时候，三大都要把蜂箱送到山上，现在虽已70多岁，但每年还是要把蜂送到苏村山上去，他高兴地说：“我这身体好着哩，放蜂时，我一个电话，蜂友们就会帮忙把蜂箱装上车，到山上后再帮忙把蜂卸下车，然后每天就是装糖摇糖，闻着满山花香，惬意地很！”有段时间，我身体虚弱，他送我两瓶蜂王浆滋补身体，山里的蜂王浆效果真是好。他一辈子与蜜蜂打交道，勤劳也如蜜蜂一般，用双手酿造着生活的蜜，一家人的日子也过得甜甜蜜蜜。

五大是个种菇人，邀请我参观他的香菇棚。棚子里两万袋横竖交错着整整齐齐的菌棒，一个个黑色的菌棒像胖乎乎的小娃娃，看上去特别可爱，菌棒里的木屑是枯干粉碎的苹果木渣。种香菇是个细致活，更是一个技术活，这里面有一系列严格的工序，每年装袋、点菌、注水、保湿、保温，但五大他们是门儿清，像呵护自己的孩子一样呵护着这些菌棒！要出菇啦，你看，一个个菌棒上撑起了一朵朵的小花伞，采摘时人是满心喜悦的。香菇摸起来手感细腻，很有质感，肉头厚，吃起来滑爽，营养价值高。村里种菇的人家不少，大家相互讨教，共同切磋，技术是精益求精，日子也是越来越好。

回到老家也顺道到老坟地转转，奶奶坟前的柏树高大葱茏，得双臂合抱才可。奶奶去世时我仅6岁，近40年的岁月已悄然而逝，只有这柏树四季常青，默默守护着我的亲人，眼前依稀浮现奶奶梳着发髻，穿着黑布衣裤，缠着小脚，走路颤颤巍巍的样子。父亲常遗憾地对母亲说："要是咱妈能多活几年多好啊，现在该多享福呀，日子好啦，她却早早走了。"

小路弯弯的山村旧貌换新颜，她美丽的模样，让我有些陌生却又颇感欣慰。真的，这就是生我养我的那个小山村！同车的侄女开始筹划：五一假期哪里去？哥哥答曰：魅力乡村欢迎你，五一再回强家村！

一车的人都笑了，笑声飘得很远，似乎冲淡了我些许的伤感……用文字致敬岁月，致敬我美丽的家乡！

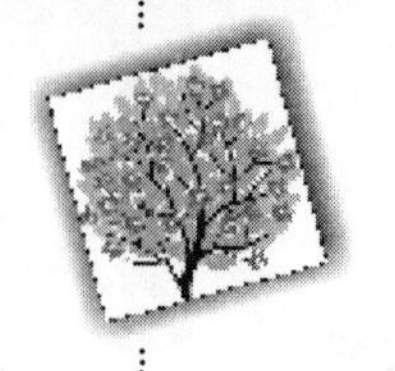

美哉！金城大地

河滨小学　张培培

她，是一个具有活力的创新城市！
更是一座富有魅力的人文城市！
她，是家乡人宜居的幸福城市！
更是家乡人深深爱着的现代化城市！

——题记

“孩子，参观完去家里吃饭！”

“谢谢爷爷，你们村子真美！真好！”

“是呀，现在啥都有，啥也不缺，赶上好时候喽，真好！好……”

站在函谷关镇梨湾源村宽阔的马路上，聆听着一老一少的对话，望着80岁老人脸上绽放的幸福笑容，内心不由得对当下新时代农村天翻地覆的变化啧啧赞叹：“家乡的风景更美了！家乡人的生活更好了！”

忆往昔——“一路一房皆为土，吃糠缺水补丁衣”

我是土生土长的农村人，全身上下带着泥土的气息。听老一辈人讲，他们那时住的房是土房，走的路是土路，晴天尘土飞扬，雨天脚下泥泞，极不方便。吃的是玉米面馍，穿着补丁衣，白面馍、新衣服只有过年时才可享受一下。不仅缺吃少穿，那时候吃水用水也很困难，整个一村只有村中央有一口水井，还得用担去挑，因为水少，有时还得排队等候。用水更是困难，全家人洗手洗脸经常是一瓢水，这个洗完那个洗，洗完后再浇树，那时的水真可谓贵如油、惜如金。后来自己外出参加工作，虽说土路少了，却是石子路，崎岖不平，坐三轮车去学校，一路上左摇右晃，上下颠簸，屁股根本不敢坐，只能蹲在车斗里，颠簸到学校，那时心里常常挺不是滋味儿。可勤劳善良的家乡人艰辛质朴的生活模式深深触动着我的心灵：那是一种比贫穷更富有的东西——勤劳淳朴！

看今朝——“忽如一夜春风来，千树万树梨花开”

弹指一挥间，家乡旧貌换新颜。村里铺上了宽阔厚实的水泥路面，让村民们出行风雨无阻。“打违治乱”让每家每户门口臭气熏天的厕所、错落不一的彩钢瓦房消失了，取而代之的是整齐划一的花坛。色彩艳丽的花儿，美化了环境，净化了空气，空气里的花香味，让人非常舒服！新农村建设征程中，一座座整齐的院落，一栋栋宽敞明亮的混砖结构住房如雨后春笋般出现在村中，精准扶贫工程让低保贫困户享受到了党送来的温暖与关怀。家家用上了自来水，户户有了致富的项目。人人尊老敬老，邻里和睦相处。村里遍布红白相间的栅栏，白底蓝瓦的墙壁，蕴涵着文化气息与传统美德的“百善孝为先”的故事标语。廊道的绿化，居住环境的整治，让村民们笑颜绽放，老人们安逸舒适，孩童们愉悦欢快，其乐融融的美好画面成了村中间一道美丽的风景！

市区更是日新月异，洒水车每天忙碌地穿梭于来来往往的街道。“红马甲”志愿者定期走进大街小巷，打扫清理，他们与环卫工人用双手建设文明城市。干净宽阔的街道、高耸的大楼、风景如画的北区公园、娱乐健身的文化广场、景色宜人的旅游胜地娘娘山和燕子山、有着厚重文化底蕴的道家之源函谷关、富有浪漫气息并令人向往的薰衣草庄园，这就是我们宜居的城市。新时代的潮流中，家乡人身上那种快节奏的生活模式又一次触动了我的心灵：那是一种比生活更美好的东西——奋斗不止！

望未来——“一枝一叶总关情，艰难困苦玉汝成”

党的春风，温暖着家乡人的心田，“只有奋斗的人生才称得上幸福的人生，奋斗是艰辛的，艰难困苦，玉汝于成。没有艰辛就不是真正的奋斗。”在党的正确领导下，家乡人就是在艰苦奋斗中净化灵魂，磨砺意志，坚定信念，在新时代的征程上，用勤劳叩响致富的理想大门，以足迹踏出生活的和谐节奏，借双手描绘家乡的最美风景，凭奋斗为大美家乡开辟了一条通往幸福生活的时代大道！

站在梨湾源这片热土上，凝望着金城大地这座城市，再次心潮澎湃：是呀，幸福就是奋斗出来的！

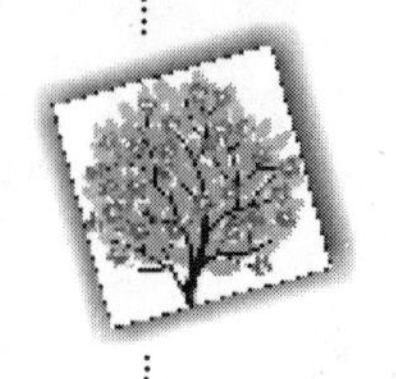

金城灵宝变化大

灵宝市第二小学　齐肖辉

“妈妈，大象洒水车要来了！”小女儿兴奋地说。话音刚落，只见不远处一辆白蓝相映正在洒水的车，伴随着优美的音乐声缓缓驶来，一种饱含温馨的暖意直涌心头。在灵宝街头，一辆辆洒水车来回穿梭已经成为一道美丽的风景线！它们遇到行人会主动礼让，它们天刚刚亮就会昂首挺胸朝上朝下为街道除尘，为空气增添一丝清爽。每当它们从身边驶过的时候，我心里总会这样想：“有它们真好！”在“绿色发展”理念的指导下，我们美丽的家乡——金城灵宝，正以崭新的姿态呈现在我们眼前。

宽宽的柏油马路少了一些坑洼，多了一些平整；路面上厚厚的灰尘不见了，取而代之的是乌黑和油亮。整修过后的人行道，下水口有序排列，刻着花纹的井口盖像一位位坚强有力的钢铁战士守护着每一位路过的行人，因为崭新而有艺术感，惹得正在行走的小孩子争相踩踏。

道路两旁方方正正的花坛被修剪了模样：或内凹显出了半圆形；或外凸呈现成小梯形；或在原来的基础上凸显了棱角；或被精心打磨掉了边角。再加上新砌好的透露着古香古韵深灰色瓷砖的装饰，让人怎么看怎么舒服。还没等到完全竣工，路过的行人已经情不自禁地三个一群、两个一堆小心翼翼地坐下，享受闲暇时的惬意。再往花坛里看，被杂草和垃圾掩盖住的泥土色已经清清楚楚、干干净净地展现在了人们的眼帘中，好一幅闹市区中的田园风景图。花坛里的花草不再那样多而杂乱，仔细欣赏每一株花木似有形又似无形，一切都是那么自然美丽。

川流不息、默默孕育着灵宝人民的涧河，依旧缓缓地自南向北横穿金城灵宝。不一样的是，在涧河儿女的装扮下，枯黄并散发着臭气的芦苇丛被逐一清理。成片成片的郁金香、薰衣草在涧河两旁落花安家。艳丽的花朵在春风中摇曳着，好像在说：“涧河的花儿免费看！”晚饭过后出来散步的人群，走走停停，就连各家娇贵的宠物狗也耐不住诱惑，尽情地在等待栽种的空地上奔跑撒欢。

灵宝市区白天的环境如此美丽，夜晚更是瑰丽多彩！城市四周原来没有路灯的地方新装了路灯，一排排整整齐齐地竖立在马路两旁。开车驶往市中心，远远就可以看见一片明亮。进入市区，不辞辛苦的交警同志，坚守岗位，守候在各个十字路口，用实际行动为保灵宝的一方平安默默地尽着自己的一份职责。分立在道路两边的高楼大厦被霓虹灯装扮得金碧辉煌，闪闪的灯光好像在向世人诉说着不断变化着的灵宝未来的辉煌与美好！“金城灵宝”更加名不虚传！

不仅灵宝的市容市貌在悄悄地发生着变化，就连我们身边的大人小孩的行为也越来越文明。北斗星幼儿园的小朋友拿起了话筒，在熙熙攘攘的放学门口，声情并茂地宣传着保护环境、遵守规则的重要性。邻居年迈的老婆婆见到有乱扔垃圾的陌生过路人都会主动地说：“现在政府抓环保，街道干净多了，垃圾不能再随便乱扔了！”四岁的女儿现在只要看见老公准备去遛狗，都会不停地提醒他：“要带几个袋子，一旦狗在马路上拉屎，一定要清理干净！”路边摆摊的小贩自觉清扫摊位上的黄叶烂菜，多走几步路把垃圾送到附近的垃圾桶中；行人为让洒水师傅放心洒水主动让道；一些店家免费为环卫工人提供饮水服务等。文明行为越来越多。

朋友们在闲谈时兴奋地交流着自己听说的金城规划：哪里将来全种樱花；哪里将来全种绒花；阳店镇官庄原村发展芍药花；大王沟水坡塬上专种桃花……听着他们的畅谈，脑海中情不自禁地勾勒出一片片花的海洋。看来，将来的灵宝不想出名都不行！

美好的环境可以影响人、改变人，改变中的灵宝人会用勤劳的双手、更加高尚的姿态美化灵宝 、建设灵宝。那时候，灵宝的天更蓝、树更绿、花更艳、人更美！

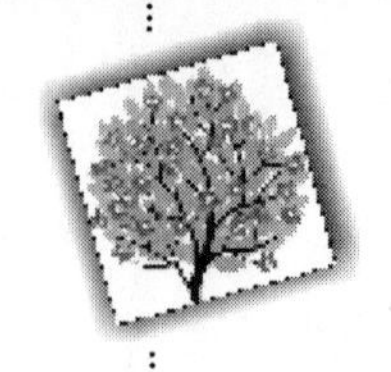

这些年，这些事

灵宝市第二实验初级中学　薛丽华

周末，我和老公拎着礼物带着一对稚嫩的儿女，踏上回老家的路。

春日的阳光映衬着蔚蓝的天空，流淌的河水静静地诉说着龙乡古老的传说……自从五年前爸妈搬城里住，我便很少回去。龙乡——我亲爱的故乡，好久不曾细细地审视你。

车行至小镇尽头，窗外矗立着一座座红白相间、整齐有序的楼房，这是五亩乡异地扶贫搬迁项目安置点——“龙祥新村”小区。我立马下车观看。最先映入眼帘的是小区入口处一块刻有“千秋万代，永沐党恩”的巨石，听说这是小区二百多户贫困群众为感谢党和政府异地搬迁政策而立的“感恩石”。走进古朴的小区大门，一盏盏红彤彤的灯笼高高悬挂，一副副赞美党的好政策的鲜红对联处处可见。小区内，随处都能听见鸟儿悦耳的鸣叫和人们阵阵的欢声笑语，几个悠闲的老人在下棋谈天，围观者还有几人，眼前的一切是那么的和谐美好。

这不是邻居王叔叔吗？他怎么在这儿？心里正疑惑时，他先看到了我。

“华儿，你来这儿干啥？”他开口了，脸上堆满了笑容，语气还是那么亲切。

我连忙说：“我见这个新小区挺漂亮的，就进来转转。”

“华儿，好长时间没见你，我现在住在这儿了，那赶快进屋，就这栋楼，一楼挺近的，拐个弯就到。”

他硬是把我们一家拽到了他家，村里人永远是这么的朴实、热情。

走进他家，我眼前顿时一亮，宽敞明亮的房间，简单的家具干净整齐地摆放在合适位置。王叔叔的穿着也是干净整洁。我们坐在沙发上，他给我们倒了两杯水放在茶几上，他坐在小板凳上，我们便聊了起来。

“王叔叔，这房子真好！”我环视了四周说。

“嗯嗯，是真的好！”他笑眯眯地看着我们。“叔这辈子命苦啊！有一个孩子因病早早就去了，你婶也是长年有病，干不了重活，不过现在享福了。你看，这家多好啊，叔前半辈子都住在咱村上的土窑洞里，去年，碰上了党的好政策异地扶贫搬迁，托国家的大福了，没花一分钱，政府让我们全家搬到这新楼房居住。谁想到后半辈子还能住上这么好的房子，简直跟做梦一样。现在呀，我还有了挣钱的工作，就在隔壁浩岩制衣厂看大门，以后我得下大力气好好干，把日子过好，让党和政府放心……”他的言语间满是幸福和满足。

拉完家常，我们告别了王叔。走出大门，再回过头，小区门口社区服务中心、便民超市、电商网点、医疗服务点一应俱全，基本实现了搬迁群众的安居乐业。“龙祥新村”四个大字，更是在阳光的照射下熠熠生辉。

我的家乡五亩乡，位于灵宝市南部，属丘陵山区，地形复杂，交通不便，80%的村庄坐落在条件较差的山坡地带，土地贫瘠，群众生活困苦。打开记忆的影片，童年时，家乡旧时的模样一直定格在脑中……我家在杜洼塬上，那是一个贫穷落后山村。村里60%的人还住在窑洞里，道路狭窄且坑坑洼洼，尤其是雨天更是泥泞不堪，寸步难行，路两旁杂草横生。村里人祖辈生活在这里，很少外出发展，生活在封闭的世界里，守着自家的一亩三分地，日出而作，日落而息。一年辛苦劳作却也没有换来更好的生活。山坡上是满目破旧的土窑洞，刮风下雨，日晒雨淋让其更加破旧、冷清。村里人的生活过得十分拮据，日常穿衣吃饭也都是凑合。这就是二十几年前的灰色记忆。

“忽如一夜春风来，千树万树梨花开。”中国共产党第十六届五中全会提出来建设“社会主义新农村”。沐浴着美丽乡村建设的春风，我的家乡迎来了发展机遇，发生了翻天覆地的变化。“要致富先修路。”过去上山的主路是仅容一辆车通行的沙石路，2006年国家实施“村村通”工程以来，老路扩建成6米宽的水泥公路，后来又加扩了路基，路旁还栽种了绿树鲜花，村里人别提有多高兴了。到了2013年，各个自然村里连通往耕田的道路也换成水泥路。道路的建成，给村民出行提供了很大便利。

“绿水青山就是金山银山”，这话说得真好。我们赖以生存的绿水青山就是我们的金山银山。在党和政府各项好政策的引领和扶持下，乡村致富项目发展也越来越多，村里出现了规模较大的苹果核桃种植、家畜养殖项目。很多外出打工的人也回到了村里发展自家产业。村民的日子红火起来了，大家的衣食住行也发生着巨大的改变。一排排漂亮的平房、楼房拔地而起，家家户户也都购买了小汽车。运动鞋、休闲鞋替代了布鞋，五颜六色的衣服穿在人们身上，各式各样的家电进入了千家万户，饭桌上各色美味佳肴也是寻常不过了。

科技的进步也推动新能源的发展，让人们的生活更加便利。我们所居

住的地方海拔较高，风力资源丰富。村后山上建起了一个目前河南省最大的风力发电站，安装了25台单机容量为2兆瓦的风电机，每年可提供清洁电力约9030.38万千瓦时，节约标煤28445吨，减少二氧化碳排放90323吨，具有显著的经济效益、环境效益。每当微风吹过，风车就会发出低沉的“嗡嗡”声，像是在歌颂现今的幸福生活。

这些年，久住城里回老家的次数少，每次也都是匆匆忙忙。家乡的山还是那么的绿，水也还是那么的清，天空也是如此的蓝！村民生活幸福，和谐相处。“美丽乡村计划”还在逐步实施，生态宜居建设让老百姓的日子更加和美。

月是故乡明，美是家乡水。家乡的一山一水，一草一木，看了一遍又一遍，总是看不够。回家的路，总是那么漫长。我不知道我挚爱的故乡接下来又会有怎样的蜕变，而我时时刻刻都在期待再一次的美丽邂逅，我也仿佛看到了一条闪光的希望大道通向更美好的明天。

变

灵宝市第四初级中学　苏全鹏

早春三月，空气里还残留着冬日的气息。天刚蒙蒙亮，随着暮色的褪去，东田村街道两旁那几盏路灯忽闪几下后熄灭了，大街小巷逐渐露出本来的面目。不算宽敞的街道宛如一条蚯蚓蜿蜒曲折，田老三家的那条黑狗懒洋洋地卧在家门口的柴堆旁，时不时发出一声轻轻的呜咽，以显示自己夜间看家护院的辛苦。田旺家门外的厕所里传来老田头一阵剧烈的咳嗽。李奶奶家伸到墙外的半拉厨房几乎占了自家巷道的三分之一，墙上的大大的“拆”字格外醒目，这一切仿佛在向人诉说村中的杂乱、无序。慢慢地，街上的行人逐渐多了起来，上学的娃娃，运菜的三轮车，附近厂子里上班的工人，夹杂着小汽车急促的喇叭声，使这条街道显得分外拥挤。

早饭时间到了，李奶奶家的厨房里还是冷锅冷灶。李爷爷蹲在院中的花池旁一声不响地闷头抽烟，浓重的烟雾不时在他头顶升腾。李奶奶红着眼睛对着李爷爷大声地吆喝：“吃什么吃，厨房马上就让你侄子给拆了，还想吃早饭？想吃饭找你侄子去！”

李爷爷的侄子李三魁是东田村的村委会主任，这几天正领导着村里进行“打违治乱”专项治理。李爷爷到三魁家里吃顿饭完全是可以理直气壮的，因为三魁上学的时候李爷爷没少出力，从小学到高中毕业，在三魁家困难的时候，三魁上学的学费几乎都是李爷爷出的。李爷爷的小儿子经过努力考上西安的大学，毕业后留在西安工作。三魁以五分之差落榜后留在村里，因为肯干，头脑又活泛被选为村委会主任。现在甭说吃李三魁一顿饭，就是让他把早饭送过来他肯定也是颠颠儿地就送来。说曹操曹操到，三魁提着一兜包子和几杯豆浆走进院子。

李奶奶见到三魁后脸色更加难看，她马上调转枪口生气地说：“我说三魁，咱们家的厨房不能拆，亏你还在村里混，难道连咱家的一间小厨房都保不住吗？”三魁笑笑没说话，先给李爷爷递上一根烟，李爷爷随手把烟夹到耳朵上：“饿了，还是先吃个包子。”“二妈，还是先吃饭吧，边吃边说。”

“这次‘打违治乱’专项治理行动是市里从上到下统一部署的一项活

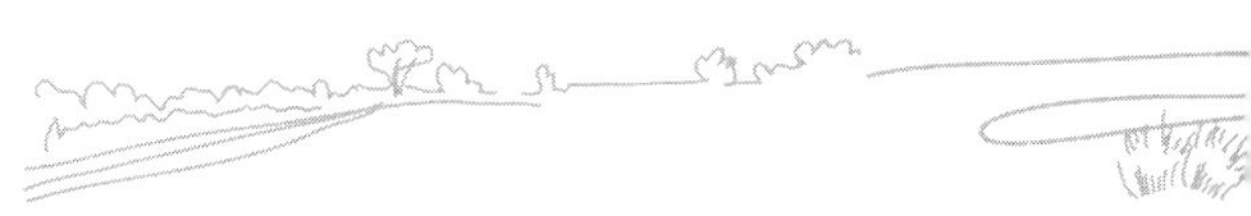

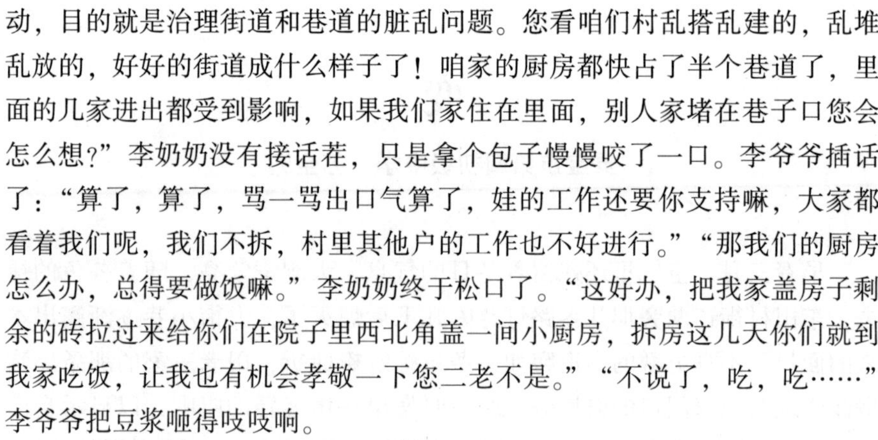

动，目的就是治理街道和巷道的脏乱问题。您看咱们村乱搭乱建的，乱堆乱放的，好好的街道成什么样子了！咱家的厨房都快占了半个巷道了，里面的几家进出都受到影响，如果我们家住在里面，别人家堵在巷子口您会怎么想?”李奶奶没有接话茬，只是拿个包子慢慢咬了一口。李爷爷插话了：“算了，算了，骂一骂出口气算了，娃的工作还要你支持嘛，大家都看着我们呢，我们不拆，村里其他户的工作也不好进行。”“那我们的厨房怎么办，总得要做饭嘛。”李奶奶终于松口了。“这好办，把我家盖房子剩余的砖拉过来给你们在院子里西北角盖一间小厨房，拆房这几天你们就到我家吃饭，让我也有机会孝敬一下您二老不是。”“不说了，吃，吃……”李爷爷把豆浆咂得吱吱响。

李奶奶家违建的小厨房随着挖掘机的轰鸣轰然倒下，随后，一间漂亮的小厨房在小院里开始建了起来。榜样的力量是无穷的，观望的人家眼睛也是很活泛的，村委会主任二爸家的厨房都推了，我们还等什么呢?

接下来的工作出奇地顺利，田老三家的柴堆自觉移到了自家的院子里，田旺家占道的厕所也改造到自己家里，其他乱搭乱建的、乱堆乱放的现象很快得到治理，东田村的“打违治乱”工作走在了镇里的前列。借着这股东风，村里把不平的路面重新进行硬化，平坦的水泥路面踏上去格外舒服；那几盏昏黄的路灯也被拆走，取而代之的是既漂亮又节能的新式太阳能灯，靠主街道两旁的墙壁被粉刷一新，用新农村宣传版画进行了装饰。脏乱的垃圾池也没了，绿色的垃圾箱摆放在各家各户门前。大家嘴上不说，但脸上都洋溢着幸福的笑容。

又是一个早晨，明媚的阳光照耀着春天的大地。气温上来了，院中的树木仿佛在一夜之间披上了绿色的纱巾；街道两旁玉兰树也在春风中笑得花枝乱颤；成串的燕子在电线上荡着秋千，叽叽喳喳，呢喃又似低语。所有的一切都在春风里酝酿，变得令人沉醉。

那片乐土

灵宝市第一初级中学　王林红

那里曾经是我的乐土。

年幼的时候，长年在村里，与泥土为伴的生活就是童年最大的快乐。村头有个深沟，沟畔长满了酸枣树，没有枝叶的季节，干枯的枝上有像缝衣针一样尖细的褐色小刺，下沟的那条小路边全是，走在最前面可就是孩子王的特有权利了，那是勇敢者的荣耀。到了晚春，这些酸枣树就开始发新芽了，鹅黄鹅黄的颜色，从枝干上先长出一点点，两瓣叶子相对着同时长出，呈30°左右伸展，像雏鸭的小嘴，萌亲萌亲的。最可爱的还属软软的刺，同样的浅绿色系，用手轻轻地压着刺尖儿，再松开，微弹的触感，像个调皮的小娃娃，完全没有长成后那样的恶意。酸枣树丛中点缀着浅粉色、淡紫色的花，一阵风来，若隐若现，这些峭崖上的花儿，一年又一年的盛开凋谢，陪伴着我美好的童年。

沿着下沟的小路向下，慢慢地就从走变成了滑，那可是最接地气的滑滑梯了。因为路窄，我们这群调皮鬼又天天爬高上低的，妈妈的千层底早已把那里踩得硬邦邦光溜溜。下到半坡，屁股往下一坐，脚后跟稍用些力，哧溜一下，很快就滑到了沟底。当然，我们这些小家伙磨坏了不少裤子，也因此挨了不少板子。可谁会那么有记性呢，常常是早上挨打后哀嚎一番，给妈妈保证不再去那里“磨裤子”了，下午又是人群里玩得最欢的。

在沟底的崖壁上抠蜗牛就是我们的另一个乐趣了，一个罐头瓶子，用不了两天就可以装得满满的了，这也是我们走进自然科学的第一次实践课啊。当然，有的时候我们这爬高上低的功夫也是能派上大用场的，谁家里有了小孩子，没有爽身粉的时代，去抠些“流水道土”来呵护胳肢窝、大腿窝和肉娃娃身上的小褶褶。那块小天地就是我童年时的乐土啊！

后来搬家了，很少回去。上初中时，有一次爸爸回老房子找东西，我也跟着一起去了，一到老家就迫不及待地去那片乐土上看看。

我发现，沟边的黄土已经看不到了，取而代之的是碾矿人倾倒的尾渣，灰色的粉状，都快堆起一道岭了，凡有矿渣之处真可以说是寸草不生，还有扑鼻而来“毒气”味儿。翻过堆起的尾渣，我庆幸沟边的那些酸枣树还在。可是，那条下沟的小路已没了踪迹，只有沟边那一堆堆的生活垃圾，刺鼻的味道也随之而来。我不甘心，走了好久才找到个可以下去的豁口，曾经的“滑滑梯”已被垃圾填埋了。正值夏季，这里却已不见了当年的郁郁葱葱，各种红的、蓝的、绿的、白的包装袋，摇曳在崖壁上，倒是比那些花草还显得活泼潇洒，一阵风来还能从这儿飘到那儿去。虽是盛夏时节，酸枣树上却只是稀稀疏疏的叶子，挂在几近枯死的枝上，了无生气。我没有勇气再走下去，便转身离开了。

后来，这情境多次在我梦中出现，那片童年的乐土啊，就要尘封在记忆里了么？婚后，连回娘家的次数都有限，每次都是匆匆，更不用提那片乐土了。今年三月份那次回家，妈妈说老房子的香椿现在长得正好，就一起回去了。

一路步行，曾经难爬的泥土坡，如今已是水泥路了，修得宽阔平坦，再也不用怕连阴雨冲毁路了。一进巷道，整齐划一的门楼都贴着红色的瓷砖，在清晨的阳光下泛着光，很是喜人。高高架起的天然气管道像一条黄色的分割线，把红色的墙、蓝色的天分成两半，色彩对比很有视觉冲击力。靠近围墙的排水渠盖上了盖子，旁边还都修起了小花台。绿的叶、红的花，像一个个列着队的小学生，拍着手，仰着脸儿。妈妈说：这几年矿山整顿，村里没人碾矿搞氢化了，就是再搬回来住晚上也不会有碾子咚咚咚的转动声了。这不，从去年开始村里的环境也美化了，你看这一道巷子过去，每家每户的外墙上都有一个新孝道故事，小娃子们再不像你们那个时候天天泥疙瘩里滚着玩了。

是啊，曾经的村落旧貌换新颜，从灵宝市区到农村老家这一路走来，靠国道的村子都有大变化：那些伸出来的简易房不见了，胡乱堆放的各种杂物清理了，围墙红白相间，灰色的挡垛很古朴，还有些工人正在墙上绘图。汽车行驶在宽阔的柏油路上，这些现代化的村落成了一幅幅线条画，从眼前飞逝而过，真有种“人在车中坐，画在空中行”的感觉。

到了老屋，老公和儿子在院子里，一个用钩子从树上钩香椿芽儿，一个在地上捡。我又不自觉地一个人踱步到曾经的那片乐土。

天哪！灰突突的尾渣不见了。沟边的那块空地已经硬化成一片活动场地了，健身器材、小花台、宣传标语很有人文气息，老人孩子都可以到这里锻炼、玩耍。再往前走，原来长满酸枣树的沟崖被挡在绿色的栅栏之外，中间一米多宽的缺口处修成了台阶，可以直通到沟底的果园，满树的苹果花向我招手。崖壁上那些不知名的小花抖落了上次见到它们时的灰头土脸，又在阳光下泛起了彩色的光，绽开了灿烂的笑脸。

不知什么时候，儿子和老公也跑了过来，儿子拽着老公的手一定要到沟底去玩，我也牵起儿子的小手说："走，我们一起下去，这可是妈妈小时候的乐土呢。"

蒹葭苍苍　伴我河旁

灵宝市第二小学　张晓飞

曾经，我和同龄人生活在梦一样的世界里：天空碧蓝，河水清幽，飞鸟翩翩，鱼虾遨游。

我的家乡位于灵宝弘农涧河西岸，这条不大的黄河支流，起源于何时，发源于何地，我并不知晓，只知道在我很小很小的时候，它就在我的生活里。那时候，大人们在河滩挖沙、种地，我们在那里割草、嬉戏。那时的河滩地，种着多种果木庄稼：桃子、李子、红薯、玉米、大豆……甚至还有稀罕的水稻、芦苇、紫穗槐等。当然，还有大片的草地。那时，不知道江南水乡是什么样子的，可是如果要我描述，就是我童年生活的这片土地。那时的河滩，是童年的乐园。能干不能干的事情，我们都干了个遍——挖野菜、捉蚂蚱、捕蝴蝶、放牛……夕阳西下，我们各回各家，小篮子里，有绿的草，粉的花，也有悄悄藏着的青涩的苹果。

那个时代，山峦叠翠，物种繁茂，人与自然，和谐共融。

童年渐逝，美梦惊醒。自进城后，这些都渐行渐远，成为我记忆的背影。再次来到河边时，河上多了几座大桥，使得这条普通的河流显得雄伟了许多。可更多的是让她难堪的画面：违章搭建的各种房屋，一个接一个；名目繁多的游乐设施，怪模怪样；许多块被“勤快”的市民开挖出的小菜地，五颜六色……它们乱七八糟的，俨然成了涧河的主人。更为甚者，那些超标的污水，带着废弃的物品，泛着令人恶心的泡沫，夹着难闻的腥臭，滚滚排入河中。我震惊了：这还是那条滋养我生命的河吗？她何以会被如此蹂躏、摧残？那在水一方的蒹葭苍苍，那梦里梦外的人间乐园，都成为挥不去的殇……站在岸边，我似乎觉得每一阵风、每一片叶都带着嘲笑，抹着伤感。

美梦既已面目全非，何必再踏伤心地。从那以后，好几年，我都没有把双脚移到河岸边。有事路过，也只是匆匆一瞥，从不多看一眼，仿佛害怕噩梦绕床。

“白鸟一双临水立，见人惊起入芦花。”忽然有一天，这样的诗句走进了我们的现实中，不同的是，我踏入这样的画面，是在暮春时节。此时的涧河，辽阔、寂静，数万盆各色小花，被摆成漂亮的图案，装点着长长的河堤，依依垂柳，随风轻扬。精灵一样的小鸟们，叽叽喳喳，或自说自话，或呼朋引伴。更让人惊喜的是，一大片一大片的青青芦苇，亭亭玉立，郁郁葱葱，修长绵密。一湾碧水静默环绕在她们身旁，宛若一幅古典诗画，扑面而来。恍惚间，我穿越了季节：春日，“翩翩新来燕，双双入我庐”。秋晨，“蒹葭苍苍，白露为霜”……这，不就是我童年的梦想吗？

伫立岸边，春风正暖，花草正飘香。身边，一群孩童，在戏水，在捉鱼，在拍照，他们活泼灵动的身影，仿佛画中。远处飘来一阵阵歌声与笑声，那是几个音乐爱好者在浅吟低唱。“我醉君复乐，陶然共忘机。”我与身边的爱人相视一笑：择一城而居，携一人终老。这，不就是我们向往的人生吗？

如今的弘农涧河水，分花拂柳而来，带着灵宝人的祝福和梦想，悠悠地穿过了城南城北，以洁净清灵之躯，款款地汇入黄河。“夹岸数百步，中无杂树，芳草鲜美，落英缤纷。”蒹葭苍苍，伴我河旁；蒹葭苍苍，在水一方。这，不就是我们梦中的桃花源吗？

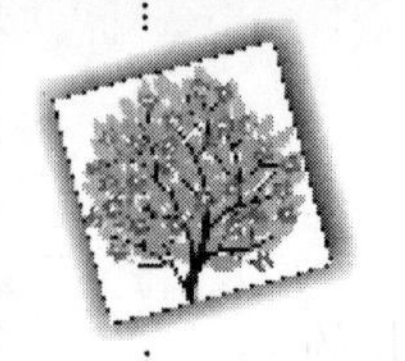

父亲的心结

灵宝实验高中　李跃武

急匆匆开车回家，路上我又接到了父亲生气的电话，催我快点，说是匠人们在家里等着砖运来。

这段时间，父亲的脾气极其暴躁，动辄生气乃至大发雷霆，母亲说话总是小心翼翼看他脸色。因为这段时间在拆房子，家里一片狼藉，生活秩序完全打乱了。难怪父亲生气：要把自己亲手盖好的房子拆掉，重新盖，再受一遍累，再花一遍钱。年迈的父亲干得吃力，心里更是有一个结：为啥要让我拆了重建呢？甚至有时就扬言：我就不拆，你能把我一个农村老汉咋地？

沿着通向村里的路，车子平稳地行驶。这条路过去一直坑坑洼洼的，晴天是扬灰路，下雨是泥水路。到家了，远远地停了车，隔老远就听见父亲生气地扯着大嗓门：“好好的房子，还没住几年，为啥要叫我拆？”因为已经打电话催促过，运砖的三轮车早已经到了，就停在家门口二百多步的路上，砌墙的师傅满脸无奈，听着父亲的抱怨。

我紧走几步进了院子，看见七十多岁的母亲在院子里蹒跚着搬着瓶瓶罐罐，父亲一边抱怨一边佝偻着身子使劲向院子里挪那笨重的八仙桌。看着已快搬空了的北厢房，我知道父母已经忙活了一段时间，心力交瘁，加上心里难受，难怪说话不好听。

十多天前，村里传达了上级拆除违规建筑精神。院墙外、路边的厕所、猪圈等都要拆除，不属风景树的枣树、杏树等果树和那些用材树全部清除。当初，鼓励农村走养殖致富之路，父亲把院子北边的地方建成鸡舍，但因为地方太小，就往外多占了近两米。最近两年由于年迈体弱，养不动鸡了，这房子就修整修整，当成了储藏室，全家人从外地回来时，又临时充当居室。这次的拆违它就无法幸免了。父亲很是不解：“好好的房子，费劲费力建起来的，为什么要拆？这条路平时又没多少人走，也不过车，要那么宽干什么？再说了，村里的猪圈、厕所都在巷子里，全拆了，圈在院里的猪满院跑，全村连个能用的厕所都没有，这不是添乱吗？”我劝解他：“这不都是暂时的吗？坚持不几天各家在自己院子里的厕所都修好了，不就和以前一样了吗？”

正说着话，三轮车司机过来让组织几个人把砖从车上转到院里砌墙的地方。父亲又生气了，还有二三百步远呢，为啥不直接开到院里来？好几千块砖，那么重，怎么转？看着三轮车师傅为难的神情，我忙拉着父亲走出门。父亲一看，明白了：车子开不进来，邻居的正在拆的猪圈正好挡住了路。

二三百步，看着不远，搬起来可费劲了，毕竟那么重，好几千块，只好动手了。正汗流浃背间，我想起一个问题，便问父亲这条巷子的宽度。父亲回答："八米，主巷道十二米，当初村里统一规划的。"我趁机对父亲说："八米，够宽了，足够并排过两辆车了。但咱们占了近两米，如果前排的邻居也占两米，巷子不就只有四米了吗？实际上，各家的猪圈厕所占的哪止两米，看看巷子，扭七趔八的，不说运东西的大货车，就是我那样的小汽车也难进来。"我指着我停在远处的车子。"就说今天吧，"我又指着停在不远处的三轮车和父亲、自己额头的汗说，"如果猪圈厕所啥都没有，巷子里畅通，三轮车还用停得那么远，咱们还用费这劲？"父亲若有所思。我趁机说："你看现在，大家你修我也建，几乎家家都在院子外建猪圈修厕所、堆放杂物，原本设计得挺宽敞的巷子推个车子还要七拐八扭的；整个村子垃圾乱飞、臭味难闻，走路时刻要小心脚下，你能舒心吗？等咱们把这些违建都拆了，巷子畅通，村里肯定要像拆建已完成的村子那样搞绿化，在大小巷子两边栽树种花，常绿的女贞、黄杨、雪松、石楠，还有开花的月季、木槿、串红……村子里的垃圾箱也会派上用场。到时，你一出门就是花呀树的，空气好，村里无论是主路还是巷子都是一色的水泥路，平平整整的，再也不用担心刮风吃土、下雨路滑，这和城里的公园有啥区别？你今年七十多岁了，不干活的时候，也有个转悠养眼的地方，和邻居们聊天乘凉，在这有花有草又亮堂的地方，领着种地补贴和养老金，过着和城市退休老人一样的生活，多舒坦啊。不方便只是这几天，当初村里扩路不也是不方便吗？现在不就好了。"父亲似乎被我描绘的前景迷住了，停下手里的活，眯着眼想，猛然一拍腿："你这么一说，还真是不赖。我就觉得城里的公园好，感情市里是想把咱这儿也修成那样啊，这个好！那我得赶快把房子修好，晚上和那几个老伙计说道说道。"

望着父亲舒展兴奋的脸，我忍不住地长出一口气：父亲的心结总算解开了，不过解开父亲心结的不是我的会说能劝，而是政府这实实在在的政策让老百姓看到了希望和未来，心服、信服！

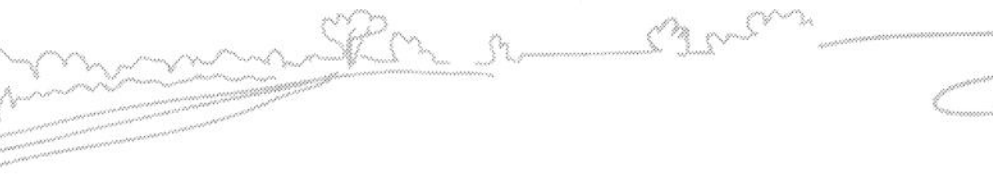

那山　那水　那人

灵宝市第六小学　来金平

"平，快点，快点，再不走就要迟到了。"大姑姐刚一进门就朝我大喊着。

"天还这么早就叫人起床。"我揉着惺忪的睡眼极不情愿地小声嘟囔着。

"五一"小长假第三天，这不，才刚刚早上七点，大姑姐就火急火燎地来催我回老家。老家二叔家的二儿子明天要结婚了，我们得去参加婚礼。

老公的老家在五亩乡桂花塬上西淹村，位于五亩乡的最南边。在我的记忆中，那是一个相对贫困的地方，村里的年轻人常年不在家，大都外出打工了，剩下的年龄较大的村民主要以栽烟炕烟卖烟为生，生活过得并不宽裕。

从城里出发开车回老家至少需要两个小时，一路上都是坑坑洼洼、弯弯曲曲且陡峭的山路。一旦遇到雨天和雪天，公共汽车都上不了路，经常停运，听说曾经有好几辆车都在半坡最危险的拐弯处出过事故。在这样恶劣的路况下，我是每去一次吐一次，那晕车的滋味难受至极，现在回想起来仍记忆犹新。现在，自家亲戚除了二叔家虽在城里有房但还没有彻底搬离以外，其余的亲戚都搬离了村子住到了城里。自公公几年前去世后，我就再也没有回去过。但这次必须回去，二叔家的事是大事。我赶紧收拾好要带的东西，坐上姐夫的车，直奔老家的方向而去。

一路上，鸟语花香，路两旁栽种的小金菊开放了，煞是好看。在我们的说说笑笑中，没多久车就开过了五亩镇中心。开始上盘山路了，我的心揪得紧紧的。奇怪，原来的土路哪里去了？取而代之的是两车可以并行的水泥路，虽说还是很陡但好走多了。不一会儿，车就开到了最危险的弯道处，这是最令我心惊胆战的地方，但很快就发现，我的担心是多余的，每处临沟的弯道边都安装了彩钢护栏，暖心的设计保障了路人的平安。此刻，我揪着的心慢慢放下了，由于心情的放松，竟然不知不觉进村了。

村子里的变化也很大，许多土房子大都改建成了平房，还有一部分建成了两层或是三层的小楼。村里的几条土路都修成了水泥路，路边安装的一排新能源路灯，就像一个个守夜的小卫士，为走夜路的人照亮了前行的方向。每隔两家门口就放着一个绿色的环保垃圾桶，一位佝偻的大叔正在清扫着路面的少许垃圾，一问原来是在村里专门负责卫生的。我这才明白村子里怎么如此干净。巷子口的机井旁几个村民正在排队接水，她们唠着家常，微笑洋溢在她们的脸上。

车子在村子里开得很慢，走着走着，来到了村民委员会办公室附近新建的广场旁。广场边上是一个篮球场，地面全是新硬化的，几个放假的中学生正在打篮球，他们身上那股蓬勃的朝气、那份锻炼的热情感染着每一个路过的人。另一边小花坛里种着各色的花，争奇斗艳地开着，仿佛在欢迎远道而来的人。还有一片空地，听大姑姐说村里已经规划好了，随后要安装健身器材，让村民休闲健身呢。瞧，农民的日子真是越过越好、越过越有味儿了。

再往前走，就是村里的老戏台所处的位置，原来的老戏台说白了就是一个用土和石头搭建的台子。以前每每遇到大的节日或是条件好的人家的嫁娶之日，他们都会自费邀请山西的蒲剧团，最少也是当地小有名气的灵宝剧团来助兴。土台子下总会坐着许多老人，兴致勃勃地看着戏，这是当时村里人唯一的精神生活。可是现在，土台子怎么被推平了？姐夫告诉我，戏台要重建，听说已经招标了，要花好几十万元呢。听着听着，我似乎看到昔日的这个小土台子已被高大阔气的戏台所代替，想必到时候台下观众的热情一定有增无减吧。

转眼就走到了自家门口，哎，门口的小厕所呢？看到我的疑惑，大姑姐立刻笑着回答："真是整天忙工作，不关心家里事，厕所去年都拆了，村里不让门口建厕所，现在家家户户都建在家里了。"我立刻语塞，不知道还有多少新生事物没有看到，我不禁独自感叹：农村的变化真大啊！

走进家里，想歇歇脚喝口水，我朝窖井边走去（以前由于村里没有井，家里就专门挖了窖井存雨水喝，几乎家家都有），哦，井里怎么没有存水了。记得以前来时，每逢下雨，婆婆总是在井里存了很多水，主要用来做饭，连洗衣服都舍不得用呢。婆婆似乎看出了我的心思，笑着说："政府出钱给咱村挖了井，再说自来水管都接到家里了，许多人家还装了净水器呢，早不用窖井存水了。"从婆婆爽朗的笑声里，我看到了农家人的快乐和知足，也看到了他们对党的惠民政策的发自内心的感谢。我再次感叹：农村的变化真大呀！

看时间不早了，婆婆带着我和大姑姐向二叔家走去。二叔二婶见我们来了，赶紧来迎我们。家里好热闹呀，大多是亲戚，也有很多村里人，大家都在帮忙做明天婚礼的准备工作。刚找个房间坐下来，我就问二婶："女方要了多少彩礼呀？"我知道，农村的女孩现在"金贵"得很，前几年

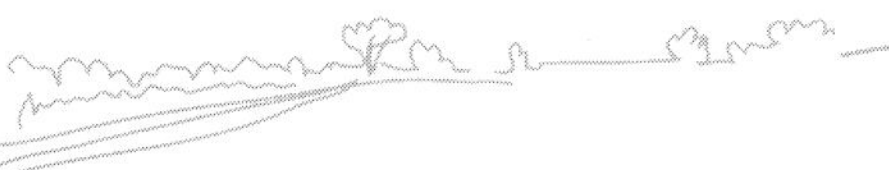

听说都得五万左右，随着物质生活的提高，彩礼要十万八万的也不稀罕，更有甚者，家庭条件好的，要三十三万，说是“三生三世”。唉，儿子结个婚，父母脱层皮。

听到我的问话，二叔二婶都笑了：“这次，人家没向咱要一点彩礼。”我真的不敢相信自己的耳朵：“这是真的吗？哪有女方不要彩礼的！谁听了都不会信。”“这是真的，你弟媳妇芳芳是城里人，爸妈都是教师，人家就是看上你弟了，知道咱条件一般，还有一个妹妹上大学，所以只买了几件衣服和一些首饰。我和你二叔想着人家爸妈给姑娘养恁大也不容易，就送过去了五万元，这不，今天又给买成嫁妆拉回来了。你说遇着这亲家真是我们上辈子积的福呀。”二婶激动得话都说不囫囵了。“我们都说是你二叔二婶上辈子烧了高香了。”“这是真的，这是真的。”村里人异口同声地肯定说，生怕我不信似的。

我被他们的话深深地触动了，新农村新风尚，年轻人积极进取，破除旧习，创和谐家庭关系，值得大家去学习。虽然可能是个例，但我希望在不久的将来，它能成为一个传播正能量、传播新风尚的新开端。

这一次的家乡之行真是不虚此行，那里的山，那里的水，那里的人再次刷新了我的记忆，让我感受到了农村前所未有的新变化。那山，见证着历史的兴衰更替；那水，见证着时代的发展变迁；那人，见证着这里日新月异的每一寸土地的变化。这一切都得益于党的惠民政策，得益于我们市委市政府的领导，更得益于乡镇那些最基层的为了民生辛苦奔波的人民公仆。“人民群众对美好生活的向往就是我们的奋斗目标。”相信，只要我们朝着这个目标前进，人民心中的美丽乡村梦一定会实现！我们国人心中的中国梦也一定会实现！

风景这边独好

灵宝市五亩乡中心小学　屈莎莎

有一个美丽的地方，那里彩云飘荡，槐香四溢，天蓝水清，瓜果飘香。你可以尽享天然氧吧带给你的神清气爽，也可以欣赏这里山水的旖旎风光，还可以参加享誉省内外的苹果盛会，亲口尝一尝高山苹果带给你的甜脆可口。这就是我美丽的家乡——灵宝市五亩乡。

虽不是土生土长的五亩人，可是在此工作二十余年，又身为五亩人的媳妇，对这片土地我已经有了不一样的感情，我也用自己的眼睛见证了五亩这二十年来翻天覆地的变化。

脱贫小组入千户，龙祥新村展风采，农民个个笑开颜

五亩乡地处涧河之畔，部分村落远居山涧沟壑，交通特别不便利，再加上土地面积少，土壤贫瘠，农民无其他收入，只能依靠外出打工赚钱。孩子们上学也实属不易，晴天还好，遇到雨天，孩子们一个个艰难行进在山间羊肠小道上，头顶雨水肆虐，脚下泥泞不堪，稍有不慎，便有滑落山涧的危险。而且有些孩子甚至需要往返十几里路，一幅幅场景真让人心酸。

五亩乡的状况，引起灵宝市委、市政府的高度关注。在市委、市政府及五亩乡政府的部署下，组成了一个个脱贫攻坚小组。小组成员顶烈日，冒风雨，走进千家万户，送温暖，送米粮，筹建设，农民直夸咱党的政策好。一年后，在五亩街尽头，一座崭新的龙祥新村出现了，一排排高楼拔地而起，一条条小道踏出幸福欢笑的印记，一张张笑脸如同三月桃花朵朵开。春日融融，微风拂面，院内芳草鲜美，落英缤纷；墙外小桥流水，绵柳飘荡。

山不在高，有仙则名；水不在深，有龙则灵。家乡有了党和政府的关怀，尽显龙乡风采！

最美人间四月天，美丽乡村换新颜，万紫千红迎客来

记得2000年大学毕业后刚分配到五亩乡工作时，这里的道路还只是一

条坑坑洼洼不足五米宽的乡村公路。每次上公交车来，运气好的话，可以等到班车；可运气差的话，只能坐着三轮车一路颠簸，再一路和尘土扬沙做伴。来到单位，已是半个“土行孙”，环境之差可想而知。

幸运的是近几年，尤其是“建设美丽乡村”政策实施之后，在五亩乡政府和人民的努力下，环境发生了翻天覆地的变化。来到五亩桥头，首先映入眼帘的是一个巨大的银色雕塑，上书“龙乡”二字，寓意龙乡欢迎来自四面八方的游客。

一条柏油大道沿着涧河连接南北，真乃“一路横贯南北，天堑变通途”，路上车流、人流络绎不绝。在柏油大道的南边，又新修了两条公路，我们称之为五亩的“二环”“三环”，足见我们对这两条美丽的乡间公路的喜爱和珍视。路边，一排排的银杏树枝繁叶茂，似乎张开臂膀，迎接你我的到来；不知名的野花竞相开放，百般红紫斗芳菲；最是那槐香四溢的日子，抬眼望去，那一树白花，一串串，一穗穗，宛若新娘的白纱裙。花里带来些清甜的香味，沁人心脾。近了，摘一朵，放进嘴里嚼一嚼，一股甜丝丝的味道浸入味蕾。夏日的这里更美了，一片片金黄的向日葵转动着骄人的圆盘，引来蜂飞蝶舞。而我也最喜邀三两好友漫步、闲谈、拍照，尽享天然氧吧，怎一个“爽”字了得！

最热闹的要数晚上了，大人小孩齐聚五亩文化小广场。霓虹灯下，乐声四起，老人、小孩、青年，还有小媳妇们踏着音乐扭动腰肢，虽然动作不那么标准，但整个人都是喜洋洋、乐呵呵的，这副活力四射的状态令你我动容。我和同事们也禁不住被吸引了，呼朋引伴参与到这广场舞中去。

汪国真有一首诗叫《感谢》：“让我怎样感谢你，当我走向你的时候，我原想收获一缕春风，你却给了我整个春天……让我怎样感谢你，当我走向你的时候，我原想撷取一枚红叶，你却给了我整个枫林；让我怎样感谢你，当我走向你的时候，我原想亲吻一朵雪花，你却给了我银色的世界。”此刻，我只想说：感谢政府，感谢五亩的父老乡亲，感谢你们用汗水浇灌的美好家园！

苹果花开动金城，蜂飞蝶舞游人醉，盛世甜果邀您品

如果说环境的变化丰富了人们的精神生活，那么苹果盛会的举办则推动了五亩的经济发展。

自去年以来，五亩乡开始承办苹果花节、苹果采摘节，将当地的苹果推向省内外、国内外，均获得巨大反响。你瞧！苹果花节盛会上，一个个

苹果花仙子如同仙女下凡，尽显妩媚风姿；一朵朵白里透着点红的苹果花张开娇艳欲滴的笑脸，迎接四海宾朋；一颗颗巍然屹立的果树苗用他们那矫健的风姿，向世人展示他们的壮丽风采。蜂飞蝶舞，红花绿叶，游人醉了。苹果采摘节上，一个个硕大的苹果犹如一个个红灯笼，好似在诉说着成熟、骄傲。游人如织，果农兴奋，交谈着，品尝着，一场场盛会将家乡的苹果塑出品牌！

这是一场苹果的盛会，更是一场丰收的庆功宴！

若问美景何处寻，我只想说：龙乡之美醉桃林，风景这边独好！此刻，我只愿携一缕清风，拈一枝花红，与时光静好，尽享诗意和远方。

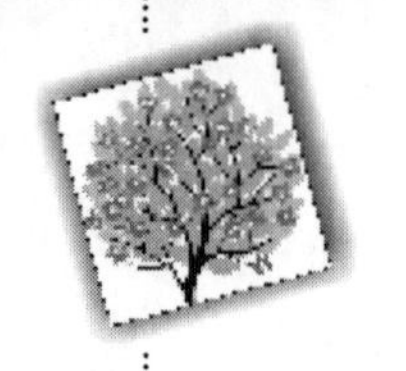

悠悠家乡路

豫灵一中　刘晓娜

五月的灵宝，百花争艳，虫鸟啁啾，一片生机勃勃。乡间路上春风拂面，自己心中思绪万千：这条蜿蜒的路上见证了我和家乡的多少变化和成长啊！

一、艰难养家路

小时候，那条路是父母的养家路。母亲扛着锄头披星戴月，在黄土塬上侍弄庄稼，地头路边便是我们的游乐园：泥巴、面面土、昆虫和山果就是我们所有的快乐源泉。父亲拉货的拖拉机也在这条路上来回奔波，路上深深浅浅的车辙里有农民的艰难和倔强。永远记得这样的场景：夕阳西下，西边的天空晚霞片片，红彤彤的夕阳烧灼着我和母亲的心，母亲担心跑车拉货的父亲，我则因为母亲的担忧而担忧。那条土路我走过很多次，从沟底蜿蜒到塬顶，极其难走。旱季脚下是烫脚的面面土，雨季是“沟壑纵横”的水沟沟，雪天又变身为天然滑雪场。一年 365 天，—多半的时间母亲的心都揪在那条路上。童年的那条路上，一半是我的快乐，一半是父母的汗滴。

二、漫漫求学路

长大后，那是我的漫漫求学路。每次上学都要从沟底翻上塬顶。路上不通公共汽车，将近两公里的大坡，要么步行，要么搭顺风车。自己小腿肚上的紧实肌肉就是那时候练出来的，对人的信任也是那时候建立起来的。我很少去揣测别人的恶意，这和帮我的顺风车司机们有很大关系，他们曾经无条件地帮助过我，我也曾经别无选择地信任他们，从来不曾想过他们会心存恶意。我坐过的车有很多，有出门贩菜的，有拉猪运羊的，相同的是他们脸上都有着和父亲一样的风霜和淳朴。那时候，我日日期盼着能有一位高人把大坡路修成水泥路，然后能通上公共汽车，打破我们西阎乡水泉头村那四面环坡的闭塞处境……

三、宽广幸福路

“听说，政府要给我们村大坡修路啦！”村东头刘伯伯的大嗓门惊动了半村人。“那得多少钱？多少年的土路，哪是说修就能修得成的？”王老太撇着嘴，半信半疑。“已经开始投标啦……”“修路人已经驻扎下来啦……”关于修路的消息一天天多起来，村民们也越来越坚定地认为这不是梦。轰隆隆，修路的铲车铲出了新天地；轰隆隆，搅拌机拌好了水泥……不到两个月，一条水泥路从村口蜿蜒到塬顶。很快，路上多了小汽车、货车和公共汽车。

随着道路的修整，村民通过这条路开始去市里打些短工，多了挣钱门路的村民，脸上少了苦楚，多了笑容。收购葡萄、桃子、苹果的外地大货车也纷纷进村收货，经济宽裕了，“一村一品”也开始步入正轨。家长开始选择让娃娃们去市里上学，接受更好的教育。不至于像童年的我一样坐井观天，出了村子，看到大千世界，变得惊慌失措，经历诸多的不适应。那时候，我想要说上一句话，总是反复斟酌，怎么说才能说得像个城里人，等想好了，说话的时机已经过去，说话的兴致也早已索然，以至于后来的我变得寡言。现在的小孩子呢，几乎天天进城，从小就会说得体的话，做得体的事，跟生活在城里的娃相比，一样的幸福、自信。这种变化，我想，也应该归功于道路建设。

其实道路建设带来的变化岂止这些？文化大院、舞台、村民委员会办公大楼、饮水工程、卫生所、光伏发电和光伏路灯……这一个个设施设备，如雨后春笋般出现。一系列的村建活动如春雨般润物无声，使古老的村庄焕发出新的活力！

作为被这方土地深深滋养的儿女，最大的心愿就是能为家乡建设出力，却不曾想，日渐强大的家乡，最终成了我们的骄傲！为我们提供了强有力的支撑！每每听到村民委员会大楼欢快的广场舞音乐，看到篮球场上挥汗如雨的健身身影，看到晒太阳的幸福老人，我都深深地感觉自己被滋养着，被推动着，被骄傲喜悦占据着。

感恩这片古老而又现代的土地，感恩村建的伟大决策与助力，感恩村民齐心协力向前冲的斗志！愿我们的村庄更加美丽强大繁荣昌盛！愿新时代的人们都被幸福环绕，乘风破浪，把日子过得红红火火！

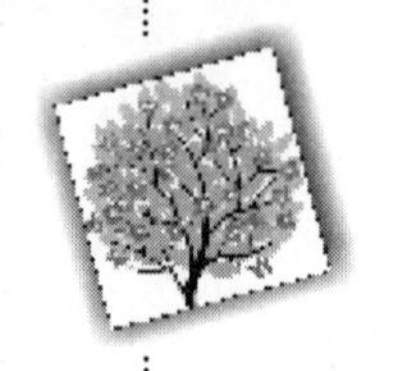

桂花塬今昔

灵宝市朱阳镇第二小学　邢丛星

桂花塬是俺的家乡，她位于灵宝市五亩乡西南部的丘陵山区，西隔小秦岭与陕西省洛南县相望，东接青山与卢氏县为邻。境内山岭起伏，沟壑纵横，三十年前是一个非常闭塞落后的地方。

改革开放四十年后的今天，这里成了全国无公害苹果生产基地，享有了“亚洲高山果园”的美誉。每年秋季满山遍野全是红的、粉的苹果，果香醉倒八方客，来这里洽谈业务的客商更是络绎不绝。桂花塬人的生活发生了翻天覆地的变化。

三十年前的桂花塬人都记得外界人送的极为不雅的顺口溜：“桂花塬，吃水难，唾沫洗脸，泥水做饭。”桂花塬山高坡陡，十年九旱，吃水相当困难。每天村里人都要下到距村子五六里地的沟底去挑水，稍微懒散一点就只能挑混浊的泥水回家了。在用水紧张时期，半夜里泉眼旁边挑水的人就排起了长龙阵。衣服是从不在家洗的，水贵如油呀，清水用来做饭，洗菜水沉淀后用来刷锅，刷锅水用来喂鸡、喂猪，就连平时洗脸、洗脚也用水桶积攒起来再去浇菜、浇树。天旱到极致连泉眼的水都要干枯哩，村里人就去找神通广大的神婆，神婆收到好处后装神弄鬼，便会告诉众人七天或是三天后将会降雨，蒙对了神婆说是龙王显灵，蒙错了神婆也会念念有词之后告诉众人龙王云游去了不在家，村民们也都信以为真。

那年月的桂花塬人信息闭塞，是标准的山里人。他们有的人一辈子没进过城，三年五载能进一次城的人都算是见过世面的。平时能进城的都是村里的“能人”（贩卖牛羊的经纪人），那些“能人”进城通常是半夜就动身往城里去，到达时已是晌午，当再从城里返回村子已经是月上柳梢头了。若有人问起城里的事情，“能人”就会滔滔不绝讲解那一角钱一碗的羊肉汤是如何如何的美味可口，使那些没走出大山的人听得心里痒痒，口水直流。

“面朝黄土背朝天，出力流汗饿肚皮”是那时桂花塬人生活的真实写照。那时的桂花塬人思想观念陈旧，固守着农民天生就是种地的传统，收了麦种豆，收了豆种麦，一年四季不停地辛勤劳作着，可到头来交过公粮后便所剩无几了，还要经常忍痛将一家人的口粮卖一些给娃儿交学费，接下来就得捂紧粮袋过日子，再往后就是吃了上顿没下顿，寻亲访友忙借粮。那时生病了是从不敢看医生的，远离县城，交通不便，最要紧的是兜里没钱，要是真有病了就硬扛着，实在扛不住了就问问村里的老年人寻个偏方，因无钱看病或硬扛耽误最佳看病时机而丧命的悲剧在村里时不时上演着。由于干旱、贫穷，别的村都不愿将姑娘嫁到桂花塬，村里出现了一批到了年龄娶不到媳妇的小伙，无奈之下许多人就做了上门女婿。

三十年后的桂花塬已非昔日的烂荒山，变成了名副其实的花果山。桂花塬人保留了传统的种植农业外，也懂得了发展经济。不仅在自家的责任田种小麦、大豆等农作物，同时也栽上了烟叶，栽上了果树，也知道要发展特色农业，要走科技兴农的道路。他们采取地膜覆盖的方法达到保墒并提高农产品的质量和产量；积极争取上级扶持资金，在自家果园地头打水窖、垒水池，保证果树灌溉需要，天实在旱的时候他们就会通过电话或网络向主管农业的科研单位传输信息，科研人员会根据气象情况适时进行人工降雨，请神婆找龙王要雨的事已成为老皇历了。

物竞天择，适者生存。今天桂花塬人的脑海里也有了竞争这个词，为了提高果品质量，桂花塬人从市里请来了园艺师，掀起了学习农业技术的热潮。通过学习掌握果树的修剪、施肥、浇水、防病、用药、稀花稀果、套袋、贴字等技术，果农个个成了技术员，家家能育出精品果，桂花苹果名扬四海，桂花塬由过去的贫穷落后的乡村变成了国内闻名的无公害苹果生产基地。

如今的桂花塬人依靠党的好政策致了富，种粮还免税，孩子上学免费，生病有医保，用上了自来水，通了水泥路，下地开上了自家的农用车，进城有公交，户户装上了固定电话，家家住上了设计新潮的平房、楼房，电脑、手机、冰箱走进了寻常人家……桂花塬成了远近闻名的小康村，主动上门为小伙子提亲的一天来几波。奇怪的是桂花塬人的门楼大多朝东，而且门楼特高、特大，问其原因，答曰：“改革开放犹如旭日东升，霞光万丈惠及神州大地；勤劳致富依靠惠农政策，紫气东来明日开车进城。”

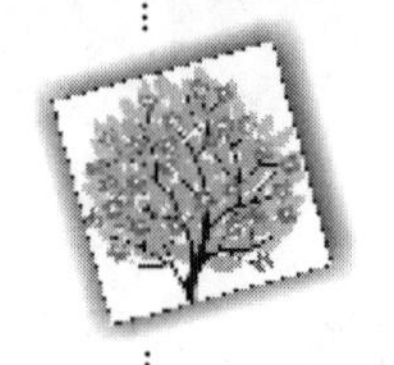

家乡巨变

灵宝市中州实验学校　僧增武

我被家乡的新变化惊呆了！

几个月不见，一踏入村庄，映入眼帘的是：一排排粉刷一新的白色楼房鳞次栉比；一条条干净整洁的大路和巷道成井字状纵横交错；一棵棵绿茸茸的“手爪松”和间植的樱花树整整齐齐地站在大路两边，列队迎宾；而一树树盛开的樱花，在微风的吹拂下，数不清的“粉蝴蝶”翩翩起舞；篱落疏疏的木栅栏圈护着家家户户门前精致的小花园。花园里五颜六色的小花，摇头摆尾，散发着淡淡的幽香，沁人心脾。不知是谁家的小花园里竟栽种着一株国色天香的“洛阳红”牡丹，硕大的花朵，格外引人注目。几只小蜜蜂在花蕊上嘤嘤和鸣。忽然，一阵牛毛似的雨丝，洋洋洒洒地飘落下来，空气变得清新而又纯净。洒水车喷出的高高的水雾，在太阳的照射下，幻化成五光十色的彩虹……我被这眼前的景象迷醉了，恍惚进入了世外桃源，又像是误入了王母瑶池。我的眼前展现的不就是一幅精美绝伦的立体画卷吗？如此美丽的画面，怎能不让人赏心悦目，流连忘返呢！脚步啊，你慢点走，我真想停下来，为这样的美景写一首优美的赞歌，但又恼于我手上的这支拙笔，怎么也画不好这浓墨重彩的一笔，我只好沉浸在这天堂般的仙境里，细细地品味它的神韵……你看，悠闲自在的老人们，搬着小板凳，三五成群地聚在一起，喝着茶，聊着天，下着棋，几只憨态可掬的小狗舒心地趴在主人的身边，闭目养神，仿佛也在享受着幸福生活……

一阵激荡人心的乐声传来，我被新整修的文化大院吸引住了。只见一群身着一色鲜艳服装的老太太、小媳妇，伴着动感十足的音乐，踩着有节奏的鼓点，正有模有样地跳着健身舞。她们的神情是那样的专注，她们的动作是那样的潇洒，她们的舞姿是那样的轻盈而又曼妙。每个人的脸上都洋溢着甜甜的笑容，她们在尽情绽放青春的风采……

环绕村边的公路又是一番新景象：公路两侧路沿上用蓝砖砌成了一个个垛口，随着公路蜿蜒前伸，一眼望不到头，活脱脱一个“万里长城”。一辆辆疾驰而过的汽车，穿行在“万里长城”上。垛口边密密麻麻地栽植着一人多高的柏树，像是给“万里长城”镶上了绿裙摆。公路两侧延续不断的高大的路灯，恰似一个个威风凛凛的大将，守卫着“万里长城”。村子与公路相连的宽阔的街道两边长着高大的法桐树，枝繁叶茂，绿树成荫。太阳透过叶缝儿洒下点点光斑。粗壮的树干上缠绕着一圈圈被称为“满天星”的LED灯串儿，旁逸斜出的树枝上挂满了一串串红通通的灯笼。夜幕降临，华灯齐放，万盏灯火，远远望去，疑是银河陨落，一个乡村版的“天上的街市”重现人间……

公路桥头的空地上，新建起了两座小公园。公园里堆起了假山假石，栽植有月季、石楠、松树、柏树，还有“飒飒”作响的翠竹。一条弯弯曲曲的石子小路伸向竹林深处。真是“曲径通幽处，公园花木深”啊！

公园边树立着一块巨大的宣传牌，上面一行一米见方的大字特别醒目：绿水青山就是金山银山。这是一种号召，也是一种指引，昭示和引领着我们的环保向着更高的目标迈进。

面对如此变化的村庄，我不禁感慨万千。我仿佛邂逅了一位熟悉而又陌生的故友。怎能不熟悉呢？尽管而今在城里工作，但我从小在这里长大，村里的一草一木都历历在目。然而我又感觉到几分生疏，几天不见，村庄的变化简直让我认不出来了。提到村庄的变化，正在村里亲自指导环境治理的村支书，如数家珍，娓娓道来。我们村有一千多口人，近千亩地，是一个历史悠久的农村居落。多年来，村民一直固守着陈旧的观念，违规占地、私搭乱建、乱堆乱倒现象屡禁不止。肥沃的农田被破坏，道路和巷道被挤占，宅基地超建，柴火、砖石随意堆放，垃圾污水随处倾倒，户外厕所臭气熏天……严重影响了村容村貌和环境卫生，也滋长了农村不正之风的蔓延，引发了许多难以调和的矛盾，阻碍了社会主义新农村的建设和发展。这种乱象如果听之任之，必然成为农村社会的“白蚁”和“蛀虫”。治病用良方！

在市委市政府的正确领导下，有通情达理的村民的支持，这几年村里积极开展“创建文明乡村”活动，对农村环境进行大整治，特别是近几个月来，按照统一部署，果断地施行了“手术刀”式的“打违治乱”，切除了遗留多年顽固不化的“毒瘤”，村庄环境大为改观。道路变宽了，变直了，路灯变亮了，环境变干净整洁了，变优雅了。村里的违建物被依法拆除和清理，主干道和巷道进行了整治，道路边统一栽种了花木，家家门前放置了大垃圾桶，每天有专人专车清扫运倒垃圾，每条巷道都安装了太阳能路灯，制作了展示社会主义核心价值观和《道德经》等内容的文化墙，

粉刷了楼房，整修了文化大院，添置了运动器材……村里的卫生环境和人文环境明显改善。每逢传统佳节、革命纪念日和本地节会，村里都要举办一定规模的庆祝和纪念活动，弘扬优秀传统文化，加强法制和环保教育，村民的文化和道德素养明显提高，逐渐形成了孝老爱亲、邻里和睦、遵纪守法、风清气正的新风尚……照这样发展下去，一个环境更加优雅，村美人美的新农村指日可待……

耳闻目睹村庄的变化，我心潮起伏，难以平静。我仿佛看到了一个如诗如画的“美丽乡村”正阔步向我们走来……

最后告诉大家，我的家在灵宝市川口乡红渠村。我期待着家乡更大的变化！

山村情结

灵宝市第一初级中学　马金莲

最近，时常会毫无征兆地陷入回忆，过往的岁月时常会如放电影般在脑海里回放；而不管是长的还是短的，梦中那情情景景，那人人事事总不经意间把自己带回到寺河山深处那个我儿时的家——美丽的寺河山乡翁家窝村。我想，我现在才明白，已过不惑之年的我竟是如此怀念和依恋那个家！这一辈子，那个我儿时生活过的地方，将成为我生命里无法抹去的情结。

我出生的小山村，四面有山环绕，中间零散地分布着二三十户人家，它位于寺河山深处。春天，总会有数百种野花在山坡上肆意歌唱，各色蝴蝶在花丛里起舞；夏日，杏儿、桃儿、苹果等果子总在枝头荡着秋千；秋天，红玛瑙似的或绿宝石似的苹果，红彤彤的柿子总会散发着诱人的香气，缀满园子里的果树；冬日里，粗壮的冰凌悬挂在每家的檐角，与屋檐下成串的红辣椒、橙黄的玉米吊子，合奏着五彩的农家和平曲。尤其是大雪过后，层层梯田，到处银装素裹，真让人产生"江山如画"感慨。一年四季，一棵棵果树像士兵一样整齐地在各家的果园里列队，等待着我和我的玩伴们随时检阅。而在它们中肆意撒欢的日子，就成了我四十几年来最无忧的美好时光。

记忆最多的便是果园里的苹果树。懵懂无知的年龄里，父母亲总在果园里忙碌，果园就成了我们的游乐场。春天里，远远望去，那一棵棵苹果树汇成了白色海洋，连绵不断。当你还未走近时，缕缕清香，总会伴着风儿，钻入你鼻子里、衣服里，甚至每个舒张的毛孔里。这时，你会觉得，自己是香海里荡着的一叶扁舟。苹果树叶嫩绿嫩绿的，花开得密密匝匝，嫩白色的花瓣在风的陪伴下，翩翩起舞；有的花瓣刚开，白里透着一点点红；有的还是粉红色的花骨朵儿，看起来饱胀得要破裂似的。那一朵朵、一簇簇的苹果花千姿百态，争奇斗艳，各有各的特色，各有各的芳容。还有那一只只蝴蝶、一只只蜜蜂围绕着它们，唱着甜美的歌，大秀它们的舞姿。在我看来，这种场景也许，宋朝文学家、史学家宋祁的"红杏枝头春意闹"才可与之媲美。

苹果花既淡雅、素白，又有着独特的清香。唐代孙思邈曾说苹果花可“益心气”，元代忽思慧认为能“生津止渴”，清代名医王士雄称有“润肺悦心，生津开胃，醒酒”等功效。现在想想，竟突觉“百年老树竞繁花，花海畅游觅春天；苹果花下感流年，醉入花丛不思归”的作者，简直就是儿时的我！

秋天正是苹果成熟的季节，一踏进绿色海洋般的果园，就闻到一股浓郁的苹果香气。我们村最开心的日子便是在秋季苹果成熟的时节，从树上摘下或红或绿、或小如鸡蛋或大如拳头、或面如明镜或面如麻石的苹果，然后堆满每家每户的果园。那时的苹果，品种虽然不少：有黄香蕉、青香蕉、红玉、秦冠、国光、红星等，收成也不错。但因这里的交通条件不好，管理技术不高，品种老旧，那些或拥有自然原香、甜而不腻、脆爽可口，或皮薄不易久放、易面而酸的苹果，常常被储存在苹果库里。偶尔想趁新鲜卖个好价钱，还要拉着架子车，套着慢悠悠黄牛走几十里的山路拉到城里去卖。然而，生意总是不好。来年春天，总会有大批大批坏了的果子被倒进山沟。现在再想起这样的情形，资本主义社会大资本家因为垄断而宁愿把大批牛奶倒进河里也不愿廉价卖给无奶可喝的老百姓的情形总会在我脑海出现，然而它们竟是那样的不同。

岁月更替，白云苍狗，从20世纪70年代到90年代，苹果树的品种多了，村里又新增添了价位高、味道清甜可口的红富士、嘎啦等。村里人也知道给苹果套上保护膜和纸袋子确保果面了，也知道疏花疏果增加苹果的产量、确保果子的等级了。常年辛勤劳作的村民们，大部分时间都在果园里忙碌着：春夏秋三季他们在果园里为果树施肥、打药、疏花疏果卸果、除草等，冬天修剪枝条。他们更懂得了用技术去管理果园了。苹果给村里带来了不小变化：村里修了平坦的土路，家家户户也买了拖拉机。

然而，在田地里忙碌了一年的村民们在售完苹果后，总觉得心头空落落的。一年到头的辛苦剩不了多少，仅够维持基本的生活开销。就拿我们家来说，因家里缺少劳动力，四个姐姐先后辍学，只为我和妹妹提供求学的机会。

是卖苹果的收入，让我顺利完成了大学学业。自此，我对苹果的特殊感情又进了一层。我的记忆里，它不再仅仅是香甜脆口的水果，更是滋养我、养育我长大的“亲人”。那时我内心一直有一种渴望：希望所有人都知道我们寺河山的苹果有多好！我们翁家窝村的苹果有多甜！更希望我的父母我的乡亲们生活得越来越甜美！

时光荏苒，我已工作了二十四个年头。父亲也在十多年前因生活的重压积劳成疾过早地离开了我们。每年趁节假日回家探望母亲时，她总是给我唠叨村里的那些事儿。从她的口中我知道我们的小村庄再也不是从前那个偏僻那个落后的村庄了。柏油路修到了村口，每年4月初到5月初，在灵宝近百万亩苹果花次第盛开，满山遍野，蔚为壮观时，我们寺河山都会迎来苹果花节。我们村的苹果也因有了寺河山苹果花节而销路越来越广。每年国家还给每家每户发放一定的土地补助款。现在村里几乎家家都买了新的交通工具——小轿车。再也不用愁因交通不便、销路不好苹果卖不出去了。村民的日子越过越红火，每次回家母亲和姐姐总是大包小包往我车里塞东西。

“春风不妒柰花时，满园芳菲已成景。”而今时光苍老了一切，波光滟滟，它唱着稚气的歌子轻易流走，只留下日后记忆的点滴影子。每每翻阅生命的相册，大山深处，那养我又让我恋的苹果树，那美丽又令人依恋的小山村，总会化作缕缕乡气，向我生命深处漫溯，结节于心。而它们终将化作我无可救药的山村情结！

看金城巨变　旧貌换新颜

城关镇解放小学　米娅萍

我的家乡——灵宝被誉为“黄金之城”“苹果之乡”“道家之源”，也是中原地区旅游观光胜地。

可是，几年前的灵宝，河流污染，垃圾遍地，空气污浊，小广告随处可见。街道上污水横流，道路狭窄，坎坷不平。马路两旁都是破旧的房屋，随意停放的车辆。尽管公园里树立有爱护花草树木的标牌，但是绿地上仍然被踩出许多羊肠小路，整个城市的市容市貌都很差。

时间过得真快！自从文明城市创建活动开展之后，整个城市奇迹般地地发生了翻天覆地的变化。

看，以前的臭水湖——金水湖经过治理后，已变得清澈明净。湖底彻底清淤，湖里的垃圾被清理干净，湖底沙石隐约可见。湖水如琼浆翡翠，几只天鹅或引颈高歌，或孤芳自赏，引来鱼虾追逐嬉戏。湖面水平如镜，倒映着碧水蓝天。湖两岸长满了郁郁葱葱的树，树冠或苍翠如墨，或鹅黄如玉，像只用绿色渲染不用墨线勾勒的国画一样，浓淡相宜。林间曲径通幽处，鲜花绽放，姹紫嫣红，鸟语花香，风清气爽……美丽的金水湖似一幅浓墨重彩的山水画，令人流连忘返。

看，我们的小区变靓了！小区门口花红柳绿，彩灯喷泉相映成趣。喷泉喷出的水柱像朵朵含苞待放的花，突然，水花四溅，千万颗珍珠凌空撒落，引来鸟雀驻足欣赏。小区里面，绿油油的草坪，五彩缤纷的花，把小区装点得生机勃勃。小区里的健身器材多种多样，打球、跑步、荡秋千的人忙得不亦乐乎。想想以前，哪有如此美丽舒适的居住环境？

看，文化广场休闲娱乐的人群！繁华的夏夜，站在12层的高楼上欣赏我们美丽的城市，一座座高楼拔地而起，一条条柏油马路纵横交错，一辆辆汽车来回穿梭，川流不息。不远处，文化广场上灯光闪烁，人头攒动，原来是人们正在休闲娱乐呢。老人们迈着柔美的步伐跳着广场舞；年轻人随着欢快的旋律跳着健身操，孩子们合着劲爆的音乐跳着街舞。清晨，人们三五成群，结伴而行，有跑步的，跳舞的，读书的，打太极的，打羽毛球的，整个城市都沉浸在文明与幸福的氛围中……

看，宽阔又平坦的公路！自从焦村半坡高架桥修通之后，就像疏通了城市的大动脉，很少堵车了。马路两边闪现出许多绿化带，城市到处是绿意盎然、繁花似锦的景象。乱扔垃圾的现象越来越少了，随地吐痰的人不见了，乱停乱放、乱写乱画的现象也没有了。因为有了绿草，有了鲜花，有了人们的文明行为，所以我们的城市变美了，人们的笑容也更灿烂了。

如果环境是一棵树，那么我们便是树上的枝枝叶叶；如果环境是一片蔚蓝的天空，那么我们便是空中的飞鸟；如果环境是一泓清泉，那么我们便是泉中一滴滴甘甜的泉水……灵宝是我家，我们都爱它。作为一个灵宝人，我们每个人都应该时时处处爱护环境，保护花草树木。让我们一起行动，守护一方青山绿水，打造一个美好家园，让我们的城市更美好、更和谐！

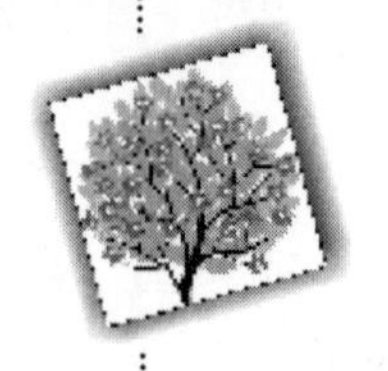

弘农涧河咏唱灵宝诗篇

河滨小学　屈　靖

“美不美，家乡水；亲不亲，故乡人。”也许骨子里有深深的恋家情结，尽管去过不少城市，仍然觉得家乡灵宝最美，依山傍水、山明水秀，真是人杰地灵、物华天宝。作为土生土长的灵宝人，自然对灵宝的母亲河——涧河，情有独钟。

弘农涧河发源于朱阳镇芋元村西，经灵宝、过函谷，北入黄河。幽幽涧水，滋润大地，养育万物生灵。儿时，到涧里边春游，挽起裤管，踩着河里的鹅卵石，小心翼翼地过河，却被顽皮的男孩子一把推入水中，顿时水花四溅、狼狈不堪；拿着塑料瓶子，心花怒放地到涧河里捉蝌蚪、抓小鱼，和小伙伴炫耀自己的“战利品”……涧河，流逝的是岁月，留下的是80后那一代孩子童年所有美好的回忆。

岁月更迭，迈进新世纪的家乡灵宝，犹如弘农涧河之水，涌起层层波澜。经济在腾飞，科技在发展，而与之不协调的却是涧河的污染越来越严重。远望，河面漂浮着星星点点的白色垃圾；近看，杂草丛生、乱石满地；一股刺鼻的臭味迎面袭来……工业污水、生活污水恣意排放，使得清澈见底的涧河负重累累，断流、干涸也屡见不鲜。

河？家乡人的母亲河呢？

岁月轮回，灵宝人终于意识到环境的重要性，花大力气美化环境，整治母亲河。而今，凭栏远眺——

沁水园内，一片欢笑：以雏菊、金盏菊、矮牵牛、石竹等花卉摆放的花圃、花带引人注目，姹紫嫣红、美不胜收；昔日的臭水沟如今亭台楼榭，错落有致；漫步红色透水混凝土浇筑而成的仿塑胶休闲小道，倾听流水潺潺、一片蛙鸣；公园内，游人如织，和着动感的广场舞乐曲小孩子们嬉笑追逐，神采奕奕的老人健步行走……眼前的一切，可曾让你联想到昔日的脏、乱、差？

道德经文化园，旧貌换新颜：粉墙黛瓦、徽风古韵的沿河景观让人驻足；玉兰、樱花、碧桃竞相开放；沿河步道新铺设的荷兰砖、整治一新的河道都在悄无声息地诉说着涧河的新模样。

金水湖、毓秀园，园林绿化力度日益增强，各色花木应接不暇，徜徉于水清、草绿、园美的休闲胜地，又咋能不为家乡日新月异的环境变化而惊喜、赞叹呢？

家乡环境的改造离不开建设者的辛勤劳动。据了解，灵宝市政府高度重视沿河两岸环境治理工作，对生产生活污水排污管网进行完善改造，修建雨污分流管网；采取生态调节措施，提高河流自净能力；加快弘农涧河沿岸景观绿化带建设，预计通过两年时间建成以樱花公园为中心的三条河流水系景观带精品工程。

华灯初上，新华桥、思平桥灯火辉煌；远远望去，涧河两岸流光溢彩、通体明亮，好似人间仙境，丝毫不逊色于大都市的夜景。湖畔中倒映着的高楼鳞次栉比，穿梭于大桥上的汽车络绎不绝……

伴随着创建文明城市的强劲脚步，裹挟着静谧祥和而又势不可挡的春的气息，古老的弘农涧河依旧缓缓地向前流淌，它正在焕发着新的生机，它将以更加昂扬的姿态去迎接愈发璀璨、耀眼的明天！

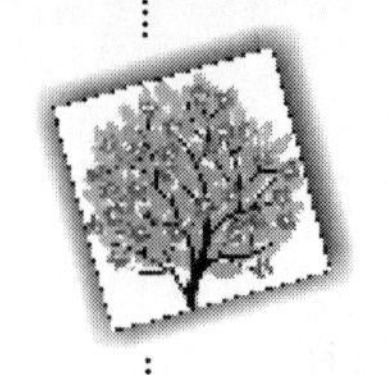

乡路弯弯长又长

豫灵二中　马巧丽

总有那么一条路，魂牵梦萦，难以忘记，那就是回家的路！

——题记

黄河之滨，小秦岭脚下的灵宝市豫灵镇的一个小乡村——杨家村，那就是生我养我的地方。从我记事起，乡间的泥土路便是我们的交通要道。

那年，我七岁，父亲骑着半旧的自行车，哼哼呀呀地把我送到了人生中的第一所学校——杨家小学。从此，在这条乡间小路上，留下了我和小伙伴们的串串足迹。小路的两边，一垄垄田地，随着四季的变化而改变色彩，唯一不变的就是带给村民们以丰收的希望。

桃红了，柳绿了，路边的小树慢慢长大了，果子渐渐成熟了。一年过去了，两年过去……这条小路总是不改她的本色，有的地方平坦，有的坑坑洼洼。最难熬的莫过于下雨天，小路泥泞不堪，给人们的出行带来诸多不便，成了名副其实的“泥水路”。初中时，小路上渐渐地多了一些交通工具，譬如：村里人口中的“蹦蹦车”（主要是因为颠簸太厉害而得名）、摩托车，偶尔还有外地来的小轿车。淳朴的父老乡亲居住在土木结构的房屋里，一年四季，日出而作，日落而息，生活恬淡而平静。

十四岁，我到镇上的重点中学读书，经过乡间的小路，乘车从310国道到小镇上。上学路上，令我印象深刻的是一条小河，河床不怎么厚，河水还算清澈，运气好的话，还能在河里捉到鱼。河岸两边有大片大片肥沃的土地，郁郁葱葱的杨树林，数不清的柳树。河上只有一座简易的桥，一到雨季，河水便会漫上小桥，这是我对这条河最初的记忆。此后，我的记忆中，小河、小桥一直是如此模样。

往后几年间，外出读书的日子，我就这么来来回回地在乡村小路上和宽阔平坦的柏油路间穿梭，使我忍不住畅想：有一天，那些乡间小路也会换上新装，变得平坦宽阔！一切的改变大约是从我读师范期间开始的。先前的“泥水路”，终于变成了柏油路、水泥路。村子里，平房、小洋楼渐渐多了，私家小轿车也有了。一切都如雨后春笋般发生着，变化着。村子里很多人都与矿石打起了交道，走上了致富的道路，这便是所谓的“靠山吃山靠水吃水”吧。此后几年间，他们不再把种地作为唯一的经济来源。渐渐地，熟悉的村子在我的眼中变得陌生了：村边，随处可见的废矿渣堆，在阳光下时不时散发出刺鼻的气味；小路上，总会有散落的矿渣，矿石碎块；常见的鸟雀也越来越少了；小河的容颜改变了，河床厚了，河水浑浊了，桥底被废渣淤泥彻底堵住了。终于，那个雨季过后，浑浊的河水漫上了岸边的田地，大片的耕地被淹没了，河边的柳树枯了。一切都来得猝不及防，一切都似乎结果必然。就这样，曾经的良田变滩涂，曾经的绿林成枯木……此后，每次经过此地我心中便五味杂陈。

绿水青山，就是金山银山。当习近平总书记这一科学论断传遍大江南北时，我的家乡也在灵宝市城乡环境大整治，创文建卫工作的带动下旧貌换新颜，让人欣喜万分了！回家的路旁，一排排侧柏迎风挺立，那条沉积了许久的小河经不住数辆挖掘机、铲车、工程车的强烈攻击，终于恢复了她昔日的容颜。河水清了，河床低了，河边的滩涂又变回良田播种希望了。

“五一”假期，再次回到村中，我欣喜地发现：路边一些违章建筑早已被拆除，道路更宽了！田野里，黄花菜、葡萄树、花椒树等经济作物长势喜人；路边堆放的杂物、垃圾等早已不见，取而代之的是月季花、迎客松等绿植；新建的文化大院盖起了大戏台，每年三月十一的杨震祠古庙会更是会吸引八方来客；重新修葺了灵宝市重点保护文物“杨公祠”，让“四知先生”杨震清明廉洁的美名远扬；幼儿园、社区诊所，健身器材、篮球场等一应俱全，大棚种植基地在阳光下熠熠生辉！这才是我们美丽乡村应有的模样！这才是生态文明宜居的美丽家园！

父亲告诉我，这几年村里种了很多经济作物，科学种田收入也不错，家家户户的门口都是水泥路，私家车出入更方便。村子里安装了太阳能路灯，垃圾集中处理，生活越来越好了！环境越来越美了！我那朴实的乡亲们早已知晓了美好环境的重要性，正用勤劳的双手建设着自己的家园，守卫着一方绿水青山，为子孙后代谋幸福。

一阵微风吹过，我嗅到了槐花的清香，沁人心脾。晚饭后，再次漫步曾经无数次走过的那条乡村小路，她是如此平坦。忍不住小跑了一段，我看到不远处，“草莓采摘”“甜瓜采摘”的牌子在太阳能路灯下闪闪发光！乡亲们在致富的道路上越走越准，越走越稳。

乡路弯弯，长又长。弯弯的乡路，见证了岁月的流逝，见证了劳动者的汗水与足迹，见证了改革开放40多年的伟大成就，更要见证乡亲们对美好未来的长长期许！

驻足远望，弯弯的乡路，一直延伸到很远很远，那里就是美丽乡村奔向幸福的方向。

拍“最灵宝的”

尹庄镇东车小学　赵转霞

女儿上中学了，每次回来开电脑都要埋怨我，说电脑桌面设置的画面太古老，像古董。她说她要拍“最灵宝的”当桌面。什么叫“拍最灵宝的”？看我疑惑不解的样子，女儿咯咯咯笑起来：“就是能展示灵宝特色的最美的图画！”

好啊，说干就干。星期天风和日丽，阳光明媚，我带着女儿去北区游玩，寻找女儿心中“最灵宝的”的图画。沿着尹溪路向北走去，刚过长安路女儿就急忙拿出相机拍起来。“妈妈你看，这儿多美，宽阔平展的马路一眼望不到头，两边的路灯像站岗的卫兵，让我想起戈壁滩上的白杨，新建的高楼大厦巍然耸立，这不正是现代化灵宝的缩影吗？”“是啊，马路中间的绿化带上百花齐放，红的，粉的，黄的，五彩缤纷，引来蜜蜂、蝴蝶翩翩起舞——大气不失温馨，现代中透着纯朴。”我说，“女儿，你有思想，这是‘最灵宝的’”！

走近养生园，映入眼帘的是苍翠的雪松、茂盛的竹林、刚长出嫩叶的速生杨，还有随风摇摆的垂柳，仿佛走进了森林公园。淡黄色的迎春花这儿一簇，那儿一片，黄绿相间，格外清雅。在这里品读“诗林”佳句，别有一番风味。女儿自然是要拍照的。进入园内，当我还在欣赏“上善若水”四个大字的时候，女儿已经钻进了水帘洞，从另一边跑出去，沿着石阶爬上了小山顶。小山上桃花、樱花、迎春花竞相开放，在草坪、绿树的衬托下，真是一幅美妙的图画。女儿呢？只见她捡起树下的一只空饮料瓶，飞快地把它扔进路边的垃圾箱，然后若无其事地继续她的拍照。我感到欣慰，感到自豪。

过了一会儿，女儿兴高采烈地告诉我，她拍到了最美的画面——金水湖。在阳光的照耀下，微波粼粼的湖面泛着金光，小船儿悠闲地游着，浮桥轻轻地晃着，对面的假山上树木葱茏，三个凉亭掩映其中。“山青青，水粼粼……”忽然想起了这句歌词。我告诉女儿，我也看到了最美画面：景美，人更美！

回来时经过弘农春秋园，虽已经游过多次，女儿仍然兴致勃勃，乐此

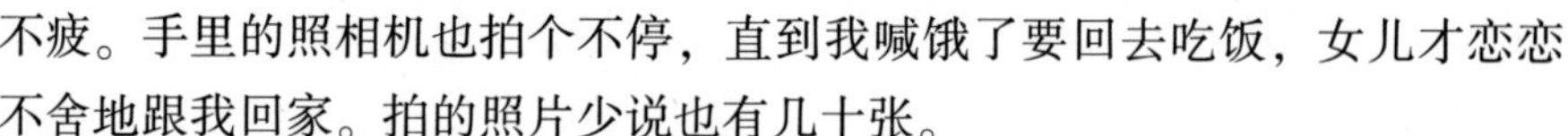

不疲。手里的照相机也拍个不停，直到我喊饿了要回去吃饭，女儿才恋恋不舍地跟我回家。拍的照片少说也有几十张。

哪一张是“最灵宝的”呢？女儿这下可真的犯了难。垂柳竹林最清雅，石铺小径最浪漫；桐沟大桥气势雄伟，小桥流水精巧玲珑，亭台楼阁别具一格，人造假山匠心独运。哪一幅不展示了灵宝的特色，哪一幅不体现了灵宝人民的智慧和才干？看着女儿左右为难的样子，我笑了：“这才到哪儿呀！整洁的马路，靓丽的楼房，繁华的商场，耀眼的霓虹灯，都还没拍呢！我们灵宝物华天宝，人杰地灵，城市建设日新月异，岂是一幅画面能呈现得了呢？”说得女儿笑了，我们都笑了。

与你为邻，真好

灵宝市第一初级中学　张宝红

星期天，躺在床上的我正惬意地享受着晨曦带来的安宁平和。突然一团硕大的黑影，遮天蔽日般地空降我的窗前，旋即一闪而过。“什么东西？”甚为惊诧的我不禁紧张起来。

住在灵宝城中繁华地带的四楼会有什么怪物来袭？定下神来，转头细瞧，客厅外阳台顶上灰色造型的小平台上，赫然落着一只黑白相间拖着长长尾巴的喜鹊，那一双圆圆的大眼睛贮满了惊喜和兴奋，目不转睛地看着我卧室外窗户的护栏，轻轻地扑棱着翅膀，迫不及待飞至我眼前窗外的栏杆上，两爪紧紧抓牢铁栏杆，悠然地合住张开的双翼。三十多年了，杳无踪迹的你终于回来啦！我的鸟，我的会“嘎嘎，嘎嘎”叫的鸟，我的勤劳忙碌的鸟回家啦！

如获至宝又唯恐惊动你的我屏住呼吸，只敢用热切的眼光拥抱你，兴奋好奇的你睁大眼睛急切地探寻着窗里的世界。四目相对时，警觉的你残忍地飞走了。我立刻翻身下床追寻你。窗外那两排行道树嫩绿的颜色，明亮地照耀着我的眼睛，似乎每一片绿叶上都有一个新的生命在颤动。新区初建时栽的槐树，如今都已长到四五层楼的高度，棵棵枝繁叶茂，像擎在蓝天下的绿色大伞，这儿正是鸟儿依恋的旧林。不死心的我在繁盛的枝条和细密的嫩叶中寻寻觅觅……鸟的家在这——六十米以内的大树上，我居然找到了三个鸟巢。要知道鸟巢下十几米处便是车水马龙的主干道——新华街。

清楚记得老家的院子里，有一棵两个大人才能环抱的大槐树。槐树上三个房顶高的地方有一个硕大的鸟窝，一群大鸟每天总是飞进飞出忙忙碌碌。在那个需要拾柴、撸树叶或铲麦茬作为燃料的年代，我曾不止一次地想过捣下那个窝可得一捆柴。父亲总说树干太高，上不去。可是我的确记得有一年的冬天父亲买了三棵冻了的大白菜放在筐子里架在距离地面和鸟巢同样高的地方。

那时候，早晨满院总是叽叽喳喳，无休无止轮番上阵的雀儿把留守在家的我吵醒（大人早都干活去了）。傍晚是在第三拨儿成群结队的乌鸦“呱呱呱”掠过天空时，放牛和割草的小伙伴们才在“日头落，狼出窝，喜鹊背个烂砂锅”的吆喝声中悠悠地回家了。鸟雀伴我走过的趣味无穷的

童年如《三生三世十里桃花》中的桃林般美好。可惜！后来老村、大槐树、那一大群多得有点烦人的鸟都销声匿迹了，甚至连当年的“四害”之一——如今属于保护类的麻雀都很少见了。再后来，我知道父母在收庄稼、摘苹果时，总留一些在地里、在枝头，我也曾质疑过他们，后来才懂得那是留给鸟类的食物。现在想来是儿时不识苦滋味，学鸟叫，逮蜻蜓，追蝴蝶，摸鱼，玩水上漂，打水仗，割草，放牛……那是一段多么快乐的童年时光啊。

“咕咕——等等——，咕咕——等等——”“播谷——种谷，播谷——种谷”是我在课堂上给孩子们秀小时候练就的口技。“知道这是什么鸟的叫声吗？”住在村中的孩子们得意地大喊：“布谷鸟，布——谷——鸟！”“特大喜讯：今天，我在距离咱教室300米的家中听到了这种鸟神奇的叫声。在灵宝的城里或乡下，你还看过哪些野生动物？”“在麦田里我见识过极速狂奔的野兔，在葡萄园里我目睹过光鲜艳丽的野鸡。”“我家的苹果园里有小刺猬，没人时悠闲地搬苹果，一听到小动静就竖直身上的刺，缩成球！”“坐在爸爸接我回家的车上，一路上会多次邂逅轻快敏捷的松鼠。”“在我家山上的玉米地我见到过獾，碰上野猪更是常有的事！”“黄河滩有成群优雅的白天鹅、灰鹤，排成人字形的大雁，高贵的丹顶鹤，机警的野鸭……”

孩子们兴致勃勃，如数家珍地谈着自家的近邻。“你还发现家乡有哪些变化？”一石激起千层浪。“市容市貌焕然一新……”“一日游的去处越来越多……”“美丽乡村建设卓有成效……”

“‘鹰击长空，鱼翔浅底，万类霜天竞自由。’青山绿水真是金山银山。幸运的我们赶上了一个前所未有的新时代，人民公仆励精图治政绩卓著，百姓勤劳能干富足安康。请以‘乐园’为题，写一篇文章。”润物无声中我将吾爱吾家的种子轻轻播下，任时光如水流逝，我只在岁月静好中笑看它发芽——扎根——抽枝——结果。

与你为邻，真的很好！

红桃绿水在我心

华苑高中　许晓静

“忽逢桃花林，夹岸数百步，中无杂树，芳草鲜美，落英缤纷……”《桃花源记》中写到的美景其实并不是渔人和陶渊明苦苦追寻而又不得的天堂。美丽富饶的涧河两岸才是这样落花成雨、安逸翩然的人间仙境。

我家就在风光秀丽的涧河岸边。春天到了，涧河两岸的桃花林绵延数十里。碧波荡漾的河水两旁是粉红的桃花，微风吹过的时候，花瓣随风飘落到河面上，与河水一起向前涌去。放眼望去，离离小草，青青麦苗，随风摇晃。田野里，世代面朝黄土背朝天的农民，汗水灌溉着脚下的农田，心里充满了对丰收的渴望，对幸福生活的企盼。尽情享受着田园生活的安逸，享受来自大自然的馈赠。

幼时的我淘气又调皮，总是和邻居家的小朋友一起在涧河岸边玩耍嬉闹。我们总有永远都不会穷尽的创造力，开发出一款款百玩不厌的游戏：捉迷藏、打沙包、互相泼水……更有趣的是，我们在小河里抓小鱼和蝌蚪。它们身上光溜溜的，小孩子们总是抓不住。随着时间的推移，经验越来越多，小鱼和蝌蚪也被我们抓得不敢露头。每一个满载而归的竹篓里都是说不尽的喜悦。

无忧无虑的童年时光就像这竹篓里一点一点漏掉的水一样，慢慢地漏回了时间的长河里。当年挎着竹篓的孩子如今长成了掂着公文包的青年，碧波荡漾的涧河也改变了她当初的模样。

她昔日的婀娜身姿逐渐消失，她的水不再清澈；她的身边垃圾成堆连片；曾几何时，滋润着这片沃土的河水，正在腐烂发臭。涧河两岸遍地都是违规建筑，工厂厂房的烟囱吐出了团团浓烟，排污管道更是直接连通河道，河水慢慢地由碧绿清澈变成昏黄浑浊，离老远也能闻到阵阵恶臭。曾经美丽富饶的涧河，变得满目疮痍，令人心痛；幼时的天然乐园，逐渐失去往日的色彩，这样的涧河渐渐被人嫌弃，成了无辜的受害者。她虽然饱经沧桑，却要被人类口诛笔伐、声声恶讨。可有谁想过，她是如何成为现在人人厌恶的模样的呢？

近年来，中共灵宝市委、灵宝市人民政府大力发展经济，改变经济发展模式，灵宝经济不断腾飞……大家都在说着改变，我也许是个迟钝的人，竟然最先在涧河边找回了最初的回忆。涧河两岸，鸟语花香，人们在树下跳起舞蹈，唱起清歌。大家都面带微笑，和他们聊起如今的涧河，他们说：“感谢市政府啊，因为环境事关经济，正是由于我们灵宝人认识到了保护环境的重要性，所以我们才把治理涧河环境工作提上了日程，尽我们所能把涧河恢复成为原始模样。涧河最天然的样子，可能回不去了。作为涧河岸边的人，涧河的保护治理和我们息息相关，虽然回不去最初的天然，但我们可以把她改造得更美更好。”我突然明白，环境保护不是一朝一夕的事情，它是一项关系着子孙后代兴旺发达的大事业。涧河的变化，由最初的天然纯净变成恶臭满天，如今又变成了大家休闲娱乐的好场所，不正是灵宝人民环境意识改变的最好体现吗？

“物华天宝，人杰地灵”——这是一千多年前唐朝天才少年王勃在长江边滕王阁上写下的千古绝唱，它是我家乡的真实写照，灵宝在另一条母亲河黄河的岸边。作为黄河岸边的炎黄子孙，母亲河浇灌了一代又一代的中华儿女。我的家在涧河岸边，这是黄河的一条小支流，是她滋养了我。春风桃李花开时，碧绿的河水卷起小鱼和蝌蚪带回我快乐的童年时光……

时光里的绽放

灵宝三高　常纪肖

时光流逝了，匆匆地流逝了。走得那么无影无踪，就像太阳下晶莹的露珠，消逝地那么迅速，让人毫无防备！回首过去，较之当下，不禁会感叹，时间都去哪了？时间不仅带走了幼稚的我，也带走了我童年的家乡。

依稀记得奶奶家院子门口的那棵大树，每到春天，伴随着树上那一簇簇如玉般花儿的绽放，凋落，淡淡的清香总会弥漫在大树笼罩的每个角落；只记得那棵大树一直在陪我长大，直到有一天，它被砍掉了，我难过极了，每次我来到奶奶家，大树站立的地方还在呢，可大树却永远地消失了……渐渐地，我发现路边的树越来越少，取而代之的是如雨后春笋般的各色店铺、商户，市场繁荣了，腰包鼓起来了，家乡的人笑了，可是这笑容并不长久！因为同时来的还有令人生厌的飞沙走石，恶劣的气候：春天风沙弥漫；夏天酷热难耐；冬天干冷异常；印象最深的是秋天，那满地如黄金毯一般的落叶没了，冷冷的秋风拍打着光秃秃的大街，秋再没了秋的模样。家乡也不是记忆中的家乡了！

满眼里，是雾霾，是 PM2.5，是一打又一打的各色口罩。这口罩，叫我们再不能自由自在地呼吸了！

我只能在时光里，叫那芳香扑鼻的洋槐花，一遍又一遍地绽放……

人法地，地法天，天法道，道法自然。

面对自然一次又一次的警示甚至惩罚，我们终于停下了匆匆的脚步，开始反思过去，开始面对问题，开始去积极地挽救我们的环境。“悟已往之不谏，知来者之可追”！

马路边上不规范的摊位取缔了，违建拆除了，新铺的柏油路向天边延伸，路面干净整洁！更令我高兴的是，春色又一次绽放！再次回到了我们的身旁。那一棵棵颀长的柳树，像一个个英勇的士兵站在路旁，守卫着我们可爱的家乡；那一株株灿烂的樱花，像一个个美丽仙子在春天里翩跹起舞；那一片片苹果花如云，一簇簇桃花似霞……

我的心又变得火热起来。春，我又闻到了那扑鼻的花香；夏，我又听到了“知了声声地叫着夏天”；秋天，那靓丽的金黄色又回来了，凉爽的

秋风中也带着欢乐，大地又穿上了那件“金外套”；冬天，寒风依然刺骨，但晴空如洗不再是奢望！清淤、分流、煤改气……一系列政府层面的举措，彰显了家乡人建设天蓝、水净、地绿的美丽灵宝的决心！每个人都在自觉行动，为我们家乡“旧貌换新颜”做着努力！

紫燕还在清晨的葱翠里呢喃，千年的雄关已从谷中惊醒，龙湖依旧是它年轻的模样，久蛰的凤凰正要于九天翱翔……人杰地灵、物华天宝的古虢州，正如一簇簇月季，绽放在时光里，历久弥香。

时光在变，它带走了童年的记忆，它又带给我一个全新的家乡。

见证家乡变化

灵宝市第六小学　苏雪玉

“五一”小长假，我和丈夫驱车回老家——焦村镇柴家原村。

好长时间没回去了，车子上了焦村大坡往北一拐，一条平整宽阔的柏油大道映入眼帘，道路两旁还安上了节能环保的太阳能路灯。车子飞快地行驶着，让我不由得想起了多年前发生在这条路上的一件往事。那是孩子很小的时候，婆婆帮我照看孩子。每到周六我都会和丈夫一同把孩子接回城里，带孩子逛逛超市，买一些她喜欢吃的零食，陪她到金水湖的游乐场游玩，然后把孩子送回老家。记得那天，天阴沉沉的，我和丈夫骑着摩托车，把孩子夹在我俩中间，送孩子回老家。半路上，车子不小心掉进了路上的一个坑里，好容易跃了上来，紧接着凹凸不平的路上，又出现了一个大土疙瘩，车子避闪不及，我们三口人一下子连人带车被狠狠地摔到了路边的渠沟里。我和丈夫都摔烂了胳膊，万幸的是孩子躺在我的臂弯里，没有受伤。现在呢，坐在汽车里，走在宽阔平整的大道上，孩子也长大了去外地求学，不由地让人心生感慨！

车窗外，路两旁新栽的小松树缓缓地倒退着，好像在欢迎我们的归来。刚到村口，我就被一道道连接家家户户的黄色管道吸引住了，停下车，听村里的人介绍说：这是天然气管道，现在家家天然气都接到了灶台前，有了这天然气，解决了大问题。上地回来又累又乏的，做饭再也不会烟熏火燎了，既快又便宜。我想：有了这天然气，人们夏天不会被红红的灶火照得难受，冬天也不愁天气太冷，生不着火啦！真是既环保又快捷，既经济又实惠呀！看到路两旁隔一段还整齐地堆放着许多砖头，我正想上前问呢，快嘴大婶说话了：看，这么多砖头，知道干啥么？人家是给咱路两边搞绿化呢，看到村口路两边的松树了吗？那就是大婶我带人栽上的。拉这么多砖头是建花坛哩。这次镇上、市里力度大，咱们村委会主任带头拆了自家的小卖部呢！还边说边竖起了大拇指。我这才发现村委会主任就在人群里，只听他说：镇里说，除了对缺损绿化进行补栽补植，确保应绿尽绿外，还要加大力度清理生活垃圾，清理畜禽养殖粪污等农业生产废弃物，清理拆除有碍观瞻的临建乱建房屋和残垣断壁，清理房前屋后乱堆柴草等杂物，建设小菜园、小果园、小花园，要彻底改变影响咱农村人居住环境的不良习惯。这话让我深深感到，时下的柴家原村，生态环境治理已

成为乡亲们口中的热词，治理行动也正成为群众的自觉行动了呀！

快到巷子口时，我根据以往经验和习惯及时提醒丈夫说：车，咱还是别进去了，停到大路边算了。因为我家在巷子最里头，以往这一路上各家门口堆放的柴火、沙堆，乱搭建的小房、厕所，会很考验你的驾驶技术，上一次被柴火堆擦坏的车身还花了我好几百块呢，很是心疼！可一进巷子口，我傻眼了，好敞亮呀！我一眼可以望到自家门口了，巷子里私搭乱建的“小违章”被拆除了，柴草杂物清理了，道路变得宽敞整洁了；排污水管进行了重新布置安装，摆上了流动的垃圾箱，昔日污水横流、垃圾乱堆的现象不见了。听婆婆说：村中间还要新建一个垃圾中转站，村西头还要建一个公共卫生间呢！

婆婆说，八叔想见我们。来到八叔家，就看到昔日土垒的小门楼不见了，代替它的是红砖砌墙、贴着明亮瓷砖的高大阔气的大门楼子，两扇红红的大门显得格外喜庆。跨进大门，一股花香扑鼻而来，院子地面都硬化了，打扫得特别干净。八叔家那两树红彤彤的樱桃真让人馋涎欲滴。只听八叔说：你八妈前两年得了一场病，拉下了手脚不利索这一毛病，本来蒸馍不方便，现在咱村有超市，超市里啥都有，方便得很。村里的大路小路基本都硬化了，葡萄地的收成也不错，村里人都有了不少的积蓄，许多人家也买了车……说着，不停地给我塞樱桃吃，还给我们摆上了瓜子、糖果、锅巴。这在以前可是过年的感觉啊！

依依不舍的，我们要回城了，一路上看到白白的是梨花，红红的是桃花，那一畦畦整齐的苗圃是万亩红提基地。亲眼看到家乡环境发生的巨大变化，亲身体会家乡人精神风貌的巨大转变，这一切都多么令人欣喜！我坚信：人人参与，共建家园，家乡一定会变得更加富裕美丽，家乡人的生活也一定会更加幸福美满！

魅力灵宝我的家

灵宝市市直幼儿园　刘海楠

我的家乡灵宝位于豫、秦、晋三省的交界处，南依北岭，北濒黄河。历史文化悠久，自然风光壮美；特色小吃琳琅满目，市民居住环境犹如画境中一般，被誉为“黄金之城”“苹果之乡”“道家之源”“旅游观光胜地”。这一切的改变与党和政府提出创建文明城市的号召和改善市民居住环境的政策密不可分。

在市委书记孙淑芳的带领下，往日违规乱建的房子和一个个烟囱不见了，变成了一排排整齐的高楼大厦；往日坑洼不平的公路不见了，变成了宽阔平坦的柏油马路；往日尘土飞扬的街道不见了，变成了绿树萦绕、空气清新、花香鸟鸣的人文景观；更不用说那绿化的草坪，盛开的鲜花和洁净的湖水，怎一个“美”字了得！

掠影一：绿化　美了城市的容颜

曾经让人嫌恶的地方已经旧貌换新颜：环城桥下，涧河上游，乱石沙坑，杂草丛生，垃圾遍地，恶臭熏天。如今芦苇摇曳，鲜花遍地，河水清澈，两岸花红柳绿，百鸟齐鸣。游客接踵而来，成为受人欢迎的湿地公园；金水湖畔，垂柳依依，鲜花盛开。漫步湖边，微风撩动着你的长发，花香浸润着你的心脾；函谷大道连翘连成片，金光灿灿，樱花树排成行，春风拂过，花瓣满天飞舞，香飘十里，甚是惹人喜爱。

掠影二：亮化　惊艳了百姓的眼

去年实施城市亮化工程以来，我们的灵宝市也成了“火树银花不夜城”，美不胜收！

文化广场上串串彩灯动感十足、明亮耀眼，金水湖畔别致的灯笼造型让人叹为观止……大街小巷、马路两旁闪烁着的霓虹灯分外美丽。商店橱窗里的灯光与霓虹灯光交织在一起，构成了一幅美丽的图画，把我们的小城装扮得更加绚丽多彩。步行街上，人们在美景、霓虹灯的呼应下悠闲地散步、购物。

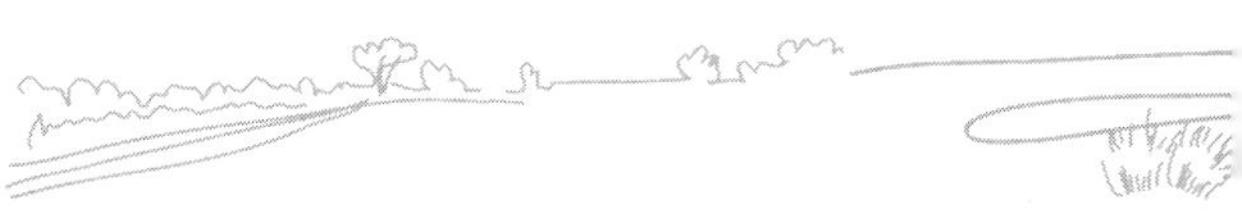

掠影三：苹果花节　带灵宝走向世界

烟花三月，果乡灵宝，漫山遍野，花香四溢。一朵朵苹果花，争芳斗艳，美不胜收。这里是苹果花的海洋，苹果花的世界……它的美是那么的独一无二，它的丽是那么的夺人心魄，它的势是那么的大气磅礴！灵宝市委市政府利用它那得天独厚的资源举办了首届“灵宝苹果花节”，喜迎八方来客，市妇联苹果花仙子志愿者团队更是带着这一神圣的使命，宣传推广灵宝苹果迈出河南，走向世界！

在这春风洋溢的季节里，灵宝变了，灵宝人民变了。灵宝变得更诗情画意，变得更绚丽多彩，就如同我们快速发展中的祖国一样，日新月异，生机勃勃。灵宝人民变了，变得更加勤劳朴实，团结奋进。我为自己是一个中国人而自豪，我为自己是一个灵宝人而骄傲。祖国我爱您，灵宝我爱您！

一起走向新时代

灵宝二高　张建芳

“我们一起走向新时代，走向这新时代……”哼着优美的旋律风风火火推开了门：“妈，在乡财政所工作的同学告诉我，从今年元月起，你的定补涨到每个月500多块……”刚进家门，我就迫不及待地大声说。戴着老花镜的母亲正坐在沙发上，翻看着她那存老年金的存折，听到我的声音，她忙抬头向我招手：“是吗？养老金也涨了？快来看一下涨了多少！”接过母亲递过来的存折，我看到养老金金额呈不断递增的趋势，刚开始是每个月62元，前不久涨到80多元，接着涨到100元，今年已经涨到了105元。据听说五一节后还将涨到每个月400元。母亲扳起手指兴奋地算着：“养老金加上定补金再加上土地补贴金，我每年也能差不多领万把块钱呢。那以后我的生活费就不用你们再操心了！”望着母亲脸上满足的笑容，我的心里淌过一阵暖流……

5路公交车上，一众老人叽叽喳喳地议论着。只听白头发老爷爷笑着说：“我坐公交是完全免费的。现在政策真好，凡年满六十岁的，坐公交一律是半价；年满七十岁的，坐公交是不用掏钱的。”“可不是吗？现在城市的各项设施好了，供人休息娱乐的地方也多了，文化俱乐部随处可见，乘公交又不要钱，我们这些老年人趁还能走动的时候，多到外面转转，多和外界交流交流，锻炼锻炼身体，多好！”一个大妈接过话说道。“就是呀！现在的社会太好了，每年政府为我们这些老年人安排好几次免费体检呢！”低个子大爷接上了话。又有人开口了：“是呀！是呀！现在的政策就是好！”

坐上回老家的公共汽车，窗外宽阔平坦的柏油大道两旁是郁郁葱葱的白杨，投下一地阴凉。在公路的中间砌上了各式各样的花坛，花坛里正盛开着五颜六色的鲜花。看着迷人的鲜花，嗅着沁人心脾的香味儿，心也格外地沉静。放眼远处的山峦，留下一片又一片的青翠。下了汽车，映入眼帘的是个小型公园，公园里叫出名字的和叫不出名字的各色的花组成了不同的图案，这迷人的花海使我的心也沉醉。走过曲曲折折的回廊，来到精致的红色凉亭，亭边垂柳迎风飘舞，被绿树环绕的人工湖，湖水清可见底，不同颜色的金鱼簇拥而来，好像在参加盛大的节日聚会。走上家乡的那条小路，清澈的山泉弹出悦耳动听的乐章，几只黑色的鸭子和白色的鹅

在水里自由自在地游弋着，不时低头从水里啄条小鱼，好不惬意！

走进村庄，看到的不再是低矮阴暗潮湿的土坯房屋，不再是脏乱的乡村环境，听到的也不再是东家与西家此起彼伏的吵架声。入目的就是那一排排钢筋混凝土建筑，它们屹然挺立在青山绿水中，见证着家乡的变化与繁荣。我惊异于那平坦宽阔的乡间公路和那不停来回奔忙于各条路上的洒水车，更惊异于那洁白一色的临街小店，那整齐划一的店铺招牌，那干净整洁的优美环境。迈步向前，村中央的场地上，各式各样的健身器材井然有序。饭罢，村中的男男女女、老老少少都聚在这块场地上，锻炼锻炼身体，聊聊家长里短，嬉笑着，玩闹着，好不热闹！

“回来了？”猛然间，肩膀一沉，本家嫂子把手搭在我的肩上打着招呼，“走，去地里给你摘些草莓带回去！”跟着嫂子来到了地里，成片的草莓地望不到边，红色的草莓鲜艳欲滴，摘一颗酸甜爽口，舒服到全身的每个毛孔里。“近几年，政府实行包村到户的扶贫政策，干部来咱们村中挨家挨户讲政策，传信息，想办法，找出路，帮助咱们一家一家自主创业，脱贫致富。这不，咱家的草莓种植、葡萄种植、黄桃种植每年收入都在十万元以上。村中其他人有种花椒的，有种樱桃的，有种核桃的，有种大棚西瓜的；还有创业办小工厂生产发泡网的；也有养猪的，养羊的，养兔的，都富起来了……”嫂子慢悠悠地说着，掩饰不住满面的笑容。

华灯初上，我赶回市区。一路上，明亮的路灯把整个街道都照亮了，高架桥旁更是彩灯环绕，给夜行的人们清晰地指明了道路。公园金水湖畔，彩灯辉煌，不仅为夜晚闲逛的人们提供了一份安全保障，更给迷人的夜色增加了一道美丽的风景。想横穿马路，领略金水湖畔的闲适和安逸，一辆汽车停在我的眼前，司机摇下车窗向我微笑：“大姐，横过马路，注意安全！”我感念政府的安全举措，感念司机的让行和善良，更感念灵宝人民素质的提高。不知不觉，来到了楼下广场，跳广场舞的大妈们笑着，扭着，跳着，喇叭里传来“我们一起走向新时代”的伴奏声，那昂扬的旋律在空中回旋激荡……

我的家乡环境变化大

苏村乡第一初级中学　武怡迪

郁郁葱葱，少不了它；百花争艳，少不了它；魂牵梦绕，少不了它——我的家乡灵宝。它南依秦岭，北濒黄河，位于豫秦晋三省交界处的河南省西部。虽没有国际化都市的繁华，但处处蕴含着灵宝区域独具韵味的文化风情；虽没有闻名遐迩的名川大河，但风景奇特，自然风光壮美；虽没有遍地美食，但特色小吃琳琅满目，香味诱人……而这一切源于文明城市创建与城乡环境大整治。

曾记得振兴路的两边是碎砖烂瓦，一片破败；曾看到开元大道两边是高高的土堆，为数不多稀稀落落的油菜花在风中孤独地随风摆动；曾目睹涧河湖畔垃圾遍地，恶臭熏天。如今再去看看，这些曾经让人嫌恶的地方已经旧貌换新颜：金水湖畔，垂柳依依，鲜花盛开。漫步湖边，微风撩动着你的长发，花香浸润着你的心脾；函谷大道成片成片的连翘花黄灿灿，惹人喜爱。

看，阳光明媚的下午，志愿者服务队行走在街道两旁，清扫着、擦洗着，汗水湿透了他们的衣襟，灰尘沾满了他们的脸颊；瞧，马路旁、人行道上，志愿者服务队指挥行人有序通行，阳光晒黑了他们的脸，雨水打湿了他们的衣裳。街道整洁了，环境变美了，出行文明了，志愿者的脸上洋溢着幸福快乐的笑容。志愿者服务队成为小城和谐、文明的一面旗帜，红红的志愿服映照着这美丽小城的大街小巷，推动着小城群众良好的道德素养不断延续与升华。

素有“人杰地灵物华天宝”之称的灵宝，虽远近闻名，但是违规建筑却像城市的一张张“狗皮膏药”，影响城市的美丽形象。违规建筑的拆除不仅还群众一个宽敞的生活环境，同时也消除了各种安全隐患。炎炎烈日下，拆除违规建筑工作如火如荼地进行着。每一天，这座小城都在变化着、美丽着，它的干净、它的整洁离不开为它辛勤付出劳动的人民，离不开小城居民不断增长的环境保护意识。拆除了违章建筑，整修了道路，绿化、美化了环境，我们的小城正在发生着翻天覆地的变化。人们在家门口

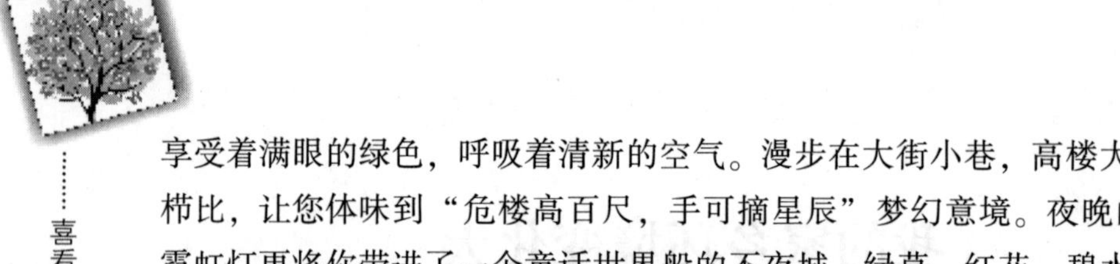

享受着满眼的绿色，呼吸着清新的空气。漫步在大街小巷，高楼大厦鳞次栉比，让您体味到“危楼高百尺，手可摘星辰”梦幻意境。夜晚的街灯、霓虹灯更将你带进了一个童话世界般的不夜城。绿草、红花、碧水、轻舟衬托着灵宝这座美丽的城市，美丽小城在和谐的春风里越变越靓，正所谓金城变化大，处处美如画！

一条通往幸福的路

灵宝市第二实验初级中学　常　晶

一枝一叶总关情，情到深处忆故乡。

——题记

在气吞山河的黄河之畔，巍峨连绵的秦岭脚下，有生我养我、魅力无穷的家乡——灵宝市西阎乡东上村。我从小到大穿行在村与县之间，家乡通往县城的那条路，在我的生命中留下了深深的烙印，它记载着我成长的足迹，我也见证了它的变化带给村民的幸福。

在上小学时，我和父亲去县城，为了节约时间，经常会走村后坡上通往县城的路。我们推着自行车，翻过村后的坡，然后再骑上一段路才能抵达县城，一趟就得三个多小时。那条路崎岖不平，有些地方很窄，旁边就是深沟，十分难走还有些危险。一路下来，满脸、满身都是土，鞋子里也会灌进沙土。赶上下雨，那路更泥泞难走，很多地方得人扛着车走。即使冬天外面寒风凛冽，走一趟这路也会汗流浃背。每天这条路上的人屈指可数，村里人没啥大事，一般是不会去县城的。若是哪家拉着架子车去县城卖自家的东西，早上四点多就得出发，到那儿也定是满头大汗筋疲力尽。每次走这段路对我来说都是煎熬，心里总想：这路要宽点平点，该多好啊！

日子久了，人们似乎也受不了这段坡路，终于有一日周边几个村子开始商议整修这条路。我上初中时，人们把这条路较窄的地方，往里边儿扩了一些，凹凸不平的地方用河里的沙石填平了，坡道急的地方进行了改造，原来又陡又窄的坡路穿上了新衣，路面变宽了，坡道变缓了许多。终于解决了爬坡推车的问题，这时父亲骑着摩托车载我去县城，人们开着三轮车去城里做买卖，比起以前走这条路轻松多了。可是随着车辆渐渐增多以及雨水的击打，这条路变得坑坑洼洼，疙疙瘩瘩。尤其是刚下过雨路面还湿的时候，摩托车、三轮车来来往往，在路面上留下深深的车印子，甚至有的车在泥潭里难以自拔。太阳出来一晒，那些印子就成了一道道硬邦邦的梁儿，此时车上的人就像炒豆子一般前俯后仰的，似乎随时都有掉下去的危险，我和父亲就摔过好几次，磕破过脸，蹭破过腿。我在心里无数次地咒骂道：这什么鬼路！

后来外出求学，只有放假才回来。我发现这条路上来来往往的车辆越来越多，摩托车、三轮车，还有偶尔经过的小轿车。已经不成样子的沙土路也实在受不了了，填平隔不了几天就又有了坑。这时家乡的秋天，漫山遍野飘满果香，家家户户都有几亩苹果园，可是路不好很少有客户来收，村里人只得拉着果子去别村去卖，而且只能给别人凑个整车，所以同样的收成，经济收入总比路好的村子低很多。渐渐地，村民手里宽裕了些，便又着手为这条路换新衣。一条三米宽灰色的水泥路修成了，看起来很高档，村民为此高兴了好一阵子。

后来我们举家搬迁县城，一年半载回去一次，每次走这条路我都感慨万端。路上飞驰的车辆已不再是破旧的三轮车、农用车，而是一辆辆小汽车和大个子公交车。“3 米宽”——这个数字似乎太小了！政府新建村村通工程，这里来了一批工人，用机械大面积改造扩建这条路。新修的路，路面足有 6 米宽，路况焕然一新，路面干净平坦，行驶在上面既减震又减尘，路修好后还给两旁栽上了雪松，他们像矗立的哨兵一样守护着这条路，平时还有专人维护。现在从村子到县城只需 40 多分钟，不仅大大缩减了行路的时间，而且坐在车上稳当舒适，同时还可以欣赏乡村美丽的自然风光，简直就是一种享受啊！

现如今路好了，不仅大家出行方便了，而且与外界的联系也更加密切了。村子里种枣、石榴、苹果、柿子树的人多起来，部分村民还种起了香菇，吸引了不少客源，村民的腰包也渐渐鼓起来了。村里的人也用上了空调、冰箱，做饭电磁炉、微波炉，告别了曾经烟熏火燎的日子，有的人家还买了小轿车，个个脸上洋溢着幸福的笑容！人们念叨着：“还是党的政策好！咱村现在旧貌换新颜了，美着哩！”村子不远处的黄河边有几口鱼塘，四周树木丛生，花香鸟语。到了夏天几池的荷花艳丽多姿，微风吹来，香气沁人心脾。到了周末，市区里的人还会开着私家车来这儿赏花、钓鱼，品尝黄河鲤鱼的美味！这翻天覆地的变化让我兴奋不已，小山村映照了大中国，小变化刻录了大改革！

辛勤的人们把这条泥泞的小路变成了宽阔平坦的大路，这条路又把昔日贫穷落后的小村庄变得越来越美丽。村民们说，如今的好日子就是这条路带给他们的福利。在乡亲们的眼中它是一条通往幸福的路！

革命老区换新颜

灵宝市第五小学　王小芳

弘农涧河是灵宝人民的母亲河，从南向北迤逦前行，滋润着灵山秀水的桃林大地。我的故乡——朱阳镇就坐落在她的源头。那里有佛山的险峻挺拔、冠云山的雄浑厚重、鱼窟寺的悠远神秘和太阳鸟的神奇传说。对于我们这些在外地工作的人来说，故乡朱阳让我们引以为荣，骄傲万分。无论何时，想起故乡朱阳，眼前就会呈现出那透彻、蔚蓝的天空和熟悉、温暖的大地，每一条道路、每一座山脉如同刻在生命中的印记，总是那么亲切。

朱阳是“太阳鸟的故乡”。据《山海经》记载，轩辕黄帝在荆山铸鼎告成之日，忽见南部天空七彩祥云飘舞，宛如旭日初升景象。这时，有一只朱雀鸟凌空飞过，意味是盛世兴平之吉兆，于是，就将这个地方命名为“朱阳”。从所处的地理位置上看，朱阳镇位于小秦岭南麓，弘农涧河北岸，与人们遵循的山南水北的规律相吻合。

过去，故乡朱阳通往灵宝县城的路，弯弯曲曲，坎坷不平，汽车只得在崇山峻岭之间颠簸。尤其是贾村到窄口大坝之间的连续弯路更是晕车人的噩梦，现在回想起来隐约还有胃部不适，遇到急事去灵宝，也只能望山兴叹，毫无办法。

如今，新时代的春风让一切都变了样，窄口水库变成了龙湖风景区，宽阔笔直的246省道在2015年春节期间竣工通车，原来的九曲十八弯变成了沿湖公路，灵宝朱阳之行在半个小时即可抵达，一路美景一路歌，沿途景色让人赏心悦目，满眼望去，龙湖碧波荡漾，高山伟岸耸立，真有“舟行碧波上，人在画中游”的意境。

过去，老家的村庄依然是荒乱破败的迹象。村里的道路泥泞难走，坑坑洼洼。随处可见的“柴火垛”，竟然占据了小半边道路。村里的养猪专业户把污水粪便排在村边沟渠里发出阵阵恶臭。村边的涧河也因上游水源缺乏，矿山废水不合理排放等问题，成了黑河、臭河。镇区的垃圾堆随处可见、小商小贩随意占道经营，仅有的两个公共厕所还成为街道中臭味的源头……

如今的朱阳完美展示着中州名镇的风采，宛若一位朝气蓬勃、阳光自信的青年，从头到脚，处处洋溢着浓浓的现代化气息。四条主干道纵贯南北，金屏路、银河路、冠云路、玉泉路横穿东西。街道两旁高楼林立，人流如织，“雅新花园”“龙湖水岸”等住宅区，精巧别致，风采照人，太阳鸟游园花红柳绿，成为夏日夜晚人们乘凉消遣的好去处，旭日初升之时，热爱晨练的人们跨过涧河大桥，登上芙蓉坡的城墙古亭，俯瞰整个朱阳镇，那份开阔和自信激荡出人们心中满满的幸福感。

在全面建成小康社会的征程上，朱阳人民享受着奋斗的幸福。坐落于镇区东端的易地搬迁安置点——幸福家园小区，前有明珠大道，后靠朱阳东湖，小区内绿草茵茵，流水潺潺，整齐的徽派建筑风格，特别引人注目，那些散落在朱阳镇大山深处的许多贫困户，于2018年搬进了小区，享受和城里人一样的生活。

当夜幕降临，落日的余晖为振翅欲飞的太阳鸟涂满金色。忙碌一天的人们走出镇区，在涧河两岸的马路上舒展筋骨；华灯初上的红军广场也慢慢热闹起来，歌声如潮，舞姿翩翩。人们以丰富多彩的活动，愉快地拥抱美好的新生活。

朱阳是一方红色沃土，红军长征期间红二十五军、红七十四师曾辗转来到朱阳山区。生活在这样一片拥有无数先烈的热土上，英雄的故事有口皆碑，红色印记随处可见。朱阳镇党委政府依托红色资源优势正在打造红色小镇，发展红色乡村旅游。先后修建了朱阳革命历史纪念馆、红军广场、革命历史纪念亭等，目前已经形成的三条红色文化研学线路是豫西学子和党政干部重走红军路、弘扬红色文化、传承红色精神的理想信念高地。

如今，那已清澈见底的弘农涧河水依然奔流不息，哗哗作响，低吟浅唱，似乎在回忆过往的辉煌，又似在享受今天的安详！

岁月悠悠揽芳香

川口乡第一初级中学　宁丽华

我一回头，身后的岁月好似一朵花，娇羞一般，笑开了颜。

——题记

从记事起，每逢节假日，母亲都会带我去外婆家。我爱外婆，但我抗拒回去。只要一想到回去要经历的种种艰辛，我便如霜打的茄子，顿时没了精神。

外婆家在离市区 20 公里远的乡镇山村，因为地属高寒浅山区，山岭起伏，沟壑纵横，所以交通极为不便。每次回去，我们都要赶个大早，于天微亮时便整装出门。先坐一个小时的三轮摩托车到乡里，然后步行走近三个小时的土路才能到达村口，最后进村还要沟沟坎坎走半小时才能到外婆家。

这一路的波折，显而易见。

其中，最让我叫苦不迭的，便是那条不断伸向远方，好似没有尽头的土路。那是一条灰白的小路，路面坑坑洼洼，极不平坦。路的两边长满野草，行人的脚步压迫得它们很瑟缩，但依然是生机勃勃的。犹记得母亲的步子轻悄悄的，走得不紧不慢，听不到脚步声。山野里满是不知名的野花，金黄、粉红、淡蓝……这里一丛，那里一片，开得如火如荼。只是彼时的我，早已气喘吁吁，浑身无力，根本无心观赏。

慢慢地，我与母亲拉开了距离。山野里很寂静，只听得见我一声又一声沉重的呼吸声。我想让母亲拉我一把，可她的双手早已被所买的东西占满，提着东西走山路，尚且费力，更遑论增添一个我，我不忍心她再受累；我想让母亲停下歇一歇脚，可她坚定的脚步，一步一前，毫不迟疑，我不忍心让她为此分心。望着母亲的背影，恍惚间，我好像看到了早已倚门而立带着满脸期冀的外婆。外婆是一个地地道道的庄稼人，在这块瘠薄只能靠天左右作物产量的土地上劳作了一辈子。早年间，因过度劳动，致使双腿落下顽疾，行走变得步履蹒跚。因为交通不便，村里人无急事很少外出。外婆时刻惦念着她的女儿和外孙女，可却有心无力，走不出村子。

因此，每每放假，母亲总要提前买上许多生活用品和吃食，带着我一路跋涉回村探望她。我理解母亲的迫不及待，更愿意成全她的一片孝心。好像成全了她，就是成全了我。所以，我咬牙坚持着，努力跟上她的脚步。

不知过了多久，疲倦从脚底钻进皮肉里、骨骼中。脚如灌了铅的我，最终不得不停了下来。远处，听不到我脚步声的母亲立马扭头朝我跑来，望着我苍白的脸，母亲一脸心疼地说："你个傻妮子，怎么不说休息呢？"我朝她扯嘴一笑，便像一摊泥一样坐在了草地上，再没有力量站起来。母亲赶忙拿出水杯，拧开盖递给我……

再出发时，母亲便会照顾我的状况，放慢她的脚步。或给我讲她童年的趣事，或与我进行成语接龙比赛，抑或是给我介绍路边的各色野花，劲草。就这样，走走停停，一路笑闹，我们终于到达了村口。此时，已近正午，太阳高悬于顶，散发着炽烈的光。微风拂过，带着泥土的淡香，野花的幽香。我怀揣一抹炽热，大步朝村里走去……

改变是从什么时候开始的呢？起初，是在又一次回到外婆家时，听她兴奋地谈起村里要集资修路的事。外婆说得激动，我们也听得连连点头。确实，村里的路早该修了。路小且窄又年久坑多，遇到刮风下雨，先是黄土满天，再是泥泞不堪，一趟走过，别提有多狼狈。每逢小麦丰收的时节，运输粮食就成了一件极为费力的事。汽车根本开不进来，只能靠人力推车或者拖拉机，一遍又一遍地来回搬运。遇到天气突变，许多村民就要不眠不休，连夜转移粮食，辛苦异常。

自那次回村以后，因为临近毕业，学业繁重，母亲便不忍心让我再奔波，我有近半年未曾去外婆家。当我带着迫切的心情再一次出现在村口时，眼前那一条新修的水泥路便狠狠撞入我的眼帘。这条干净宽敞的马路，依着山岭，穿过树林，绕过田地，沟壑，盘旋曲折，像一条浅色的丝绸横穿整个村子。顺着道路极目远眺，路的尽头，一望无际的麦田，在微风里泛着绿浪，摇曳生姿。

之后，振奋人心的消息便接踵而至。先是政府斥巨资，大刀阔斧地修了沿河公路。拓宽成四车道的柏油马路，依山傍河，极大地缩短了市区到乡镇的时间。路成必有车，不过多久，政府便开通了乡村公交车。记得第一次坐乡村公交车是在一个微暖无风的清晨，我与母亲早早地立在站台，翘首以待。"滴，滴！"，"来了，来了，妈妈你看！"我兴奋地手舞足蹈，愉悦的心情溢了满腔。不多久车子就驶离市区，在沿河公路上一路驰骋。透过车窗向外看，一切都显得那么新鲜。从前无心观赏的风景，此时却能带着稳稳的幸福感悠然品味。马路一边是密密匝匝蓬生的浅草，另一边则是蜿蜒前行泛着光泽的河流。较为平缓的坡地上长着绿油油的麦苗，前方，偶尔窜出一只野鸡，两只闲鸭，简直趣味盎然。自此，乡间公路上，那一辆辆晃晃悠悠恣意前行的公交车，便成了全乡一道亮丽的风景线，拉近了乡村和城镇的距离。伴随着公交车清脆的汽笛声，我知道，一个新的时代已然到来！

近几年来，依托党的好方针好政策，农民的生活水平有了质的飞跃。就拿外婆所在的村子来说，由于海拔较高，地势平坦，日照充足，是光伏发电项目的理想选址地，该乡就把招商引资的重点放在了光伏发电上。经过各方的不懈努力，光伏发电入村项目顺利谈妥，建成。投入使用后，全乡每年年发电量均在1000万度以上，可实现收入百万余元，沿途高档苗木花卉及经济植物年收益也突破新高，增至15万元，同时带动村里一百多人就业……一个个可喜的数字，一天天悄然的改变，家乡人民的生活真正富裕起来了！

碧绿的山，清澈的水，斗艳的花，平坦的路，乡村是富有情趣的，乡村的面貌也是日新月异的。春去秋来，风华不休，家乡的人们，铭记党恩，怀抱信念，过滤生活的琐碎，涤尽困难的烦扰，静揽属于他们的岁月的芳香！

风景这边独好

灵宝市第一初级中学　王丽君

春风和煦，阳光微醺，特别适宜户外活动。近几周的星期天，我们家的一个保留节目就是到金水湖公园游玩。这不，儿子已经迫不及待了："爸爸妈妈，出发吧。"

出了小区左转，走到河滨路和长安路的交叉处便是横跨涧河的思平大桥，桥下是蓄水后形成的金水湖。向下看，金水湖像一块长形的巨大翠玉，温润透亮。微风吹过，波光粼粼。湖面上，野鸭三五成群，它们似乎在进行潜水比赛，只见其中一只个头较大的，一个猛子扎进水中，不过眨眼工夫，就从很远的地方冒出了脑袋。还有一些大白鹅，很是自在，它们边"曲项向天歌"，边"红掌拨清波"，一点也不怕行人。最引人注目的是几只黑天鹅，它们梳理着黑得发亮的羽毛，偶尔伸长脖子，睥睨行人，像优雅的贵妇。河底的水草依稀可见，柔柔地在水中招摇。不时有调皮的鱼跃出水面，溅起一朵朵水花。这样的景色令人心旷神怡。

我不由得想到了以前的金水湖。那时，人还没走到湖边，异味就会扑面而来。湖岸常常堆积着塑料泡沫板、生活垃圾，发黑的水面上漂着白色垃圾，甚至有时还会看到腐烂的蔬菜、破旧的拖鞋。橡胶坝附近的芦苇丛，更是藏污纳垢，充斥着各色食品包装袋、饮料瓶。垃圾中经常夹杂着大小不等的鱼的尸体，白白的肚皮朝上，令人痛心。后来，市政府采取了重要举措，耗费了大量的人力、物力、财力，实施清淤工程，加强河道和环境治理，同时加大宣传力度，不断提升市民文明素养，终于还金水湖以靓丽容颜。想到此，我不禁为政府的惠民工程点赞。

桥的尽头就是金水湖公园的南大门。早上九点多，公园门口的小广场已是热闹非凡。篮球场地上一群少年正挥汗如雨，你争我抢，气氛热烈；打乒乓球的老人尽管白发苍苍，却老当益壮，一个有力的扣杀，赢得了围观者的阵阵喝彩；象棋台边对弈的是父子俩，父亲耐心地教导儿子如何排兵布阵，一幅父子师徒画面；五子棋是孩子的最爱，两个七八岁的男孩，正你来我往，杀得不亦乐乎；各类健身器材也物尽其用，人们锻炼得正起劲。大家的脸上写满了喜悦和满足，好一派其乐融融的景象！

终于走进金水湖公园中。大道东西两侧的松树挺直了腰板，整整齐齐排列着，像等待检阅的士兵。昨夜一场喜雨，小草更加郁郁葱葱，根部呈翠绿色，新长出的叶尖则是浅绿，嫩嫩的，仿佛能溢出水来，向人们展示着自己旺盛的生命力。桃树上一个个指甲盖大的青杏躲在叶子后面，有的调皮地探出脑袋。小广场旁的紫藤萝也开花了，一串串，一朵朵，紫色的花穗上还挂着晶莹的露珠，随着微风向人们颔首问好。公园中百花竞放，引来游人驻足观赏，迎着温暖的春风，沐浴在明媚的春光里，拍个美美的照吧。

再往前走，是一座土山。山上植被十分茂密，阳光像利剑一样从树叶的间隙射下来，在地上洒落一地斑驳。拾级而上，走到土山的制高点——八仙亭，亭子高处有栩栩如生的八仙图案：臂挎花篮、采摘鲜花的何仙姑，正襟危坐、一脸严肃的曹国舅，倒骑毛驴、滑稽可笑的张果老，手握笛子、专心吹奏的蓝采和……他们衣袂飘飘，惟妙惟肖，令人神往仙界的生活。沿着亭子的楼梯一直往高处走，便到了亭子的最高处。微风习习，令人神清气爽；举目四望，景色尽收眼底。儿子拿出望远镜，边看边嚷嚷："妈妈，我看到桐沟桥了，桥上的车辆好多啊！湖面上有十三只船在划动……"儿子的话勾起了我的兴趣，我也拿过望远镜，细细看起来。向远处看，东边的金涧花园和凯旋城小区规划整齐，高楼鳞次栉比，南边的桐沟桥上行人车辆川流不息，西边的建筑工地上机器高速运转、工人们紧张有序地忙碌着。向下看，金水湖像一面巨大的镜子，在阳光的照射下，金光闪闪。还有一些徐徐前进的小船，给平静的湖面增添了活力。

下了亭子，向南走，道路两旁建有许多文化栏，内容各不相同。有社会主义核心价值观，有呼吁关爱儿童的宣传标语，更多的则是三门峡市各类道德模范的事迹展览，孝老爱亲道德模范李娟红、助人为乐道德模范李建弟、诚实守信和敬业奉献道德模范柴朝义……孔子说："见贤思齐焉，见不贤而内自省也。"他们的事迹涤荡着人的灵魂，感召着更多的灵宝人去学习和模仿。身旁一位八九岁的女孩正在询问她的爷爷："爷爷，'披雨雪越山溪，默默行邮路'，这个柴朝义是干什么的？"老人一脸敬佩："他给人们送信送邮件，道路不通就步行，翻山越岭，几十年如一日，真不简单啊！"老人在孩子心里播下了诚实守信、敬业奉献的种子，我默默地为他们点赞。灵宝市多处公共场所都建有此类标牌，彰显着良好的城市风貌，营造了健康向上的文化氛围。

临近桐沟桥时，一群"黄马甲"吸引了我们的视线。其中的五六个人坐在船上，双手紧握特制的耙子，正在奋力地把漂浮在湖面的水草扒到船上，当船舱放不下时，就把船划到岸边。岸上的“黄马甲”把堆积的水草钩到岸上，然后装车运走。经过攀谈我才知道，这种水草繁殖能力特别强，特别密集的地方甚至会缠住鹅、野鸭等水禽的身体，而且会影响金水湖水质，导致各种鱼类的生存环境恶化。闲聊间，两个“黄马甲”已经给三轮车装满水草，加足马力，“突突突”地开走了。迎着朝阳，他们黝黑的脸上浮现出憨厚的笑容。我的眼前浮现出更多的画面：可敬的环卫工人不管严寒还是酷暑，日夜清扫街道，为市民提供整洁的环境；假期牺牲休息时间的“红马甲”志愿者，积极参与洁城，为创建文明城市尽心出力；上下班高峰期站在要道路口的青年志愿者，协助交警维持交通秩序，疏通行人和车辆……正是因为有这样的建设者，他们在平凡的岗位上日复一日、年复一年地默默付出，灵宝的环境才日新月异。想到此，我按捺不住心中的激动，对几位工作人员说：“师傅，你们辛苦了！”

金水湖公园中，生机勃勃的美丽画卷，人与自然和谐相处的美好，健康向上的文化氛围，建设者的辛劳和敬业，处处都是风景，这些风景无不令人流连忘返。我不由哼唱起了一首老歌：“读你千遍也不厌倦，读你的感觉像三月……”是啊，无论何时，置身于金水湖公园总是非常惬意。母亲灵宝，愿你美丽永驻！

情系家乡　筑梦幼教

灵宝市第一幼儿园　马琳洁

迎着朝阳，我骑车走在家乡宽阔美丽的大道上，我的目的地是灵宝市东拓展区的一所幼儿园。骑着车，哼着歌，走在上班的路上，美丽的环境总能让我以最饱满的热情投入到一天的工作中。

刚刚大学毕业的我选择了回到家乡工作。在这一年里，我见证着家乡环境的变化，也见证着幼儿园环境的变化。

自然风光无限好，一年四季美如画。春天一到，道路两边的各种树木露出了嫩绿的芽儿，一树一树的河津樱把道路装扮得更加浪漫。夏天一到，我们在浓郁的树荫下漫步，丝丝清凉，心旷神怡。秋天到了，满地的黄叶让渐入深沉的环境多了一份热烈。冬天，银装素裹的大地令人内心安静。在这条通往幼儿园的道路上，我领略到了家乡四季的变化，领略到了家乡风景的独特。这份美好让我每天的生活都有一个美丽的开端。下班途中，享受着暖暖春风，回顾反思着自己一天的工作，我在这样的过程里不断成长，向着优秀幼儿教师的方向努力迈进着。

四通八达繁华地，便利生活触手及。环境的变化带来最直接的感受就是生活品质的提高。这些年，令我感触最大的是家乡的道路更加通畅，也更加人性化了。从我自身来说，每天上班必经的桐沟桥改变了以往拥挤的样子，如今桥上的道路变得更加平整宽阔，通行顺畅，为市民们创造了更好的出行环境。以前随处能看到胡乱停放的汽车，如今道路两旁的停车更加规范。遵守交通规则，规范停车的意识已经深入每一个人的心里，这样一来，城市的形象更加美好。

百年大计重教育，美好愿景寄心底。作为一名幼教工作者，心里有很大一份对教育工作的热情和希望想要付诸实践。当我再次踏上养育了我这么多年的这片土地时，让我感到很激动的是，她已不再是我当年记忆中的教育现状，而是与时俱进、欣欣向荣的。以我们幼儿园为例，它是市区第一所公办园，相比其他地区的幼儿园，我看到了家乡教育部门对学前教育的重视和支持。在我们幼儿园，根据幼儿身心发展的规律及特点，不同年龄阶段孩子的教室设计各不相同，每个班级配有高标准的教学设备及多样化的玩教具。操场有塑胶跑道和草坪、大型户外玩具等等。家乡公办幼儿园的变化让我看到了学前教育发展的美好未来，也对自己的未来充满信心。

不得不感慨，家乡巨大变化的背后是党的政策支持好。党的十八大以来，在习近平总书记治国理政新理念新思想指引下，各地区各部门加大工作力度，推动生态环境保护取得明显成效，美丽中国建设迈出重要步伐。环境质量稳步改善，绿色发展初见成效，生态和农村环境保护迈上新台阶，环境保护制度体系不断完善，执法监管力度持续加大。党和政府始终心系百姓，为人民群众创造良好生产生活环境。良好生态环境是最普惠的民生福祉。家乡在不断变化，但是不变的是追求美好生态环境的决心。我相信我的家乡会变得越来越好！

第二部分　家长组

情忆官庄原

灵宝市第三高级中学1208班学生家长王秋粉

前两天，我无意中打开妈妈给我陪嫁的红宝箱。一双妈妈亲手纳的三层白底黑布鞋，引起了我对家乡的回忆。

我的家在灵宝的农村，小时候生活非常困难，吃的水是自己家的井水。每条巷子，在巷口的低洼处挖一口旱井，下雨时把巷子里地面上的雨水引流进井里。每家门前，五六米宽十来米长的巷子，被牛棚、粪堆、柴火堆占用着，剩下的路也只够过去个架子车。每天天还没亮，巷子里的人们，就用大拇指粗的麻绳，一头打结，一头拴住铁水桶的提手，慢慢地把桶往井下放，快要接触水面的那一刻，要快速猛地放绳，这样桶才会一下子钻进水里，然后用力往上一提绳，再慢慢地往上收绳，就会吊到满满的一桶水。夏天，水里会有蚊虫，那就得用细密的筛子，一瓢一瓢地过滤到大锅里。然后用干树叶生火，火旺了，才能添加干树枝，这样慢慢地把水烧开，先给暖水壶里灌满，剩下的开水做饭用。

最难忘的是，每年夏天，都要陪着妈妈把旧衣服从针线缝处扯成一块一块的，再一层一层地打上糨糊，铺平拼贴在门扇上，晒干了以后就像现在的酒盒子那么硬，基本上家里有几口人，就要拼贴几门扇的坯子。然后照着鞋底样、鞋面样剪整齐，再经过细致的加边，最后一针一针地、整齐纳扎实，一般都得十来天左右纳好一双布鞋。如果每天不做饭，不干农活，手快点的话三天就纳一双。

记得上学时的必经之路，是一条坑坑洼洼的小路。下雨天，孩子们宁愿把鞋脱了，拿在手里，赤脚走在泥泞的路上，也不想让自己的布鞋踩进泥窝。

今年清明节前，我回了一趟娘家。路两旁金灿灿的油菜花，粉红粉红的桃花，绿油油的麦苗，在风中左右摇摆，像是在向人们问好。宽阔的柏油路通向村口，一座高大的门楼屹立在眼前，四根大红柱子托起一块双龙戏珠的兰花匾，匾中心四个大金字的村名在晨光照射下越发地闪耀。一条干净平坦的水泥路直通家门口，巷子宽了，门外的牛棚、粪堆、柴火堆都不见了。家家门外白色的墙、白色的篱笆，篱笆里绿草如茵。快看！还有几株快要开放的牡丹呢？还没来得及看清楚就到家门口了，推开大门，妈妈就急忙拉着我的手说：“今年开春，村里把门外的牛棚拆了，砌了个小花园，装了路灯。拉走了粪堆，换成黑色的垃圾桶，巷口绿色垃圾桶是放还能回收的垃圾。还有，后巷子去学校的低洼处也给填平了，还打上了水泥，又装了篮球架和其他十几种健身器材。”我连忙打断妈妈的话问：“那以后你把柴火堆在哪儿呀？”妈妈把我拉进厨房：“看看，煤气灶上可以蒸馍、炒菜，电饭煲可以烧汤，连自来水的水龙头也接进来了，你们姊妹几个都不回来，我和你爸两个人够用了。这样既方便又干净，做饭还简单，你哥教了我两次，我都学会了。”看到妈妈满足的样子，我想这就是时代的变化，让妈妈的思想都跟着变了。而家乡的环境随着人们的思想也改变了。

我转到村西头时，碰到了一个同龄人，我问她：“这咔嚓嚓咔嚓嚓声是哪里传来的？”她把我带去村外的加工厂。原来村里生完二胎的妈妈们都没出去打工，早上吃完饭，把孩子送上幼儿园的校车，就来厂里干活。因为是计件工，所以比较自由，每天至少挣个五六十块钱，多了还百十块出头呢。这样既照顾了老人，又养育了小孩，还挣了钱。

晚上我躺在床上，突然想到，三十年前我的梦想是去城里生活，离开那两脚泥的农村。现在我的梦想是回到农村生活，离开这喧闹的城市。难道这就是老人们口中常说的“三十年河东，三十年河西”吗？

啊！家乡的环境变化真大。你听我说完，你是不是都想去我的家乡生活了？

乡　　愁

灵宝市第四小学三六班学生家长李高丽

我的家乡位于豫西的丘陵带，村里沟沟壑壑，树木葱茏。村子不小，足足有 2000 口人。基本上都是水耕地，庄稼收成不错。

村子东头的不远处，有美丽的河滩，河水浅浅，那是家乡的母亲河，更储存着我快乐无限的童年。

春天来了，我带着弟弟和小伙伴们飞向河滩。柔柔的风儿吹拂着圆圆的脸庞，空气中飘荡着泥土和青草的味道。天是那样的透蓝，云是那样的洁白。河水解冻了，清澈见底，哗哗地流淌，河床的鹅卵石在微笑。我们扔掉厚重的棉袄，在嫩绿的草地上撒欢，像小鸟在天空中自由地翱翔。

最爽快的夏天来了。我们总是天亮就出发，粗布手帕包好干粮，鱼儿似的涌向河滩。清晨的水凉，尚不敢下水。我们不是打打闹闹，就是凑在一起打扑克，等着中午火毒的太阳。正午，脱掉汗衫短裤，光溜溜地钻到水里，凉丝丝的，太爽了。双手擢起水，你泼我，我泼你，像过着傣族的泼水节。要么钻个“眼咕噜”，看谁时间久。因为河水浅的只能没膝，大家尽情地胡闹。在水里饿得也快，爬上岸，嚼着妈妈晒的豆糁，啃着酥酥的酵子馍，咕咚咕咚几口河水，嘴一抹，又下水，就这样玩到天黑。劳累了一天的父母，夜里也经常去河里洗澡，我们照样屁颠屁颠跟着。童年的夏天在我们眼里只有凉爽。除了雨天，我们就老黏在河滩，像是河滩的孩子。

暑假开学了，一个女娃娃，晒得跟炭似的。

这样惬意的夏天，曾经陪伴了我十几年。

再后来，我大学毕业，离开村子，进城工作，似乎忘记了河滩。有次回家，妈妈气愤地跟我说：“那些挖沙的太可恨了，美美的河滩弄得不成样子，到处是坑，娃娃去耍，不安全得很。坡底下的萌萌掉到挖沙的坑里，没了。”说着妈妈红了眼圈。“什么？河滩到处都是挖沙的。小萌萌没了？”“你去看，太气人了。”真的吗？我恨不得一步跨到河滩。此刻，我才觉得家乡的河滩早已融在我的生命里。魂牵梦萦的河滩，它昔日秀美的容颜已荡然无存。放眼望去，满目疮痍，触目惊心。河床里留下一个个深深的水坑，旁边堆满了砂石，河水早已浑浊不堪。草地不见了，小鸟无影无踪，河滩荒芜了，哪里还有娃娃清脆的笑声，耳边全是机器的聒噪。

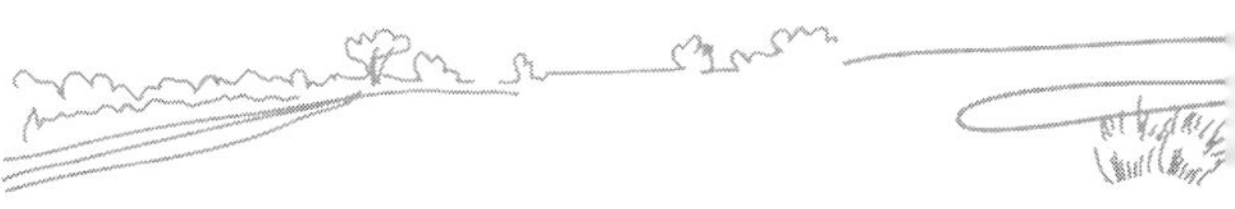

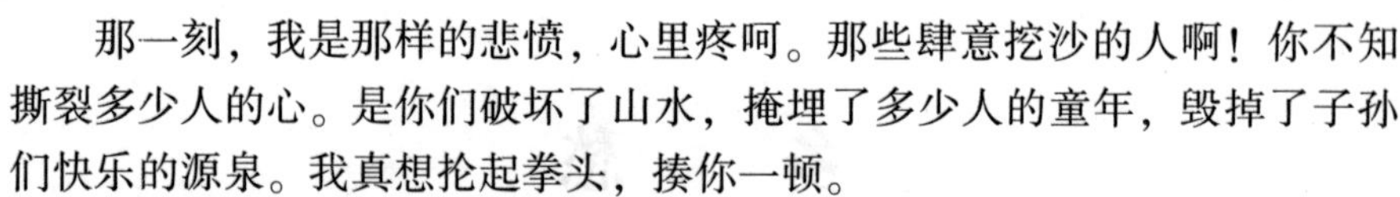

那一刻，我是那样的悲愤，心里疼呵。那些肆意挖沙的人啊！你不知撕裂多少人的心。是你们破坏了山水，掩埋了多少人的童年，毁掉了子孙们快乐的源泉。我真想抡起拳头，揍你一顿。

自那以后，我心底总是有种河滩的哀愁。

城里的条件越来越好，我渐渐地减少了回家的次数。每次到村口，孩子都会夸张地来一句："哇，好脏呀！"尤其是冬天，俩儿子嚷嚷着太冷了。其实我也想赶紧回城。

村子里的人越来越少了。年轻人外出打工，剩下孩子和老人留守着。偌大的村子寂静了很多，遇到红白事，帮忙的人都找不够，全是掏钱请服务队来打理。

看到村子凋敝，真闹心！

我愈加念起家乡的河滩。

其实每个华夏儿女对家乡都有着深厚的情感，都深深眷恋着乡土，骨子里都是浓浓的乡愁。

乡土是你我永远的情结。远在北京的习主席跟咱们心贴心，他满怀深情地说："留得住青山绿水，记得住乡愁。"是啊，全面小康不能少了农村。十九大响亮地提出，乡村要振兴，小康要全面，追梦路上一个也不能少。

冲锋的号角已吹响，家乡的建设如火如荼。远方的游子踏上故土，大显身手，汗水挥洒在脚下的土地里。

家乡的面貌日新月异。挖沙的彻底整顿了，河滩日渐恢复了往日的宁静与恬淡。村口的垃圾堆没有了，家里的垃圾有人清运了。巷道违法建筑拆除了，宽了，整洁了。臭气熏天的茅厕改为水冲了。房前屋后种上四季野花了，墙面刷白，画上"二十四孝"了。大戏唱到家门口了……各级党委齐上阵，带领大家发展"一村一品"。麻麻的花椒、大大的樱桃、红红的苹果……坐在地头，就有人来买。

这不，樱桃采摘节正火着呢。再等等，西闫的贵妃杏、焦村的提子、寺河山的苹果、函谷关的石榴将次第在家乡的土地上结果。

现在，我的家乡，山越来越绿了，水越来越清了，村里越来越热闹了，乡亲们钱袋子愈来愈鼓了。虽然孩子不再像我小时候那样在河里玩耍，但他们终将会在更加美丽的乡村找到他们的快乐，让乡村储存他们的童年。

那抹萦绕在我心头的乡愁，终究是一座桥，这头是荒芜，那头是瑰丽。

美丽家园

灵宝市第一中学学生家长吉建魂

我的家乡河南省灵宝市，是豫西边陲一颗耀眼的明珠，人杰地灵，物华天宝。南依巍巍的秦岭山脉，北临滚滚的母亲河——黄河，是一个有山有塬有川，不怕旱不怕涝的秀美之地。

今年，市政府响应上级号召，改善环境，改善市容。原先城里的违章建筑如私搭乱建的小民房、彩钢房，路边的大棚等，都在轰隆隆的机械声中消失得无影无踪，市容市貌得到了很大改善，同时也大大减少了交通堵塞等问题，人们出行的心情好了很多。要说改变最明显的，还是环境。忆起过去，雾霾问题严重，人们出行都受阻，有人说："人与人之间最远的距离，不是天涯海角，而是你站在我面前，我却看不见你。"经过整治，雾霾问题得到了很大的解决，每天都能看见洒水车和清扫车的身影，走在路上，总能看见环卫工人顶着烈日在清扫大街。空气清新了，城市整洁了，乱扔垃圾现象减少了，随手捡拾垃圾的人越来越多了，我们的城市焕然一新了。

星期天，我和朋友驱车回了一趟老家——函谷关西寨村，向窗外望去，公路边的一排排塔松，像一把把绿色的匕首直刺向天空。望向高塬，它好似披上了一件五彩斑斓的衣裳，路两边是各色的野花，在微风中轻轻摇晃，仿佛对我点头微笑，使我不禁想起了小时候，总是晴天一身土，雨天一身泥，哪里还有什么美景呢？家乡的变化可真大啊！

沿着蜿蜒的公路，不一会儿就到了村口，杨树上的画眉鸟叽叽喳喳地叫着，好像在说："欢迎你们回家，欢迎！"现在槐花长势正好，俯瞰函关古道，一片白色，芳香扑鼻。勤劳的蜜蜂嗡嗡采蜜，我情不自禁得捋了一把槐花放入口中，真好吃，又香又甜，妻子笑我，说我像猴子一样馋嘴，我听了也笑起来。突然，从身后的树林里蹿出一只红腹锦鸡，嘎嘎地朝我们叫着，把我们吓了一跳，布谷鸟在纵情地歌唱，我抬头望着蔚蓝的天空，它是那样的明净，此情此景不禁使我感慨万千：槐树花香飘万里，人间仙境此独一！

车进村里，映入眼帘的是路两旁雪白的墙面，在太阳照射下熠熠闪光，墙上还有传统的宣传画，画得真漂亮啊！我们来到了村委会广场，有几个小朋友在健身器材那里嬉戏，老人们在那里闲谈，笑声多爽朗啊！我小时候，哪里有这样的环境啊！现在这样的环境太舒心了！我从内心里感谢党的好政策和我们强大的祖国。很难设想，没有这些因素，怎么会有我们今天美丽的农村？怎么会有这样美好的环境？

在家门口，碰到邻居王大婶，拉起了家常。老人家今年七十有九，耳不聋眼不花，精神矍铄！老人说，现在不仅日子过好了，连村里的环境也越来越美了！村里以前脏乱差，风一吹，垃圾树叶，到处乱飞。现在啊，空气甜甜香香的，巷道整整齐齐的，墙上的画美美的，每天过的是神仙日子啊！

回城路上，和朋友一路畅谈，感慨着美丽的乡村变化真是大！祖祖辈辈生活的这片土地，因为政府的有效治理越来越好了，真是我们老百姓生态宜居的美丽家园啊！

我们村越来越美了

灵宝市中等专业学校一八春烹饪一班学生家长董建格

我的家乡在短短的几年时间里，从窄小的石子小路变成现在的水泥大道，从旧泥屋到高楼大厦……年年都在变，真是日新月异。

晚上走在乡间小道上，小道干净极了。路旁的路灯亮闪闪的，像一颗颗珍珠，美丽极了！路上的行人来来往往，川流不息。商店里热闹非凡，货架上摆着各种各样的生活用品。孩子们一个个穿着漂亮的衣服。路旁的树木一排又一排，芬芳喷鼻的花香，以及连绵不断的高山，和那无比清澈的溪水，使人心旷神怡！

自从改革开放政策实施以后，我们村建起了学校，村里的孩子都可以在这里免费就读，还能领到政府发给的寄宿生生活补助费呢！这里的环境一天天变化，人们落后的思想有了改变，女孩子和男孩子一样，都可以上学了。开通了公路，人们生病时，去县城的医院医治方便多了。更可喜的是，近几年来，国家扶贫政策的实施，向这里投入了上亿元的资金，建起了娘娘山湿地公园，农民变成了股东，资源变成了资产，资金变成了股金。

村里的环境越来越好了。一条条宽阔的水泥路，一个大大的广场，一片片规范的果园和经济作物区，如红豆杉、葡萄、雪梨、橘子、蓝莓园等。电视机、洗衣机、电脑等现代智能家电也走进了农户家里。每到周末和喜庆的节日，在音乐的伴奏下，能歌善舞的人们在宽阔的广场上尽情地展示自己优美的舞姿和歌声。再加上哗哗流淌的小河、循环倒流而又奇特的“水爬坡”、高大险峻的娘娘山、深深的六车河峡谷、大大的落水洞、高大挺拔的树木，飞奔而下的天山飞瀑等，家乡就像人间仙境一样，以其独特的魅力吸引着远方的游客。

过去每逢下雨，路上就积满雨水，汽车驶过泥水飞溅，空气弥漫着汽车的尾气。现在路旁铺满了大理石，平整光滑。每隔一段距离就会有一个花坛。花儿粉的像霞，白的像雪，黄的像金……美丽极了。

桂花飘香换新颜

五亩一中学生家长张春民

又到了桂花飘香的季节，满树金黄的桂花散发着沁人的幽香，我家乡的名字就浸润在这花香里，多么诱人，多么惬意啊！

我的家乡是一个并不起眼的农村——桂花村，中华人民共和国的成立，让她有了翻天覆地的变化。

一

桂花村也和灵宝其他村庄一样，从新中国成立时期的贫穷落后到如今的繁荣富强，在中国共产党领导下，历经了几十年的发展，村民的物质生活和精神生活发生了天翻地覆的变化。1981 年电线的架设，结束了村民以煤油灯照明的历史，实现了“点灯不用油，犁地不用牛”的愿望。继而开设了电力机械加工厂。2006 年在东沟坡底修建一处提灌站，在走马岭修建 500 立方米蓄水池一个，铺设管道 8000 米，使干旱缺水问题得以解决。2010 年烟草公司投资 70 余万元修建抽水站一座，解决了 386 户村民人畜安全饮水问题。2007 年至今，拓宽硬化了村中多条主要道路和巷道。

二

桂花村原本是一个以传统农业为主的山村，过去以种植小麦、玉米、谷子、棉花、红薯为主。随着水利、电力等基本建设的迅速推进，村民的经济意识也随着农业结构调整发生了很大的变化，将传统农业发展为现在的高效农业。

民国时期的桂花村在灵宝县焦村李工生果园的影响和带动下，建立起了属于村民个体的苹果园，面积达 30 余亩，20 世纪 70 年代后，各生产队均建立了属于集体所有的苹果园，面积 200 余亩。1985 年，中央领导的视察对灵宝的苹果产业发展起到了极大的推动作用。桂花大队的苹果面积大幅度增加，基本上实现了一人一亩的规划标准。至 1987 年，桂花村共发展苹果种植面积 600 余亩，主要品种有秦冠、金冠、红香蕉等，苹果成了村民致富奔小康的主要经济作物，部分村民还建起了苹果贮藏保鲜冷库。

2016 年全村苹果面积有 2000 余亩。

三

烟叶是桂花村的特色作物，也是村里的经济支柱之一。20 世纪 80 年代就已经开始种植，由于当时种植规模小，技术落后，一般烟农只在山坡贫瘠的土地上种植，产量低。进入 21 世纪后，随着烟草行业的迅速发展，政府不断加大烟草种植的硬件设施投入。2007 年，烟草公司在村里建设了一座现代化育苗厂，不但解决了本村的用苗需求，还解决了周边村的用苗困难。2000 年至 2013 年，村里先后建成密集烤房 25 个，硬化烟田道路 900 余米。村里还聘请专家对村民进行培训，指导烟叶生产。2013 年，全村烟叶种植面积发展到 1500 余亩，2015 年产值达 680 余万元。如今，烟草种植成为桂花村的第一大经济支柱。

四

千年大计，教育为本。1941 年，灵宝县朱阳人许观英和本村人王满桓在桂花村的广胜寺建起了“桂花完小”。中华人民共和国成立后。各级党和政府十分重视教育，1966 年开始实施“小学戴帽”，开办了五、六年级；1968 年为学生上学方便，小学 1 ~ 3 年级同时在沟东等四个自然村开办；1970 年成立了中学；1978 年，村里投资在沟西自然村建起了桂花小学。如今的桂花小学，一幢幢高大整齐的楼房，一个个宽敞明亮的教室，一行行枝叶繁茂的白杨树，整个校园干净整洁，环境优美，鸟语花香。走进校园，仿佛走进了花的海洋，她已经是桂花塬上一颗耀眼的明珠。

改革开放给我们桂花村带来巨大的变化，给我们桂花村带来了更多的实惠。我相信，我们桂花村会变得更加美丽；我们桂花的香气会更加浓郁；我们桂花的香气会飘得更远、更远……

峰回路转看桃林

河滨小学四一班学生家长张秋晶

“这些年灵宝的变化太大了！还记得我们结婚那年，这周围还是杂草丛生的……”和老公文化广场散步，他特别感慨的一句话把我的记忆拉回到十二年前。

当时的文化广场正在修建，听说建好后会有大礼堂、博物馆、图书馆，可是看着周围一片荒芜的样子，还真是让人难以置信。现在的文化广场，已经是灵宝市人民文化活动的重要场所，文艺演出、音乐专场、戏曲晚会、舞蹈表演，不断为市民奉献着丰盛的文化大餐。

当时文化广场东边还是一条土路，坑坑洼洼，一阵风吹过，尘土飞扬；一场雨过后，泥泞得无法下脚。路边，各种垃圾肆意乱倒，尤其是夏天更是不堪忍受。有时候回家晚了，走在路上，四周黑压压的，很是瘆人……每次走到这条路上，我都会莫名想到灵宝那个诗意美好的别名——桃林，真是讽刺啊。

现在呢，这条路宽阔平坦，可以并排行驶三四辆汽车。路面整洁干净，每天都会有洒水车经过。道路两旁绿树成荫，空气清新，让人心情舒畅欢快。路边高楼林立，各种商铺门面鳞次栉比。夜幕降临，路灯高照，悬于树上的各色彩灯也绽放异彩，霓虹灯、拱形灯、广告灯争相辉映，整条道路亮如白昼。人们不急不慢地在路边散步，悠闲自在，颇有一种“桃花源”的感觉。这条路现在还有一个大气有范的名字——天宝路，与东边的物华路，寓意我们灵宝物华天宝，人杰地灵。

路，是一个城市发展的缩影，一条路的变化记录着一个城市的变迁。灵宝的路变宽了，变净了，灵宝也更美了，美丽的桃林迎接着来自四面八方的宾朋。

所谓“不识庐山真面目，只缘身在此山中”吧。灵宝日新月异，我行走在家乡的路上，看着周围的一切，并不感觉到她变了，就像孩儿贪婪地享用着母亲给予的一切，怎么都觉得那么亲切自然。但是每每有朋自远方来，又会特别骄傲地带着他们走过这每一条路，去娘娘山，去寺河山，去函谷关……去每一个美丽的地方，看青山秀水，游天然氧吧，品道家文化……一路侃侃而谈。每当朋友赞美灵宝的时候，才真真切切地感受到了家乡的变化，心中无比自豪。

记得一个朋友说："以前从灵宝街上到函谷关还坐的是蹦蹦车呢，一蹦都得蹦一个多小时才能到，一路还得捂着嘴，土太眯人了。现在公交车一上快道，正觉得天上的白云好看呢，就到了！"是啊，我们的家乡不也正走在快道上，不断奋进着吗？祝福我们的灵宝越走越好，桃林越变越美！

家乡变了

灵宝市第一小学一一班学生家长刘晓晓

循着家乡的小路，穿过大街小巷，我回到了家乡。这股兴奋劲儿简直无法形容。因为我从小就离开了家乡，在外求学，所以对家乡格外想念。

映入眼帘的家乡焕然一新，与以前截然不同：雨后泥泞的小路已变成宽阔的柏油路，一尘不染，路边的违章建筑已被清理，有农村特色的厕所也已被取代。路边井然有序地停放着交通工具。房前的大树茂密茁壮，青翠欲滴。成群结队的鸟儿在树上建巢。再看树荫下，儿孙绕膝，欢声笑语，这一切简直是人间天堂！

记得以前总听父母说，要去灵宝县城，早上吃过饭，中午走到点。走去又走回，一天累死人。家里经济好的可以骑自行车。现在农村和城里可以开车，一脚油门十分钟到，方便快捷又舒适。

过去，人们住的都是瓦房，有些瓦房在下雨时还不断地漏雨；有些瓦房上的瓦片都要碎了。房子的墙是用泥砖做成的，屋里的光线很差……而现在，变成了一幢幢崭新的楼房。有些楼房前还种上了四季常绿的风景树。高树低树参差错落，加上各色盛开的鲜花，真是仙境一般！

过去，道路两旁没有路灯，人们只能用手电筒、马灯来照明。现在，路边挂有形式各异的路灯。每到晚上，路灯绽放出花一样的光，那光温和又明亮，照着夜行的人、夜驶的车辆，在静寂的夜空中熠熠生辉。与周围人家发出的亮光连成一片，勾勒出一幅乡村静夜图。

物质生活水平提高了，精神文化建设也要紧跟上。在党和政府的领导和指引下，小山村也能大变身。你看，村中心建立了文化大院，丰富了大家的生活。晚上饭后，村民们来到广场上活动身体，“体育器材上扭一扭，生活安逸乐悠悠”。

踏一路春风，洒一路欢笑。我爱这个充满快乐的家乡，爱家乡美丽诱人的变化，也相信它会发展得越来越好！

家乡变迁记

灵宝市第六小学一五班学生家长王洪涛

“一座座青山紧相连，一朵朵白云绕山间，一片片梯田一层层绿，一阵阵歌声随风传……”每每听到这首旋律优美的歌曲，脑海里总会浮现出生我养我的美丽家乡——灵宝。灵宝位于豫秦晋三省交界处的河南省西部，南依秦岭，北濒黄河，有着“黄金之城”“苹果之乡”“道家之源”等盛誉。

我家就坐落在灵宝著名旅游胜地娘娘山脚下。记忆中儿时的娘娘山一片黄土，处处都是散落的石头和野生的灌木，登山路只是一条放羊人走出来弯弯曲曲的羊肠小道。年少的时候，作为土生土长的灵宝人竟然不知道函谷关、亚武山、汉山和燕子山。娘娘山那时是一片荒芜，记忆中每逢暑假总会和几个小伙伴徒步登山采野杏、野菜，因为娘娘山就在我家门口。

大学毕业后去了南方，每年回家几次都会重走年少时曾经走过的路，重登爬过的山。从市区到娘娘山的交通随着时代的变化发生了很大的变化。从小时候沟沟坎坎的小路到现在宽阔的大马路，从小时候用脚步来丈量这将近二十公里的路到后来的自行车、农用三轮车，再到现在的新能源纯电环保汽车。

娘娘山也变化了，小时候去往山脚的田间小路变成现在宽阔平整的水泥路，路两边高大挺拔的松树、柏树为景区平添了一道亮丽的风景。高大气派的景区大门，亭台阁楼随处可见，三步一潭，五步一湾，登山道也重新做了规划和修整，比起小时候省了太多脚力。现在的娘娘山，自然风光秀美，山水相映成趣，四季景色各有韵味。

娘娘山的石瀑布更是一道奇特的风景，随处可见大片大片的青石板，奇特的石瀑布景观以其巍然屹立的气势激励着游客登高前行。它既是普及地质知识的活教材，又是格物致知、励志壮怀的佳境。著名作家、河南文学院院长郑彦英 2003 年在灵宝市挂职副市长期间，多次到娘娘山观览石瀑布，对此赞叹不已。后来他写出了一部反映豫西农村改革开放以来深刻变化的长篇小说《石瀑布》，并被改编成同名电视连续剧，主要讲述了小秦岭地区农民从赤贫到巨富的艰辛历程，在中央电视台热播，引起了巨大反

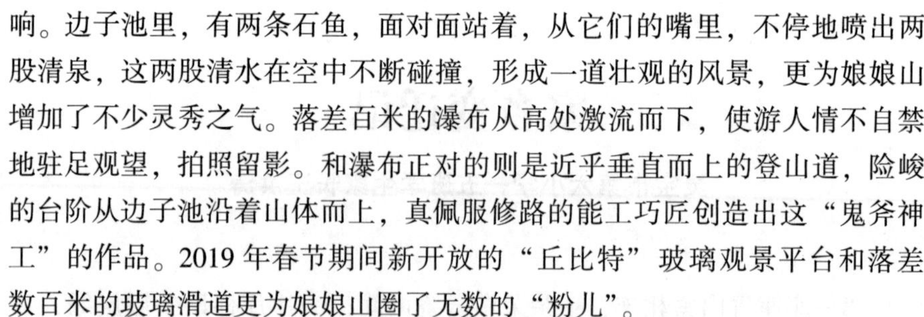

响。边子池里，有两条石鱼，面对面站着，从它们的嘴里，不停地喷出两股清泉，这两股清水在空中不断碰撞，形成一道壮观的风景，更为娘娘山增加了不少灵秀之气。落差百米的瀑布从高处激流而下，使游人情不自禁地驻足观望，拍照留影。和瀑布正对的则是近乎垂直而上的登山道，险峻的台阶从边子池沿着山体而上，真佩服修路的能工巧匠创造出这“鬼斧神工”的作品。2019 年春节期间新开放的“丘比特”玻璃观景平台和落差数百米的玻璃滑道更为娘娘山圈了无数的“粉儿”。

娘娘山的变化只是我家乡变化的一个小小缩影，素有“一夫当关、万夫莫开”并被道教视为圣地的函谷关名扬海内外，千古雄关的历史被越来越多的人知晓。险峻、峭拔并以塔、洞、庙、殿等人文景观为神韵的亚武山，河南省海拔最高峰老鸦岔所在地的汉山、被誉为灵宝“后花园”的燕子山，正吸引着越来越多的游客慕名而来。我的家乡正从一个以矿产资源为主的能源城市向旅游城市转变。

再看现在的灵宝，弘农涧河一泓清水贯穿城市南北，东西两岸公园里到处是绿的树、红的花。春天的芬芳、夏日的青翠、秋日的金黄、冬天的雪白让这个城市多了些秀美的气息。一座座高耸入云的建筑、一条条宽阔的马路也使灵宝更具现代化都市的气魄。

家乡是心中一首唱不完的歌，家乡是心中燃不尽的火。每当我想起它，心中总是暖暖的，就像一个人在逆境中受到鼓励，就像一个人孤独时遇到一个朋友，就像一只孤舟在迷失方向的时候看到了港湾……有工作的地方没有家，他乡始终容纳不下灵魂。问我的爱在何处？我的爱在家乡——大美灵宝！

黄花丛中笑

苏村一中学生家长张书峰

人们说，乡情总是令人难忘。是的，我的乡情就是一支古老深沉的歌谣，时时在我心中奏起爱的旋律。故乡，那弯弯的黄土小道，那清清小河边的朵朵黄花，那淳厚善良的村民……一切，故乡的一切都融在了我的乡情爱歌里。

也许是那呜呜的叶笛，也许是那呢喃的紫燕，不，还是家乡那淡淡的黄花吧，牵动过我多少归乡的梦。

我的家乡是个不大的小村庄，一条小河从村前流过。每到春天，河岸坡上就会开遍黄花，一朵连一朵，一片又一片。颜色是淡淡的，但是看起来又是那样艳。它们开在荒地里，藏在野草间，调皮地向人探着头。而那黄花丛中，又有着多么美妙的世界啊！蛐蛐儿在这儿歌唱，蜂、蝶在这儿飞舞。有时你经过这里，还会被突然蹿出的青蛙吓一跳。这里又是一个天然的牧场，黄花的枝和叶是肥美的牧草，那时人们喂养的牛羊都放养在这儿，所以人们更加喜爱这儿。

当晚霞的红光将小村裹起，当炊烟透出的饭香在田野上弥漫开来的时候，忙碌了一天的人们舒一舒累得发酸的腰身，捧起清清河水洗一把脸，扛起农具向家里走去。质朴爽朗的农家姑娘随手掐一朵黄花插在鬓边，还把她们那粗犷的短歌和朗朗的笑语洒在朵朵黄花间，使得这黄花丛中的鸟儿簌簌飞起，欢快地唱起它们自己的歌。

那时，小村的生活就像清清河水那样平淡恬静。人们做完了活，就坐在各家门前的黄土地上，摇着芭蕉扇，说着那古老而又遥远的故事，而那故事又总是八仙、天宫……

几年过去了，小村还是这样秀丽吗？河岸边上的黄花还是那样鲜艳吗？今年春风骀荡的季节，我离开了喧嚣的市区，回到了神往已久的家乡小村。

公共汽车一直把我送到村子街头，这时我惊奇地发现我记忆里弯弯的黄土小道已被宽阔的马路所代替。原来道路两边低矮破旧的房屋消失了，代之而起的是一幢幢的新瓦房。街道两旁栽满了观赏树木，每隔不远，还

设有一个花坛，虽然不大，但枝青叶绿，姹紫嫣红，给乡村增添上了不少生机。

变了，小村大变了！我这样感叹着，走进了二叔的家门。刚跨进院子，就受到了热情的欢迎：鸡、鸭、鹅奏起农家特有的“迎宾曲”；小黄狗高兴地摆着尾巴。这时，二婶从屋子里走出来，惊喜地喊道：“煜儿，放假了？怎么回来也不来信说一声？”边说边把我拉进屋子，又一阵风似的端出两盘黄澄澄的杏子。我真想不出昔日羸弱寡言的二婶，如今说话行动竟如此利索。我问：“婶，二叔呢？”“他呀，他早到工厂去了，忙得连家的责任田也不管了。噢，现在咱们办起了农副产品加工厂，你二叔他还是顾问呢！嘻嘻。”二婶笑着，眉宇间洋溢着喜气。

傍晚，乡村没入了夜色，孩子们都坐在家里看电视，大人们就聚在一起谈起那让人激动的事情，但人们的话题不再是八仙了，而是如何使小村变得更加美好，使生活更加富裕……

家乡的夜啊，是这样醉人！我没有丝毫睡意，披衣出门，去寻找记忆里的小河，寻找梦中的黄花。不知不觉中来到了一个铺满碎石的工地上，这儿灯火通明，木料堆积，显然是一座兴建中的高楼。我忽然想起来了，这儿不就是清清小河流经的地方吗？

那梦中一再出现的黄花不就盛开在这儿吗？哪里去了，那美丽的小河和鲜艳的花儿？

我急忙向看护工地的老大爷打听，他指点着工地说：正在施工的是村里的文化中心，是大伙集资兴建的。你说那小河呀，早干枯了，野花倒还有，可总不能为此误了大事……我听着，不免有些惆怅，陷入了沉思。

当我们用劳动来建筑未来的时候，是不是还要眷恋过去那美丽的景色呢？但我马上又提醒自己，时代在前进，生活决不会永远地像清清河水一样淡泊宁静，也永远没有干涸的时候，而是犹如东去大江，奔流不息。黄花是美的，凡是美的事物都是值得怀念的，我不禁怀念那淡淡的黄花了。但是我忽然想到，等文化中心在这儿平地而起的时候，夜晚，那无数闪亮的窗口，不就是一朵朵美丽的黄花吗？而且比原来开得更鲜，更美，更久远……

啊！家乡的黄花，我乡情爱歌里一个永远不会消失的音符！

灵宝，因发展而美丽

河滨小学四一班学生家长王利霞

2003 年，大学毕业后，我从山东沿海孤身来到灵宝，这座完全陌生的城市，这个在中国版图上如此微小的坐标。当走出那狭小而略显破败的火车站时，年轻的我不曾想到，能缘定此城，为她付出我最美丽的年华，成为我扎根奋斗躬身耕耘的第二故乡。

漫步在涧河之畔，微风轻轻拂面，河水朗朗吟唱。沿着整洁明亮的步道，绕行在花红草绿之中，那份湿润清凉的空气，总能沁人心脾，使人瞬间卸掉一身的压力，激起向希望冲击的斗志。

正是这美丽的涧河，千百年来不离不弃，养育滋润着灵宝，让这片土地始终充满生机，焕发活力。然而，记忆中，她也曾眼色浑浊，满脸污垢，不修边幅，既诉说着岁月的沧桑，也倾吐着改变的无奈。但就在不知不觉中，她慢慢孕育变化，掌控步伐节奏。看她时而是涓涓细流，时而是大河奔流，既有了金水湖这片平静安逸的归宿，也保持着汇向黄河的那颗坚定初心。这正是灵宝这座城市的“魂”，在历史长河中，在改革开放的发展中，她有过无上的荣光辉煌，也始终坚守着内心的恬淡平静，随着时代慢慢改变，似乎并不会特意被人念起，却又始终不曾忘记。

徜徉在城市街头，还能看到这座城市历史的痕迹。曾经人们口口相传的“老邮局”，依稀还散发着那个怀旧年代的底蕴；繁华一时的“桃林街”，历经多次改造，古朴特色依然不改；曾经的地标性建筑紫金宫，似乎更是老当益壮，用自己不改的容颜诉说着她与金城的情缘，更能够真切地感受到她的热烈奔放。从老区到新区，从商场到街道，宽广的马路，漂亮的街区，摩肩接踵的人群，川流不息的车辆，一片熙熙攘攘，处处繁华景象。就在日复一日看似平常中，金水湖公园水更清，人更多，设施更新更齐全；碧桂园、中航星城为代表的新生代拔地而起，初见规模，开辟出了一座充满活力的新城区；进出城区的道路一一拓宽，高架路桥纵横交错，沿路景色绚烂多彩，开辟出高速发展的新航道。我不是灵宝改革开放历史的见证者，但我有幸成为她 20 年变化发展的伴随者与助跑者，深知已经不自觉地将自己与她捆绑，为她的发展而拼搏，为她的繁荣而高兴，心底那颗爱的种子慢慢生根发芽，一发不可收拾。

畅游在灵宝市郊，回忆起那蜿蜒曲折、颠簸不堪的“马路”，那奄奄一息、垂暮老矣的工厂，那略显灰暗、零星萧条的村庄，恍如昨日的场景是如此不堪。而今天，她的美丽光芒是遮盖不住的。出城的大道更宽更广，正如她喜迎八方的开放心态。灵宝产业集聚区商家落户，开启经济增长转型的新模式。函谷关、娘娘山、燕子山等景区开发建设，储蓄着绿色发展的金山银山。苹果花节、亚武山赏花节为代表的一系列旅游节庆活动，更是让她声名鹊起，更加鲜艳动人。田野上建起的一排排菌类大棚，果园里栽下了一片片果苗，正是团结一致奔向幸福小康的无声誓言；经过新农村改造，村舍整齐划一，百姓欢声笑语，彰显着新时代思想光辉引领下，灵宝人民对美好生活的真心向往、孜孜追求。时代发展不会眷恋任何人，灵宝也不例外，但勤政的领导班子、勤劳的灵宝人民，必然励志图强，奋发有为。

灵宝，一块千年历史孕育的丰厚土地，从未停止前行的步伐！一座中国版图上金灿闪亮的城市，始终散发着耀眼光芒！伴随着新时代的铿锵旋律，她必因发展而更加美丽，又因美丽而追求发展。我愿为她的美丽倾力一生，用尽我爱。

一“路”走来

城关镇解放小学五二班学生家长卫勤丽

我的家乡在函谷关镇孟村，它东至大王，西接东寨，北临黄河，南达函谷关。或许在那些生长在大城市孩子的眼里，“孟村”只是一个无名的小村，甚至都没听说过她的名字。可是在我心里，她的位置却高不可攀，那是一个风景优美，安静祥和的小村庄，是一个令人魂牵梦绕的家乡。

家乡的一切都在变，但令我记忆最深的还是家乡的那条“路”。从小到大，我亲眼看到了她的容颜变化。鲁迅先生曾说：“其实世上本没有路，走的人多了，也便成了路。”我的家乡以前的路，最开始是坑坑洼洼的土路，贯穿东西南北，虽然很窄，但也算农村要道了。这些小道，晴天尘土飞扬，一到雨天，道路泥泞，行人鞋上、裤腿上全是污泥，有时还会来个“人啃泥”……后来变成了石子路，雨天虽然不会太滑，但是石子会磨烂我们的千层底布鞋。骑车要是稍一走神就会摔跟头。五年的小学求学之路，全是在这条通往黄河的路上走去走回，也正是这条路锻炼了我们这一代人吃苦耐劳的精神。

自“创文”活动开展以来，新农村建设的号角吹响了。如今家乡变了，路也变了，车也多了，那些石子路也光荣地“退休”，变成了又宽又平的柏油马路，像一条条蜿蜒盘旋的巨龙在绿荫中伸向远方。连霍高速公路贯穿东西，郑西客运专线在山岭间穿梭，两条大动脉见证了中国速度。也让身处其中的人深切感受到时代跳动的脉搏。

村落之间一条条弯弯曲曲的水泥路犹如一张蜘蛛网，纵横交错，又像一条条没有尽头的长绳，缠绕在一起，伸向遥远的天际。如果你开车迷了路，千万别慌，只要找对方位就会有“山重水复疑无路，柳暗花明又一村”的感觉。

家乡路的变迁，把农民的淳朴、勤劳与城市人的热情、大方亲密地融合在一起。柏油路大大方便了城乡之间的交往联系，使家乡的农特产走进了各大城市。家乡的路成了致富的路、幸福的路。家乡的繁荣昌盛都离不开党的关怀和家乡人的辛勤劳动。

路变了，代表小山村富裕了；路变了，代表城镇发达了；路变了，代表国家富强了。随着时代的发展，相信将来我们的孟村会有更大的变化，家乡的路，一定会越修越好，老百姓的路也一定会越走越宽！

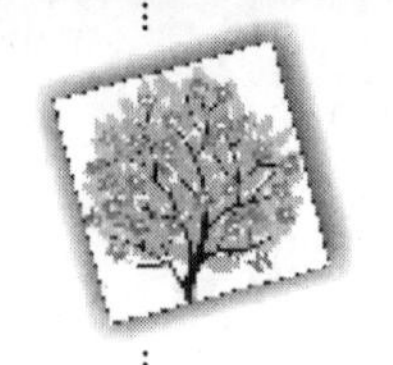

我的家乡变化大
——大美朱阳

灵宝市实验中学九四班学生家长王金丽　辅导老师：秦娟

那双叫作“自然”的大手没有任何吝啬对秦岭的勾画雕刻，“大美朱阳”就是天然杰作之一。一个青山绿水、风景如画的小镇。我眷恋朱阳，从小就厮磨于她的怀抱。

朱阳镇这个古老而神奇的地方，近些年尤其风景优美、如诗如画。充满灵气的鱼窟寺，有着神话般的传说，这个寺庙是我们小时候写作文的素材之选；有仙境般的鱼仙河。这里人淳朴憨厚，小村庄错落有致。门前小河潺潺流水荡漾心间，青山绿水，云雾缭绕，是休闲度假的好地方。秋天的芙蓉坡，放眼望去满山绿树红花。走到芙蓉坡，两行整齐的银杏树映入眼帘，走进古色古香的长廊，触摸柱壁，回味无穷，站在坚固的青色围墙上俯瞰，朱阳全貌尽收眼底。再有冠云山，主峰 1866 米，总面积 253.2 平方公里，大型瀑布、天然草场、野生动植物和遍布山野的中药材，可谓一块“宝地”。

随着社会发展和人们生活水平的提高，朱阳这个偏僻的镇子逐渐活跃起来，处处生机盎然。每逢节日，到处洋溢着欢乐气氛，张灯结彩、灯火辉煌，多才多艺的乡里人还会扭秧歌、舞狮子、踩高跷等。这些民间艺术让整个小镇热闹无比，繁华喧闹的场面难以形容。平时闲暇之余，也能看到文化广场人群密布，有在跑道跑步的，有在篮球场打篮球的，还有激情飞扬跳广场舞的。孩子们的娱乐设施更是齐全，孩子和大人其乐融融。

移民新村——幸福家园的落成，为山区人提供了生活便利。座座楼房拔地而起，明亮宽敞的房间让人们在心头感到温暖、幸福。人们不仅生活水平突飞猛进，精神生活也是更上新高度。一连两年，评选乡镇道德模范，隆重进行表彰奖励，个个暖心的故事，感人肺腑，人们心里有了标尺，榜样就在身边，乡里人也在日益进步，力争做“真、善、美”之人，心中开出文明之花。

2018 年 10 月份明珠大道的开通，朱阳这个人美、山美的地方，“红色旅游”吸引了诸多游客。太阳鸟公园有“红色革命老区”字样的建筑，“朱阳二小”和梨牛河分别建成了红色纪念馆，供人们缅怀先烈，不忘历史。朱阳村 13 组的一个小村落——“烟火崖”是又一处红色景点。古老的皂荚树，当地人称“红军树”，是红色革命的象征，为孩子们研学打开了便利之门。

名不见经传的朱阳镇，古老、遥远、落后、贫穷，泥泞小道、尘土飞扬、低矮土房已成过去，跟随国家政策实施，在上级的大力扶持和指引下，朱阳镇现已高楼林立、道路平坦、绿植丰富。2019 年，镇上的人们满怀期待，朱阳这个人杰地灵的地方，正以前所未有的速度前进着，让我们一起企盼大美朱阳的美好明天！

大美朱阳，我热恋的故乡，您如母亲孕育了我们。我们为您骄傲自豪，我爱大美朱阳！

点评

全篇结构严谨，用词讲究，文章语言优美，前后照应，开头处写到了“我眷恋朱阳，从小就厮磨于她的怀抱。”结尾再次点出“……我爱大美朱阳！”点明主旨，升华主题。通过拟人化的手法，用“怀抱、厮磨”这样亲切的字样，把对家乡的喜爱和赞美之情表达淋漓尽致，用自己独特的视角描绘家乡的繁荣景象，突显了美好生活是在好的国家政策的实施下才有的，环环相扣，紧扣主题，是一篇文质兼美的文章。

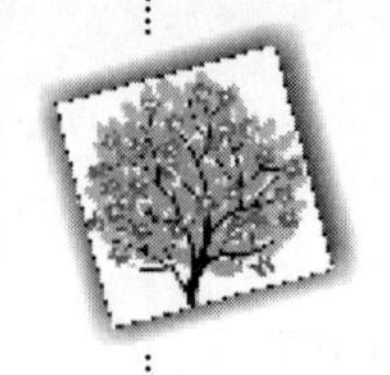

梦在这里插上翅膀

灵宝市第一小学三九班学生家长崔喜利

阳光透过窗花斜射在脸上
阵阵鸟鸣夹杂小孩的欢笑声
在春日里回荡
绿油油的麦苗在山坡上铺开
橙黄的油菜花染亮了大地

村边
孩子们手舞着杏花、桃花嬉闹
老槐树上的那群小鸟
扑棱着翅膀
朝太阳升起的地方飞翔

我要用手中的笔
糅合心间流淌的思绪
写一首诗把你赞扬
我的家乡

你是巍巍秦岭挺起的脊梁
你是滚滚黄河多情的欢唱
你是豫西群山间的一颗明珠

当清风揭起夜幕的衣角
梦在这里插上翅膀
飞翔，飞翔……
飞翔到辉煌的前方

你看那
宽敞的马路，漂亮的楼房
那是勤劳和富裕的写照

清凌凌的水，绿莹莹的山
那是旧貌换新装的见证
温馨的家庭，美丽的村庄
那是社会主义新风尚
让“苹果之乡，黄金之城”的美誉
响遍神州四方

我爱你，灵宝
爱你
独具特色的节日庙会
热闹非凡的社火表演
形态各异的大花馍
乐趣无穷的皮影戏
你牵引着我
魂牵梦绕着我

我爱你，灵宝
爱你
历史悠久的黄帝陵
万人景仰的函谷关
杜鹃盛开的亚武山
风景如画的河滨长廊

灵宝，我的家乡
你让
不同的人们有着共同的希望
奋斗点燃激情，拼搏成就业绩
要做时代追梦人

可爱的家乡
愿你在阳光下茁壮成长
光芒万丈
可爱的灵宝，我的家乡
梦在这里
插上了翅膀

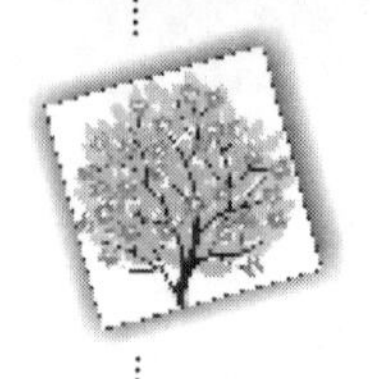

碧血丹心　谱写家乡新明天

河滨小学三三班学生家长张军舰

日月忽其不淹兮，春与秋其代序。穿越时光隧道，古老的中华文明，在百态横生的大自然面前，历经了千秋万代。像一杯美酒，陈香馥郁；更像一位老者，智慧宽厚。我的家乡灵宝，通过开展“百日洁城”、文明城市创建等活动，城市风貌焕然一新。

君不见，曾几何时，布满广告的白墙如今已被充满文化气息的书法、墨画所代替；君不见，曾几何时，乱停乱放的车道已被摇曳的鲜花绿草所代替；君不见，曾几何时，笼罩雾霾的天空已被蓝天白云所代替。这就是我的家乡灵宝。

静静流淌的金水湖湖面，鱼儿成群，飞鸟群集，绿堤白瓦，美不胜收。这得益于市委市政府坚持贯彻党和国家的有关环保政策，致力于打造生态宜居城乡大环境所做出的努力。“生态兴则文明兴，生态衰则文明衰。”函谷雄关中，老子也曾挥笔写下千言《道德经》，其中“道法自然”的思想，在如今仍具有很强的时代价值。

“人法地，地法天，天法道，道法自然。”没有人与自然的和谐相处，一切都是妄谈。老子的目光何其长远，千年之前，就看透了人与自然的关系。崇尚自然，天人和谐，是老子的推崇，亦是生存的真理。老子言，“道大，天大，地大，人亦大。域中有四大，而人居其一焉。”人，与道、天、地并重，同为生态系统的一环，重要性不言而喻。人与自然的关系，是相辅相成的，是哲学的美。一方面，人依赖于自然，受制于自然；另一方面，人在遵循自然规律的同时，又可利用自然，从而影响自然。造福已身，也造福后世。

过去，函谷关是兵家必争之地，有铁血之气；如今，函谷关绿树掩映，湖光山色，更蕴藉一份难得的自然之气。

“天地有大美而不言”，千年之前老子发现自然生态之美；千年之后，我们小心保护生态之美。

精心规划建设的养生园，密林幽径，相映成趣；整齐的路园，小桥流水，他乡人家；还有多姿多彩的弘农春秋等美景，如今都已成为市民生活中不可缺少的一部分。它为城市增添了一抹绿意，也带来了一份活力。爱护城乡环境，养成文明生活习惯，自然而然地成为每位市民习以为常的生活方式和行为准则。

人杰地灵，物华天宝，这是我的家乡灵宝。它得益于大自然的馈赠，一方水土养一方百姓，如今我们也更需要爱护和保护她。

苍松翠柏是成长在生态里的希望，鸟兽虫鱼是生态孕育的精灵。生态，是一个民族面向世界的姿态，更是一个国家文明外化的朝气和内在的底气。所以，生态如果有颜色，它不应该是和雾霾一样萎靡不振，意志消沉的灰色；它应该是绿色的，是鲜活的，是昂扬奋进的。它应该行走在干净的街道上，遨游在澄澈的流水中，飞翔在蔚蓝的天空里。

阳春布德泽，万物生光辉。滔滔不绝的黄河畔边，我们世世代代享受着生态带来的阳光明媚和绿水青山。也正因如此，我们更应该以碧血丹心，如匪石般，来坚守生态。

山河长远，愿家乡的明天更美好！

春风阵阵醉桃林

灵宝市第三高级中学学生家长王建军

看花草葳蕤之地，物华天宝；品文化源流之境，人杰地灵。桃林古郡，金城灵宝，我的家乡！昔日以历史悠久、物产丰富雄踞一方；今日，因日新月异、勃勃生机享誉四方。

美丽乡村，晴云焕流光

“把擀杖插入土里，希望长出红花。把本子放在枕下，希望印成画册。”贾平凹充满期待地说。而今的金城灵宝，正如先生所期的那样，烟雨疏篱，花草葳蕤，春光正好。走在乡村干净宽敞的水泥路上，翠柏油绿，繁花缤纷，心旷神怡。走进乡村，你能感受到的不仅有“屋舍俨然，良田桑竹”的美景，更有浓郁的文化气息：白瓷红瓦，小楼凭栏眺；文辞壁画，莆田绕人家。现代化与乡村风情完美结合，文化风韵与自然美景相映照。春风阵阵，吹过函谷关，吹过鼎湖湾，乡村小镇正在灵宝人不知不觉间褪去生涩，着上华裳。

特色乡村，清风醉桃林

“山明水净夜来霜，数树深红出浅黄。”“顽猴探头树枝间，蟠桃哪有灵枣鲜。”灵宝物产丰富，可并非徒有虚名。黄金、苹果和大枣远近驰名。在北京、上海等大城市的超市里，各种水果琳琅满目，然而最诱人的还是来自灵宝寺河山的 SOD 苹果和产自黄河沙地的皮薄肉厚、味鲜香甜的灵宝大枣。过去，丰饶的物产是外乡人了解灵宝的名片。如今，在灵宝政府的推动下，“灵宝苹果花节”成功举办，“灵宝特色小吃”推向全国，函谷关国学文化旅游热度激增，特色小镇华丽登场，一个个靓丽的新名片展示着灵宝的变化。春风阵阵，吹过寺河山的苹果园，吹过后地村的古枣林，家乡灵宝焕发出勃勃的生机。

文明城镇，华景映新城

金水桥边，涧河湖畔，一桩桩高楼拔地而起。空气鲜美，雨露滋润，一辆辆洒水车徐徐而过。漫步在弘农涧河两岸，一幅幅诗情萦绕、芳草相依的画卷悠然展开，一年四季都可以在这里感受人与自然和谐共处的美妙。夜幕降临，街道华灯璀璨，树枝“红装素裹”，汽车在平整的柏油路上飞驰，共享单车在马路上穿梭行驶，好一座华美金城！如果想去休闲散步，路园、诗园、春秋园、养生园任你选择；如果你想跳舞健身，体育馆、文化广场是理想之地。春风阵阵，吹过金水湖，吹过银水湾，灵宝小城散发着向上的希望。

“物华天宝，人杰地灵”是历史留给我们的标签，“文明创新，生态宜居”是时代赋予我们的重任。沐浴着时代的春风，新一代的灵宝人站在新起点上，满腔热忱，意气风发，推动桃林古郡、金城灵宝走向世界。

大美金城　美在新时代

灵宝市第三小学五一班学生家长牛淑君

这是一片神奇的土地。作为黄河文化鸿篇巨制的一页，她钟天地之灵气，聚万物之精华。她历史悠久，文化灿烂。夸父逐日、黄帝铸鼎、老子著经等美丽的神话和历史典故均发生在这里。这就是我的家乡——灵宝。如今的她，是一座非常美丽漂亮的现代化城市。这里建筑规划整齐，风格和谐统一，道路四通八达，高楼鳞次栉比，街道繁花似锦……

公园是城市的流量担当

当清晨的第一缕阳光洒向这座美丽的城市，北区公园里便奏响美好一天的乐章。这里原是田地荒芜、人烟稀少的地方。现在蜿蜒的公园小路由鹅卵石铺就。两旁嫩绿的垂柳争相摇曳，好像是在迎接人们的到来。广场舞蹈队伴着音乐，女士们面带笑容，翩翩起舞。公园另侧的太极拳队，刚柔并济、松柔慢匀，整齐而大气。唱戏、瑜伽、跑步、溜圈、练书法，尽情挥洒你的青春与热情。园中石壁上随处可见的古诗为公园注入了一份文化气息，让你在休息间隙，又可学习知识。每当夜幕降临的时候，站在新修的桐沟桥上，向北望去，满眼鎏金，金色灯带装扮下的吊桥浮在水面上，让你发自内心地惊叹她的美。今年春天，波光粼粼的河面上几只黑天鹅在嬉水觅食，这是灵宝市对水资源加大保护力度，环境得到有效改善最好的见证。这样的公园灵宝市区还有很多，让你走出家门便是健身时，轻松享受生活的便利。

卫生是城市的魅力担当

同顶一片天，同踏一块地。以往，走道上丢弃的残羹剩菜、街道上成堆的垃圾、路上行人乱扔的果皮纸屑、垃圾箱里储藏的大量垃圾，由于很少清理，路过会有一股臭味扑鼻而来。现在，垃圾都已经消失了，随处可见环卫工人忙碌的身影。人们素质有了很大的提高，不乱扔垃圾，随处捡拾垃圾已成为每个灵宝人的义务。广场上，小区里，学校旁，街道上几千多棵树木随风摆动起来。洒水车、清洁车每天以悠扬的音乐声准时出现在街道上，垃圾车会及时将垃圾进行清理，城市美容师——园林工人天天都会在绿化带里及时修剪、浇灌、清理、种植花草树木，他们用汗水浇灌出城市片片绿色。春天，函古北路的樱花次第开放，粉红色、米白色，繁花朵朵美不胜收。工业路上的银杏树是秋的使者，秋风一吹，片片银杏叶宛如金色的蝴蝶，翩翩起舞。走在工业路上，仿佛行走在黄金大道上。纵使季节更替，这座城市自有花木装扮，从不缺少美丽的风景。

特产是城市的名片担当

以前农民耕种为生，只能维持基本生活。现在，灵宝的黄金、寺河的苹果、大王的红枣、朱阳的核桃、川口的樱桃等特产销往全国各地。寺河山是远近闻名的亚洲第一高山果园，寺河山的苹果以个大、色艳、质脆、味甜而闻名全国。市委、市政府为推动我市旅游与现代农业有机结合，叫响灵宝“苹果之乡”品牌，现已举办了两届中国苹果花节，助推灵宝苹果走向全国、走向世界，不断扩大灵宝对外的知名度和影响力。现在的农民因为政府的大力扶持，家家住洋房，开汽车，村里到处喜气洋洋，欢声笑语。

这座城承载起城乡经济发展、百姓安居的重担；这座城串联着文化传承、精神寄托的慰藉；这座城穿透固化思维，烛照前行之路。

这座城每天都在发生着变化，她勾勒的不只是可视的城市景象，更是每个灵宝人内心的明日之城，让我们携手共进，用爱心关注周围的变化，行动起来，一起描绘美丽而文明的灵宝，让魅力城市灵宝“美在新时代”！

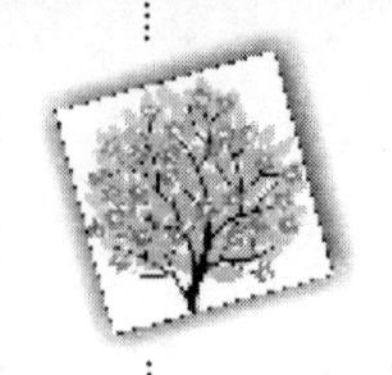

我的家乡环境变化大

城关镇中心小学二二班学生家长李晓萍

春山如黛，垂柳画桥。白云出岫，倦鸟还巢。采一束不知名的野花，扎一个紫藤的秋千架。看几只燕子筑巢，或和几只蚂蚁对话。这样美好的时光，仿佛留在那个叫童年的记忆里。悠长，不复见。

每个人都有属于自己的童年时光，无论幸与不幸，欢乐总比苦闷多，因为任凭世事变迁，那颗童心始终光洁如镜，纯真美好。

褪去夜色的华装，清晨的家乡，有种洗尽铅华的美丽。金水湖的水，似乎淘尽了悲欢，此刻流淌得那般从容。那些在睡梦中刚刚醒来的人，依旧有些微醉。他们又将在新的一天里，继续那场漫长的旅程，朝着自己选定的方向走下去，哪怕穷尽一生，也要走到终点，那时候，天地明朗，水滴石穿。

读书喝茶，倚楼听雨，日子清淡如水。禅的时光，总是寂静无声。窗外风云交替，车水马龙，内心安然平和，洁净无物。如此清淡，不是疏离尘世，而是让自己在尘世中修炼得更加质朴。人生这本蕴含真理的书，其实掩藏在平淡的物事中。返璞归真，随缘即安。

如水良辰，温一壶白月光，在落花深埋的小院，抚一曲《云水禅心》。白日里飘飞的尘埃，此时已散尽，烟云收敛，世事忘机。红尘脂粉皆落幕，鸟雀尽归山林。流水无声，一叶野舟横渡，浮世清波里，已寻不见往事的背影。

有这么一个地方，一次短暂的邂逅，便再也无法忘记。这就是河南灵宝，它像一幅遥挂在江南墙上的古画，装帧着来往路人的梦想，任凭年轮留下多少痕迹，也不会更改初时的模样。古城是画，你便是那流淌的点点墨迹，在静止的风景里行走一阕词的韵脚，用自己的风情漂染古城，又在古城的韵致里生动自己。

曾几何时，这座城离我们很远，山长水远；又离我们很近，只是朝夕之间距离。而我们都是这座城里游走的微尘，于摩肩接踵的人流中来来去去，飘零就是最好的归宿。

春天，家乡像刚从梦里醒来的小娃娃，它睁大眼睛好奇地张望着这个世界。柳树摇曳着纤长的发丝，小草从地里探出了小脑袋，河两岸野花也急切地从地里冒出来，散发出淡淡的清香。小燕子从南方飞回来了，在树枝上叽叽喳喳地鸣叫着，春的气息布满了每个角落。

夏天，家乡被郁郁葱葱的树木包围着，密密的树叶在灿烂的阳光下显得更加茂盛。蝉在树上不停地“知了、知了”唱着，老人们悠闲地坐在树下，慢慢摇着扇子，而小朋友们吃着冰淇淋，在街上互相追逐、嬉戏着，给炎热的夏天增添了无尽的活力。

秋天，家乡像披上了一件金黄色的礼服，在秋风的吹拂下，一片片落叶在空中飞舞。田里那金灿灿的玉米、黄澄澄的稻谷让农民伯伯的脸上绽放出收获的喜悦，站在高处往下看，啊！好一个金色的世界。

冬天，雪花在空中飘着，给家乡披上一件白纱。街上落满了厚厚的积雪，踩上去发出“咯吱咯吱”的响声，小朋友们在一起堆雪人，打雪仗，那笑声把寒冷的冬天变成了幸福的乐园。

我的家乡——灵宝，它的面积虽然不是很大，但它却具有深厚的历史文化底蕴。这里是中国古代四大美女之一杨贵妃的故乡，被誉为“黄金之城，苹果之乡”。在春秋战国时期这里诞生了一部旷世巨著《道德经》。其中的一句经典——“道可道，非常道。名可名，非常名”对后世的兵家、医家、儒家、法家、释家、道家，均有深刻的影响。

许多年前，我的家乡还是十分贫穷，低矮的房子，狭窄的街道坑坑洼洼的，人人过着穷苦的日子。

改革开放以来，经过人们的艰苦奋斗，如今的灵宝已经焕然一新。一条条宽敞平坦的柏油马路代替了坑坑洼洼的街道，街上一辆辆的轿车犹如一匹匹骏马在草原上快乐地奔驰着。

街道上高楼林立，当夜幕降临时，一排排霓虹灯五光十色，使宁静的城市变得热闹非凡。以前的夜晚，街道上冷清极了，而现在和以前大不相同。街道上人山人海，五花八门的招牌，琳琅满目的商品，看的人眼花缭乱。

金水湖的美景也别有一番风味，以前的湖里面很多垃圾，臭烘烘的，人们唯恐避之不及。现在人们不再往湖里扔垃圾了。政府还在湖边新修建了金水湖公园，使金水湖变得更美丽。湖边的柳树像小姑娘的辫子一样，随风飘动。湖水清澈见底，犹如一面镜子，一条条小鱼在水里自由自在地嬉戏，有时还把头露出水面晒晒太阳，吹个小泡泡，可爱极了！

我爱家乡的山山水水、一草一木，爱它的每一片天空、每一寸土地。

此时我怀着无比激动的心情为我的家乡献诗一首：

函谷古城

大河之南锦绣中原，
三皇五帝文明起源。
长江以北神州华夏，
峥嵘岁月再创辉煌。

我为我的家乡——“金城灵宝”感到自豪和骄傲！

故乡，那份企盼

灵宝市西阎乡第一初级中学学生家长赵会平

岁月如梭，让人觉察不出它的挪移。每每忆及故乡，除了深深的依恋，更多的则是对故乡的企盼。

今天，又一次踏上了这片哺育我的热土。

啊！变了，故乡的确变了。往昔破旧歪斜的老木屋，大多已被幢幢新建的青砖瓦房所取代，其中还矗立着一幢幢楼房。楼房在城市随处可见，可这是在农村，是在我原先贫困的家乡啊。过去，一家人有衣穿，有饭吃，那就算挺不错的了；现在，竟有人家建起楼房来，我的心里不由得一阵欣喜。

近了，离家更近了。

这里原是一条清澈的小河，清清的河水曾带给我多少儿时的欢笑。我在这里，用玻璃缸捉住了第一条小虾；我在这里用纱网，网到了第一条可爱的小鱼；我在这里筑堤坝，让小河无法动弹。我在这里，光着脚丫戏水，光着身子洗澡，让清凉的河水，洗去夏日的喧嚣……至今依然清晰地记得，我们一群，常踩着夕阳的余晖，围聚在小河边畅谈心中的缤纷梦想。

可是，随着塑料地膜、垃圾袋遍地丢，小河被塑料袋包围了，一片片，一只只，呼啦啦地飘。孩子们再也不爱到这里玩了。是他们，每天背着袋子，拿着钩子，把一只只塑料袋，从河水里、草丛中捞起来。一个月，两个月……他们风里来雨里去，塑料袋被清空了，他们晒黑了，皱纹却舒展了。小河又恢复了往日的洁净，这里又成了孩子们的天堂。

悠悠的小河，缓缓地流淌，流出了美好，也流出了家乡的变迁。

这里原是一片场院，平整的土地，阔大的磨盘。夏天，村民们白天在这里打场晒麦子；晚上，端着小茶壶，摇着蒲扇，坐在磨盘上，唠着丰收年景的话题。

可是，自打各家建起了平房，抹起了水泥地面，麦子、玉米、花生再也不在这里晒了，这里渐渐荒芜了。有的人家开始偷偷地把家庭垃圾往这里倒，烂菜叶、破胶鞋、肉骨头……一到夏天，苍蝇满天飞。是他们，把一车车垃圾推到荒沟里掩埋起来，把荒草铲掉，把三叶草、蝴蝶兰等种在场院边，把磨盘用水冲洗得干干净净。如今，又配置了绿色垃圾桶，安装太阳能路灯、健身器材等。看着这些，人们脸上洋溢的是幸福的笑容。慢慢地，农忙时节，到这里聊天的人又多了起来，农闲时节，到这里休闲健身的人也多了起来。

小院，你承载着岁月的变迁，更汇集着人们的欢乐，更有着我对你崭新明天的企盼。

这里原是一条小泥路，夜幕降临，摆摊卖西瓜的刚收摊，几位路人就地啃下的西瓜皮被随意丢在了路边。他去超市买东西打此路过，只见一个骑自行车的小伙子“刺啦”被西瓜皮滑了一下子，“吧唧”一个四脚朝天摔在了路上，半天没爬起来。是他，默默地扶起小伙子，给医院打了电话，把受伤的小伙子送走了。此后，每天傍晚，他就会在西瓜摊收摊后，到这里捡西瓜皮，此后，再也没有路人在此滑倒受伤过。现在，小泥路变成了干净整洁的水泥路，路旁栽树种花，走在这样的路上，心情舒畅极了。

世事变迁，但人们内心的淳朴善良依旧还在。在他们的行为中，我发现，伸出自己的手，就可以创造如此美好的世界。他们用自己的行为影响着我们身边的每一个人。

过去，你占，我占，大家都占，带来的是出行不便；

过去，你建，我建，大家都建，带来的是房屋参差。

如今，你让，我让，大家都让，让出的是和谐；

如今，你拆，我拆，大家都拆，拆出的是敞亮。

家乡，虽没有江南水乡的诗意，但那清澈的小河、温馨的场院、淳朴的人们，却给了我五彩斑斓的回忆和企盼。你那点点绿色，却给了我震撼人心的美丽，你用不一样的风景，让我领略你不一样的美，读懂你不一样的坚强。

我的希望，我的家

河滨小学四二班学生家长刘漫鱼

星期六，对我来说就是照例“赖床”。一大早女儿像小燕子，叽叽喳喳，又捏鼻子又拽耳朵。正想发火，突然就想到了昨晚答应她，今天回家去看奶奶。好久没回家啦，每次都是一个电话报个“忙”，愧疚的瞬间恼怒熄灭了。一骨碌爬起床，用最快的速度收拾停当，带上宝贝回家。

临近村庄，远远望去，房子被绿树淹没了，若隐若现。空气也越来越清爽，城市中的喧嚣，污浊的空气都荡然无存。拐进村口的主道，笔直的柏油路两旁的白玉兰树在春风中傲然地盛开着花。女儿禁不住大喊：“爸爸，车开慢点儿!”指着远处哪什么花儿呀，怎么那么漂亮。这里还有大片大片的桃花，争相开放，蜜蜂围着汽车飞来飞去，像在保护这美少女呢。女儿小小的脸庞，抑制不住的兴奋，使劲大口深深地吸了几口气，就这样深深地陶醉在大自然的恩赐中。

车慢慢向家驶去，首先映入眼帘的是临路两旁房子，粉刷一新的墙壁，手绘的壁画。有的花儿娇艳欲滴，配上几首古诗词；有的人物千姿百态，附上孝道标语，感觉整个村庄都有了些文化气味。车子缓缓地驶过，就如同在看一部电影。走到文化大院，看见有的老人围坐一起聊天，有几位老人打纸牌。不远处有几个小朋友在比赛骑滑滑车，不时发出阵阵的欢喜声。爸爸车子开的很慢，不是从车窗探出头和路边爷爷奶奶打着招呼。女儿：“爸，快点，我要和爷爷来村子玩。”

很快到家啦，发现家家户户门前的柴火堆没有了，打扫得干干净净。门前也修了小水渠，这下再也不怕邻居家洗衣服的脏水到处流。路两边还安上了太阳能路灯。等我退休后一定回农村好好享受田园生活。

只能由衷地感叹，因为党和政府的领导，人民的生活，一天比一天好。吾辈不才，更应为祖国宏伟蓝图添上了一笔锦绣，为祖国的强大鞠躬尽瘁。

回 家

灵宝市第四小学三九班学生家长赵淑丽

晚上吃好饭，正想着该给老娘打个电话了。这时电话铃声响了，一看正是灵宝老娘打来的电话，“你六叔家儿子明天结婚，明天你们都回来吧……”真是心有灵犀啊！不说了吧，推开一切的事务，明天准备回家。

不得不说结婚二十多年来，我每一次回娘家，心情都是格外的好。因为那里是我出生的地方，那里有我刻在骨子里有趣的童年，那里有我日夜牵挂的父母亲。娘家是距灵宝市西南二十里处的一个小村庄，从三门峡到灵宝娘家仅五十分钟的路程。今天我开车，和老公一起早早出发。一路顺利，不知不觉到了灵宝市区，继续往西进入乡村公路，乡村柏油公路经过几次维护，一路上没有颠簸，很是平坦舒服。进入我们村的道路虽稍稍窄了一点，但也是水泥铺设的，一直通到娘家的大门口。刚刚八点就到家了，听见我停车开门的声响，娘出门来迎我，一见我，娘就拉着我的手说：“你六叔这次给孩子办喜事，全都是请的专门操持婚事情的人来给整的：有人准备桌椅板凳，有人买菜、做菜和端菜上桌，并且完事后他们自己收拾好拉走，咱们的人都帮不上忙，不需要帮忙，咱们就捧个人场。”

我知道，村里这样操持红白事情已经有好多年了。可我的印象里还有很早以前村里人操办红白事的情景：满村子借筷子碗和板凳桌子。站在大门口，看着我家贴着红瓷砖的大门楼和院内的二层小楼，还有脚下的水泥铺成的地面，大门口两侧专门用红色瓷砖贴面的门墩。此刻，脑子里要结婚的新郎新娘最紧要的事情却渐渐模糊，思绪把我带回到了三十多年前……

童年时候的我，几乎没有玩具。那时候只要是放学了，吃饱了，其他的时间都是无拘无束的。没有伙伴们玩时，我一个人也常常坐在大门口的一块石头上（我此刻回过神来，回想当年我坐的那块石头和现在光亮如新的门墩的位置远近），看看娘给我做的新布鞋，背对着太阳晃着脑袋，看我的大辫子的影子在地上来回摆动。向左向右看门口的东西方向窄窄的巷子，坑坑洼洼的土路好长好长。每逢下雨天，我最不愿意出门，印象深刻的是有一次下雨天不想去上学。原因是：上学的土路被人畜踩踏成了稀泥糊，还有猪牛羊拉的屎尿混着雨水，会淹过凉鞋或者布鞋粘到脚上，心里特别地讨厌和恶心。

放学回家不见娘，我就坐在大门口的石头上等下地干活的娘回来（父亲在另一个乡镇中学教书，只有周末才回家）。终于老远看见娘的身影从村东头向我走来，我高兴地不顾一切地跑过去想抱她一下，不料还有几步就到娘跟前时，脚下的一个小坑凹把我的脚闪了一下，我随即扑倒在地，地上的硬物磕着我的下嘴唇，鲜血直流。娘又心疼又气愤，把我拉起来还狠狠地拍了我几下，责怪我这么不小心。伤口是自然愈合的，下嘴唇上的疤痕至今清晰可见，这也是儿时门前这条坑坑洼洼的土路给我留下最深刻的印记。

一幕幕的往事在脑海中飞速闪过，我一个人不由自主地走到离大门口几步远的十字路口。水泥路边立起的路灯，路边摆放整齐的垃圾桶，左右两边盖起整齐的平房和楼房，一遍遍刷新着我儿时的记忆。往北走离家门口二十米远处是村里最大的商店，里面日常用品和粮油米面种类繁多。村里人几乎不用出村子就可以买到生活必需品。商店门口东边的一块宅基地上，工人们正在打地基。听娘说，这是村里在盖医疗卫生室。我说怎么看着比一般的宅基地大好多啊。就这么看着想着，不由自主地又想起了我幼年时体弱多病。印象最深刻的是小时候晚上发烧又咳嗽，上世纪 70 年代那时候村里没有药品也没有医生，再说家里也根本没有钱去县城买药。有时半夜我开始发烧或咳嗽时母亲就披上衣服，坐着把我抱在怀里教我念：石头山，朗朗山……看病不要钱……记得那时我不出声念都不行，母亲说，把想的说出声来才能灵验。有时咳嗽太严重时，她才不得不花一毛钱从对门邻居养蜂的大爷那里买来几小勺蜂蜜，在晚上我咳嗽最厉害时给我喂到嘴里，来缓解我的病症。每当这时候，大我三岁的哥哥，听见母亲再三劝我吃下我不喜欢的蜂蜜时，赶紧从被窝里爬起来，眼睛都睁不开，嘴里却清楚地说道："妈，她不吃让我吃吧。"母亲这时通常会训斥哥哥不懂事，但也不忍心看他可怜的馋样儿，会从勺里弄一点点让他尝尝味道。想到这里，我这不听话的眼泪又涌出了眼眶。可又一想到这个宽大的村卫生室盖起时，里面诊疗室、药品柜台、输液的床和长长的凳子，会和城里的医院一模一样，这时我的心里有说不出的踏实和欣慰。

我深深地理解了：父亲十几年前退休，为什么坚持和母亲从城里回到农村老家居住。城里千好万好，也比不过生养他们的故乡亲切和舒适。如今家里的宅基地已经确权，院子里的核桃树、杏树枝叶茂盛，年年果实累累；离家不远的一亩自留地，蔬菜一年根本吃不完。空闲时母亲和她的老姊妹们聊天、打扑克，有事时相互帮衬干点活计。父亲和他的棋友们隔三岔五地切磋交锋，每逢过年过节或者村里有人家办红白事还总不忘“挥毫泼墨”一番，献上几幅大字。爹娘没事时还都爱看新闻，看看国家、国际形势。尤其老娘最投入，有时一见我就给我讲：这哪里哪里又打仗了呀，死了多少人，好可怜啊。还是咱们国家好，有吃有喝，生活富裕还安定。

今天办喜事的是我娘家叔最小的儿子，看他们体面地娶回儿媳妇，一家人欢天喜地，我也由衷地为他们祝福，替他们高兴。一天时间过得好快，转眼又到了我该回去的时候了。临走老娘突然想起了什么事喊住我：“女子啊，我的居民养老金快该去领了，下次你早点回来带我去一趟。”我连连点头说好。每次回来，看到的、听到的，总在不断地更新着我对家乡的印象。

记忆中那个贫困破旧的小山村悄悄地发生着变化，使她更加美丽令人眷恋。当年那个扎着小辫的“小女子”（我的小名）已人到中年，曾经年轻力壮的父母已满头白发。唯一不变的，是站在眼前白发苍苍的爹娘对儿女满满的爱和牵挂，还有我对爹娘、家乡永远的挚爱。

唯愿岁月有情，放缓脚步慢点催人老，让我的爹娘永远健康快乐。让家乡这个字眼在我的心里永远亲切、温暖。爹娘在，家就在，我的耳畔就会时常回荡着他们那永远都最有力、最深情的唤我回家的声音。

家乡的旧事新貌

灵宝市第四小学四一班学生家长曹清巧

我的家乡河南灵宝，她是一个山清水秀、人杰地灵的地方。自古以来就有“物华天宝”的美誉。最值得我骄傲和自豪的是我家乡发生的翻天覆地的变化。此刻，思绪将我带到了30年前。

那年我7岁，还是一个小顽童，和村里的小伙伴一起上学、放学。那时候马路上晴天到处尘土飞扬，下雨天更是泥泞不堪。晚上我们趴在煤油灯下边读书、写字。最多的游戏就是和小伙伴们一起捉迷藏、跳绳、抓石子儿。吃完晚饭，全村的人都会搬着小板凳来到我家院子里看电视，因为那时候我们家是村里唯一一个有黑白电视机的，而且只能看两个频道。如果要去一趟县城买东西，要坐三个小时班车才能到，我们很少知道城市里是什么样子，所以也很向往城市生活。一根跳绳、一把石子儿，跟伙伴们追逐打闹，那就是我童年的生活。

如今，30年过去了，我已是两位孩子的妈妈，一路走来，感慨万千！家乡的变化可真大！我可以陪着孩子在笔直宽阔的马路上玩耍游戏，再也不用怕尘土飞扬、泥泞不堪的马路。

如今，可以带她们到自选超市购买自己需要的物品，再也不用等到过年时坐3个小时班车去买。

如今，放眼望去，一栋栋楼房拔地而起，到处都是欢声笑语。到了晚上，灯火辉煌，带着家人一起去公园散散步，健健身，享受天伦之乐，再也不用摸黑走路了。

如今，我们家乡的三大宝：苹果、黄金、大枣，已经远销国外，销量一直位居出口前列，深受外国人的喜爱。

如今，很多外国人也慕名而来。历史文化悠久的函谷关、传奇色彩的娘娘山、风景如画的汉山、险峻峭拔的亚武山、山清水秀的燕子山，以及红红火火的寺河山，让每一个来到这里的人都流连忘返。

前几天，带着孩子回了一趟老家，内心感触颇深。村子里每条路都宽宽敞敞，家家户户门前干净整洁，门前种花，院内种菜。吃完晚饭，妈妈说：“走，跳广场舞去。”我们一家老老少少来到了村里的文化广场。有跳舞的、有聊天的、有下棋的、有学唱歌的，真是丰富多彩。追逐声、嬉笑声、音乐声，我不禁感叹：“好嗨呦！”如今，乡村的夜生活也这么有趣！

抬头望天空，皎洁的月光洒满大地。感恩这美好的一切，是党和政府的领导，是改革开放的春风，让我们走进了新时代，过上了如此富裕的生活。作为灵宝市一名普通的公民，我们也要尽自己最大的努力，在自己平凡的岗位上，为我们家乡奉献出自己的智慧和力量。

我爱我的家乡！我爱我的灵宝！我为你自豪！为你骄傲！

看我家乡七十二变

灵宝市第三高级中学学生家长马学玲

黑色的小轿车行走在新铺就的水泥路上，慢慢地拐进那条并不算宽的巷子里，我的眉头不禁皱了起来。时隔许久没有回到这个地方，我仍能想到曾经满是尘土、垃圾随地的场景。或许是在道路平坦，干净整洁的大城市里待习惯了，再想到这里，似乎有天壤之别，在城市里打工的我愈发讨厌这里了。

车子驶入了巷子，眼前的景象并不是记忆中的模样，扑面而来的是明亮的绿色，像是进了植物园。水泥路面平整，街道整洁。家家户户的门前不再是大堆小堆的垃圾，而是印有“保护环境”字样的绿色垃圾桶，这让我甚是吃惊。我就问来接我的家人：“垃圾桶有了，那垃圾怎么处理呢？”“这呀，下午专门有人来运走的。”我感到更加吃惊，已经有专人管理了！很难想象，以前用几辆车才能搬走的垃圾山现在却不见了踪影！

吃过了饭，年迈的母亲说：“孩子，你这么久没回来过，村里的变化可大了！你等会出去转转，看看跟以前有啥不同，顺便捎包盐回来。”我出了门，漫不经心地走走看看，路过“学校”，我禁不住抬脚走了过去。说它是学校其实有点说不出口，那里是上代人上学的地方。在我上学时只剩下几间千疮百孔的旧房子，院墙也坍塌了，每到下雨天真是外边下大雨，屋里下小雨！当我推开那扇不算太新的大门时，我已经能想见里边杂草丛生的景象了。门开了，没想到的是，映入眼帘的是宽阔平坦的水泥地面，红色的塑胶跑道和几对篮球架，还有其他健身器材。校园内有一个比较时尚的舞台，上面有“文化体育广场”几个鎏金大字。我瞬间回过了神，现在学生都到镇上或城里上学了。是啊，我的孩子不也正在城里上高中吗？此时，我看到有人在健身器材上面带微笑地做着各种动作，有人在院中跳着广场舞……我脑海中浮现出了城里相似的情景。

我会心笑了，不仅是因为眼前的一幕，更是从心底涌起的一股暖流使然。我转身离开，买了包盐，回家的脚步更加轻快了。

这是生我养我的地方，也是我毕生无法割舍的地方！它见证了我的长大与成熟，这里有我成长的烙印。其实，我想家乡也像是一个孩子，在发展大潮的挟裹中长大，成熟！

几天后，我离开了村子，再回头看这片热土，我已是泪流满面。也许，它的变化，它的发展，将是我生命中永恒的期待！

我的家乡变化大

豫灵镇希望学校六二班学生家长陈安宁

“美丽乡村俺的家，大街小巷都硬化；路边花草争奇艳，村里墙壁美如画；文化广场真气派，村风村貌大变化；还是党的政策好，农民日子如蜜糖。”这支朗朗上口、通俗易懂的民谣真切地描绘了我们杨家村的新变化，抒发了村民乐享生活的愉悦心情。

温室果蔬“笑哈哈”

春末夏初，温室大棚里绿意盎然。香瓜、油桃等散发着阵阵香甜，新鲜的西红柿、黄瓜等煞是喜人，棚里棚外欢笑声不绝于耳。瓜果蔬菜吸引了十里八乡的父老乡亲：活泼可爱的孩子、衣着时尚的年轻人、精神矍铄的老人，他们走进棚内，自由采摘，煞是忙碌。温室大棚极大地丰富了当地人的菜篮子，也为村民增加了可观的收入，真是“一亩园三亩田，一亩棚十亩田”。大棚种植不仅让村民看到了脱贫致富的希望，而且为壮大村集体经济实力指明了方向。“今年，我们村将进一步扩大瓜菜种植产业的规模，还正在修建一个瓜果蔬菜交易市场，组织农户建立瓜菜种植基地，打造绿色瓜菜生产品牌，通过规模和品牌效益带动农民增收致富。”村党支部书记如是说。

文化广场“乐喳喳”

“如今的村民生活条件好了，吃啥有啥，就想找个乐子，前两年村里建了气派的文化广场，村民休闲娱乐有了好去处。”文化广场以修缮后的“杨震祠”为中心，东边是村办花园式杨震小学，西边是古色古香的大戏台、师资力量一流的四知幼儿园、医疗设备先进的村卫生所，正对面是绘制精美的文化宣传墙，还有廊坊翘角的龙王庙。在它们的环抱中，文化广场偌大平坦。这里不仅是培育祖国未来希望的沃土，更是丰富农民精神文化生活的一方宝地。劳作之余，每到晚上村民聚集到这里欢歌快舞，好不热闹。

每年农历三月十一，一年一度的杨家古庙会都是在此举行。广场上彩旗招展，锣鼓喧天，周边乡镇及陕西、山西万余名群众如潮水般涌来赶会，不少杨震的后人赶来祭拜被称为“关西夫子”和“四知先生”的杨震。庙会上还请戏剧团来唱大戏祭祀龙王，祈求风调雨顺，还有锣鼓、秧歌、广场舞等文化娱乐活动，商贾云集，娱乐活动丰富多彩，极大地丰富了广大村民的物质文化生活。

村容村貌“美如画”

杨家村村子大，农户多，是有名的落后乡村。先前，巷道、胡同坑坑洼洼，“晴天一身土，雨天一腿泥”，院内“现代化”，院外“脏乱差”。今年以来，豫灵镇政府大力治理环境，我们村经过征取党员、村民代表意见，制定了环境整治方案，开展了以“硬化、绿化、净化、亮化、美化”为主的环境综合整治。如今村内的柴堆、垃圾堆、杂物堆等“三大堆”不见了，各户门前干净整洁，巷道环境焕然一新，还新增了天然气。村民在院内栽种了风景树、果木树，村路两旁种上了冬青、月季、柳树，整个村庄美丽如画。

村里墙壁“会说话”

我们村在开展环境整治的同时，还精心设计制作了农村文化墙。用生动的图画、浅显易懂的文字，向广大村民传播社会主义核心价值观、家庭美德观，传递社会正能量。村部将“二十四孝”、“晒家风、亮家训”、“好媳妇、好婆婆评选”、“文明卫生家庭户评比”等文明创建宣传画，村民创作的朗朗上口的段子，描绘在墙壁上，营造人人参与美丽乡村建设，争当文明杨家村人的良好风尚。

………

村庄变化说不完，美丽乡村俺的家，乘坐时代顺风车，紧紧跟随党中央。农民的日子会越过越红火，我们的村庄会越变越美丽，伟大的祖国会越来越强大！

日新月异的家乡

灵宝市尹庄镇实验小学二一班学生家长王姣姣

灵宝市位于豫秦晋三省交界处，巍巍秦岭是大自然赐予的天然屏障。一条清澈的小溪自南向北，经过无数次地融汇，汇成汩汩奔流的弘农涧河，滋养着沿河两岸的炎黄子孙。随着气候和时代的变迁，母亲河的容颜逐渐枯槁，脾气也发生了变化——时而温顺，时而暴躁。作为灵宝人，自然不甘心让母亲河干瘪枯瘦下去，誓要用双手保护她的美丽容颜，用智慧和力量让她更加丰腴。为此，自 1958 年起就开始了对母亲河的整修改造。我是看着弘农涧河的变化中成长的。上游，修建和加固窄口水库，给肆虐的雨水套上了笼头。“龙湖”景区便是她昂起的头；中游，疏浚河道，整修河岸，一个个白墙红瓦新农村是她新换的彩装；城区段筑堤成湖，建桥便民，不断拉大的城市框架和逐步提升的城市品位增添了她的雍容华贵；下游，培育了十多公里的沿河樱花游园为母亲河系上了一条美丽的丝带；连霍高速、郑西高铁、三灵快道、“310 高架”正是母亲百褶裙上灵动的褶纹。

曾几何时，涧河旁边只有少许的小树、品种极少的花草，以及随地丢弃的垃圾。可短短的几年时间，沿河两边垂柳拂地，芦苇葱绿，花香果艳，鸟儿翩飞。天，蓝了；水，清了。硬化的地面平整洁净，洒水车定时洒水保湿，往日的尘土飞扬不见了。漫步其中，恍如漫游仙境。我记得微信上传过这样一件事情：一个农村小伙在灵宝做建筑，年年春节都给家里发信息、打电话，总说我在灵宝治理涧河，城市建设工期紧，今年不回家过年。每每想到这里，感慨之余更多的是惭愧！我也是灵宝人，我为家乡做过什么？以后，我也要和陌生的你们一起，用实际行动保护这个养育我们、栽培我们的地方。

几年来，我在工作之余游走在涧河两岸，用双手换来她的洁净，用双眼见证她的一丝丝变化，用相机留下她的容颜。也就在那时那刻，我体验着作为一名灵宝人的骄傲和自豪。久而久之，我便有了自己喜欢的地方：沿河公园。

沿河公园的修建，美化了弘农涧河，也让灵宝城不断变美。横跨涧河

的六座桥，彩虹凌波般将灵宝的新区、老区、北区牵手相连。河岸上四季有花香、四季有绿色，公园的每一寸肌肤都宛如少女的肌肤光滑娇嫩，怜惜不止。拔地而起的楼群如雨后春笋般分布着，再加上流光溢彩的霓虹装扮，使灵宝充溢着现代化的气息。

那个周末，我专门从环城桥开始，沿河滨路向北，越新灵桥、东关桥、思平桥、桐沟桥、金银吊桥，经银水湖公园、路园、虢园、养生文化园、金水湖公园折回。一路走来一路欢笑，大汗淋漓却心情舒畅，心中那份喜悦难以言表。以前，经过涧河时总是步履匆匆，无心流连；现在，我喜欢静坐在河岸，看细水潺潺，听鸟儿呢喃，任清风拂面。清晨，河畔金柳下围棋桌前坐的对弈老人悠闲自得。傍晚青青草地上童声嘻嘻，一群群孩子尽情玩着喜欢的游戏，时而仰天大笑，时而你呼我叫，尽享童年的快乐。昨日倚靠桥栏看车来人往，今天荡舟湖面赏野鸭翩翩，明朝漫步工业园阅秀水青山……

一场春雨后，天光放晴，雨后的灵宝格外清雅迷人。奋斗了一天的我们，不妨放下心中的思绪，静静地走在路上，感受风吹，闻着花香……

此时，沿河十余公里的樱花公园雏形已现。明年，“十里樱花醺函关”的景致必将招徕四方宾朋。灵宝正在用它惊人的速度一步一步地走向富强，美丽乡村的称号也将名副其实……… 很荣幸我生在灵宝、长在灵宝！我愿意陪伴在她的身旁，与她一同成长，一同进步。

我的第二家乡——灵宝的变迁

灵宝市第一幼儿园学生家长邢双辉

我出生在平原，小时候的梦想就是生活在有山有水的地方。有幸毕业见习时来到这个有山有水的地方——灵宝。一个见证了我的成长、成家、创业的“家乡”，一个让我为之奋斗前行的“家乡”。

19 岁那年，从老家经郑州坐上火车，一路西行，在车上怀着忐忑不安的心情。喜的是，将要去的地方有山有水；忧的是，自己要面对陌生的环境生活，不免有几分担心。好在邻座是一位在灵宝从医的热心大姐，一路上给我讲解见习时的注意事项，并嘱咐我别担心，好好学习，在她的鼓励下冲淡我的那份忐忑。不觉中列车已到站，挥别大姐后，和父亲站在站前广场等车去叔叔那。环顾了一下车站周围，熙熙攘攘的人群，各自忙碌着，有几个旅店服务员和摩的司机吆喝着揽生意。好在一会车来了，远离了那种吵闹的环境。

第二天，来到了见习的医院，坐落在康乐路的人民医院，一座三层的门诊楼，和后面的四层病房楼，这就是我将要见习的地方。办完手续父亲和叔叔回去了，留下我一人在这个陌生的环境中。到了科室见过主任，分配好带教老师，我的见习也就开始了。遇到几个和我一起见习的同学。带教老师虽严厉，但还是很热心的。一上午的见习居然慢慢适应了，心中便少了那份不安。当时还以为老师和同学对于我这外地学生的眷顾，让我多了几分他乡的温暖。在这生活这些年以后，才体会到那是灵宝人朴实的热情和胸怀，也是这座城市最让人欣慰的。随后的日子，在忙碌充实中一天天过去。闲暇时好友带我游玩，爬西华山、逛桃林街、漫步在新区体育馆跑道上、转一转周末的东关集、淘一下“贵妃园”中的小物品、瞻仰灵宝的标志建筑“紫晶宫”。骑着自行车转累了，去吃糊卜，喝老公社羊肉汤，再品尝一下猪娃市场的肉夹馍。

弹指之间已十余年，灵宝也发生了翻天覆地的变化，老区的改造升级、三仙鹤商业街的建设等。新区的市第一人民医院先后建成并投入使用的内科、外科楼，不但改善就医环境，医疗设备上也是“高、精、尖”，为我们的健康护航。闲暇时带着孩子到北区的文化广场、金水湖公园、虢

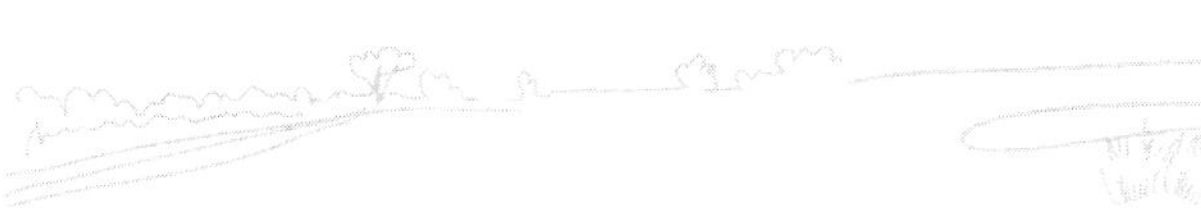

园、诗园逛逛，领略城市的文化和田园气息，成了我生活不可分割的一部分 。

近两年灵宝的变化，可以说是日新月异。在新一届市委和市政府的领导下，一项项城市建设工程相继开工。实施了雨污分流、涧河清淤、集中供暖等重大惠民安居工程。在工程的前期，感觉好乱呀，开车出行不便，路上到处是建设围栏。当时我和好多朋友聊，本来好好的，怎么还要修呢？尤其今年的“打违治乱”，刚开始，感觉好多地方，一直还停在记忆之中了，经过这段时间认识，和身处在这环境中。现在感觉这个城市一天一个样，今天走到这里路修好了，明天可能走到那已被绿化包围。道路两排风景树木立犹如整装待发的士兵，守卫着城市。还有那干净的垃圾分类箱藏在其中，共享单车列队等待主人的到来。

这两年城市不但环境比以前好了，同时让你突然感受什么事都有秩序了。看前面红绿灯下整齐等待的人们，车与人、人与车礼让时的那抹笑容瞬间融化赶路的那份急迫。同时，也涌现出一批批可爱的人。王天军的背母观社火、90后跪地救人的女孩彭露露等。不但刷爆了全城的屏，也温暖感动了每个人。灵宝养育出众多可歌可泣可敬的人，也许下一个是你，也许下一个是我。

如今，约上几个好友，漫步在清澈的弘农涧河两岸，述说着我们彼此的收获和感悟。看着翠柳吐出的新枝，像是给我倾诉一个城市的变化。您见证我的成长，我见证您的发展，您用强大的身躯包容我的喜怒哀乐，我为您的发展尽绵薄之力。工作中我严于律己，诚信守业。作为您的一员，我恪守着您的公约。我庆幸遇到您、这只是刚开始，在您的怀抱中我们共同前行，感谢您我的第二故乡。

我的程村塬

灵宝市第二初级中学学生家长涂佳

我的家乡香什，位于灵宝市区西五十多里的程村塬上。那里碧水蓝天，没有污染。那里盛产富士，满眼是果园。那里村庄秀美，民风淳朴，孝贤美德代代薪火相传。

家乡人杰地灵，地下有着大量的矿产，身边不断有致富能手和企业带头人的涌现。

记得小时候，家乡的土路坑洼不平，晴天尘土飞扬，雨天道路泥泞。交通闭塞导致经济落后。人们买东西必须走好远的路去赶集。村民住的是瓦房，泥砖垒砌成墙，茅草搭铺封顶。特别是雨天，外边大下，屋里小下。屋子里15瓦白炽灯有气无力地泛着微弱的光。村子里没有路灯，人们晚上出行用手电筒照明。主要出行工具是永久、凤凰自行车。

我已经离开家乡十几年了，成为一名人民教师。如今的家乡土地变生态了，村庄变秀美了，道路变宽敞了。“村村通”柏油路蜿蜒塬上，如青带缠绕，道路两旁绿树成荫。小镇上超市数量很多，商品琳琅满目，互联网电子商务迅速崛起，快递井喷，让购物足不出户。人们住的瓦房变成一幢幢崭新的楼房，楼前种植着树、花、草，如仙境一般。村里家家户户开上了小汽车，智能手机、液晶电视成了生活必备。

回首以前，乡亲们依靠传统农业，种植小麦、玉米为生，没多少技术，产量没保证，年年收获的都是艰辛。而如今，现代生态农业蓬勃发展，土地平整流转，农业合作社成立，倡导家庭农场，新农业发展如火如荼。有机大棚菜种植、香菇生产异彩纷呈，为农业发展注入新的活力，推进社会主义新农村建设步入快车道。

家乡在不断变化，如“姑娘十八变，越变越好看”。我打心眼里热爱我的家乡。

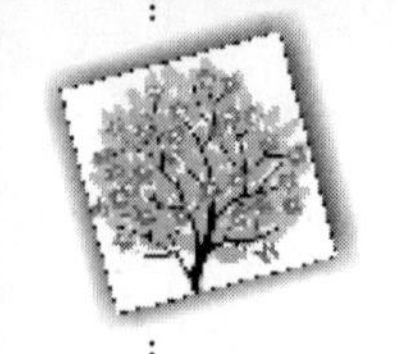

我的家乡巨变

灵宝市第一小学五（11）班学生家长何必武

我的家乡河南省灵宝市历史悠久，这里是老子著《道德经》的地方，这里的秦汉函谷关是兵家之地。这里物产丰富，景色宜人，是个令人向往的地方。

从我记事起，整个城市中没有太多高大的建筑，经常可以见到的就是一片片又矮又旧的小楼房，还有一条条弯弯曲曲的小路。在我生活的1970年代，大多数人都是靠种田来维持生计。住的都是低矮的平房，十分简陋，甚至经常漏雨，搞得人们寝食难安。道路也是坑坑洼洼，凹凸不平，走起路来十分困难，晴天走在大街上，尘土飞扬，要是下雨了，走在大街上，衣服、裤子都会沾上泥巴。而且没有公共汽车，有辆自行车就激动万分，让人羡慕不已。总之，那时候人们的生活不富裕。

当然，那是儿时的写照。现在，这座城市已经不再那么落后，它以飞快的速度发展着。

前几年，许多破旧的小楼被无情的铲车夷为平地，当时我还为那些可怜的小楼叹息："唉，为什么要铲除呢？"原来，这是为了更长远的目标：旧城改造，建造高楼，充分提高土地的利用率，建设文明、和谐、富裕的现代化城市。很快，越来越多的小楼被铲除了。随即，一栋栋高楼拔地而起。从前低矮破旧的老屋早已被新颖别致的高楼大厦取代了，当年泥泞的小道已不见踪迹了，宽阔的大马路纵横交错，四通八达。在平整而宽阔的柏油马路上，车辆来往穿梭，川流不息。道路两旁绿树成荫，人来人往。以前的瓦房现在变成了"高大上"的住宅区，放眼望去，看到的是一排排一栋栋拔地而起的崭新的高楼大厦，它们高傲地矗立在城市中央，向人们炫耀着。看，我们是多么的高大！人们也开始了赞叹："多么高耸啊！"于是，越来越多的人被它们吸引了，给人们增添了几分期盼已久的喜悦。

一些道路，正类似那些乡间小路，弯弯曲曲，崎岖不平，人车难行，如果夜里要走的话，还是小心为妙。因为你不敢肯定前面有没有大坑，有没有绊脚石。在今年的春天，每每送孩子上学不知因为修路改了多少次道儿。可我还是很高兴，因为现在要把原来难行、狭窄的小路修成宽阔、平坦的大道，以后总算不用再受罪了。进度之快令人惊讶，短短几个月的时间，那些崎岖的道路已经竣工通行了，走在上面，再也不用害怕前面有什么“拦路虎”了。

城市的面貌在变化，人们的环保意识也被唤醒。原来人们对环境保护都不太在意，正是因为这样，环境才变得越来越糟糕。现在，人们都认识到保护环境的重要性了，原来浑浊的小河变得清澈了，原来浑浊的空气变得清新了。漫步在金水湖公园里，您有没有一种心旷神怡的感觉呢？

人们的生活水平提高了，那低矮简陋的平房“退休”了，“接班”的是拔地而起的高楼大厦；那崎岖不平的小路变得宽阔平坦；那川流不息的汽车在公路上穿梭自如。现在，孩子们的读书条件也改善了，一座座崭新的现代化教学楼也平地而起，莘莘学子在老师的教导下，吮吸着知识的甘露，他们都将成为国之栋梁，真是“长江后浪推前浪，一代更比一代强”。

城市正以飞快的速度发展着，曾经落后的小城已经不再落后了。我相信在不久的将来，我们灵宝一定会发展成为一个文明、和谐、富裕的现代化强市！

绽放中的家乡

灵宝市第三小学四四班学生家长续娟

东流逝水，时光荏苒，急景流年都一瞬。有多少容颜在岁月中蹉跎变老，我的家乡灵宝在岁月的长河中也悄然地变化着……

今日的灵宝，似落入凡尘的天使

抬头凝视湛蓝湛蓝的蓝天白云，已经快要不记得那些年灰蒙蒙有雾霾的天空，整座城市没有色彩，没有生机。角落里粉尘肆意飞扬，垃圾随风飘荡。可是时光一转，再也不见散煤燃烧的残尘，连各大小夜市也都用起了天然气或电。我家院子里一烧暖气就吐黑烟的锅炉房也不见了，在寒冷的冬天已经接入了市政统一供暖。大街上又新增了一批保洁车、洒水车，它们像一群勤劳的小蜜蜂来来回回、忙忙碌碌工作着。花坛里、街道边，连乡村的小路上不知道什么时候都植起了一排排整齐的绿化树。北区百花盛开，一路似锦繁花，相伴相随，大街小巷绿树成荫，可爱的志愿者们穿上那一抹红色马甲，参与了城市“护洁、守文明”的行动。灵宝变了，变得如出水芙蓉、凌波仙子。

今日的灵宝，似意气风发的少年

“轰隆隆……”一间岌岌可危的房屋在铲车下应声而倒。街道上，村落旁一些违建的危险房，臭气熏天的茅房等拆除后，道路变得宽畅无阻碍，还涂上了统一的颜色和绘上了优美的墙画，与路旁新补植的松柏相映成趣，让人心旷神怡。市区高楼大厦如雨后春笋拔地而起，取代了从前破旧的平房、瓦房。各大商业区超市、商场的商品琳琅满目，应有尽有。人们在这个县级市生活，虽不如大都市大家闺秀般繁华气魄，却也算得上小家碧玉般舒适惬意了。灵宝像一个意气风发的少年，朝气蓬勃，积极奋进。

今日的灵宝，似夜间的精灵

夜幕来临，灵宝处处张灯结彩，最有特色的要数文化中心的街道和思平桥了。文化活动中心街道边的树枝上挂起了一串串造型各异的彩灯，有雪花、有太阳、有元宝……缠绕的火树银花，熠熠生辉。思平桥上三角形的霓虹灯倒映在金水湖面上，灯影呼应，像是一对仙侣在互诉天上宫阙和人间繁华，又似两只棱形的大眼睛贪婪地看着桥上的车水马龙。回想以前一到晚上就只有几排微弱的如萤火虫式路灯的灵宝，变化真是天壤之别。灵宝，你就是一个披戴着五彩霓裳的精灵，耀眼夺目。

灵宝，在岁月长河中越变越风姿绰约，仪态万千。到底是芳华惊艳了灵宝，还是灵宝惊艳了芳华。

家乡的变化

灵宝市第三小学一六班学生家长杨文华

我的家乡灵宝，位于豫陕晋三省交界处，那是一个美丽富饶的地方。

在我的记忆里，苹果、黄金、大枣是多年前家乡的名片，那时候灵宝被称为“苹果之乡”、“黄金之城”、“大枣之源”。

记得我上高中的时候，灵宝的“金城果会”闻名全国。农户每户家里都有果园，苹果使农民的腰包鼓了起来。上世纪80年代，黄金的开采给灵宝的经济带来了巨大发展。随着时间的推移，经营理念的滞后、资源的匮乏，黄金和苹果产业难以支撑经济快速发展，灵宝这个经济发达的县级市落伍了。走进市区一片灰，到处是垃圾，用“脏”“乱”“差”来形容我们的家乡一点也不过分。从外面回来的人都说，灵宝这些年没有大的发展。

在着新一届党委和政府的领导下，这一年多来，大家欣喜地发现，我的家乡——灵宝正在发生着巨大的变化。

街道干净了起来。街道上时时能看到清洁工人及时地清扫垃圾，洒水车成了市区一道亮丽的风景线。每周五的“红马甲”洁城行动，机关干部走上街头，像清扫自己家里一样来扮靓自己的家乡，卫生死角得到了进一步的清理。

市场街道更规范。交警们不畏严寒酷暑，对乱停乱放的车辆进行严格处罚。城管们对占道经营的小商小贩进行专项整治。随着市区停车位的规划和市场的进一步规范，车辆乱停乱放、小商小贩占道经营的局面有了很大的改观。“限号限行”政策的出台，共享单车的投放，这些都在践行绿色出行。

天空更蓝了。对大型污染企业的关停和升级改造，中央提出的“绿水青山就是金山银山”的理念深深植入我们这个城市。大气污染、河流污染的局面得到了有效的控制，还给了老百姓一个晴朗天空。

城市的夜空更亮了。响应市委市政府的号召，各个政府机关、大型企业、宾馆、市政部门，实施了灯光亮化工程。一到晚上，城市灯光璀璨。红色、黄色、蓝色的灯光，相互映衬，把我们的城市装扮得大气、靓丽。

从近处看、从远处看、从高处看，这个城市充满了生机和活力。

城市的品位提高了。随着“百城提质”“雨污分流”“街道美化”“道路硬化”政策的实施，基础设施改善了，生活方便了，造福了子孙后代。

私拉乱建的状况得到了有效遏制。“领导干部走在前，打违治乱就不难”口号的提出，使“打违治乱”的政策得到了切实地落实。各村、各乡镇、城中村那些违章建筑一一被拆除，多年未能有效治理的非法建筑被铲平，百姓们拍手称快。

文化底蕴更浓厚了。函谷关的提质建设，黄帝陵的修缮，娘娘山、亚武山、鼎湖湾、龙湖等旅游景点的宣传，把灵宝的旅游业和文化底蕴提升了一个新的层次，真正打造了生态宜居的灵宝。“苹果花节”的宣传，扩大了灵宝苹果这个品牌的知名度。

我们的家乡更美丽了。随着农村环境整治、美丽乡村建设、农厕改造、廊道绿化、“一村一品”政策的实施，灵宝的城市、农村都有了一个质的变化。推进乡村振兴战略和文明城市建设，打造环境美、田园美、村庄美、庭院美的美丽灵宝的愿望很快就会实现。

家乡的变化真大啊！这些变化需要我们每一个懂法、遵纪守法、推进环境保护、爱护城乡环境、养成文明生活习惯的灵宝人，从自我做起，共同努力，共同维护，把我们的“苹果之乡”“黄金之城”“道家之源”的名片叫响、做大、做实。

明天的家乡会更加美丽！

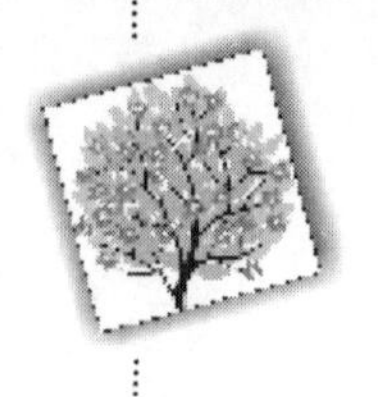

文明溢家乡

豫灵镇上屯小学五三班学生家长姜丹丹

蓝天白云日日多，
我在想为什么，
春风对我说，
你看，那公交车变成了电车；
你看，那小蓝车越来越受欢迎了；
你看，那冒着黑烟的烟囱不见了……

垃圾污染天天少，
我在想为什么，
春雨对我说，
你瞧，垃圾都找到了自己的家；
你瞧，每条街道都有了自己的主人；
你瞧，那弯腰捡垃圾的小孩更多了……

噪音杂音夜夜弱，
我在想为什么，
春泥对我说，
你听，广场舞池的人们按时散场了；
你听，互不相让的车主争执声消失了；
你听，脏话骂人的声音没有了……

文明行为次次繁，
我在想问什么，
春燕对我说，
你看，那失主的脸上重现笑容；
你听，那谢谢的话语总在嘴边；
你瞧，那乱扔的烟头找到了自己的归宿……

文明城市人人建，
我看到了，
墙壁上是文明城市的宣传图画；
横幅上是保护环境的宣传标语；
志愿者无私忘我的忙碌身影……
原来，文明溢家乡，幸福满心间！

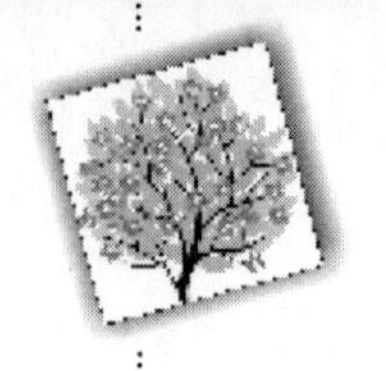

我的家乡环境变化大

豫灵镇亚武小学二年级学生家长申亚飞

我生活在一个山清水秀的小山村。

从前我的家乡的路是坑坑洼洼的土路，村子里没有学校，周围也没有医院和幼儿园，人们的生活很贫苦。村里也不是那么的干净整洁，甚至有点脏乱，人们会把垃圾随手扔在路边，当然路边也没有花草和树木，原本就不美观的土路每到下雨天就变得更加泥泞，让人无法下脚。各家各户的生活也不富裕，年轻人都外出打工了，村子里留下的大都是年迈的爷爷、奶奶。

现在村子里泥泞的土路变成了平坦的柏油路，路边开满了五颜六色的花。每逢春天来临，野花们就会争相开放，那景象看起来真是美不胜收啊！路边还种满了大树，有挺拔梧桐，遒劲的松树，婆娑的杨树……一走进密密麻麻的松树林就仿佛走进了原始森林一样。环境越来越好了，空气也越来越清新。

原来这里污浊且水面漂浮着垃圾的溪水如今也已经变得清澈见底，只要站在溪边就可以看到自己映在水中的倒影。偶尔，水溪也会溅起一朵小小的浪花。小河的变化太大了，仿佛一个原本脏兮兮、乱蹦乱跳、调皮捣蛋的男孩子经过岁月的洗礼变成了一个知书达理、温文尔雅的翩翩少年。

现在科技发达了，农业也进步了，人们的生活也越来越好了，外出打工的年轻人也逐渐回到家乡，一家人团团圆圆。啊，我爱我的家乡！

我的家乡，美丽的灵宝

尹庄镇东车小学一年级学生家长蒋小英

我的家，有很多。上学时，学校就是我的家；工作后，公司就是我的家；嫁人了，我又有了一个新的家。但是，闭上眼睛，想想心底的那一座始终出现的是那个也许没有多少人知道的小城市——灵宝！

我的出生地灵宝，是个小城。它虽然没有江南如画的美景，也没有甲天下的桂林山水的妖娆，更没有碧波的婉约，但它却散发着一种平凡的自然美，是我们每个灵宝人的情感与归宿！社会的发展，科技的进步，整个世界都在飞速前进着，我的家乡也不例外，巨大的变化使原本朴素的小城更美了！

家乡变得洁净了！环保的意识在灵宝人民的心里扎了根。现在的街道上每天都有洒水车、清洁车不断地工作着，还有那随处可见的绿色垃圾箱。最让人感动的是那些穿着红马甲的志愿者和黄马甲的清洁工，他们从不畏严寒，也不惧酷暑，风里雨里都坚持在岗位上。看，在大家的劳动过后，这宽阔的马路上多么干净啊！清新的空气让人忍不住多呼吸几口。我还记得以前，灰尘满天飞的土路上垃圾成片，人们随手乱扔垃圾，在路边的露天垃圾池。夏天，经过太阳的暴晒，满条街臭气熏天。现在，路旁的一棵棵树木长得枝叶茂盛，就像一排排绿色哨兵，小城增添了一道多么美丽的风景线啊。

家乡的夜变得明亮了！夜晚的小城躺在霓虹灯的怀抱里是多么妩媚。以前上学下晚自习回家，我最害怕走夜路了，漆黑的夜晚显得那样寂寞孤独。可现在，夜晚的小城比白天更迷人。两旁的路灯像军人一样笔直地站在那，似乎在为我们站岗放哨，让每一个回家的人平安放心。公园里各式各样的霓虹灯随着音乐的旋律有节奏地变幻着，犹如进入了七彩美妙的世界一般。小孩子乐得笑开了花，大人们身心愉悦。各个商城门前也挂着五彩的饰灯，商场变得更加华丽耀眼，不知道的以为来到了香港呢！是的，我的家乡现在就是让人神往的“小香港”！

家乡山水变绿了！现在社会提倡保护环境，我的家乡在绿化方面也跟上了新时代的脚步。那美丽的北区养生园，以前曾是杂草丛生的空地，几乎没有人知道那边。经过修建后，现在变成了人们休闲娱乐的天堂。那用花朵摆成的扇子，用草修剪成的图案，构成了一幅美妙绝伦的风景画。每天早晚，锻炼的人们从各处会聚到这里。那一条条绿化带绽放出年轻的美，醉人的环境，阳光的心态，使整个城市朝气蓬勃，富有生机。

家乡变了，家乡变洁净了，一种干净纯洁的美充满整个城市；家乡变明亮了，五彩缤纷的灯光使这个城市变成了不夜城；家乡变绿了，各个公园、文化宫、养生园使家乡充满了春天的气息……

啊！坐着飞速的客车，我是多么不愿意离开，离开心中的这片港湾，我美丽的家乡——灵宝！

我的家乡变化大

灵宝市市直幼儿园学生家长卢岩

我的家乡灵宝，它位于豫、陕两省交界处的河南省西部。它南靠秦岭，北临黄河；它历史悠久，文化灿烂，其中有千古雄关、道家之源——函谷关；有景致奇特的娘娘山，有原始生态林的亚武山……同时它还有三大宝：黄金、苹果和大枣，被人们誉为“黄金之城”“苹果之乡”“道家之源”。

站在西华山上眺望整个灵宝，那一幢幢的大楼，一条条宽阔的柏油马路，不禁让我想起以前……

以前的灵宝乡村，有的人家住平房，有的人家住瓦房，矮矮的房屋破旧不堪。每逢下雨天，有的房屋“外面下大雨，里面下小雨”。冬天一到，凛冽的寒风吹进来，如同冰窖一般寒冷。而现在的灵宝城区呢？一幢幢高楼拔地而起，墙外镶嵌着大理石或瓷砖，在阳光的照射下熠熠生辉。尤其到了夜晚，高楼上闪着五颜六色的灯光，让人感觉仿佛进入童话世界。

站在灵宝乡村的马路边，看着来来往往的汽车，不禁让我想起以前的时候……

以前我的家乡，交通工具大多数都是三轮车、架子车、自行车。而现在的家乡呢？家家户户基本都有汽车，电动自行车更是随处可见。以前学生上学都是步行几公里，现在的学生离学校一般比较近，不再遭受风吹雨淋，真是幸福！

坐在教室里，室内的设施，校园的环境，不禁让我想起了以前的时候……

以前的教室，基本都是长桌子长凳子，很多学生都挤在一起上课，低矮的教室，光线差。而现在的教室，桌子椅子都是独立的，有大屏投影，教室里还提供饮水机，校园的绿化也非常好，提供给了学生们良好的学习环境，怎一个“美”字了得！

走在乡间的路上，看着一条条宽阔平坦的柏油马路，不禁让我想起以前的时候……

以前灵宝的乡间小路，农民劳动用的三轮车、架子车，把路面碾得凹凸不平，坑坑洼洼，处处尘土飞扬。每到夏天，雷雨过后，土路变得泥泞不堪。路面像绸面一样软绵绵的，黏糊糊的，只要稍不留神，行人就会滑个“人仰马翻”，“晴天一身土，雨天一身泥”，让人不禁提心吊胆。更可恶的是那路边一堆堆垃圾，只要一刮大风，天空中就会飞满不计其数的塑料袋、食品袋，让人不敢回想……

而如今，灵宝的乡间小路却是“条条大路通我家”。道路两旁的绿化带种植的是高大挺拔的松柏，就像守卫着家乡的战士。还有开满鲜花的富贵树，在微风的吹拂下，轻盈的抖动着，像少女的长发微微飘动。每到春季，走在马路上，一股股花香扑鼻而来，那感觉仿佛人间仙境，甚好！宽阔的柏油马路上，来来往往的车辆，畅通无阻。

与此同时，马路边也建起了一座座漂亮整齐的农家小楼。走进小楼里，既宽敞又明亮，崭新的家具，漂亮的灯饰，偌大的电视挂在墙壁上，农民们也享受了和城里人一样的住房条件。还有乡村超市，每天都顾客盈门，熙熙攘攘，方便了农民购物。如今，乡村的马路边还设了很多垃圾池，人们乱倒垃圾的现象也基本消失了，家乡变得既整洁又美丽。

夜晚，走在乡间路边，那一盏盏明亮的路灯，让我不禁想起以前的时候……

过去灵宝乡间小路的两旁，没有路灯，人们夜晚出行只能用手电筒来照明。而现在，路边安装了形式各异的路灯，每到夜晚来临，路灯绽放出温和明亮的灯光，照着夜行的人、构成了一幅乡村静夜图。

这就是我的家乡翻天覆地的变化，村民说得好：“党的政策好，家乡都以旧换新了。”此时此刻，感受着灵宝的变化，心里不禁感慨万千，它如妙龄少女般，越变越好看。在我心里，我衷心热爱我的家乡——灵宝！朋友们，欢迎来参观我的家乡哦！

我为家乡唱赞歌

灵宝市市直幼儿园学生家长刘丽丽

每个人都有自己的家乡，我们出生在这里，长大在这里，生活在这里。每个人都深爱着自己的家乡，不论你去哪里，永远都不会忘记自己的家乡，她就像心灵深处的烙印，时刻勾起无尽的思念和牵挂。

我的家乡河南省灵宝市是座美丽的小城，它坐落在黄河边上，秦岭脚下，被誉为“黄金之城”“道家之源”“苹果之乡”，千年雄关函谷关巍然耸立，老子在这里写下五千言的《道德经》，彪炳后世。

党的十九大以来，家乡的变化越来越大，为生活在这里的人们增添了无尽的希望。但是，回望以前，我的家乡很落后，孩子们没有好的上学环境，大家的生活条件也不好，每一个农民家庭都过着面朝黄土背朝天的清贫生活，哪家的孩子要是能上个大学，是几辈子积下的德！人们对教育也不够重视，父辈干什么，孩子们就干什么，大家称之为“子承父业”。现在的孩子基本上都能够上大学，接受好的教育，成为栋梁之材。

家乡最有代表性的变化是公路，以前到处都是土路，出门就是土，尤其到了雨天，泥泞不堪的道路是令每个人都痛苦烦躁的深刻记忆。现在一条条柏油路和水泥路直通每家每户，路面美观了，大家出行也方便了。

还有医疗方面的进步，以前哪怕只是一个小小的感冒，人们都要到乡里或城里的医院进行治疗。现在村里有了卫生所，一般的疾病足不出村就可以诊治，安全及时，方便快捷。村里的卫生所还定期为大家进行健康体检，为老乡们的健康提供了有力的保障。

近几年城里建起了大超市，琳琅满目的商品随手就可以买到。现在回乡下老家，村里也发生了很大变化。环境美了，家里的居住条件也提升了，家家户户都有了大沙发，看上了大电视，睡上了舒服的大床，都过上了和“城里人”一样的生活，再不是那个曾经封闭落后的小村庄了。大家白天辛苦劳作，晚上能够舒舒服服地享受生活，日子是越过越好了。

城乡环境是城市文明程度的最直接体现，事关广大群众的获得感和幸福感。今年 1 月 10 日起，我市集中力量在城区、镇区以及国道、省道、县道、乡镇等道路沿线开展“打违治乱”专项整治行动，持续对违法建设、违章建筑以及乱搭乱建、乱喷乱画、乱贴乱挂、乱堆乱放、乱停乱放等“十乱”现象进行整治。经过几个月的艰苦奋战，家乡灵宝的街道更整洁了，环境更优美了。

作为一名普通的市民，我坚决拥护和支持灵宝市委、市政府“打违治乱”行动，为打好 2019 年实施乡村振兴战略的第一场硬仗贡献力量！

第三部分　高中生组

蜕　　变

灵宝一高 1706 班　李欣瑶　辅导老师：葛占军

“又变了模样!”

车辆川流不息，世界变化不停。在这充满活力的时代大背景下，我所在的小城在这十几年中紧跟潮流，发生了翻天覆地的变化。

我翻开相册，看，这一张。

照片是我两岁时拍摄的。背景我记得，是市环保局旁边的那片大花园。小时候妈妈总带我去那玩，那时花坛杂草丛生，几个花坛之间的通道被凌乱的草垛覆盖，人若进去，惹得满身灰，常在那玩捉迷藏的我，也总是灰尘攻击的对象。几年前，这里改建了，有了干净的小路，有了整齐的草垛，也矗立着一座庄严肃穆的办公楼，与环保局相邻，与政府大楼、公安局相对，使这条金城大道更加整洁干净，宏伟壮观。

你看，另一张。

这是一张等公交车时，我和妈妈的自拍照，犹记得用的是妈妈的第一部智能手机。那时的公交车还未有完整的行车路线，行人可以随叫随停，车身的颜色也各式不一，入镜的边边角角，还是“老式”的垃圾桶，身后的小花坛是由普通的白色瓷砖垒成的，经过多年沉淀，已经斑驳不堪。如今，公交车已经有了统一的“皮肤”，有规划的路线和固定的停车点，避免了随时停车造成的交通堵塞，使城市交通更有秩序；垃圾桶也早已换成了太阳能式垃圾桶，桶身还贴有与时俱进的政治社会标语；上星期回家时，我注意到花坛的围边翻修了，不仅加高了，瓷片也换成了更富有韵味的墨绿灰色瓷砖，这样一来，街道变得更有格调了，也为花坛内的花草提供了更好的生活环境。

旁边这张，有点历史了。

这是我小姨的高中毕业合影。她是在当时坐落于宝地大厦的华苑高中上学，十几年的变迁，高中已经搬迁了，更多的商业店铺入驻于此。想起曾经与小姨出行回家时，总是给司机师傅报“到小世界”，那是个火锅店的名字，盛极一时，竟成了那片地方的标志，而今也要转让了。附近原来是信合大厦，当时的信合大厦也同“小世界”一样知名。大钟表是四周居民对表的标准，而今改成了丽豪酒店。旁边的富达超市，小时候它在我心里的地位就像现在的恒隆广场一样，如今也终于落幕了！但这些的兴衰盛亡正是城市发展的最好证明，人们的生活态度和生活方式都变了，不仅着眼于长远，更在乎当下享受经济发展的成果。企业只有顺应这种变化，提供的产品和服务才会更有竞争力，城市也会因此充满生机。

经过十几年的奋进，我的小城发生了翻天覆地的变化，智能手机的普及，网购、外卖、滴滴打车的便捷，共享单车的兴起，涧河的修浚……如同稚嫩的毛毛虫，经过无限的努力后破茧成蝶，我的小城也逐步从落后蜕变到昌盛，朝着更好的方向发展。

“朝着更好的模样蜕变!”

点评

文章构思独具匠心，不落俗套。主题突出。语言质朴，文笔细腻，感情真挚。切入角度独特，从一张张老照片和现实的对比表现家乡的环境变化大。

最是一年春好处

灵宝一高 1801 班　侯文艺　辅导老师：赵宁宁

古人云：“以铜为镜，可以正衣冠，以史为镜，可以知兴替，以人为镜，可以明得失。”我今日想说——以环境为镜，可以知变化。

春风乍暖，祥和得如耄耋之人脸上的笑容，托起一片嫩色的柳叶儿，轻轻越过树枝的阻拦，打着旋儿，侵入白杨树的领地。

家门前的那片树林，是我记事起就立在那儿了。谁又曾想到，这里曾堆着垃圾，恶臭弥漫。这儿原是村民处理垃圾的地方，为了方便，各种废弃物都堆在这儿。直到一场大火铺天盖地而来，恶兽似的吞噬着一切，所幸火势及时得到制止，这是自然的一次警示。自此，一场浩大的改造开始了，垃圾堆旧貌换新颜，曾经泛着淡黑的天空，变得澄净明亮；蓝天之下，高高伫立的杨树，挥动着叶子，迎着春风，沙沙奏响颂歌。

柳叶飞起，穿过树林，轻轻飞扬在碧空之下。

不得不说，家乡的路是变化最大的。祖辈们说，家乡的路是人们踩出来的。小路坑坑洼洼，孩童赶着牛儿，听着风，深一脚浅一脚地踏过草地。父辈们说，家乡的路是宽阔的石头路，是村民亲手用石头拼出来的。学生们骑着自行车日日往返于这条路上。现在，出门就是政府投资建设的水泥路，出村就是笔直延伸的高速公路，车不多，不时似从远处天边来，驶向远处的白云生处，仿佛白云生处果真“有人家”一般。

柳叶蜿蜒灵巧地一路向前，风中夹杂着不知名的花香，阵阵袭来。

近年来，为响应习总书记提出的乡村振兴战略，打造美丽文明乡村，每个人都贡献着自己的智慧和力量。路旁娇嫩惹人醉的花树正是村民齐心协力栽种的。淡粉到浅紫到艳红再到素白，美丽得如同绚丽的烟霞，徐徐前行，如经四季之美。春风掠过，撷下星辰似的花瓣，起、转、旋、落，有朝一日，化为春泥，倒是更护花了。这缤纷之中，有一颗是我亲手栽种的，如今也是绽放的时节了吧。家乡的花儿，真是格外香呢。

忽的，柳叶儿拐了个弯儿，顺着风，循着书香来到这一神圣之地——函谷关。

这儿，千军万马曾经踏过，也曾哀鸿遍野，“一夫当关，万夫莫开”

的险要地势，注定使这儿成为兵家必争之地。但历史的长河终是无人可挡，在时光的不断侵蚀下，这里逐渐杂草丛生，城楼破败，直至渐渐被遗忘，沦为放牛之地。终于在又一年春风吹来之际，这里被重修，“巍巍函谷关，悠悠华夏情。”一座雄关，一朝复起，却是更加壮阔美好了。立于栈桥之上，不远处，前来游学的莘莘学子正吟诵着千古经言：“上善若水，水善利万物而不争……”自然环境的改变也推动着文化环境变得更加美好。

柳叶儿轻悠地落于奔流的涧河之上，一路向前，未来某天它定会再次飞扬。

一路而来，推着同柳叶儿一样的家乡不断向前的，是改革的春风。家乡环境的变化远不止这些，特色农业为家乡环境增添特色，“厕所革命”轰轰烈烈地进行……

凡改革春风所过之处，家乡的环境无不焕然一新，令人惊艳。“最是一年春好处，绝胜烟柳满皇都。”家乡环境已然“最是一年‘春’好处，绝胜往昔惹人愁”。唯愿改革春风不停，家乡环境更美。

多彩灵宝　为你写诗

灵宝三高 3205 班　宋鲁宝　辅导老师：白彩茹

景色优美，生态宜居，桃林是也；兵家重镇，历史悠久，弘农是也；道家之源，文化圣地，虢州是也；物华天宝，人杰地灵，灵宝是也。此乃生我养我之桑梓——灵宝，醉美灵宝，多彩灵宝。

我的家乡是“绿色”的。春风十里，一如母亲宽大的手掌轻抚着桃林大地，带来阳气，孕育和暖，昭示希望。一夜春雨过后，又宛若被大地母亲裁剪过的霓裳羽衣，一畦新绿，爬上树梢，仿佛两列排列整齐的士兵，伟岸挺拔，孔武有力，静静地守护着这座古老而又文明的豫西名城。不由得让人想起《国风·卫风·淇奥》篇中的“瞻彼淇奥，绿竹猗猗”“瞻彼淇奥，绿竹青青”。美酒之于佳肴正如红花之于绿叶，春之序幕红花岂能缺席？在某个清晨或午后，在屋舍庭院或道路花园，悄然绽放，点缀着充满绿意的古城，增添热情，彰显活力。

沐着春风，你且看金水湖，碧浪翻滚，绿荫如盖；骑着单车，你且嗅大街小巷，一尘不染，新香扑鼻；坐上电车，你且享冠云山、亚武山的天然氧吧，清新怡人。真可谓“浪花有意千里雪，桃李无言一队春”。此刻，我多情的故人呀，我愿为你赋诗：

早春感怀

一夜春雨洗旧尘，满城枯木着新色。
何必远行苦寻春，一隅桃夭笑春舍。
造化无为常静默，合十碎念心有佛。
清笛一缕入春河，吹皱弘农青葱歌。

我的家乡是“红色”的。你随我来，好客的我必捧上红香脆甜的寺河富士苹果，吃上一口，定会让你恋上这种味道。你若有意，热情的我必带你品尝色香味俱全的灵宝小吃，烧饼加肉，羊肉泡馍，味道杠杠的。你若有心，友情的我必带你领略寺河山的红叶，如团团燃烧的火焰，凝聚着激情，升腾着自信。尤其到桃李、樱桃、葡萄、苹果等果品飘香的季节，你不必驱车，骑车或是步行最佳。乘着香风，一路徜徉在宽阔明朗、干净整洁的乡间大道，你一边可以欣赏果园的美景，而且还可以亲自采摘，品尝美果，更重要的是在与大自然握手言欢的同时还可以在整洁美丽的乡村庭院享受到我们农家人特有的纯朴热情。在我们的灵魂饱受都市钢筋混凝土的禁锢之后变得枯竭时，在这里你完全可以感受田园的诗意，释放灵魂，净化性灵。“山中莫道无供给，明月清风不用钱。”这里既可感“采菊东篱下”的悠然，又可观“桃之夭夭”的繁盛，还可品“此味只应天上有”的香甜。此景，我最钟情的恋人呀，我欣然为你写诗：

咏苹果花

文人骚客怜桃李，夭夭灼灼耀春日。
无言小花抱素朴，不与桃李竞一时。
敛神凝气蕴月华，逆雨迎风秉心赤。
待到秋来物候换，红装素裹挂满枝。

灵宝苹果花

我的家乡是“金色”的。秋风已至，落日余晖，银叶纷飞。灵宝最美的金色莫过于工业路的银杏秋景。一个个金装素裹，静时，有“满城尽带黄金甲”之气场；动时，有“无边落木萧萧下”的壮阔，大气而不失高贵，典雅又不失傲岸。金秋时节来灵宝，如果不领略这壮美的银叶美景，那实属人生的一大憾事呀！

朝阳初升，一尊几十米高的金色雕像矗立在函谷大地，庄严而肃穆，宁静而深邃。一群孩童穿着汉服整齐地站立在老子雕像前，用稚嫩却真诚的声音诵读着“道可道，非常道”“上善若水，水善利万物而不争”“知人者智，自知者明。”……道家思想已经融入这片土地上人们的骨血，丰盈了他们的魂灵。一个城市若没有文化积淀，便是单薄肤浅的；一个城市若没有精神信仰，便是灵魂枯竭的。否则，就是那没有根的柳絮，四处飘荡，无所归依。我们何以久久腾飞？何以厚积薄发？2017 年 3 月，河南大学教授王立群来灵宝讲学时曾着重指出，“老子是灵宝、三门峡的名片”，“灵宝要把老子文化做大、做强、做长。做长最重要”。此言切中肯綮，老子是我们的，也是世界的。借宝地，借媒体，助影响，促发展，用力把老子的思想智慧推向世界，是灵宝之幸，也是民族之幸。此情，“高山仰止，景行行止”，站在我毕生仰慕的先圣面前，禁不住为你献词：

临江仙·函谷怀古

紫气东来满函谷，鬼门万里难穷。风陵禹迹总成空。雄关漫古道，秦汉月明中。

何处埋名夸父杖？桃花依旧春风。村篱沽酒且从容。兴亡残照里，今古一杯同。

《道德经》诵读场景

此外，我的家乡还是蓝色的。北眺，蓝天白云之下一幢幢拔地而起的商业大楼延伸到远处；南观，一座座青砖瓦楼，特色小院，整洁优美。俯瞰，湛蓝的金水湖、银水湾像城市的脉络蜿蜒盘根。回视，养生园、薰衣草庄园与天一色，富丽庄严。有时她又是白色的，紫色的……。词短情长，不再赘述。

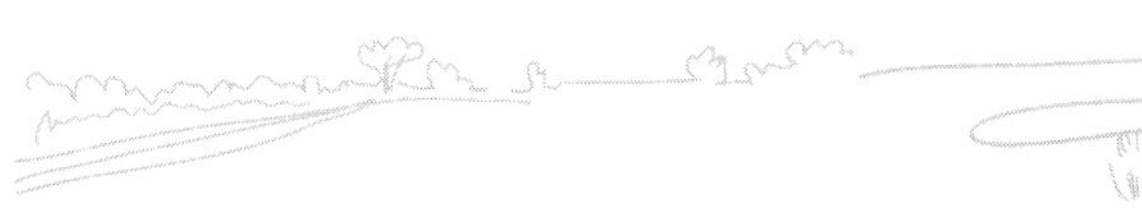

卸下一身的疲惫，于某个落日熔金的午后，回到老家庭院，品一品果味茶香，观一观绿树鲜花，思一思父母的谆谆教诲，聊一聊村邻的家长里短。耳旁还不时传来鸡鸣狗吠的交响，这时慈爱的母亲捧上来一道道可口的佳肴，这味道依然是熟悉的儿时的味道，有爱，有温暖，有依恋还有骄傲。泰戈尔有言："无论黄昏时，树的影子有多长，它总是和树根连在一起。"故乡呀，你就是我的根。无论你身披什么颜色的衣服，你都是我最爱的那片热土。

啊，我的故乡，颜值与内涵同有，色彩与灵魂共育。怎一个"爱"字了得?

点评

开篇以"史家"之视野入笔，通过不同时期名称的变更，道尽灵宝历史的沿革。行文主体则尽绽"画家"之风采，从"绿色""红色""金色"等方面全方位描摹多姿多彩的灵宝，宛然一幅幅色彩丰富的山水画。尤为难能可贵的是具有"词家"之风范，作者以原创诗词贯穿其中，可见是一个酷爱中国传统诗词并付诸实践的后生，精神需赞，功底可嘉。结尾简短有力，言近旨远。整体文风尽显"中国风"，读罢唇齿留香，心旷神怡。

我们的朱家峪

灵宝市第一高级中学 1716 班　王晓凡　辅导老师：张咏

王奶奶的朱家峪

朱家峪（灵宝市朱阳镇的一个村），跟以前比，确实是不一样了。我总以为咱这深山老林里的，外头有啥变化都挨不上。但前几年开始生产队年年发人口补助，我和老头子腿脚不好，不好走这十几里山路，儿女回不来，队里就派人送来

我年轻那会儿，家里收获了粮食总要叫男人用担挑着，翻过几座山去镇里，交一部分，卖一部分。如今每年也有车开到咱家门前来收粮食，卖油盐酱醋。我们基本上不用出什么远门。

前段时间，有一队医生来寺上村，要为六十岁以上老人体检，这真是从来没有过的事情。以前人也说尊老敬老，可我从没见识过这么大的阵仗。也许这就是孩子们总在说的"社保"吧。

张女士的朱家峪

我在城里打工，有段时间没回家了，没想到家里变化这么大。

记得 2010 年的时候，峪里铺设了新路，但只修到了下庄科；2016 年我再回来，路已经修到了我家后面。要知道，我家可以说是在山的最深处，路能伸到我家门前，实在出人意料。路变好了，回家也方便多了。

曾经，路上只有用木杆撑起的简易大灯，站在这盏灯下甚至望不见下一盏的光亮；平时的垃圾都是倒在埝边。但到 2018 年时，变化发生了，路边竖起了一杆杆路灯，看样子还是太阳能的；路边每隔几百米就圈出一块垃圾池，每天定时有人清理。这一切都让我头一回在家里感受到了现代文明的气息。

范书记的朱家峪

朱家峪地形复杂，群山环绕，交通不便，长期以来发展都不好。我们这儿又是个穷地方，没有能力搞什么"大动作"。直到后来这里开出了矿，资金不断流入，朱家峪的基建工作这才被提上日程。没几年，朱家峪的面貌已焕然一新。村民的生产生活方式也都变了样，原来这里贫穷落后的模

样得以改变。

做出了成绩，干部们也很欣慰，并且对接下来的工作更有干劲了。

只是，朱家峪两个区块，开出矿的樊岔和没开出矿的乱石岔之间，村民间的贫富差距正在扩大。此外，乱石岔后山满山的杜仲树正因无人承包打理而虫害严重。我们正在想办法充分利用资源优势，发挥群众力量，努力解决这些问题。

小王同学的朱家峪

说实话，我不经常回家，但家乡很多变化我也能感受得到。

不知从何时起，镶着“朱家峪”三个金灿灿大字的拱门立在了峪口，旁边还有一个供候车人休息的小凉亭。在给人磅礴大气的感觉之余，也让人体会到体贴与温馨。

我家在上庄科，比较偏僻，但即使在那里，也见到了水泥路和新能源路灯。雨天脚下的泥泞，夜晚的无边黑暗，帮爷爷挑水的艰辛，都成为回忆里的肥皂泡。

我也常常看到两岔的长辈们，结队坐三轮车去寺上跳舞；我也常搭车去那儿，去看半年一次的唱戏会。消息闭塞，极简生活已成为过去式，家乡人的生活正越来越丰富多彩。

虽然，如今的朱家峪，依然同大多数农村一样，面临着年轻人逐渐减少的局面。但我相信，总有一天，她会变得美好，美好到足以吸引五湖四海的人才前往。到那时，我想我也能，带着对未来的憧憬，投身于家乡的建设中去。

朱家峪呵，我们的家！风带来了你的呼吸和故事，泥土记录着你的岁月与变迁，群星守望着你的梦与未来；而我们，你的孩子们，脑中记着你的过去，眼里看了你的如今，而胸中装的，是与你共同拥有的，更好的以后！

点评

本文以“我们的朱家峪”为题，将“家乡”与“我们”联系起来。文章用平实的语言，通过老人、进城务工者、书记、高中生四个不同社会角色的口吻，以他们的视角，从社会保障与人文关怀、基础设施建设、经济发展和文化几个方面呈现家乡的变化，构思巧妙，结构严谨。字里行间透露出作者对家乡变化的体悟与思考。

时代日新月异，苏村地覆天翻

灵宝一高 1801 班　郭万祺　辅导老师：赵宁宁

羌笛何须怨杨柳，春风不度南天门。前些年，有些苏村人常常在感慨金城灵宝日趋繁华，幢幢高楼拔地而起的时候，抱怨远离市区的苏村却毫无变化，还是上世纪七八十年代的样子。可是时代在发展，改革春风吹满地，苏村又怎么能毫无变化呢?

山路纡曲街破烂，唯有古槐送日月。儿时一提到回苏村老家，心里就硌得慌。那永远又旧又挤的破巴士，再配上崎岖的盘山路，以及几个故意捣乱的石头，一路下来不是要晕厥，就是想呕吐。一下车，脚下街道上东补一块西补一块，一不留神，就会踩在仅有的几家饭店倒出来的油渍上污垢里，呆头呆脑的小商小贩混杂在刚放学的学生们当中，连热闹都变得寒寂起来。唯一可以感到生机和希望的，是乡派出所门前那绿意盎然的古槐。我也不知古槐在那里伫立了多少年，古槐静静地看着我，看着一切，不免有些抑郁有些忧愁。

改革春风吹满地，引得春风度玉关。一百多年前时人赞颂左宗棠经略新疆的诗句，用来形容曾经相对落后的苏村的大变样是再合适不过了。这几年回老家，我有时候会十分困惑，不知自己置身何地。直到远远地看见一个古朴典雅的牌坊，我才发现原来这就是苏村啊。道路修葺一新，坑洼一去不返；街上的门面房整齐划一，规规整整；向远眺望，还能看到气势非凡的别墅小区。政府还特地开辟了一个大市场，将大大小小的商贩集中到一起，统一管理，有序而且热闹。沿街旁而过，不仅可以见到商贩们脸上的笑容，还可以听到孩子朗朗的读书声。甚至连又旧又挤的巴士，也正在脱胎换骨——绿色舒适的新能源巴士已经整装待发。那棵苍劲挺拔的古槐格外生机勃勃，阳光中树影婆娑，微风过处，她打心眼里欢喜。

回村一睹终不悔，清风徐来古槐香。自我记事起已有十余年，自我回村来已有十余趟，我能够明显感觉到，那土墙窑洞渐被弃置，而瓦房砖房也慢慢多了起来。在路上行走，不再会被从高山上吹来的凉风惊到，而是会被一辆辆汽车的经过而“惊到”；行走在山间路上不再是满眼荒芜一片萧条，一个个文化旅游园区迎面而来，供人消遣娱乐。村里唯一的敬老院也褪去了昏暗狭小之色，摇身一变，光洁明亮，舒适轩敞。如果要说不变，唯一不变的还是苏村人民的善良、朴实与勤劳。在不经意的会面中，那种淳朴的乡土风气会瞬间感动我。更令人欣慰的是全村人的心如干草遇火，一燃即着。那种向前奋斗的精神头儿实在令人深受感染。党员干部们放下身段，一心一意穿梭于贫困户家中，来帮助没有钱又自卑的孩子上了学……我想这一切都是源于党的好政策，以及人民的辛勤劳动。中共十九大以来，农村生活真的大变样。回村一睹，只有一种不虚此行的感觉，而全无后悔之意。

苏村一地尚且如此，更不必说整个灵宝市乃至全国。我总有一种感觉，朝花夕拾——受惠于时代的发展与馈赠。我不自觉地感恩，这也必将激励我努力学习，为了老百姓更好的生活，为了中国的崛起而奋斗。

点评

作者以外来人的眼光，观照老家天翻地覆的变化，既真实又真切。开头欲扬先抑，借用当地百姓的语言，引出下文。主体部分，分别用了“山路纡曲街破烂，唯有古槐送日月。”“改革春风吹满地，引得春风度玉关。”“回村一睹终不悔，清风徐来古槐香。”三组对仗句，统领段落，结构整饬，章法谨严，以时间、情感为经纬，编织框架，以主观感情的变化，推进行文思路。外在的村容变化，内在的情感变迁，双线并进，不时交叉。以小见大，从细节方面描画家乡今昔的巨大变化。“羌笛何须怨杨柳，春风不度玉门关”等古诗文的引用和化用，“那棵苍劲挺拔的古槐格外生机勃勃，阳光中树影婆娑，微风过处，她打心眼里欢喜”等拟人化的环境描写，细腻生动，诗意盎然，更是增添了文章的魅力。

想把我的家乡讲给你听

灵宝三高 3104 班　王晓鸽　辅导老师：张欣

“家乡是什么呢？就是你年少的时候天天想离开，但是岁数大了，天天想回去的地方。”人到中年的中央广播电视台节目主持人白岩松如是说。

确实，家乡永远是人们心中镌刻最深的画卷，永远是开在心头最柔软的花朵。著名作家余秋雨笔下的家乡有令人向往回归的心安，著名诗人余光中笔下的家乡让我们感受到余温尚存的乡愁，著名诗人艾青笔下的家乡有令人心含热泪的深情。今天，我也想拿起笔，描绘我的家乡。

我曾听过最感动的话：有一种骄傲，叫我是中国人。现在我也有我的骄傲，我是灵宝人。我的家乡灵宝，物华天宝，人杰地灵。这里山美、水美、人美，政策更美。今天我将既不标榜荣耀，也不粉饰太平，只想将我的家乡讲给你听。

我们在成长，家乡也在发生着翻天覆地的变化。

一点低碳意，十里清新风。你见过什么样的灵宝，是刚下火车的迷雾缭绕，还是街头小蓝车的错落有致；是街边小吃摊的油烟弥漫，还是路旁月季的盛开？如今，我们的大美灵宝正是一个四季如春，生态宜居的风水宝地。来到灵宝，首先映入你眼帘的应是路旁万古长青的松柏，扑鼻而来的是家家户户门口的月季花香，烟雨似的柳条在路旁英姿飒爽。

是不是像一幅梦中的画卷？如果你要问我这幅画卷是什么颜色的，我想她应该是绿色，那是春天的生机。阳春三月，无论哪个角落，都点燃了春天的色彩——绿。树木从沉睡中苏醒，伸出嫩芽和嫩枝，显得是那样地生机勃勃。放眼望去，不知是哪位丹青高手为之润墨染毫，挥洒倩影，花香妙舞，跃然纸上。2018 年 4 月，“中国・河南・灵宝首届苹果花节”盛大开幕，走进“乔布斯小镇”，漫山遍野的苹果花绚丽绽放，喜迎八方宾客光临灵宝赏景踏春，领略高山果园的大美春色。

我想家乡的这幅画卷还应该是金色的，那是秋天的收获。根植于黄河南岸后地半岛之上的灵宝明清古枣林，其大枣的栽培史可追溯到宋朝。每到盛夏时节，走进枣园，站在林间放眼望去，只见一片郁郁葱葱的枝叶中，挂着暗红色的大枣，宛若一颗颗深红的玛瑙玉石。“黄河边有一个美

丽的村庄，村庄里荡漾着滚滚绿浪，最美不过枣花飘香，美丽乡村，乡村美丽，你是我美丽的家乡。”一首《美丽乡村》唱出了古枣林的风光迤逦。

“久候浥晨雨成泪，佳果香腮尚未绯；难捧林檎瑶台向，风雨几经到枝魁。”道不尽对灵宝苹果的赞美。五月中旬，“亚洲第一高山果园”的灵宝寺河山风光正好，苹果树早已坐果，孕育着希望，显露着生机。九月，寺河山漫山遍野的红色果实摇曳生姿，浅露笑靥。山地的温差给予了灵宝苹果最充足的养分与甜度，伴随着一口咬下的响脆的声音，满满的水分与甜意让每一个灵宝人感叹着家乡这口独特而难忘的果香，苹果也成为灵宝的符号。

这里是生态宜居的美丽城市，这里也是文化永流传的文明城市。

承文明精神，传文化经典。函谷关，这个震撼人心的古代雄关，时光虽然已过去两千多年，却依然拨动着我们的心弦。在它身上，多少年的风雨沧桑、沉浮跌宕，多少人的光荣与梦想、成败与忧患都与这里息息相关。每每登上关楼，自有一股正气涌上心间，抚摸着城墙的砖，每一块都承载着历史文化的厚重。这里曾是战马嘶鸣的古战场，也是我国伟大的思想家老子著述道家学派开山巨著《道德经》的灵谷圣地。

这样一座古建筑是这座城市的记忆，是城市历史的见证者，它承载着灵宝这座城市的文化积淀。而道家文化则是这座城市宝贵的精神荟萃，是教育子孙后代的好教材，它怀揣着灵宝的明天与希望。每每浅读《道德经》，我都不禁感叹其跨越时代，跨越社会的普世价值。比如“飘风不终朝，骤雨不终日”，常常能给予处于生活不如意阶段的人们一剂良药：时间可以稀释一切，生活中的狂风暴雨，也许就是光明的前奏。“大丈夫处其厚，不居其薄；处其实，不居其华”更是惊醒了无数人要做一个厚道之人，莫虚荣浮夸，做有德之人。

历史文化，像一颗被尘封的珠宝，要发现她的价值，就需要一双慧眼，灵宝的市委书记就具有这样一双慧眼。今年的 3 月 20 日晚，和韵天歌——《道德经》咏诵会在灵宝市文化艺术中心举行，这也标志着灵宝《道德经》文化艺术周活动正式拉开帷幕。文化艺术周通过咏诵晚会、公祭典礼、民俗表演等形式，隆重纪念老子诞辰以及老子对人类的巨大贡献《道德经》的问世，深入探讨《道德经》作为东方圣典的文化价值，全方位研究《道德经》里蕴涵的智慧，把其中的科学精华挖掘出来弘扬于世。我为家乡这种延续历史文明，传承中华传统文化，促进人类文明发展的举措点赞。我相信，函谷关会成为家乡旅游业的一张名片，为灵宝的发展增添一抹亮色。

这里是文化传承的旅游胜地，这里也是乡村振兴的领军城市。

乡村振兴战，你我结伴行。细数灵宝的贫困乡村，如今已寥寥无几。“精准扶贫、精准脱贫”战略的施行，铺平了乡村致富的路，点亮乡村孩子阅读的灯。而“脏乱差”的村貌也在不断地改善，违章建筑的拆除，美化了市容环境，为村民拓展了活动场所。空间的拓展，也让每一个生活在这里的人心里更“亮堂”了，也为村民们提供了更多的服务设施。

村村争当“五化”美村，全村硬化、净化、亮化、绿化、美化，我们都是特色乡村。灵宝有一个远近闻名的灯笼村，那就是焦村镇的南安头村。“灯笼村”里灯笼俏，在这里人人都有绝活。粉中透红的莲花灯，小巧玲珑的石榴灯，惟妙惟肖的黄犬灯……这样的传统手工工艺吸引了不少外地的人，或批量或定制。一盏盏凝聚着传统技艺的花灯，点亮了生活，温暖了佳节，更丰富了这里村民的生活。更不必说我们豫灵的亚武山，焦村的娘娘山，更是以自然景观的雄奇险秀吸引了无数游客。在山中行走，碧水蓝天，清澈亮丽，看云卷云舒，山花烂漫，泉水叮咚，鸟儿叽喳，仿佛世外桃源一般。

打造特色乡村是我们乡村振兴的法宝，以绿水青山带动旅游业发展是我们的利器。我们的家乡灵宝在我们的努力下成功转型，走向富裕。

夜幕降临，璀璨的万家灯火，映照着天边的星光，如霜般的月色映照在涧河波光粼粼的水面，构成了一幅世间难以媲美的光的美景。公路旁散发出来的鲜花绿草的芳香，在夜晚的柔风里，让人倍感心旷神怡。古人常说的“远芳侵古道，晴翠接荒城”是一种美，而我认为灵宝的“绿树成荫绕新径”更美。七彩的霓虹灯，把一排排绿树，装扮成一片色彩的海洋，灯光、星光、月光、鲜花、芳草、绿树相映成趣，把灵宝的夜晚装扮得如诗如画。

这里是振兴乡村的美丽灵宝，这里是人人携手共建的美丽城市，物华天宝，人杰地灵。我骄傲，我是灵宝人。

家乡是一曲悠扬的清笛，总是让人魂牵梦萦；家乡是一抹皎皎的月光，总是让人心动不已；家乡是一串永恒的记忆，总是让人想起就思念。家乡的那些人，那些事，总是曲子中最美妙的，是月光中最迷人的，是记忆中最深刻的。

想把我的家乡讲给你听，趁现在年少如花。花儿静静地开吧，装点家乡的枝桠，谁都无法代替家乡在我心中的位置。想把我的家乡讲给你听，

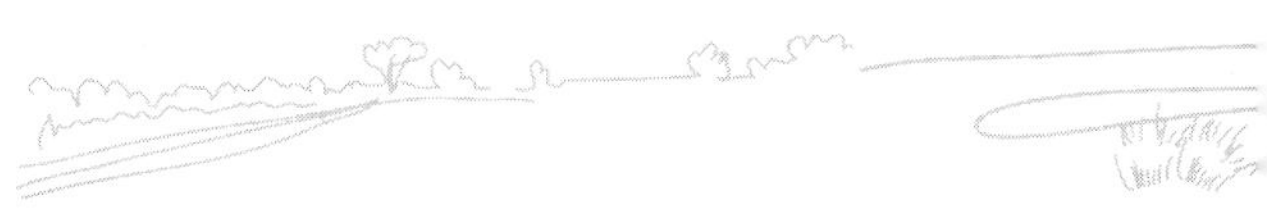

用我那最炙热的感情。愿我家乡的美丽长在，愿我家乡的灵气永存。

点评

每个人的心中都有一份对家乡的深情。在如今高度城市化的生活中，将家乡这每个人都有共鸣的词汇娓娓道来，以细腻的笔触将人们带入到她所描述的画卷中，如水墨画般晕染铺陈，饱含真情和温暖，唤起每个人对家乡清澈的回忆。我们常常觉得生活在别处，但本文让我们体会到了家乡是我们曾经拥有过并且一直在变得更加美好的地方；在家乡风景中经历的每一件事便是最美妙惬意的事。我们每个人都爱家乡爱得深沉，只因不论江河浩瀚、年华似水，它在我们眼中依然胜过星斗玲珑。结尾处，借用歌谣的形式写出了对家乡的赞美与祝福，活泼灵动，意味深远。

崤函古道又花开

灵宝三高 2205 班　宋悦博　辅导老师：史云便

当老子捋长须提笔写下“道可道 非常道”时，当秦在函谷关口大败五国时，当河南蒲剧“咿呀呀”地喊出来时，当王蓬草奶奶耐心地捋平一张张富有灵气的剪纸时，灵宝之韵，已随着阵阵花香，悄然入梦。

灵宝的文化，携古穿今。春秋时老子考察此地灵气聚足，著经于此处；又至唐玄宗时人们于此找到灵符，称它“物华天宝，人杰地灵”，故名为“灵宝”。

再寻函谷古道，曾经的战马啸鸣，曾经的冷矛铁甲，曾经的壮志豪情，虽早已化为云烟，但好像仍是历历在目；多少将士的生命，铸就了这高耸的城楼，多少不屈的灵魂，守望并保卫着这一片土壤。“合抱之木，生于毫末；九层之台，起于累土；千里之行，始于足下。”千百年前的那不屈的力量，早已汇入了灵宝浓浓的血脉之中。灵宝的精神，是坚持，是顽强，是由内及外的真诚和朴实。片片果花暖春日。这满山的苹果花，这日新月异的城市，就是见证！

紫气万里，函谷关关令尹喜望见老子骑青牛徐徐而至，请他讲学传道，教化百姓。从此老子的思想就在灵宝这片沃土上，不断生根发芽，渐渐繁茂。

当春之烂漫轻抚大地时，灵宝，这富有浓浓文化韵味的地方，朴实智慧的人民将“道”根植心上，将思想的力量化为现实的财富，一步步积累，一步步成长……

而在如今，在这个苹果花香沁人心脾的季节里，“道”圆了多少家庭的脱贫梦！

当从前在田中唱着“老而不得闲”的老农，优哉游哉地坐在树下乘凉时，当村中爷爷奶奶也参与到村组织的文化活动中时，当望着一袋袋苹果、抽着烟的父亲愁颜变笑颜时，那笑颜，那满怀感激的笑颜，是千言万语也道不尽的。

苹果花节的开始，让农人们脱去了满是泥斑污点的“工作装”，带来了财富，更是带来了一份生活的保障 和勇敢拥抱生活的勇气和动力。坐在干净书桌前的我们，可知“努力就有收获”对于底层劳动人民来说只是一种梦境与渴求？对他们来说，更多的，更现实的处境是无法摆脱的“靠天

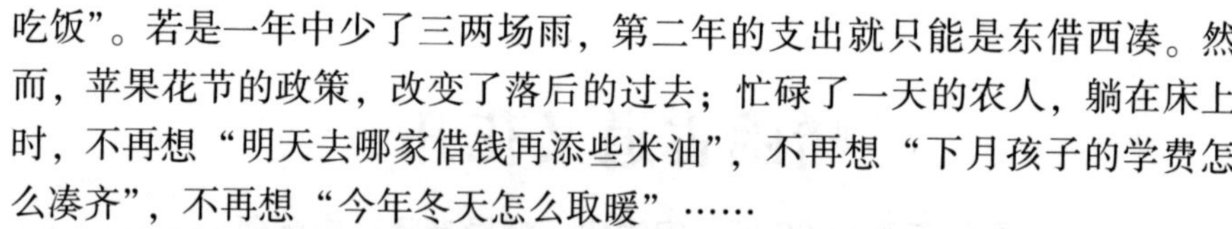

吃饭”。若是一年中少了三两场雨，第二年的支出就只能是东借西凑。然而，苹果花节的政策，改变了落后的过去；忙碌了一天的农人，躺在床上时，不再想“明天去哪家借钱再添些米油”，不再想“下月孩子的学费怎么凑齐”，不再想“今年冬天怎么取暖”……

伴着苹果花香的甘甜与纯洁，醉倒在这梦中的花海。

“千里之行，始于足下。”时间是一位悄无声息的老人，他在山顶，向下抛出希望，将荒山变为绿园；曾经的灰尘浓烟，悄然被清洁电器取代；曾经向往的彩色电视机，已告别了梦境成为现实；数不尽的星星和绵羊，放不尽的牛儿和种不完的稻……现都已是一家人茶余饭后在电视机前畅谈生活的言语。灵宝，在一天天地改变；明天，在一步步靠近绿色。

“江海之所以能为百谷王者，以其善下之，故能为百谷王。”《道德经》所教育我们的，不仅仅是现世的生活，而且还是思想的高度和深度的提升和开掘，是宇宙万物链接的基金链，是由有到无，由无到空的二元独立；是“上善若水”般的蒲花柳絮的生活，是社会安定、人民安居的智慧宝藏。“它是生活的启迪，但却高于生活。”它是社会互利互助，是不争而知足，是百姓喜笑眉舒，是古道文化长流……是万千人民的中国梦！

“河海不择细流，故能就其深。”崤函古道，是丝绸之路的一段，是东西方文明交融历史的见证者。矗立在崤函古道的函谷关，是“道家之源”，是世界注目的千古雄关。

大道至简。嗅一树花香，便知生活本味；灵宝，这纯洁的家园，这生命的乐园，古韵民风似一缕缕笛音，飘于山间河川，飘入人们的梦中；无数的奇迹将在这里发生，无数的经典将在这里流传。崤山南，秦岭东，函谷古道又花开；无数的希望，无数的寄托，“道”源于此，也定在不久的将来，扬名于此。

点评

文章起首着一“又”字定题，十分大气，给人贯通古今，继往开来之感。作者选取老子至简之“道”作精神支撑，笼摄全文。先把家乡古韵娓娓道来，再着眼当下，使读者能真切地感受到灵宝这片热土，正在又一次迸发出生生不息的力量，焕发着勃然的新机。结尾回照开篇，紧扣文题。整体上诗文名句信手拈来，用语古雅，作者之文化底蕴可见一斑，足值一赞。

腾飞吧，灵宝

灵宝一高初中部启智班　张锦泽　辅导老师：刘若玉

如果说有一个地方称得上“物华天宝，人杰地灵”，那一定就是灵宝了。

据史书记载，灵宝古称桃林、弘农，自唐代改名为灵宝，也有1400年了。她历史悠久，底蕴厚重，曾经有过许多辉煌的过往。

然而，在我小时候的记忆中，灵宝城完全是一幅灰暗的画面：黄尘蔽日，群蝇乱舞。报废的汽车被随意废弃，十数年间无人问津，上边长满了层层叠叠厚重的苔藓及藤蔓，将它紧紧缠绕。脏乱破旧的小区中私搭乱建的房屋随处可见，不时还能看见砖头和沙子等建筑垃圾被随意地散落堆放，在久远的灰尘里与飘零的蜘蛛网为伍，偶尔一阵轻风掠过，尘土被掀开一个小角、几张鲜艳的广告纸赫然入目。堵塞的垃圾道边堆满了各种散发着臭味的垃圾，微风吹拂，臭水在早已“开膛破肚”的窗棂中缓缓漾开，间或有几个喝醉酒的居民踩着沉重地脚步声回家，愤怒地关上门以后，小区又恢复了之前的寂静，仿佛是被遗忘了的陈年珍珠。

然而，这种情况如同水底暗流般在悄悄地改变着，尤其是近几年……

首先是大街上的洒水车明显地多了起来，同时洒水的频率也更加频繁了。硕大的雾炮轻而易举地降伏了多年的灰色烟尘。然后是打违治乱，拆掉了几十年来尾大不掉的违章建筑。这样双管齐下后，街道干净了，通道变宽了，小区更加整洁了。城市顿时像大雨后的彩虹天空一般，澄澈而美妙，霎时变得清晰又清新，人们的心情也随着环境的变好而更加愉快。很快，长久紧皱的眉头开释了，心胸开阔了，冷漠的脸庞也生动了，就连行为都文明了起来。第一次知道了在早晨鸟儿的脆鸣中，迎着稀薄的晨雾面对暖黄的阳光相互问好是什么感觉。

见此一切，我兴奋极了。急忙满心欢喜地向老家的爷爷奶奶报喜。不曾想就在回家乡的路上，就把我吓了一跳：函谷关边那条涧河的两岸已经栽上了无数棵樱花树，听说要修建一条观赏樱花的景观长廊，沿涧河两岸从市区直达函谷关。而不远处函谷关的东边又在兴建一座座漂亮的亭子，据说要建一座“老子学院”，弘扬博大精深的道家学说。看到这儿，我脑中不禁浮现了春秋战国时的盛景——“灞桥风雪”中诸子百家共聚一堂，大开辩论。文明之风随一片片“风雪”吹遍中华大地。

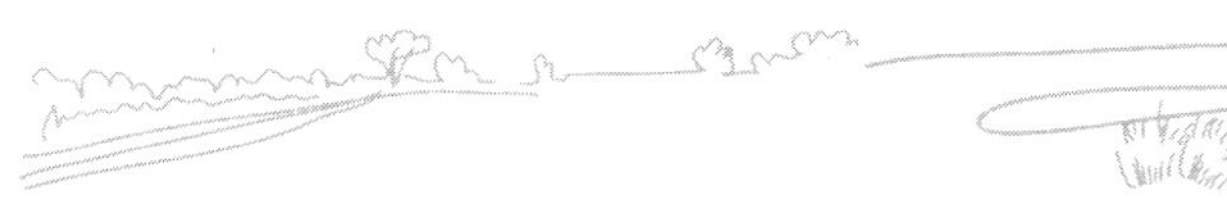

声声感慨中回到了老家，不由又是一喜：原本每到雨天就泥泞不堪，人们纷纷脱鞋走路的土路变成了厚实平整的水泥路；原本堆满垃圾的地方已经焕然一新，家家户户门口都放了绿色的垃圾箱，原本与世隔绝的小村子，竟然也像模像样地搞起了特色旅游产业——大道阳店、美丽官庄原的芍药花节。片片花开引来了群蜂采蜜，香飘十里，身处其中，真个像是在花山花海中！回了家，庭院里不知几时也种上了不知名的花儿，五彩缤纷，另一边则种上了草莓、西红柿、大蒜、豆角等等的蔬菜水果，足不出户就能享受美味。听爷爷说，曾经的贫困户脱了贫，曾经的贫困村摘了帽，每年村里还会举行许多有趣的活动，丰富村民的精神生活。呀，真是多姿多彩的！

昔日的灵宝以黄金闻名，号曰“黄金之城”，而今日虽黄金已竭，但灵宝人的智慧让灵宝更进一步，灵宝的铜箔排名世界第一，灵宝的黄金产业也纷纷技术革新，空气质量更好了，经济利润也更高了。经济转型中的灵宝完美转型，不仅没有退步，反而更进一步，向着幸福生活奋勇前进，越来越好！

忆昔日灵宝，看今日的灵宝，愿我的家乡灵宝越来越美好！

灵宝，腾飞吧！

点评

这篇文章通过一个 15 岁孩子的视角，写出了灵宝近年来在进行创建“文明城市”、“打违治乱”、创建“美丽乡村”等活动后城乡环境产生的变化，由衷地表达出对家乡的热爱，对家乡美好未来的祝愿。作者既着眼于小时候和现在的纵向对比，又注重城区与农村的横向辐射，最后落脚到整个灵宝的发展与展望，既有厚度，又有高度；中间细微处不惜笔墨，细腻描绘，首尾点题处言简意赅，画龙点睛，既有文采，又感情真挚，不失为一篇佳作！

喜看灵宝新面貌

灵宝实验高中　彭栎洁　辅导老师：李夏苗

晴天一身土，雨天两脚泥，这是几年前人们对灵宝的评价。如今的灵宝，这个羞涩的“小女孩”似乎长大了，不但意识到要装扮得美丽，而且还变得那样地出众。自从孙淑芳书记提出建设美丽灵宝，短短的几个月，灵宝城似乎变了个样，带给人一种全新的感觉。

当清晨的第一缕阳光播洒过来时，环卫工人早已清扫好街道，洒水车也已走街串巷多时，这是早晨时分灵宝给你的惊喜。早晨起来，拉开窗帘，打开窗户，面向街道，吸入肺腑的尽是清新而湿润的空气。再看看街道边，排列整齐的哈罗单车，像一队蓄势待发的士兵，随时出发帮助行人解决最后一公里的问题。哈罗单车成为如今灵宝的一道风景线，共享与环保已经深入百姓的生活。灵宝的成长，它们功不可没！

当太阳逐渐升高时，灵宝富有魅力的画卷逐渐打开。伴随着春天的脚步，当你踏上田间小道，走过黄灿灿的油菜花海，又步入娇羞迷人的桃花林，嗅一鼻沁人花香，收满眼美好春光，顿觉人生足矣！三月的十里桃花还没谢幕，整山满园的苹果花便在四月的寺河山竞相登场，五月份，你可以去瞧瞧那妩媚的芍药，也可以到燕子山采槐花，品槐蜜。

十二点的钟声敲响了，去热闹的灵宝民俗村逛逛。走进焦村街，看到两边的各大小吃店早打扮 新，曾经的小贩小摊已不见踪影。随着城镇化建设得进一步推进，一切变得井然有序，整齐规范。醒目的标牌、规整的街道、洁净的路面，一路上扑面而来的都是新鲜感。

走进红亭驿民俗村，那青灰色的砖瓦，设计独特的翘角飞檐，古驿站的古朴风韵，成为民俗村摄人眼球的亮点。小吃街上，炒凉粉、热浆饭、酸菜豆面、肉夹馍、羊肉糊卜、油泼面……各种特色小吃香气四溢，刺激着人们的味蕾，加上商贩热情的叫卖声，游人早已迈不开步子，胃口好的，会一路吃过去，离开时眼饥肚饱，仍意犹未尽恋恋不舍。

灵宝的最美还是晚上。揭开夜幕的面纱，满城灯火，光亮丝毫不逊白昼。长安路上的立交桥边，灯带的黄色光芒，柔和而又温馨；桥下湖边，假山顶亭子上，灯光闪烁，绚烂夺目。湖面，满是桥上湖边多彩灯光的倒影，湖上岸边真幻莫辨，水光山色相映成趣。晚餐过后人们纷纷走出家门，散步，聊天，健身，跳舞，尽情享受金城美景。金水湖畔、文化广场、虢园步道，弘农河上飘荡着人们的欢声笑语……

从尘土飞扬到美景纷呈，不由让人为美丽灵宝竖起大拇指！无论是文化建设还是生态文明建设，日新月异的灵宝都在悄然改变，不断给我们带来惊喜。喜看灵宝新变化，我想，感谢那些默默付出辛苦劳动的人给我们带来幸福和美好。

相信用不了几年，灵宝犹如十八变的少女，越大越好看，越变越美丽。让我们一起行动，建设她，维护她，灵宝会实现更华丽的变身。“物华天宝，人杰地灵”实至名归！大美灵宝，我们永远都爱你！

点评

文章题目新颖别致，引人关注。“喜”流露出作者情感，“新变化”高度概括了文章内容，“看”更给人一种过程感，现场感。这是一篇解说词，欢迎八方宾朋，更欢迎在外地打拼的灵宝人，边走边看灵宝新变化。

此文以总分总的结构为经，以时间的推进为纬，条理清晰。作者挑选了家乡灵宝具有代表性的生活场景进行描写，富有情趣；长短句结合的句式，读起来不觉得乏味；恰切的引用和生动的比喻，更让文章增色。

明月清辉，照亮家乡路

灵宝三高 3203 班　狄新杨　辅导老师：李晓燕

最是一年春好处，绝胜烟柳满金城。以文学之笔，书写家乡灵宝的新变化，助力文明城市创新，此乃妙举！我欲以一笔之力，让明月清辉，照亮家乡发展之路。

明月清辉，照亮生态路。

习总书记说："环境就是民生，青山就是美丽，蓝天也是幸福……要像保护眼睛一样保护生态环境，像对待生命一样对待生态环境。"被誉为"华夏金城"的灵宝，经济发展了，群众生活水平提高了，人们对干净的水、清新的空气、优美的环境愈加期待。孙市长（即已出任市委书记的孙淑芳）来了，带来了民生福利，她开始着手改造公路，开始铺通天然气，开始扮靓整座城市。如今，路上的坑洼凸起不见了，污染空气的煤炭不见了，整洁的马路，清新的空气，鲜花盛开，绿树成荫，市民脸色洋溢着幸福的笑容。

"春日迟迟，卉木萋萋。仓庚喈喈，采蘩祁祁。"如此美好的春日美景，若没有灵宝人民的共同努力，从何而来？阴霾散去，蓝天回归，这不正是我们梦寐以求的生态宜居城市吗？灵宝人民的文明素养在提升，灵宝的生态文明建设蒸蒸日上。

明月清辉，照亮文化路。

乡村振兴正当时，文化振兴是关键。紫气东来，带来的是老子心中那份真挚和对文化的坚守。《道德经》和函谷关是老子留给我们的传统文化，宝贵财富。回想起函谷关，徒步远足，研学问道的场景，仍历历在目。雄关古道带给我们的不仅仅是文化，更有传承，是那一段段的薪火不熄的传承。黑格尔曾经说过："一个民族有一群仰望星空的人，那么这个民族才有希望。"正是有函谷关这片耀眼的星空我们灵宝才有希望！

明月清辉，照亮未来路。

"人杰地灵，物华天宝"是我们每一个灵宝人的自豪！将来，无论走到哪里，身在何方，灵宝儿女总要望得见山，看得见水，记得住乡愁。"最美苹果花节"吸引了八方来客，寺河山苹果正在成为虢州大地上冉冉升起的一颗明珠；城东，豫灵产业集聚区，汇聚了八方客商，坚持经济转型为金城的可持续发展插上了腾飞的翅膀……君不见，娘娘山、燕子山游人如织；君不见，康乐园、地下金街人来人往……作为青年一代，我们更应脚踏实地走好每一步，让青春之花绽放在灵宝的大地上！

光风霁月，心如明镜。清凉的月光照着未来的路，请用永驻的初心，在夜空中寻找那片光亮，你的道路明月为你照亮！

点评

文章开篇以脍炙人口的诗句，引出写作缘由，点明中心“让明月清辉，照亮家乡发展之路”。作者以一个中学生的眼光，从生态、文化、未来三个方面感受家乡变化之大，谈出一些富有个性色彩的真实而具体的感悟和思考。若非生活中的真实体验，若非作者细腻深切的感触，感情不会这么丰富、自然而真挚。只因热爱我们的国，热爱我们的家，因热爱而奋斗。文章文笔朴实清新，格调健康向上，情感明朗阳光。文章本身就是一曲明朗悠扬的青春之歌。

几度环境治，青山绿水留

灵宝一高 1814 班　杨凤莹　辅导老师：王振华

中华豫西一隅，三省交界之地，有古城南依秦岭，北濒黄河，弥历千载，薪火相传。物华天宝，人杰地灵，因名曰：灵宝。

灵宝者，横接东西，纵连南北，衔贯四方八路，是为交通要塞。地蕴矿藏，纳千金财富，世人谓其繁华曰：黄金之都 ；若逢三秋 ，又有十里芬香苹果，睟泽核桃，甜枣映红笼香幽巷；函谷冠夫万勇，过风雨相加而冷眼睥睨，回首娘子山宛宛秀发，玉钟殷勤捧客流连；老子闻道千言洋洋浩浩，黄帝铸鼎始承民运国祚，鼎湖水湾旖旎翕赩。风光堪画，娱乐胜地。

风云际会，跻嵯于百县。适中央眗伏，治宜环境，于是多管齐下。

以理水体为先。文峪、枣乡、阳平、弘农涧四河齐治，罟网护栏筑河围，犹若长旛飘旌。河底泥积，疏之以通，河长更轮，树之以制。由是大河皦皦湝湝，井然有秩。

小秦岭绿盾穹隆连绵，略无阙处。矿山整顿，矿石钰堆，覆土新壤，植之以华山松、刺槐、连翘，佳木茂豫劲拔，茏茸郁锦，播之以草种、美花，葱香秾艳。弥鎔屑，拆工棚，除设备，生态修复砥砺前行。

何辞金水湖清淤劳苦，绿藻裛莲蒂，金鳞翔浅底，莲舟泛上，漆装亭台水榭，楼宇轩昂，水澳之处，芦苇次第摇风，天色昧昧，典雅生香。何惜一掷千金，但换碧空澄澈，青山伟岸，绿水潋滟。

桉椤建坝任重道远，分水减洪，引水入白地荒梗，沟渠浍川，十百相通。膴膴垌野，袅袅人家，鹂鸟嘤嘤，青川浼浼。于是户口百增，黎民茂足，荒菜毕垦，华实纷敷，黄叟娇娃解颐欢悦。祥云为之煜熠，佳气为之郁穆。

月翳翳以隐云，星朦胧而没光，沙埃起之杳冥，霾飘寂寥以荒。因大气之害，限令车辆停放，洒水车驰匀甘霖露，扬尘治理首告功。

农家乐钩瓦参差，平屋俨然，严制“散乱污”死灰复燃。然后商街星罗棋布，贩夫熙攘，客旅络绎不绝。大厦拔地而起，鳞次栉比，焜烂高耸，何用诗圣嗟慤乎：安得广厦，庇寒士欢颜。

噫！

立我于高山之上兮，游目远望，唯见骏茂济济兮，各展其长；

立我于高山之上兮，游目远望，唯见撸袖挥汗兮，不屈脊梁；

立我于高山之上兮，游目远望，还应万众一心兮，共建家乡！

点评

文章风格工丽典雅，大气堂皇。文言笔法一气呵成，文体新颖，令人耳目一新。段落前后多用对比，粲然可观，巧妙凸显家乡环境变化，紧扣主题，抒情达意。言辞款要而绮靡，体物而浏亮，语句凝练，字字珠玉，文采斐然，管中窥豹，文学功底可见一斑。

家乡的变化

华苑高中二一班　关卓琳　辅导老师：刘晓芳

新时代的年轻人踏着轻快的脚步兴高采烈地走上了舞台，旧时代的老人做完了苍老的演讲缓缓走下舞台。在今天，时代变迁了，生活改变了，而我的家乡——灵宝市，也在短短几年时间里发生了翻天覆地的变化。

人们衣食住行的变化就是其中之一。原先，人们的衣着无论是色彩，还是样式，都很单一，颜色只有黑白、军绿、深蓝那几种，样式也都大体上差不多；而现在，大街上，人们穿着各种各样的服饰，什么颜色的都有，很少有“撞衫”的现象，并且都是名牌，让人们目不暇接。在过去，人们吃的方面并不是很好，食物种类也不是很多，只有逢年过节时才能包点饺子，吃一点“好吃的”；而现在，大鱼大肉任你吃，蔬菜水果任你挑选，如果想吃熟食，外卖随时送达。大街两旁小吃、饭店、酒馆、肯德基、麦当劳遍地开花，你随时都可以到那里大吃一顿，过足瘾。在原先的大街上，根本没有汽车的身影，都是一排一排 自行车；而现在却正好相反，自行车越来越少了，满大街上开的都是小汽车。现在人们的居住条件十分优越，平房越来越少，楼房越来越多了，还建了许多小高层花园洋房，住在里面既舒适又安静，十分惬意。

除了生活中的变化，灵宝的经济也有了卓越的飞跃。原本是一个贫穷的小县，经过时间的打磨，岁月的蜕变，以及勤劳的灵宝人民长年努力的积淀，灵宝市的经济有了新的突破，现 在“灵宝黄金”闻名全国，“灵宝苹果”成为人们钟爱的水果，留下了不朽的口碑。它们已经成了灵宝的代名词，现在到灵宝投资、合作的客商越来越多，这一切都展现了灵宝 经济发展的美好前景。

而在这些变化之中，我认为最突出的应当属于“亮化工程”了。在我小的时候，那时的灵宝，大多数路面都是土道，哪里有现在的水泥路、柏油路呢？而且路边没有路灯，到了晚上，漆黑一片，没有一丝亮光，脚底下的路也是凹凸不平，走的时候高一脚低一脚，行人只能在一片黑暗中向前摸索，有时一不小心就会摔倒。而到了现在，路面是水泥、柏油、彩砖，平平坦坦。两旁街灯闪烁，一片辉煌，行人车辆安全有序行走，方便

自如。在 最近几年，灵宝进一步发展了“亮化工程”，街道楼房装满各种颜色的“霓虹灯”，每到晚上，灵宝市区彩灯闪耀，奇景一片，如临仙境。

历史在前进，时代日新月异，灵宝市也在不断地发展。我们相信，在习近平总书记的领导下，在灵宝人民的奋发努力下，家乡会变得更加美好，人民的生活会更加幸福。

点评

关卓琳同学的这篇文章，从衣、食、住、行，城市面貌及经济发展等方面的今昔对比，反映了家乡的巨大变化，表现了灵宝人民勤劳致富奋发有为的可贵精神。全文思路明晰，情感真挚，语言流畅，不愧为一篇优秀作文。

第四部分　初中生组

老镇不老

灵宝市第一初级中学九九班　孟倩茹　辅导老师：邵春艳

我家所在的老镇非常偏僻，因为它远离市区，交通也格外不方便。所以，相对于很多人来说是极其陌生的。但近年来，随着政府的大力扶持，老镇迅速发展，穿上了新衣服，旧貌换新颜。

泥泞小路不见了

老镇村落间的路有很多条，但大多都是狭窄的土路，一到下雨天路面就会泥泞不堪。下雨天人们的标配永远是两脚泥，还有沾满黄泥点的裤腿。好在几年前，政府出资、村民捐款，花了将近一年时间，将镇子里的土路悉数重新铺了一遍。这不，道路大大改变了模样。平整的道路像一条条带子缠绕在老镇之间，给老镇平添了几分美丽。各村庄的道路两边树木各异，有挺拔的杨树，郁郁葱葱的柏树，端庄的银杏树，村庄也变得富有诗意。雨天时，我也不再窝在家里，而是叫上三两朋友出门，一起去聆听雨的声音，看雨幕中车来车往。车灯被雨水笼罩上一种朦胧的色彩，我们踩着水花欢乐嬉戏，快乐无比。

天然气入户了

灵宝在全速前进，老镇作为其中的一分子，自然不甘落后。这不，老镇又有新鲜事了。周五下午，经过半个多小时的公交之旅，我终于回到家。刚到小巷拐角处，就看到每家每户的墙壁外侧高处都架着黄色的管道，一排排整整齐齐的，一家挨一家，亮丽的颜色把村庄装点得更加妩媚。我不知道这是什么，回家问妈妈才知道村委会最近在给各家各户装天然气管道。真好！以前城市里才能用到的天然气，居然也进入农村家家户户了。以后我们都可以用天然气做饭、烧水、洗澡，十分方便。这比烧煤、烧柴环保多了。我的老镇一点也不老，它也在与时俱进，焕发着青春的活力。

菜市场变身了

“咕咕咕”，肚子在唱“空城计”，我拿着十块钱去市场买吃的。咦？市场怎么这样冷清？难道集体放假了？问了过往的路人，他说：“你不知道吗？市场在整顿，不允许随便摆摊了，所有商户集中到大棚下面了。”我道谢后，找到了新的市场，变化真大啊！原先脏乱差不见了，各个摊位井然有序排列着，每隔一段距离就有统一的绿色垃圾箱，以前随处可见的菜叶、餐巾纸也无影无踪。再看各商家门前的广告牌，都是红底白字，字体一致，原来连广告牌都是统一制作的。难怪如此整齐划一，政府整治环境的力度真大啊！摆放整齐的各色蔬菜，顾客和商家热火朝天地讨价还价，水果摊位上传来此起彼伏的叫卖声，这一切使我感觉到一种朝气蓬勃的活力在蔓延。

老镇焕发着活力，像一个奋力奔跑的青年，正以积极向上的姿态努力融入快速发展的时代。我的老镇，不老！

点评

本文条理清晰，主题明确。小作者目光敏锐，善于选材，从老镇道路的硬化、天然气入户、菜市场焕然一新三个方面展现了灵宝农村环境变化巨大的主题。语言朴实，简洁准确，富有生活气息。全文尽管没有华丽的词语，特别接地气，但是具有画面感，读后让人有身临其境之感。

我和灵宝的亲密拥抱

灵宝市第一初级中学九九班　刘成德　辅导老师：王丽君

灵宝是一座很小的城市，在全国范围内没有什么知名度和影响力，但它富有激情，富有梦想，是一个缔造奇迹、创造传奇的城市。近些年来它不断完善，变得更加光彩照人。我拥抱着灵宝，拥抱着灵宝的变化和魅力。

我拥抱着灵宝的绿水青山，感受着优美的自然环境。

记得我家乡下老宅的后面，起初是一片荒地，后来渐渐成为一个巨大的垃圾堆。这里充斥着腐烂的菜叶、废弃的生活用品、各色的食品包装纸，还有其他各种各样的生活垃圾。苍蝇“嗡嗡嗡”地飞，不时有流浪狗东刨西扒，试图觅到食物。因为气味特别难闻，我们家的窗户轻易不开。习近平总书记说：“绿水青山就是金山银山。”全国上下贯彻这一理念，着力整顿环境，建设美丽中国。近几年来，灵宝市政府积极落实国家政策，走科学发展道路，努力建设绿色文明城市，农村的环境也焕然一新。前段时间回老家，垃圾堆不见了，取而代之的是一座小公园。四围是低矮的铁栅栏，上面爬满了爬山虎，郁郁葱葱。公园内修剪成球状的冬青树引人注目，零星分布的银杏树、柳树，也抽出了新芽，月季开得正旺。东北角的健身器材区，非常热闹。几个老人边锻炼身体边拉家常，孩子们兴奋地玩着跷跷板，叽叽喳喳，像小鸟一样。西南角，几位年轻的妈妈在绿荫下促膝长谈，不时有笑声传入耳中，其乐融融。

宅后空地的变迁只是一个缩影。除此以外，农村的道路整修硬化，全是水泥路，不再怕下雨天了；巷道整洁了，住家户门口没有堆积的杂物了；规划了统一的垃圾池，环境卫生上了几个档次。农村环境日新月异啊！

我拥抱着灵宝日益优良的人文环境，感受着积极向上的氛围。

近几年，灵宝改善的不仅是自然环境，更有人文环境。各机关、各学校、街道上、公园里，处处有文化建设的痕迹。“社会主义核心价值观”的标语牌、文化长廊随处可见，几乎人人能背。关系民生的各方面知识均有普及。宣传宪法的、环境保护的、保障消费者权益的、交通安全教育的、保护未成年人的标语，更有各级各类道德模范先进事迹的宣传……这些已深入到人民群众的生活，先进人物的事迹更是感召着人们努力向上。原先坚硬的钢筋水泥城市，现在到处洋溢着向上、向善、向美的精神。这样的氛围影响着人们：公交车上为老人孕妇让座的人多了，过马路时车辆开始礼让行人了，大街上随手乱扔垃圾的人大大减少了，青年志愿者服务站服务更细致了，节假日牺牲休息时间清扫街道的“红马甲”更多了，图书馆一扫往日的冷冷清清变得门庭若市……

人文环境的变化，影响着每一位市民。人们的文明素养明显提升，生活更有品位了，更有生活情趣了。

我拥抱着灵宝新的生活方式，感受着奔跑中的金城的无限活力。

瞧瞧，广场舞、外卖订餐，共享单车、扫码支付，网上销售、远程学习……一个个新生事物活跃在人们的生活中。空闲时间，村民不再扎堆闲聊或者打扑克，女的开始跳广场舞，男的打球，生活方式更健康文明了。听村里的邻居说，他们在网上学习，通过看视频，学到了不少种植或养殖技术。更有许多人已经学会在网上宣传销售自家农产品了，有卖香菇的，有卖核桃的，有卖苹果的，有卖正宗红薯粉条的，市场反应还不错，村民们年收入增加了许多。从陌生到好奇，到逐渐适应，再到现在的运用自如，灵宝的人们也与时俱进。从原先想都不敢想，到现在的触手可及，我们也在奋力奔跑，希望在这信息时代，建设一座时代新城。

我拥抱着灵宝，热爱着灵宝。我是灵宝的一分子，家乡的努力和改变，我都看在眼里，记在心里。自古以来，灵宝就没有辜负“人杰地灵，物华天宝”的美名，我坚信，灵宝的明天会更加美好！

点评

文章条理清晰，层次井然，结构严谨。本文从拥抱灵宝的自然环境、人文环境、新的生活方式三个角度表达对灵宝环境变化的赞美。内容层层推进，不断深化。小作者不仅关注到家乡农村生活环境的变化，更留意到市民文明素养的提升、生活方式的改变。这样由表及里，富有深意，灵宝的变化一目了然，一座充满活力的小城跃然纸上，充分表达了对灵宝的热爱之情。

漫步灵宝街头

灵宝市第一初级中学八七班 曹烨彤 辅导老师：强红瑞

熹微的晨光笼罩着这座还在熟睡中的城市，街道上已传来了扫地的沙沙声……睡梦中的城市正在醒来。

渐渐地公园里迎来了越来越多早起锻炼的人：跑步的、散步的、跳舞的、唱歌的……过去，金水湖门前只是一片小广场，只有一座孤零零的雕塑矗立在那里独自忧伤。而现在，陪伴它的有许许多多的健身器材，还有篮球场、乒乓球台、棋牌桌等健身娱乐设施。人们安闲自乐，享受着清晨温暖的阳光。美好的一天开始了。

该到上班上学的时候了，人们三三两两走出公园，骑上“小蓝”（哈罗单车）潇洒而去。为了改善环境，节能减排，灵宝开始实施汽车限号，但出行并不出现阻碍，反而更加方便了。你看，街边停放的“哈罗”共享单车随处可见，只需扫码即可骑行，感受微风拂面的和煦，绿色出行的美好。不仅如此，最近还相继出现了共享电动车、共享汽车，大大方便了人们的出行。

走在路上你会发现，街道变得更宽敞了，街边的花坛焕然一新。过去，有些店家、居民为了个人利益，在公共街道旁违章建筑，非法占用。现在这些违章建筑和不安全的建筑统统被拆了，街道变得更加宽敞整洁。路边的花坛也都翻新了，从前的白色瓷砖换成了现在的灰砖，还配上了木色的座椅。路边玉兰树更是摇曳多姿，玉兰花如只只白鸽，翩翩欲飞。走在街上满眼的赏心悦目。

也许你还会听到一段动听的歌曲：“那是一条神奇的天路……”这是洒水车，每天早早的，它都行驶在街道上，所到之处街道定会瞬间变得干净整洁。落叶纷飞的秋天，你还能见到扫地车，沿着路边慢慢行驶，所有的垃圾叶子都被他“吃”进了肚子，这大大减轻了环卫工人的负担。

到吃饭的时候了，懒得做又不想出门，怎么办？如果在几年前那你可真得自己亲自上街下厨，而现在拿起手机点个外卖，“美团”“饿了么”供你选择，绝对按时送达，风雨无阻。

时间飞逝，如果细心的话，你将会听到“现在是北京时间六点整”的声音在城市上空飘扬。学生们也都放学了，学校门口都刷了洁白的斑马线，守护学生的安全，许多穿着“红马甲”的志愿者拿着小红旗协同组织交通，他们认真的模样令人肃然起敬。还有的志愿者在进行“洁城行动”，共同组成小城里一道亮丽的风景线。不用担心家长乱停车，路边划有整齐的停车位，如果乱停乱放就会收到“罚单大礼包”哦!

晚饭后去公园散步消食是个不错的选择。浴着习习晚风，听着广场舞的音乐，看着灯光璀璨的夜景……

夜空下，这座小城市正静静地睡去……

点评

本文构思巧妙，以小城早晨醒来开头，以夜空下小城静静地睡去结尾，首尾呼应又余音袅袅。通过漫步灵宝街头，发现了灵宝的一系列新变化：洒水车、拆违建、哈罗单车、点外卖、红马甲行动，把这些生活中的新变化，都通过小作者的一双慧眼浓缩在一篇文章中，言简意丰，实难能可贵。语言简洁自然，生动流畅，也是本文的一大亮点。

日新月异的生态金城

灵宝市实验二中九七班　邵鑫洋　辅导老师：吴佳丽

当生活的喧嚣慢慢归于沉静，轻轻地拉开窗帘不经意间发现：不知何时自己的家乡已经在不知不觉中发生了翻天覆地的巨变，以她更绿、更炫、更美的崭新容颜令人们惊叹！

回想小时候，家乡是这个样的：路边的大树一年四季都无精打采地低垂着头，公园里的花坛也"挤"满了垃圾，好像从来都不曾找到过一片赏心悦目的地方。当想出去玩时，也是被妈妈一句"有雾霾"拒绝了，那时只能静静地趴在窗边，望着黄色的天空，幻想着和小伙伴们捉迷藏的情景和有一天蓝天能重现。我喜欢家乡灵宝，但我绝不喜欢它当时的环境，一点也不！

如今，同样站在窗边，面对一个截然不同的美丽金城，这样的变化，从不曾想过。

从不曾想过，清晨，男女老少全民健身齐聚北区公园。清晨五六点，北区公园里就已经有人开始锻炼了。在公园层层绿影中，爷爷奶奶们打太极，叔叔阿姨们、哥哥姐姐们跑步，弟弟妹妹们也来凑个热闹。至于我？我可从没想过竟然有一天我也会因为环境好而出来转转。灵宝的公园式建设已经推进到家门口，环境更好了，生活更好了，人们更注重健康养生了。

从不曾想过，街道上，出现越来越多的新面孔。若说到灵宝空气质量指数为什么由原来的重度污染"瞬间"变为优良，那么"大炮筒"可是大功臣。这两年，很明显街上的洒水车、清扫车多了，可以毫不夸张地说，只要你在白天出门就一定可以看见洒水车。除了这些大朋友，还有必不可少的小朋友——共享小蓝车。随着空气质量的改善，人们大多愿意改变出行方式，骑着小蓝车环游灵宝已变成一种时尚，为此，我还专门学会了骑自行车。我希望用自己的行动践行低碳生活，体现一个灵宝小公民的素质。

从不曾想过，街道旁、树丛中，那些无精打采的，充满垃圾的绿化带，全部换上了新颜，和这些新朋友见面是我觉得最开心的事。生活中间又重现了丝丝绿影，五颜六色的花儿在我心里盛开，家乡给我的印象再也不是灰蒙蒙的，蓝色的天空，五颜六色的花朵，绿色的树叶重回，金城灵宝又一次变得美丽多彩。春天百花争艳，夏天碧绿遮阴，秋天的金城大道被银杏树叶铺满，自成一派如诗如画的风景，冬天处处银装素裹，灵宝城自然也就成了一个冰清玉洁的奇妙世界。

从不曾想过，傍晚，灵宝也能像国际化大都市一样，汽车、人群川流不息，霓虹灯闪烁。每当夜幕降临，整个灵宝市区灯火辉煌，就像天上闪烁的星星，像一簇簇放射着灿烂光华的鲜花，让人深深陶醉其中。车水马龙，文化广场周围的树上，被装饰上小灯笼和小彩灯，给人浓浓的城市人情味，生活在曾经幻想的美景里，幸福感爆棚！城市亮化工程灵宝也是一马当先，作为一名中学生，这个项目让我感受最深的就是我的学校，自从它刷了新漆，挂上彩灯后，焕然一新了。每到晚上，看到灯光亮起，“勾勒”出学校的轮廓，我都会激动地指给别人看，那是城市中不一样的风采，像是一个豪华的五星级酒店，又好像是这城市里最“靓”的崽。

家乡的变化，很快，很大。这离不开所有灵宝人的努力。我很骄傲我是一个灵宝人，我为这片我生长的土地而自豪。我爱我的家乡，我爱灵宝，这个日新月异的灵宝，这个美丽的金城！

拉上窗帘，静静回想，愿这个飞速发展的灵宝在记忆的长河里留下一条绚烂的痕迹……愿它更靓丽！

点评

文章采用今昔对比的手法，通过作者自己的见闻感受和亲身经历抒写了金城灵宝翻天覆地、日新月异的巨大变化，字里行间洋溢着作者对家乡崭新面貌的喜爱赞美之情。同时作者别具匠心，运用五个“我没有想到”的排比段结构形式，全方位、多角度选材，使文章内容全面丰富，开头结尾又句式相似，首尾照应，整篇文章结构巧妙，情真意切，不失为佳作。

我的家乡环境变化大

灵宝市实验中学九五班　续诗琰　辅导老师：刘艳兰

铺开中国大地壮丽的山水画卷，纵览华夏文明的光辉岁月，追忆改革开放的伟大进程，回望金城灵宝发展的诗，一日又一日，一年又一年，我的家乡——灵宝越变越美，若陶公还在，定又觅得一处桃花源。

四十年改革开放，四十年砥砺前行，党和国家不忘初心，牢记使命，政府坚持除恶扬善，扶危济困，打违治乱，与广大人民一起把我的家乡建成了新时代的桃源。

人间四月芳菲尽，牡丹花开醉金城。在这春光明媚的四月踏入金城，你会发现：绿化工程使这里处处像公园，亮花工程使灵宝夜夜赛京城。

近年来，农家乐在灵宝兴盛起来，来到寺河山，苹果花正铺天盖地地盛开，花色洁白，花香阵阵。山间整齐的规划，村民热情的招待，更令游人赞叹不已，流连忘返。

游在景区，站在用现代化技术保护的函谷关关楼上，不禁被它的雄奇壮丽所惊叹，更为政府让古今艺术相结合从而保护古建筑的做法点赞；站在娘娘山的断云梯上，感叹这里大自然的鬼斧神工，享受着景区人性化的设施，丝毫不觉爬山的疲累；来到汉山，潭水清幽秀美，清风拂面，幽静的古道旁人工种植的薰衣草散发出阵阵清香，使人心旷神怡。

接天莲叶无穷碧，映日荷花别样红。经过整改的环城桥焕然一新，亭亭玉立的荷花宛如一位位妙龄少女。走进市区，杂乱拥挤的道路消失了，现在无论是店铺前的路抑或是窄小的巷道，都铺上了柏油或打上了水泥，平坦宽阔。在通往学校的那条路上，设立盲道为残疾人带来便利。放学回家时，一路上更是有着鸟儿相伴，这些可爱的小精灵啊，快乐地生活在路边的女贞树上，勾画出一幅人与自然和谐相处的唯美画卷。到了夜晚，大大小小的建筑都用霓虹灯装饰着，这是政府新推出的亮化工程，中国现代著名诗人郭沫若吟咏的“天上的街市”就在这里！

朋友，我要告诉你一个大好的消息：我的家乡灵宝，处处人间四月天，不必说香气四溢的花果山，也不必说森林氧吧燕子山，更不必说千古雄关函谷关。政府的正确决策，领导的用心规划，人民的勤劳智慧，家乡

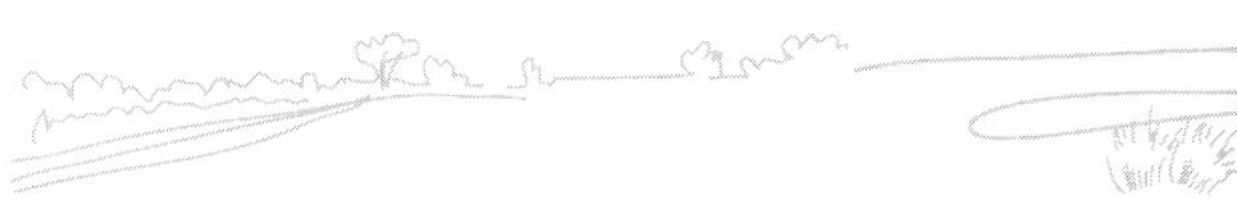

环境变化日新月异，一处新世纪的新桃源就在灵宝。我爱我的家乡，昨天，今天，明天……朋友，来吧，畅游金城，共建灵宝，家乡人民欢迎你！

点评

本文小作者紧扣家乡灵宝的环境变化采用总分总的结构形式展开叙写和描绘。按照“乡间—景区—市区”的思路，突显绿化、亮化工程以及“打违治乱”给家乡带来的“美”与“亮”，字里行间流露出喜悦、喜爱与赞美之情。结尾直抒胸臆，点明中心，升华感情，深化主题。文章结构自然恰当，语言优美晓畅。

最美的家乡

苏村一中　郭静怡　辅导老师：江心雨

瞧，蔚蓝的天空上飘着朵朵白云，街道上的儿童嬉戏打闹，成群的蝴蝶翩翩起舞，鸟儿在天空中自由地飞翔，清澈的小溪潺潺流动，宽阔的柏油马路上汽车飞驰，路边种植的花草随风舞动，茂密的竹子耸立在马路边，清新的空气到处飘溢着……这，就是我的家乡——竹绿苏村。

家乡就像我的母亲一般，以前的家乡“妈妈”总是无精打采的，每天垂头丧气，这是为什么呢？望着她那衰老的身体，我渐渐懂了。原来家乡“妈妈”遭到了深度污染：放眼望去，之前的苏村垃圾飞扬，臭气熏天，天空灰蒙蒙的，路边的鲜花被四处乱飞的尘土压弯了腰……用三个字来形容苏村：脏、乱、差。但是自从灵宝来了新书记之后，我们的家乡也随之有了巨大的变化，她倡导我们保护环境，她像一个天使一样让“妈妈”满血复活，精力充沛。她把苏村改变成了一个秀丽山川，让人们有了一个新的生活环境。乌蒙蒙的天空不见了，取而代之的是蔚蓝的天空；路边的小摊不见了，都自觉地移到了固定摊位；河流中的垃圾不见了，清澈的小溪成了苏村的一片风景；路边还安了许多节能路灯，让黑夜迷失方向的人找到回家的路；连绵起伏的山川上安上了风力发电机，我们终于不再为停电而烦恼了。这，都是我们苏村的变化呀！

不仅苏村有了变化，我居住的小村庄也有了大变化：路边多余的建筑物都被拆除了，让村庄看起来更整齐有序；每个星期五还有固定的党员在街上打扫卫生，使村庄风貌永存；还在路边种了许多茂密翠绿的竹子，路边的房子都刷了白色的油漆。每次回到家乡，总有一股清新的空气飘入我的鼻孔中，沁人心脾。一排排整齐的白色房屋映入我的眼帘，让我神清气爽，我总是不禁感叹道：“变化真大啊！”

我的家乡不仅在环境上有了变化，在居民的素质上也有了很大变化：大家开始懂得爱国守法，明礼诚信，团结友善，勤俭自强，敬业奉献。学校也特意倡导学生发扬爱护环境的品质，村民也得到了干部的指导与影响，有了保护环境的意识后，人们不再随处乱丢垃圾，河水也变得清澈了，给小鱼小虾建立了一个好的家园。人们还在路边种了许多漂亮的小花、小草、竹子，路边还安装上了许多好人好事的事迹牌。乡政府举办了“最美苏村人”评选大赛，为我们树立了学习的榜样。村民们在党的领导下，我们的秀丽苏村变得更美更好。

我爱我的家乡，我爱竹绿苏村，爱它那婀娜多姿，爱它那干净美丽，爱它那文明和谐。苏村，等我学成归来时，我一定把你建设得更美好！

点评

文章语言优美，开篇就可以将家乡的青山绿水展现在我们眼前，给人塑造出了一幅好山好水图。文章结构清晰，以总分总的形式将家乡的变化描写得淋漓尽致。小作者具体从三个方面描述家乡变化：家乡的环境，家乡的人，家乡的山水。运用比喻的修辞手法将家乡亲切地比喻为“母亲”，可以看出小作者对家乡深厚的情感。

美丽西寨，我的家乡

西阎乡第一初级中学七一班　索博昱　辅导老师：阎珍妮

我的家乡是文化底蕴深厚的函谷关。老子曾在这里著述《道德经》。我的村子西寨村在函谷关的西边。她北依黄河，西靠横岭，是一个依山傍水的好地方。这里山清水秀，人杰地灵。沐浴着改革的春风，我的家乡正在发生翻天覆地的变化。

记得小时候，爸爸骑着摩托车带着我和妈妈回家，狭窄的乡间土路坑坑洼洼，颠簸得厉害。遇到刮大风时，尘土飞扬，我们坐在摩托车上，简直成了土人。而现在，村里新修了宽阔平坦的水泥路，一盏盏路灯成了一道靓丽的风景。一排排楼房代替了低矮的土房。不必说家家户户安装了太阳能，也不必说设立农村淘宝服务站，更不必说政府打黑除恶，拆除违章建筑，建设美丽乡村。单是那餐桌上的一盘野菜，足以让人感慨万千。

上个周末，我们一家人开车回家。道路两旁绿意葱茏的树木和一望无际的田野欢快地跳跃着跑向车尾。朵朵白云依偎在蓝天的怀抱里。家家户户的外墙壁粉刷一新，画上了内容丰富的宣传画。家乡的面貌让我眼前一亮。

下了车，我冲进家门。奶奶已经做好了饭。餐桌上的美味佳肴馋得我直流口水。我迫不及待地拿起筷子，吃腻了大鱼大肉的我专挑素菜吃。咦，那不是一盘蒸野菜吗？带着自然的绿，清香扑鼻！蘸着芝麻香油蒜汁，特别好吃。奶奶看我吃得津津有味，笑着说：“好吃就多吃点。”爷爷语重心长地对我说：“你们现在吃野菜是尝个鲜，以前它可是全家活命的依靠啊！别说榆树叶了，连柳树芽都被捋光了。”

不知何时，门外响起欢快的音乐。我好奇地走出家门，在明亮的路灯下，村里的老头老太们、大伯大婶们聚在一起，随着音乐节拍舞动，高兴地跳起了广场舞。还有一些老人干脆把桌子搬到了路灯下，专心致志地下象棋。年轻的爸爸妈妈带着小孩，在健身器材上锻炼身体，广场上时不时传来他们爽朗的笑声。村民们劳动之余，休闲娱乐，健康养生，生活丰富多彩。

如果你来到我的家乡，定会被她的整洁优雅所吸引。更有那热情好客的家乡人，他们定会拿出香甜可口的红富士苹果招待你。这里地势较高，昼夜温差大，苹果着色好，营养丰富。近几年来，家乡又发展了红提、核桃、软籽石榴等农产品。农民的钱袋子鼓起来了，脸上洋溢着幸福的笑容。

种地有补贴，看病有医保。农民老有所依，老有所养。党的精准扶贫政策，富民政策暖人心，人们生活有奔头，幸福在心头。

让我魂牵梦绕的家乡啊！你山清，水秀，人更美。无论时代如何变化，我们对这片土地的热爱不变。我们会用勤劳的双手，使这片古老而又神奇的土地焕发出勃勃生机。紫气东来迎祥瑞，美丽西寨欢迎你！

点评

小作者以敏锐的洞察力见证着家乡的变化。她用细腻的笔触描写了家乡的土路变成了水泥路，并进行了绿化，安装了路灯，村貌发生了变化。村民安装了太阳能等现代化生活设施，生活水平有了很大的提高，以前救命的野菜现在也成了尝鲜的美味。更难能可贵的是她看到了村民精神状态的变化，劳动之余休闲活动丰富多彩，年轻人生活有奔头，老年人生活有依靠。这一切都是党和政府实施富民政策的结果。这篇文章从小处着手，写出了家乡的巨大变化，还是较成功的。

小家变化大

灵宝市实验中学九七班　李金珂　辅导老师：姚亚妮

不知何时，我家的周末不再是“懒觉”时光，不再是“斗地主”专场，“泡沫剧”没有了观众，悠闲散漫的生活方式一去不复返，一家三口周末也疯狂，不信？那你往下看——

镜头一：看！爸爸穿上了红马褂

周六一大早，爸爸就着急起床，穿好红马褂，戴好小红帽，收拾整齐要去参加洁城行动。到了中午，爸爸一头大汗回来了，随后我从手机上看到市教体局发的洁城组照中有爸爸的身影时，还挺吃惊：平时在家懒洋洋的爸爸，到了外面，干起活儿还有模有样的：高大的身躯弯成90°，宽大的手掌紧紧地握住扫帚把儿，头上的汗珠明晃晃的，爸爸洁城的样子很认真，穿红马褂的样子真帅气。当时我就在想，以后再也不能随手扔垃圾了，因为干净的灵宝也有爸爸的一份功劳呢。

周日一早，爸爸就开始翻箱倒柜，要找“四件套”，说是他扶贫的那户人家床上用品都旧得不成样子了，今天去，想给他们带上。妈妈听了，急忙出手相帮，拎出一套红色的床上用品，嘱咐爸爸赶紧放到车上去。我看着他们为贫困户做的一切，心里也有满满的感动。

镜头二：瞧！妈妈要去研学班

被冠以“文艺女青年”称号的妈妈是个老师，她一直没有停止学习，最近更是迷上了传统文化。这不，前两天一直叨叨着背诵“臣本布衣，躬耕于南阳……”，这几天和几个伙伴一起又开始读“窈窕淑女，君子好逑”了，厚厚的《诗经》也被她勾勾画画，批注得密密麻麻。咦？怎么没声了，走近一看，呵！她在那儿练字呢，那一手俊秀的小楷与米黄色的宣纸倒也相得益彰。背完了诗词，练完了字，我妈还没闲着，又夹着小本子去研习《道德经》了，我问她为什么要学《道德经》？她说，《道德经》是灵宝的骄傲，等她学好了，还要教我呢。

镜头三：豆豆青春路上追梦忙

“王老师，我语文考了110分”“妈，我800米仅仅用了3分钟”……我是个初三党，暑假期间参加了灵宝市教体局组织的济源研学活动。经过两天的历练，我成长了不少，最重要的经过研学活动，我的梦想越来越清晰（至于我的梦想是什么，那可是少女的小秘密）。所以，一进入初三，我像蓄满了点的马达，一刻不停地为梦想奔忙。为了提高体育成绩，我绿色出行，天天跑步上学，再也不要妈妈开车送我了；为了语文得高分，我如饥似渴地读书；为了让数理化成绩提上去，我专门捡以前不会做的题，一道一道“死磕”……这不，在我的努力下，成绩一点点提上来了，虽然累了点儿，虽然苦了点儿，但我一点也不觉得，因为我在为我的梦想努力，劲儿大着呢！

在“文明灵宝”的建设大潮下，我的小家发生了如此大的变化，在灵宝这个城市中有千千万万个家庭，每个人都在自己平凡的岗位上尽职尽责、尽心尽力，长此以往，灵宝的明天一定会更加富强，更加和谐，更加美好！

点评

李金珂同学的这篇习作，把一家三口人的变化放在创建文明城市的大背景下来表现，体现了小作者开阔的视野和成熟的表现手法。具体到“爸”“妈”“我”三人的变化，这种以小见大，以个人显集体的写法很巧妙。从文章脉络看，“总—分—总”的架构，也有利于主题的表达。

家乡新变化

灵宝市第一初级中学七二班　张智杰　辅导老师：马金莲

湛蓝的天空中，几朵白色的云儿点缀着，仿佛蓝色的绸子上绣着几朵美丽的白花儿。金水湖旁，杨柳依依，平静的湖面上有几只鸟儿在空中自由地飞翔，思平大桥端庄自然地伫立在那儿，街道上，公交车及其他车辆正依次有序地穿过宽敞的马路，行人的脸上洋溢着欢快的笑容。灵宝啊！你真是变了，变了，你的新变化带给了我们灵宝人的是欢乐和幸福！

镜头一：绿色出行

还记得以前坐公交车，那可真是比走路还麻烦呀。既没有站牌儿，也不知道每辆车的具体路线。需要坐车的我只能傻傻地站在路边，满脑子黑线又无助地盯着马路中央，终于有车过来了，我连连招手又大呼小叫地去吸引司机的注意车才能停住，上了车，一位售票员阿姨正在收钱，车里乱哄哄的，吵闹声此起彼伏，根本无法辨认上了车的人买票与否。下了车，我也不知道自己身在哪儿，只是隐约地觉得自己好像坐错了车，真是又费劲又窝工。终于啊，公交车全面升级啦。我想去哪儿就站在指定的站点等待。不过十分钟，一辆公交车便飞驰而来。我好奇地张望着，车前面的数字清楚地亮着“六”，正是我要坐的车，车的全身包裹的一层绿皮给人一种亲和之感，方方正正的长方形，飞驰而动的轮胎，好气派啊。我兴奋而又胆怯地登上了公交车，呀，居然是无人售票车。嘿！小心翼翼地把钱投进去，然后傻里傻气地看着它把钱吞到“肚子”里，真是别有一番滋味。饶有兴趣地看着车里面，不用多说，精致的把手，整齐有序分布着的座椅，配备齐全的安全工具，车行驶的路线及到站名称……望着这一切我心里甭提有多高兴啦：如今的公交车啊，简直比以前强了不知多少倍！

公交车的变化让我们的出行方式也发生了翻天覆地的变化。不久以后它又升级成电动的啦！这段时间，市里又出现了共享单车、共享电动车，出行越来越方便，越来越环保了。绿色出行使灵宝越变越好！

镜头二：美化环境

昨天去文化广场兜风，偶尔来到了鼎新菜市场，着实叫我大吃一惊。

菜市场旁那条小巷，居然完全不见了。以前那可是小贩们的天下。巷子两行间有长长的违章建筑，使本来就狭窄的巷子看起来更加拥挤，平时要是人多一点儿的话，就是人挤人，挤来挤去，那情景真可谓是摩肩接踵啊！“要是发生点安全事故该怎么办啊？”我每次经过的时候心里都在担忧着。现在可好了，在政策的允许下我们的执法部门做通了居民工作，一下拆除了 14 栋违法建筑。巷子一下子宽敞明亮多了，一眼望去，没有一点儿杂物和违章建筑，整个街道好像是一条流畅地笔直的线条。它与路旁的树交相辉映，风一吹，简直就是一幅意境悠远的画面啊。美化环境，让灵宝人心旷神怡，也着实给老百姓带来了实实在在的方便。

不但我们的小区发生了翻天覆地的变化，美化、绿化了的街道，拆除了违章建筑，而且我们还听说灵宝的各个乡镇各自然村都整理得干干净净！如果晚上站在楼上俯瞰灵宝大地，那闪耀着的灯光更让你领略到家乡美丽的夜景。美化

环境使灵宝人生活越来越舒适。

镜头三：函谷雄风重振

函谷关自然是灵宝最著名的景点了，它堪称是“千古雄关，道家之源”，灵宝人都以它为荣呢。曾记得几年前的函谷关，只能用“干巴巴”来形容。可现在呢？瞧吧！老子生诞，万人齐聚，人头攒动，旌旗飞舞，四方宾客，笑语言欢，海外好友，齐聚一堂，朗诵表演，拍手叫好，祭祀大会，博大精深。玄宗祭祖，精彩依旧。高跷表演，花样百出，舞龙舞狮，夺人眼球。庆诞活动，圆满成功！铭记圣贤，传承经典。今日函谷，真是趣味无穷啊！

我们的景点函谷关发生了翻天覆地的变化，它重振了雄风，名扬了四海。不仅吸引了大批游客来观光旅游，还为灵宝的经济带来了巨大的变化。

灵宝啊灵宝，你变了，你变得更加与时俱进了，你变得让我们的生活更加美好了，你变得使灵宝人有了自己的骄傲。我热爱我的家乡灵宝。人杰地灵天赐予，名扬四海靠自己，创造辉煌新业绩。灵宝啊！愿你变出一幅科学发展的蓝图，变出一个中国金城的传奇，变出一条通往未来的辉煌之路。

点评

小作者用自己独到的眼光敏锐地发现自己生活周围交通、居住环境、旅游景区发生的巨大变化。并用对比的手法细腻地描写了环境整治后灵宝翻天覆地的变化给自己及灵宝人带来的方便、安逸、舒适及幸福！在文章结尾小作者又用抒情和议论抒写自己对灵宝的热爱之情！内容上符合本次征文“家乡灵宝变化”的主题。在作文形式上采用镜头和小标题相结合，每个小标题文字又用两段式结构，加上首段巧妙点题，尾段扣题，使全文思路清晰，结构严谨。

喜看家乡新变化

灵宝市第一初级中学八一班　李佳艺　辅导老师：建竹梅

半城山，半城水，山山水水相依偎。我的家乡在灵宝市一个小乡村，那里风景秀丽，物产丰富，随着近段时间的城乡环境大整治，小小的乡村，发生了巨大的变化。

家乡的道路更宽了。近段时间的整体规划，全市不但外观上进行了整改，还加强了管理。以前街道狭窄，两旁全是小摊，汽车、摩托车……横七竖八地停放着，自行车在街道中间挤成一团，人在停放的车流中绕来绕去，像在走迷宫；现在对街道进行了拓宽，私搭滥造的建筑全部拆除，没有了临时的小摊，两旁规划许多停车位，各种车辆有序地排排坐，解决了乱停拥堵现象。街道一下子变得宽阔整洁，让人一看就感觉亮堂了许多

家乡的面貌更美了。以前的街道脏、烂、差：你瞧！这儿一堆烂苹果，哪儿一堆腐烂变质的包菜，路旁还有堆积成山的生活垃圾，再加上天空中飞舞的“白蝴蝶”杨花柳絮，不得不使人们戴着口罩急匆匆地穿行。现在家乡人们的素质提高了，不再乱扔垃圾、随地吐痰了。人们把垃圾桶制成了各种艺术品的造型站立于地，各村也有专门的环卫工人在清扫巡视，加大了村庄的美化力度。路边种植了防风固沙、降低噪声的松柏等风景树，以前古老宽大的花坛，现在变得更时尚、规范化，出现的是一村一品的新面貌。因为人人都有了这样一个意识：要让自己的家园变得更美好。

家乡的街道更有特色了。以前的街道毫无个性，店铺招牌大小不一。现在乡镇各大商店、超市、玩具店、饭店、衣服店等店铺招牌早已统一规定了颜色、宽度、形状、字体等，整条街道整齐划一，新挂上招牌的各个店铺显得和谐统一。再也不像以前那样大小不一、形状多样、杂乱无序等，而是更加美观，赏心悦目，给人一种美的享受和视觉上的舒适。

家乡的新农村文化建设也更吸引人了。近期除了对乡村周边环境进行改造，水清了，树绿了，环境更美了，乡村的人文环境建设也发生了巨大的变化。你瞧！远远望去村子里，楼房林立，街道干净整洁，村庄两旁路灯闪闪，街道旁的商店也装饰了彩灯，家乡的夜晚更加迷人。最热闹的是

健身区。这里有各种各样的健身器材：跑步机、秋千、按摩器、仰卧起坐器，还有文化设施文化大戏台等。有的小孩儿在荡秋千，有的大人在按摩，有的老人在扭腰练腿……

如果你要问："为什么会有这么大的变化？"那是因为党的政策使人们奔向了小康。

啊！家乡的变化可真大啊，我爱我的家乡！如今，社会主义新农村建设一片繁忙，"村村通"工程让柏油路把各村相连，新农村合作医疗使农民看病有了保障，"两免一补"政策实施帮了农村孩子上学大忙，"打违治乱"政策使家乡更加规范美观，"一村一品"整改使家乡正谱写新的篇章。

美丽的家乡，我爱你！

点评

三个不同的层次，三个不同的方面，今昔时光的对比中将家乡的风貌一一列举而出。这和作者的不放过一丝一毫的仔细观察力，流畅简洁的文笔分不开，而这一切是因为"变化"提供了素材。不得不感谢生活，不得不感谢社会，不得不感谢时代——我们写作的来源。

日新月异的家乡

灵宝市实验中学九六班　张智鑫　辅导老师：陈赞赞

像尘封了一个冬天的世界突然迎来了春天，像冰雪消融的大地上冒出的第一颗绿芽，像枯黄的枝叶冒出盈盈绿意，像冰冻的湖面解封时鱼儿吐出的第一个泡，带来新世界到来的讯息，家乡环境的变化像是一次探寻新世界的旅程，在这纷繁的世界中不断日新月异，在一个一个善良的期待中带给人们温暖的惊喜。

平了道路便了出行。要想富，先修路。家乡的领导人努力把水泥路铺上每一条人行的通道。平整加宽的水泥路、柏油马路在家乡的村落间各个地方散开。原先没有柏油路的地方修了柏油路，原先水泥路不平整的地方拆除重修。雨雪天气不必惧泥泞，黑夜行路不必忧无光，自有高高的路灯指引前行，人们可以日夜不停地为幸福而奔驰。领导为民着想，人民开拓创新，大众一心一起追梦。家乡日新月异的变化，总是带给人震撼，才下眉头，却上心头。

高了楼房脱了贫穷。耸入蓝天的高层楼房在灵宝的北区鳞次栉比，电梯让大家不费力气回到家，越往高处越宁静，空气越好，生活越美。粉刷一新的楼房也在山区小镇，如雨后春笋拔地而起，像春天一样微风拂过旷野，为家乡增添了一抹亮色。深山里的贫困户在党的扶贫政策的沐浴下搬进窗明几净新房，家乡的空气中散发出幸福的味道，氤满了整个山村，像水蒸气终于飘上云端成了彩虹，照亮了世界，温暖了人心。每一滴水都有变成彩虹的梦想，每一块砖都有变成高楼大厦的梦想。每一个小村都有一个越变越好的梦想，他们都在为实现自己的梦想而努力着，后来，他们都实现了自己的梦想，小镇变得越来越好，小城越得越来越好。家乡日新月异的变化，红了樱桃，绿了芭蕉。

美了环境美了心情。绿化工程让灵宝城区姹紫嫣红，亮化工程让灵宝市区夜景如梦如幻，创建文明让灵宝空气水润、车辆整齐、环境干净。飘扬的绿意在家乡小村的路边和门口到处可见，家乡领导人越来越重视新农村建设，加大改善绿植种植，路边门口种了许多观赏的树，让人目光所及之处，盈满绿意，是路过时拂过眼角的柳枝，是奔跑时风吹树叶的沙沙声，是散步时花儿传来的芳馨，是垃圾悄悄归箱，是拆除违章建筑，规划日渐整齐。家乡日新月异的变化，乐在心头，喜上眉梢。

我的家乡环境变化大，就像太阳冉冉升起。

点评

小作者用发现美的眼睛，细心发现生活的变化，从生长的家乡小镇，到求学的灵宝市区，从四通八达的水泥路，到鳞次栉比的高楼，到清新整齐的扶贫新居，到城市农村的绿化亮化与美化，真实、真切、感人。开篇连用比喻，给读者带入一个生机勃发的日新月异的新家乡。主体部分段首句引领，层层推进升华，处处洋溢幸福的味道，是一篇笔触细腻，语言灵动，想象丰富，富有美感的文章。

家乡，我为你点赞

灵宝市第二初级中学七三班　建嘉琪　辅导老师：屈展展

似水流年中，滔滔涧河水见证了灵宝的苍桑巨变；如歌岁月里，巍巍娘娘山记录了家乡的点滴变迁。

——题记

在中原大地上镶着一颗最亮最闪的明珠，这颗明珠就是被人们称为“人杰地灵、物华天宝”的灵宝。

美丽富饶的家乡——灵宝，位于豫秦晋三省交界处的河南省西部，它南倚秦岭，北傍黄河，有着悠久的历史，源远流长。随着改革开放的浪潮涌入，家乡变得越来越美丽，被誉为“黄金之城”“苹果之乡”“道家之源”。

近几年，在“中国梦”“创建文明城市”的召唤下，家乡插上了翅膀，似春燕在田野上飞起，传递着新的信息，描画着美好的春光！

条条大道通罗马

市区的几条路，几年前还是凹凸不平，尘土飞扬。大晴天，卡车卷起一阵黄土，弄得人灰头土脸，呛得连连咳嗽；下雨天，车辆陷在泥坑里打着滑，而路过的行人，总会被飞溅的泥水搞得狼狈不堪。现在，经过整修，成了一条宽阔、笔直的柏油马路。路的两旁，栽种着高大葱绿的树，每当夜幕降临，路灯一齐亮起来，金色的光芒映照着苍翠的绿叶，美丽而温馨，远远望去，就像一支支燃烧着的花烛。这样的路，一条、两条、三条、四条……纵横交错地通向四面八方！这样的路，使家乡热闹起来，使人们欢畅起来！

公园建设人喜乐

北区公园美如画，游人欣赏尽陶醉。绿草如茵，鲜花烂漫，小河潺潺，是大自然名副其实的天然氧吧。白天，孩子们嬉戏，老人们散步，到处欢声笑语！金水湖公园更是一道亮丽的风景线，湖水微波荡漾，垂柳依依，乘船游玩，与天鹅零距离接触。湖中小岛也吸引了孩子们的眼球，荡秋千、走吊桥、与小猴嬉戏，玩得不亦乐乎！春节，公园里的篮球场，一场场激烈的球赛在此上演；圆形广场上，拔河比赛、腰鼓表演、广场舞，精彩纷呈。

晚上，灵宝市区华灯初放，涧河河畔，万家灯火亮起来了，与沿河的霓虹灯交相辉映，岸上有灯光，水中有倒影。赤、橙、黄、绿、青、蓝、紫，灯光如幻影般呈现在人们眼前。特别是那思平桥上的灯光，如同七色彩虹一闪一闪。霓虹灯灯光倒映在河水里，涧河成了镶满宝石的玉带，仙境一般。

文明创城展新颜

文明城市的创建更是一项惠及百姓的大事儿。往常，街道都是一片嘈杂，小摊小贩们为了方便招揽生意，肆无忌惮地把摊位摆到马路中央，致使交通经常堵塞。车铃声、喇叭声、讨价还价声不绝于耳……而今，大家携手共创“文明城镇”，现在的街道上，没有一片废纸，没有一点垃圾；汽车、摩托车、电动车井然有序地行驶着；街道两旁，树干刷上了白石灰，树冠翠绿繁茂，像一把把绿绒大伞。多么美丽多么和谐的画面！

为家乡点赞，因为她是祖国母亲最具魅力的女儿。

不知不觉中，社会更加和谐了，教育更加均衡了，医疗更加便捷了，养老更加完备了，生活更加富足了，家乡的人们也更加幸福了。

为家乡点赞，未来一片光明！勤劳质朴的灵宝人用智慧创造了一个又一个辉煌，用汗水实现了一个又一个梦想，如今她正大步走在实现美丽中国梦的最前方！

点评

美丽的灵宝展现在社会生活的方方面面，更体现在这篇文章中。古人说：“感人心者莫乎情也。”清新流淌的文字、博学多知的才情，盛满了激情昂扬的情愫。小作者把自己对灵宝变化的概貌和感悟写得生动形象、具体深刻。飞扬的文采使我们领略到灵宝人用智慧创造了一个又一个辉煌。本文取材于真实生活，选材恰当，很有新意，层次分明，过渡自然，情趣盎然，可读性强。

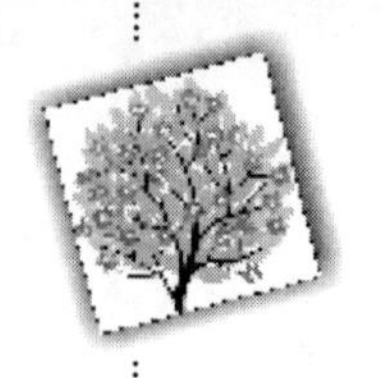

柳终成荫

——记西阎乡周家湾村的“今昔”

实验二中八九班　周欣彤　辅导老师：郭珊瑚

乍看摇曳金丝细，春浅映、鹅黄如酒。这缕春风悄悄地来，轻轻拂掠了我从小居住的家乡周家湾村那一抹尘痕，却也回过神来留了新妆发。那新妆发啊，美极了！

昔日，路边有许多“突出”的小砖房，砖房的四壁大多都有用油漆刷上去的标语，字有的方，有的圆。天天路过，曾经的那个错别字误导了我整个童年，也从侧面见证着不谙世事、天真烂漫的豆蔻年华。

那时的道路坑坑洼洼的，小石子互相推攘着跑在道路的每个角落，似乎非要在这条路上留下自己的足迹不可，甚至于烙下自己的名字都无可厚非。它们还带着些沙土而来，“呼”一辆车呼啸而来，经过与道路近距离的“亲密接触”，霎时，黄土飞扬，沙土弥漫，人们可都避之不及。

路两侧梧桐树和杨树，都蹿到了可以平视楼房的高度。盛夏时节，村里的老人们都爱在树荫下乘凉，扯扯家常，下下棋，好不快哉！村里的青年们每日在路边晃荡，好像需要几年的时间才能有明确的自己想去做的事……

不知从什么时候，人们在时间潮汐的推拥中，拆除了路边那些“突出”的砖房；放倒了路两侧所有的梧桐和杨树；重铺了水泥路，路边空旷了许多，看着倒也不那么繁杂了。眼看环境，家乡正在发生着大变化，昔日无所事事的青年们也纷纷有了“盼头”……

如今呀，周家湾村，可谓是改头换面。路两边都种上了柳树，“杨柳依依，绿荫悠悠”，春风轻拂柳枝条，好似拂动着“姑娘的发梢”。一排排屋舍俨然，门前的马路交错相通，昔日的沙土路摇身变成焕然一新的柏油马路。原来调皮的小石子们如今在施工工人的“催促”下也销声匿迹了。

盛夏，老人们仍然爱在树荫下乘凉，清风拂过，凉爽凉爽，悠闲悠闲，快哉快哉！不同的是啊，老人们有了送给“小棉袄”的礼物：他们啊，喜欢折下翠绿的柳条，绕成一个圈，把柳条的两端攀在一起，打上结，“柳环”做成，美哉美哉！老人们哪，把那承载着他们满满慈爱与疼爱的“艺术品”轻轻地套在孙子孙女的小脑袋瓜上，看着笑容璀璨的孩子们，想着近年来干劲十足，外出创业的儿子儿媳，不禁感叹：“柳条折尽花飞尽，借问亲人归不归？家里的条件越来越好了，你们也该回来了吧……”

周家湾的今昔对比，面貌焕然一新，道路更加开阔，平坦；翠柳给家乡携来了勃勃生机，家乡正在以肉眼可见的速度发展，变化得更快更好……

好风凭借力，送我上青云。相信大鹏扶摇九万里，再回家乡柳成荫，我和我的家乡都会越来越好！

点评

本文视角独特，切入巧妙，足见作者极强的观察能力。结构上首尾呼应，结尾卒章显志，升华主题，把自己和家乡的命运紧密相连，表达了对前途的自信和对家乡的美好祝愿。大量引用诗句，足见文学功底深厚，并于细节处着墨，使整篇文章文采飞扬，一气呵成。

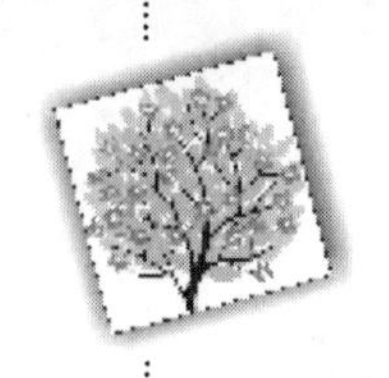

老院新时光

灵宝市第一初级中学九一班　王子涵　辅导老师：席海霞

我的家乡是河南西部边陲的小城，它有宁静的美丽，也有喧闹的繁华。对于大多数人来说这是个不起眼的小地方，但在我心中，因为它和“家”这个字挂钩，所以带来更多的是温暖的感受。外公的老院就在这里，近几年发生了不一样的变化。

驱车半个小时的路程，却好似相隔千里。小时候的我在那里长大，几年前还经常和父母一起看望外公外婆。老院是我最初的童年记忆，日升日落，春夏秋冬，熟悉又亲切。可是随着年龄的增长，学业的繁忙，只有逢年过节才会回去了。于是，那个亲切的影子也渐渐朦胧了，只是在梦里还依稀可见。

在我的记忆里，外婆的老院是朴实的颜色——大地的泥土色，院中的一草一木，都让我倍感怀念。院中有棵峥嵘的枣树，伸着长长的枯瘦枝条，有着油绿发亮的枣树叶子。它的岁数很大，沉默地伫立在院中央，仿佛它才是院子的主人。到了夏天，它的枝叶间就开始藏有青绿色的果实。而深秋，它们就变成沉甸甸的深红色，到了这时外婆就会招呼儿女回家打枣，把枣装入袋子送到邻里亲戚家，整个家中充满着收获的喜悦。我的思绪缓缓拉远。那时，我总是架在外公脖子上看老旧电视机里的《西游记》，和姐姐一起帮外婆烧柴火灶，这都是十几年前的事情了。

如今我再次打开漆红的大门，首先听到的是外公养了十年的狗尽职尽责的“报告”，和记忆中的犬吠重叠在一起。进入院内，我发现了以前没有的变化，整个院子焕然一新了。泥土的院子铺上了水泥，平整又干净。外婆上了年纪，腿脚不便，打扫院落能省很大力气。只有那棵枣树下和院落一角被隔离出来。我欣喜地发现，那里新栽了一棵核桃树，叶子稀疏嫩绿，和那棵枣树相比显得稚气而娇小。几株月季兀自绽放，粉红的花瓣还沾有清晨的露珠。葡萄藤也攀上了竹架，我仿佛已经看到了不久之后缀满紫色珠子的情景。走进屋子，我更加惊喜。水管中流出了汩汩的清水，浴室中也安装了热水器，堂屋中铺上了瓷砖，原本古旧的电视机也被液晶大屏彩电取代。家中装了无线网，外公也学会了用智能手机，变得格外新潮。

外公笑着摸了我的头，指着葡萄藤说：“不久后你就能吃上我亲手种的葡萄啦!”我心头好像有某处被触动了，一阵热流涌过。老院还是绿树繁荫，还像儿时那般动人，令人怀念不已。但同时它的变化也让我感慨万千，昔日古朴的院落，已经变得现代化，和以前大有不同。

乡村的变化在外婆的院落中已经凸显，但这只是冰山一角。外面修了宽敞的高速公路和四通八达的快速通道：回家的路是笔直的，再也不用绕弯路。这里住着许多老人，而乡村的变化一定会让他们在和自然更近的地方颐养天年。清晨与黄昏、青山和碧水，黄发垂髫、鸡犬相闻。乡村生机勃勃，越来越美好。但我知道，他们最需要的还是儿女的陪伴，所以在百忙之中，去看看老人，共度美好时光吧!

点评

小作者以独特的视角，抓住“乡村变化、小院静好”这一主线，抒写了美丽乡村带给自己的独特感受，并在字里行间暗含着：亲情回归会让乡村景象更宜人这一主题。文笔清逸、婉丽，行文流畅、简洁，值得大家一读。

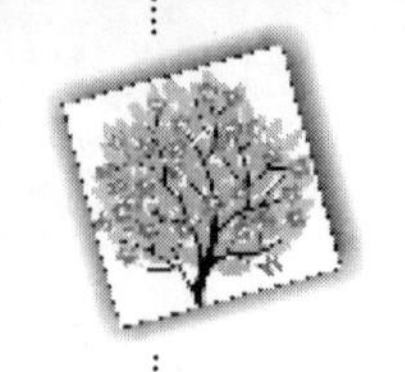

涧河变奏曲

灵宝市第二初级中学七（14）班　樊炳墨　辅导老师：雷瑞苗

弘农涧河属于黄河支流，全长97公里，是70万灵宝人民的母亲河。

浪漫奏鸣曲

总听父母说，涧河给他们那一辈人带去了无穷的乐趣。男孩儿们在河中嬉戏，你泼我，我泼你；女孩儿们拿着个塑料瓶，在河中抓蝌蚪、抓小鱼；本领高的人，还把木棍做成了一个钓鱼竿，抓蚯蚓做鱼饵在河边钓鱼，还时不时向小伙伴们炫耀着自己的战利品。在父辈们的眼中涧河是那么清澈，涧河承载了多少人的美好回忆……

悲怆交响曲

时光飞逝，转眼间，进入了新世纪。儿时的印象中，灵宝人民的生活水平不断提高、日子越过越富裕了，科技不断进步、工厂越来越多了。与蒸蒸日上的生活相比，格格不入的是我们的母亲河——涧河却日渐衰败。远远望去，河中的塑料袋、塑料瓶形成了一个新的岛屿，臭水沟那难闻的气味，污染着我们赖以生存的空气。走近瞧，更是乱象丛生，工业污水恣意排放着，抚摸着干涸的河床，我忍不住朝天呐喊，原来清澈见底的涧河到哪儿了？

小步圆舞曲

今年“五一”假期，我和家人沿着涧河漫步，目之所及：水青、草绿、花美，好一派崭新的面貌，好一幅流动的画卷！沁水园中，雏菊、金盏菊、矮牵牛花，形成一条条色彩斑斓的花带，争芳斗艳、姹紫嫣红。原本脏乱的夜市、刺鼻的臭水沟像人间蒸发般消失了，河中的石头错落有致地摆放着，芦苇荡中蛙声不断。徜徉在用透水混凝土浇筑的红色小道，看着苗圃中随风摆动的洒金柏，听着芦苇荡中阵阵虫鸣、潺潺流水，真叫人心旷神怡！你再看，公园里游人如织：老人在公园内打着太极拳，年轻人在跑步健身，孩子们在快乐地放风筝，一切都呈现出一幅舒适安然的景象。

沿河两岸的步道全部铺设了荷兰砖，打造着粉墙黛瓦、徽派古韵的新格调。涧河新貌换新颜：绿化越来越好，沿河两岸几乎全是公园，道德文化园，金水湖公园，诗园，还有即将建设的樱花公园，作为一名灵宝人，怎么能不为家乡日新月异的变化而惊叹呢？

夜幕降临，那桥上的灯光，流光溢彩，宛如仙境，怕是北上广的夜景也不过如此吧！

金城进行曲

环境的变化离不开那些正在为建设涧河辛勤劳动的工作人员。政府对于沿河两岸的治理也是相当重视：雨污分流管道的建设，定期对河中水草的打捞，还有每周五在河两岸清洁环境的志愿者活动……这洁净的河道、优美的环境是千千万万人劳动的成果！

灵宝变化大，环境美如画。家乡正处于一个高速发展的时期，明日，它必将乘着创建文明城市的快舟，在涧河的怀抱中，扬起新的风帆远航！

点评

本文小作者别出心裁，能够站在独特的视角，围绕弘农涧河的发展、变化，运用“浪漫奏鸣曲”“悲怆交响曲”“小步圆舞曲”“金城进行曲”四个新颖的小标题来讲述自己眼中家乡环境的改变，观察细致入微、主题以小见大，给读者奏出了一曲精妙的涧河变奏曲。文章构思巧妙、行文流畅，字里行间能够感受到小作者对家乡巨变的欣喜和热爱！

我的家乡变化大

川口乡第一初级中学七二班　李秋洋　辅导老师：王建英

社会在发展，时代在进步，而我的家乡正犹如一朵含苞待放的花骨朵，开始绽放属于它自己的美丽。

沿着乡路一直前行，会有深林飞鸟做伴，小河垂柳作陪，穿越山的另一头，偏远的家乡坐落在此，静候我归来的佳音。离开这里已经很长时间了，我只能在浑浊的记忆湖面上捕捉到一点点的清澈。记忆中的故乡是一朵含着叶的花骨朵，在开放之前是那样的丑陋，那样的落伍。它有着远近闻名的特产，有静谧的风光，有城市高楼无论怎样寻觅也寻不到的皎洁。但是含苞的花总归是不完美的，它已经与世隔绝得太久太久，街道是泥巴垃圾的混合物，凹凸不平又不干净，长草似乎是树儿们丈量身高的刻度尺，矮屋上的鸟窝为这里平添了荒凉、孤寂、萧条。

化茧成蝶，我亲爱的故乡啊，却正在一点一点地实现它的蜕变，最终成为我面前的一只美丽的蝴蝶。

田地不再是杂草丛生，反倒真应了那个“田”字，一格一格地排凑在一起。田中，有着各式的农作工具，忙碌地工作。沿着田地走，就来到了居民区。映入眼帘的便是人们纯朴的笑容和善意的眼神，似乎生活充满了美好。道路四通八达，虽不像城市中那样的广阔，却也平坦纤直得别有风情。看！这些路还有命名呢：这条路叫作道德街，街四周的墙壁上，印满有关中国传统美德的故事、插画，比如吃枣留钱；那条路叫作美德路，上面有帮扶老人，做义工的正义感插画，《孔融让梨》等故事也尽在墙上传递美好；还有那一条……

房屋不高，却绝不矮小，整齐地一竖排列着，倒有“群蚁排衙”的画面感。在这些房子中，有一个杏红色的高楼矗立其中，大约七八层高，已经陆续有人住进去了呢。这幢楼的楼下，有一个超市，里面有瓜果蔬菜、精美点心、儿童玩具、小零食等等。幸亏不卖衣服，否则我怕是走错了地方。紧挨着超市的是几家早餐店，早晨的时候可是一片“盛世景况”呢！人流络绎不绝，倒真是热闹。

现在就让我们一起去屋内看看吧，推开朱红色的大门，露出水泥地面的院子，院内花香四溢，郁郁葱葱。先走进最近的厨房吧，里面有烤面包的烤箱、微波炉、电磁炉、电冰箱…这些先进的科技产物，为我们的生活提供了很大的便利。再去客厅看看吧，有液晶电视、沙发，还有空调呢。这些东西让我大吃一惊，家乡的发展可真是迅猛啊！

来到河边，没想到这里四周已经筑起了防护栏，看来是为了怕小孩子不慎落水吧。旁边的小溪不复以往的浑浊，可以看见往来翕忽的小鱼，还有自由嬉戏的小虾，果然有城市里没有的纯粹。

家乡变化让我产生了士别三日即更刮目相待的心理，但我更深刻地明白家乡的发展离不开社会的进步，我们应当更加努力为今日家乡、祖国贡献出自己的力量。

点评

作者借助仔细的观察和细腻的描写，运用比喻的手法将家乡比作“含苞待放的花蕾”“蜕变的美丽蝴蝶”缓缓绽放独特的魅力，诗情画意，引人入胜！

全文扣住“大”字突出蜕变，通过对比写出家乡的风景之美、人情之美、文化之美、科技之美，中心突出，主题鲜明。文末首尾呼应，点明主旨，又深化了立意，可谓点睛之笔。

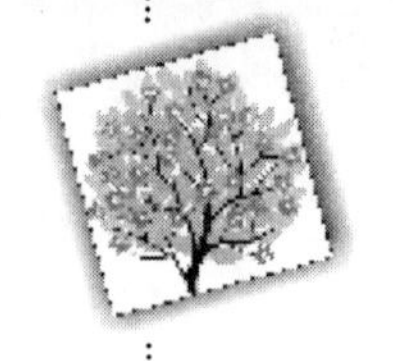

我的家乡变化大

灵宝市第一初级中学八九班　吕佳琦　辅导老师：彭妍琴

人杰地灵，物华天宝——灵宝是我美丽的家乡。

随着我慢慢长大，灵宝也在日新月异地变化着，一座座高楼的建起，一条条马路的拓宽，一道道河道的修浚……灵宝一天比一天美，一天比一天靓，我也越来越喜欢她。

首先，人们的居住条件有了显著提高。过去人们认为只要风吹不着，雨淋不着就可以了，可现在，人们的思想变了。一座座整齐别致的住宅楼拔地而起，很多人都搬进了宽敞明亮、舒适豪华的楼房。空旷的野地和草地都盖上了新颖豪华的高层。特别是近两年，越来越多农村人来到城里买房，各种各样的家用电器走进了平民百姓的家，生活档次提高了。不但如此，人们的吃与穿都发生了变化。现在，很多人吃饭不仅要填饱肚子，还要有营养、搭配要合理，饮食全面化。在服装方面，也不仅是遮体避寒，更要追求时尚。随着各种品牌服装店的增多，逛街购物、买名牌也成了一种时尚潮流。过去是讲实惠，现在是求高档；过去是穿着舒适，现在是穿着漂亮。总之，用品越来越先进，生活自然也就越来越好。

其次，人与人之间的通信更加方便快捷了，以前家家户户能有一部电话就已经很骄傲了，但现在，手机已经成为人们必不可少的通信设备。无论你在哪，哪怕是国外，随时随地都能畅聊无阻。电脑也可以视频通话，人与人之间真正实现了透明化，距离也缩短了，而且支付宝、微信支付方便极了。

不仅这样，就连学校也新盖了教学楼，教室又宽敞又明亮，而且教室中也安装了多媒体，专门设置了许多实验室，使老师上课更方便，学生听课效果也更好。使人感到真正进入了现代化，享受美好的新生活。

要致富，先修路。以前家乡的路都是土路，坑坑洼洼。晴天还好，可是到了雨天路面上到处都是水坑，而且泥泞不堪。走在上面深一脚浅一脚的，一不留神就会滑倒，弄得满身都是泥巴，这时候你看上去就活像一只泥猴。

随着这几年的建设，原来那条泥泞的土路变成了平坦的沥青路，显得十分宽阔和气派，一次可以通过好几辆车，人们出行更方便了，走上去也感觉特别舒适。路边的地砖也全部拆卸下来，换成了新的，市容更加整洁了，环境也更加优美了。道路上又安装了新的红绿灯和摄像头，安全指数进一步提高。哈罗单车遍布大街小巷。看着灵宝一天天的变化，我心里有说不出的高兴。

漫步在金水湖旁，一些树被霓虹灯装扮得多姿多彩，几种颜色交相辉映，湖水清澈，荡漾着微波。风儿轻轻吹过，掀起无数涟漪，突然有一种置身于仙境的感觉。心也变得宁静而空灵，所有烦恼都烟消云散。

家乡变了，它真的变了，变得美丽了、富饶了。生活在这个时代，我感到既欣慰又庆幸。记得爷爷奶奶总是说我们赶上了好时候，是啊，我们不再吃不饱穿不暖，还能在父母和老师的关爱与呵护下快乐地成长、玩耍与学习，我们的生活真是一片阳光灿烂。

看到家乡的繁荣，心中不禁生出许多感慨：自从改革开放以来，经济迅速发展，国内生产总值也逐渐位于世界前列，中国改变了屈辱落后的形象，形势一片大好。这不都是党的成果吗？真正验证了歌里唱到的：“没有共产党就没有新中国！”

我爱我的家乡，虽然我现在只是一名中学生，还不能为祖国的建设贡献力量，但是我一定会努力学习，长大后用更先进的科学技术来建设我的家乡，使我的家乡变得更加兴旺发达、美丽可爱！

点评

本文词雅文练，层次井然，结构严谨。紧紧围绕“变化”二字，观察细致入微，从住、吃、穿、用、行等方面娓娓细说，面面俱到，内容充实，文笔清丽，言近而旨远。行文中处处洋溢着对家乡巨大变化的欣喜之情，文情并茂，笔灵心慧，读来意趣盎然，感人肺腑。

拿起我手中的摄像机

五亩一中九一班　李怡彤　辅导老师：刘月玲

摄影一直是我的兴趣爱好之一。闲暇时候，拿起相机，按下快门，一幕幕美景就定格在我手中的相机里。整理照片的时候才发现，家乡竟变得如此美丽迷人……

镜头一

漫步在柏油马路上，道路两旁的柏树成荫，麻雀成群结伴地嬉戏，知了随着夏季的到来也开始沉浸在自己的专场音乐会里。刚看见那平坦的大道时，已发现陌生了不少，路两旁的违规建筑早已“踏平”了，整条街道更加整洁，来往车辆并行不悖，出行更加方便安全。回望过去，路是黄土小道，一到阴天下雨，雨水混合着泥土，成了黄泥浆，人们穿着油鞋在泥泞的黄泥道里寸步难行，尤其是老人，站不稳、走不动，活活钉在泥坑里，实属给人们带来不便。如今行走在宽阔美丽的柏油马路上，心情也变得美丽了，不自觉地要来张自拍照啦。

镜头二

手指拨弄着水龙头，甘甜的自来水便奔涌而出，家家都有这个宝。有的人家甚至更讲究了，搞了个净水机进行“二次净化”，生怕喝出点毛病来。做饭、炒菜、洗衣服……凡是用水的地方，随便动动手指头，清水便自那远方缓缓走来……听爷爷忆苦思甜地描述：“想当年，我总是得去山谷里挑水，一路上地面凹凸不平，水桶在肩上七上八下，走着洒着，到了家一桶水只剩下半桶了，没办法还要继续去挑，直到把那水缸打满为止。那段时光可真是艰难啊!”如今看着这汩汩清水，情不自禁地尝一口，甜到心头。饮水思源，忍不住也要和这水龙头来合张影，它可让我的爷爷省了不少劲呢。

镜头三

绿水青山就是金山银山。暮春已至，家乡的山已由嫩绿转为青葱，小草不再显得稀疏伶仃，而像一条绿毯子铺在山妈妈身上，向远处绵延不断。大自然仿佛对它情有独钟，把所有美丽都汇聚在它身上。万峰竞相争高，大有直入云霄之势，树木郁郁葱葱，点缀着这古老的山峰，时而摇曳，时而伫立。随着“退耕还林”政策的实施，家乡积极响应，让大地重返一片生机。过去，人们只求高速发展，无情地剥削自然，毫不留情面。现在人们环保意识越来越强，贯彻着“顺应自然、尊重自然、保护自然”的发展理念，家乡的天更蓝了，山更绿了。置身于如此美景之中，来张美照才是正事。

镜头四

记得小时候，家乡有许多土房子，雨水不断冲刷就导致房屋漏雨，人们常常就有“孙悟空身居水帘洞”的待遇，瓦房都是很难见的，更别说是楼房了。但现如今，你到我们家乡瞧瞧，每家基本上都已经住上楼房了。屋内地板一尘不染，亮得能照出人影儿，窗明几净，绿植生机盎然，家里现代化家电一应俱全，厨房冰箱里时令蔬菜应有尽有。屋外花圃草坪规划有序，美丽的花儿竞相开放，亭台轩榭、健身器材一样不少，还有小桥流水的景致。身在小区里就能够看得见青山，听得到蛙鸣、水声，这样才能更记得住乡愁啊！如此生态宜居的环境，我一定要多拍几张。

不断地按下快门，不断地保存。家乡的巨大变化，让我为之自豪，为之骄傲，更为之震撼！突然间觉得，我手中的摄像机根本也拍不完家乡的美，但我依然会用它记录下家乡的点点滴滴。衷心地希望我的家乡越变越好，人民生活越来越幸福！

点评

俗话说“题好一半文”。小作者拟题独辟蹊径，吸引读者的阅读兴趣。利用小标题形式，以四个特写镜头来展现家乡的巨大变化。叙述生动自然，结构清晰紧凑，衔接自然连贯。每个小标题后都能及时点题，使中心更加突出。字里行间能感受到小作者是一个热爱生活的人，善于观察家乡的变化，从小处入手，细处着笔，展现出一幅幅喜人的家乡变化图。

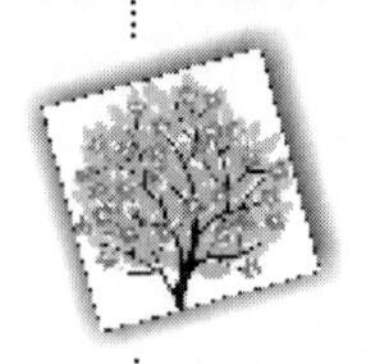

家乡的蜕变

五亩一中九二班　张晓昱　辅导老师：张秋云

回家的路，总是那么漫长。车外的一山一水，一草一木，看了一遍又一遍，记忆中家乡的面貌也一次次地更新着。在这十几年，家乡一直陪伴着我成长。我渐渐地长大，家乡也在不知不觉中发生着日新月异的变化。

童年，一去不复返，它留给我的是家乡旧时的模样。记忆中的家乡满目疮痍，昔日的道路泥泞不堪，坑坑洼洼的，道路的两旁杂草丛生，显得十分冷清。大家很少外出，生活在封闭的世界里。一间间青砖小瓦房，刮风下雨，日晒雨淋让其看着更加破旧、冷清。

“忽如一夜春风来，千树万树梨花开。”沐浴着改革的春风，我的家乡发生着翻天覆地的变化，迎来了新面貌。

“要致富先修路”，这句话是真理。过去的泥泞小道已经变成了宽阔的水泥公路，有足足5米宽呢。不仅如此，就连通往各处耕地的道路也出现在大家的视野里。同时，机耕道路的修整也造福大家，机耕道路如爬山虎一般，向各处延伸。道路的建成，使得大家的出行更加方便，与外界的联系更加密切了。村里的主路与公路沿线接轨以及各个村寨连通的道路给大家带来了福利。

渐渐的，家家户户都有了出行的交通工具，或是摩托或是小汽车，除了给自家带来方便，有时也会为村里人服务。大家的衣食住行也发生着巨大的改变，运动鞋、休闲鞋替代了布鞋，五颜六色的衣服放眼皆是，各式各样的彩电以及通信网络进入了千家万户。农业机械化也使大家从手工工具、畜力农具中解放，虽然没有全部实现，但已逐步转化，凸显成果。这不仅仅改善着大家的生产方式、生产经营条件，同时也在不断地提高农业的生产效率和经济效益。机械化的推广，为我的家乡增添了勃勃生机。

“绿水青山就是金山银山”，这话说得真好！我们赖以生存的绿水青山就是我们的金山银山，从前道路两旁的杂草已被铲除并栽上了小树，曾经的青砖小瓦房也变成了一幢幢整齐的平房，成了大家眼中一道道亮丽的风景！

随着大家生活水平的提高，大家更加注重环境保护。村里经常都会举行一些环保宣传活动，经常给大家一些提醒、建议，大家的环保意识增强了，其他方面的素质也有所提高。

这些年，家乡的山是那么地绿，水是那么地清，天空也是如此地蓝！生态环境是人类社会发展的基石，只要我们与家乡的自然环境和谐相处，大家的生活会越来越好的。愿我的家乡继续保持这样“年青快活”的状态发展下去，建设成为生产发展、生活富裕、生态良好的美丽乡村。

现在的我每次回家都会怀着无比期待的心情，因为我不知道家乡接下来又会有怎样的变化，我要时刻见证着它的蜕变。伴随着改革开放的浪潮，我的家乡正不断地发展着，而我也要不断努力，为我的家乡奉献我的微薄力量！

点评

本文紧紧抓住家乡的道路、农业、环境等的变化的特点进行细致的描写，紧扣主题，体现了家乡的蜕变的过程。文章结构清晰，层次分明。语言准确、鲜明、生动，内容丰富具体。一些精妙词语的使用，无形中为文章增添了不少情趣。全文围绕回家的感受开篇、结尾，前后照应，首尾连贯，同时又使文章主题回环复沓，感染力极强，称得上是一篇较成功之作。

桃林弃旧貌　灵宝换新颜

西阎乡第一初级中学八二班　许舒瑶　辅导老师：赵会平

天蓝蓝，水碧碧，鸟啾啾，花艳艳，似乎离我们很遥远。但随着“创建文明城市，共建美好家园”活动力度的加大，我的家乡——灵宝，也发生了翻天覆地的变化。

儿时的记忆中，关于家乡灵宝的代名词，似乎总是“脏、乱、差”。可随着年岁的增长，创文活动的一步步展开，放眼望去，如今的灵宝已褪去了旧衣，全身上下都透露出一种“高端大气上档次，低调奢华有内涵”的格调。

镜头一：违建厕所，不见踪影

我的童年，是在农村度过的，那里虽空气新鲜，没有工厂排放的废气污染，却也有着许多令人头疼的问题：街道狭窄、泥泞，垃圾乱扔、随意焚烧……但是，最大的问题还是各种违章建筑，使村庄看起来十分不整洁。

但是，如今的村庄，已看不到以往的问题。乡村规划，整齐划一，开阔视野，柏油路通进了村庄，绿色垃圾桶随处可见，那些违建厕所，在大力整治下，也都不见踪影。

镜头二：美丽绿化，贴近自然

早在十几年前，我现在生活的西阎乡还是一个破落不堪，不为人知的小乡镇。

树的年轮一圈圈地增长，西阎也发生着一点点的变化。现在，通往西阎道路的两旁，都建成了清一色的绿化带，一到春夏，杨絮乱飞的景象再也没有出现；商店的招牌都换成了统一的红底白字，醒目美观。向前望去，广袤无垠的蓝天下，一条宽阔的马路旁，两排绿化带，互相映衬，人们好似生活在画中，与自然又贴近了一步。

镜头三：红衣使者，走进人心

近两年来“志愿者”这个词似乎变成了人们口中的宠儿，使用频率不断增加。如今，大到灵宝街头，小到无名村庄，到处都闪现着红衣使者的身影。

他们是谁？他们是来自各行各业的志愿者。他们在干什么？他们在为改变家乡面貌贡献自己的力量。只见他们身穿志愿者服装，手拿清扫工具，走上街头，走进公园，走入了人们的心里。

这些红衣使者积极响应创文活动的号召，不怕脏累，为建设美好家园做出了表率。他们弯腰清扫的美丽身影将永远留在人们心里。

镜头四：炫彩霓虹，大饱眼福

几年前，家乡的夜是宁静的，是没有灯光色彩的，静谧到让人觉得无聊与乏味；街道的两旁只有昏暗的路灯，且因年代久远，忽明忽暗，走夜路简直是不敢想的事情，更别说去公园散步了，就像是进了免费的鬼屋，时不时还会有一只虫子掉下来砸在头上，令人心惊胆战。

幸运的是，近年来，灵宝越来越重视对城市中灯光的改造。你看，时尚金街、文化广场、沿河公园，霓虹闪烁，各种颜色交织在一起，时而黄、时而红、时而蓝，就像一个灯的舞台，一场灯的盛宴！它的精彩美妙，让我觉得无论用怎样的词语也无法描绘。它的出现，使人们觉得在日常生活中都有了过年的气氛。炫彩霓虹，不仅为灵宝增添一抹亮色，让人大饱眼福，更增添了人们的自豪感和幸福感。

观蓝天云卷云舒，赏庭前花开花谢，看家乡万千气象，不禁感叹：桃林弃旧貌，灵宝换新颜！

点评

人与自然共同构成了美丽的地球，地球和环境是我们大家的，我们有责任把他们维护好。本文之美，美在文题采用对仗和对比的形式，新颖别致，含义深刻而丰富；文章主体部分采用小标题，别致的形式令人一见倾心，四个小标题从不同角度形象地诠释了家乡的巨大变化，同时，也让主体内容一目了然地展示在读者面前；文中处处对比出彩，如“街道狭窄泥泞”对比“水泥路干净整洁”、“往日昏暗的灯光”对比“沿河公园霓虹闪烁”、“记忆中的脏乱差”对比“改变中的洁净新”等，在对比中突出了家乡面貌的焕然一新。

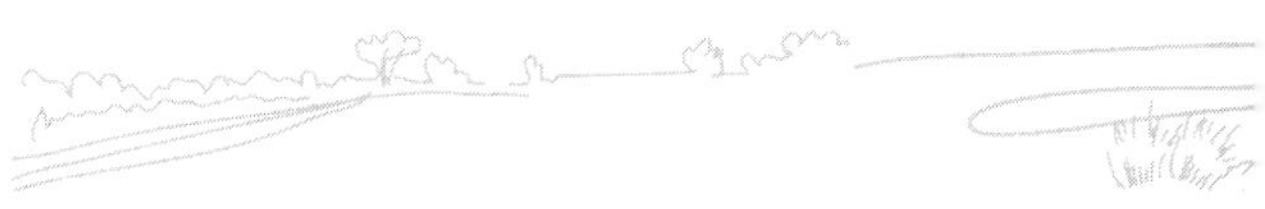

邂逅美丽金城

灵宝市第二实验初级中学七七班　任昱玮　辅导老师：薛丽华

霓虹灯映照着碧波荡漾的金水湖，玲珑的红灯笼悬挂在树上像熟透的苹果，道路宽阔平坦顺畅通达，人民素质明显提升，我记忆中的灵宝啊，她有太多的变化……

习近平总书记提出，生态环境是关系党的使命宗旨的重大政治问题，也是关系民生的重大社会问题。灵宝市人民政府积极响应，因地施策，打造干净、整洁、舒适的人居环境，开启了建设“生态宜居”的美丽家园的新进程，让广大市民有了更多的获得感、幸福感。

她悄无声息地变化着，我也邂逅了她的美丽……

看，热闹繁华的文化广场。这里是灵宝人民茶余饭后最喜欢的地方：约上两三好友散步、陪孩子嬉戏运动、跳几曲广场舞，这里承载了太多的欢声笑语。曾忆起初建成时，每每要去健体玩乐，想法的美好和现实的“残酷”总让人望而却步。一道道“迷雾关”使人驻足难前：夜市烧烤小摊烟雾缭绕、油烟弥散，熏得行人睁不开眼，古怪刺鼻的气味在鼻腔里横冲直撞，本来的娱乐场地被各种小摊强行霸占瓜分，地面垃圾随处可见，行人的身影摇曳在昏黄的灯光里，处处障碍，举目望去美丽尽失。看今夕，她摇身一变，宛若仙境。你再次踏进这方土地，呼吸着新鲜的空气，漫步在鲜花与绿茵中，沿路或有小灯笼点亮路途，或是火树银花璀璨夺目，让人眼前一亮，干净舒畅的广场，各类互动人群秩序井然。美哉，我心中最美的文化广场，她真正变成了人们休闲娱乐的好地方。

看，人居环境也是旧貌换新颜。“民以食为天”，饮食主宰着人们的日常生活。各大生活市场应运而生，为居民们提供着极大的便利：尹富市场、涧东市场、解放市场……离我家最近的便是尹富市场，那里各种生活用品种类齐全，尤其到晚上各种灵宝风味小吃齐上线，品色诱人，香味十足，着实吸引着爱好美食的灵宝人。曾经的我很排斥和纠结去那里，因为那里卫生状况着实令人担忧，苍蝇成群，污水横流，让人总是无法放心购买食品。怎奈美味佳肴诱惑难抵，心心念念的美味总也萦绕心头，许久不去市场的我还是走了进去。眼前的一切焕然一新：新建的彩钢大棚，洁净崭新的白色地砖，两边醒目耀眼的红色统一店铺标牌，规划整齐的各种摊位，穿戴整洁规范、热情好客的店主摊贩，品种齐全的各色物品，俨然一副大超市气派，空气里弥漫着诱人的食物香气，食客络绎不绝，更吸引着我常常在尹富市场流连忘返。

灵宝这座美丽的城市正在用日新月异的变化昭示世界："绿水青山就是金山银山。"曾经很贫困的寺河山也发展起来，市政府高度重视，充分发展自身特色，推进产业兴旺，兴办起了一年一度的"苹果花节"。你瞧，那漫山遍野的苹果花，朵朵盛开，粉中透白，清新淡雅，"五角喇叭朝天开，不逊梅花一点红。"苹果花诉说着金城果乡的骄傲！每逢秋至，果实成熟，红彤彤的大红苹果高挂枝头，笑迎八方宾客，品质绝佳的"亚洲第一高山"SOD苹果运往世界各地，传送着美丽金城——灵宝今昔的辉煌。

我挚爱的家乡灵宝，眼前的她与我记忆中的她发生了太多变化，她正向着美丽和谐灵宝奔去，向着文明现代灵宝奔去，向着富强民主灵宝奔去，我期待和她下一次更美丽的邂逅！

点评

这篇文章语言简练流畅，各种描写细腻生动，小作者文笔清新质实。以独特的视角，用第三人称叙说自己的细微发现，描写了我市城市环境大整治以来的变化，用以小见大的手法选取城市中休闲娱乐场所和人居场所这两个有代表性的地方，巧用对比展现城市的旧貌换新颜，场景描写真实具体，字字句句透露出作者的喜爱和欣喜之情，让读者深受感染。全文主题突出，不失为一篇佳作。

家乡变奏曲

灵宝四中九三班 黄江华 辅导老师：马菲燕

“今年国庆我们全家回老家，为你姥姥过八十大寿！”妈妈兴冲冲地对我们说。

“回老家？”老家在我的印象中已经模糊，正如一首老歌所唱：“我的家乡并不美，低矮的草房，苦涩的井水。一条时常干涸的小河，依恋在小村周围。一片贫瘠的土地上，收获着微薄的希望……”

车轮滚滚向前，我的耳边又响起了妈妈的讲述。“妈妈小时候都是在土路里行走，一下雨就糟了，稍不小心会变成了一个泥人！”“住房没有空调，夏天经常热得睡不着。那时看到的都是黑白电视，只有几个频道，很不清晰，经常出现雪花。晚上还经常停电，吃的是粗茶淡饭，只有过年才能穿上新衣。”“村里环境差，蚊蝇成群，污水遍地。村里年轻人纷纷离开村子，去城里谋生。”……满腹故乡言，一把辛酸泪！妈妈哽咽着，眼眶噙满泪水。

离老家越来越近，只见窗外是宽阔的柏油马路，路两边栽种着银杏树，两侧安装上了太阳能路灯。“嗨，姥姥家到了！”我叫嚷着。村口那块儿用红漆写着村名的巨石真壮观！妈妈扑向车窗感慨道：“唉，变化真大呀！”舅舅开着私家车已经在村口等着我们，我们全家坐上舅舅的车，很快就到老家了。“亲人见亲人，两眼泪汪汪。”一家人围坐一起，共话家乡新变化。

我在一旁静静地听着，思绪万千，感触很深。“城乡规划”政策的实行让舅舅圆了住楼梦，窄小脏乱的农村草屋被宽敞舒适的楼房所取代。花园式安居小区规划科学、设施齐全，夏有空调冬有暖气，做饭用的是天然气，休闲娱乐有健身区；“两免一补”政策让舅舅不再为家庭穷困没钱供孩子念书而发愁，我的两个表哥已经考上大学，明年就要就业了；合作医疗政策解决了姥姥看病难、看病贵的难题，姥姥再也不为身上的疾病而发愁，逢人就说她还要活一百岁呢！“两不愁三保障”让舅舅家脱贫致富过上了小康生活。舅舅说：“不光我家过上了好日子，全村人都往小康路上奔呢！”全家举杯同庆：“为姥姥的八十大寿，干杯！”

饭后我们全家兴致勃勃喜看家乡新变化，家乡的清河水在排污治理中越来越清澈，连水底的石沙都清晰可见，鸭鹅成群，藕池成片；养生园绿树成荫、花团锦簇，空气里散发着花的清香，沁人心脾；村东头的文化大院响起了一阵锣鼓声，舅妈说："她们要参加市里举办的腰鼓大赛，现在正在进行紧张的排练。"没想到家乡的人们在生活富裕后，也越来越注重精神生活的追求。

这时耳畔响起幸福的旋律："祖祖辈辈的追求，世世代代的梦想，建设社会主义新农村，让家园美丽百业兴旺……"家乡旧貌换新颜，眼前的新农村不正是歌曲里最真实的写照吗？

点评

小作者构思精巧，以"变"为线索，通过旧农村的贫穷与新农村的富裕对比，突出了党的富民政策让农民全面奔小康的灿烂前景，令人鼓舞振奋。文章叙述生动，通过小作者的见闻感受，内容层层展开，主旨步步彰显，给读者留下深刻的印象。两首歌曲的引用首尾呼应，使文章的脉络清晰，结构完整。家乡的这首变奏曲奏响了时代的最强音，引起了读者的共鸣。

家乡还若依旧？不

灵宝市第一初级中学九五班　李映婵　辅导老师：王美娟

小小的我站在高高的山丘上，听着知了在无力地哀号。远远望去，广阔无垠的原野一片浓绿。绿得那么可爱，但是那一片片土黄却突兀地夹杂在其中，我知道，那是我的家乡。现在正值夏天六月，远离家乡很久的我被爸爸妈妈带到这里来玩耍。

估摸着到了饭点，我扒着一旁的树，小心翼翼地从山丘上溜下。这个山丘是我平时最爱到的地方，可是因为曾经有人不小心摔断了腿，太过危险，奶奶严令禁止我过来，这次是我偷偷跑到这里的。

回到家，奶奶果然正在做饭，已经用了几十年的锅灶已经被柴火烧黑，奶奶一边往灶膛丢着木柴，一边推着风箱，时不时被呛住咳嗽几声。奶奶见了我，一边责怪我回来太晚，一边叫我进窑洞里把桌椅放好，等着吃饭。

虽然是夏天，但是窑洞里寒气袭人，刚进去我就不禁打了个哆嗦。找到那张不知道用了多久，已经摇摇晃晃的桌子，小心地把它拖到窑洞中央，刚准备搬凳子，却发现凳子腿已经掉了。我只能认命地叹了口气，拿起一旁的锤子，学着爷爷的方式大致把它固定好，摆在一旁。

此时，我听见一声声压抑的咳嗽声，我知道那是爷爷回来了。我急忙跑出门，果不其然，爷爷回来了，爷爷随手把镰刀放在一旁就坐在了板凳上，我刚想问问爷爷今天去干了什么，却猛然发现爷爷坐在凳子上已经沉沉地睡着了。

不久奶奶的饭做好了，奶奶把爷爷拍醒，爷爷的眼中还透出一丝茫然。中午饭很简单，每个人都是满满的一大碗面，里面也就是一点菠菜，吃起来就像是清水煮面一样没有半分美味可言。可是爷爷却像吃到了什么稀世珍宝一般吃得津津有味，不久就吃完了一大碗，还没歇一会儿就又提着镰刀走了。

吃完饭的我就又一次跑出家门，想要去找我的朋友玩，奶奶在身后吆喝着：“慢点，别摔着了。”的确，通在家门口的路曲曲折折，凹凸不平，谁知道什么时候会冒出一块小石子把你绊倒。

我在中途转了个弯，走到了另一条小路上，这条小路上有着整个村唯一的商店。这个商店很小，买的东西绝大多数是日常生活用品，零食也就那么两三样，玩具一个都没有。待我发现商店里一点新东西都没有时，只能叹了口气，明白我和我的小伙伴今天就只能玩捉迷藏，跳皮筋等等游戏。

晚上，跳蚤、蚊子等小动物弄得我睡不着觉，身上的包鼓起来一个又一个，于是过了不到一个星期，受不了环境的我就吵着闹着要回城里。

再次回到乡村是奶奶的七十岁生日，也是在夏天六月。本来说好去市里的餐厅吃饭过寿，可是奶奶不同意，非要在家里做饭吃。拗不过奶奶，于是我们一大家人再次来到了那个乡村

刚到时，我完全不敢相信这就是我一直嫌弃的乡村。映入我眼帘的，赫然是一条笔直的水泥路，旁边整整齐齐地栽着又高又直的树。这条水泥路蜿蜒绵长，连接着主干道，贯穿了整个村子，然后一直连接到另外一个村庄。水泥路的颜色是灰白色的，就像是一条长长的绸带飘落到了广袤的大地上。奶奶看见我吃惊的样子，不由得笑了出来。“更让你吃惊的还在后面呢。”奶奶神秘地说道。

紧接着我就看到一家宽阔的超市，我不由得问奶奶：“奶奶，这是谁开的超市啊？”“你忘了？这个就是你小时候去过很多次的小商店啊。”

我再一次感到了惊讶，原来那个东西不全的小商店已经变得这么的大了吗？奶奶叫爸爸停了车，带着我进入了超市中。我一进去就不由得瞪圆了眼睛，琳琅满目的商品都分门别类地放得十分整齐，各种零食玩具也都争先恐后地映入我眼帘。

出了超市，我们便直接到了奶奶家。我本以为会看到一个残破的窑洞，可没想到的是我看到的是，一栋平房，墙体被刷得雪白。我进入房中后，发现沙发、桌子等东西一应俱全，电视、电脑、空调等东西一个不落。一扇大大的落地窗带来明亮。我跟着奶奶来到了厨房，那里没有了灶火的身影，转而代之的是微波炉、电磁炉，还有电饭煲，墙角里还放置一台冰箱。

爷爷叫我们去客厅看电视，就和奶奶一起待在了厨房。爸爸妈妈想去帮忙，却都被赶了出来。过了半个小时，厨房里飘来浓郁的香味。饭菜一道道被端了上来，还真不少，鱼香肉丝、西红柿炒鸡蛋等等有荤有素，令人胃口大开。刚开始动筷，爸爸突然间想起了什么，问爷爷：“地里现在能不能忙得过来？要不我停几天，把麦子收完了再走？”爷爷放下了碗筷，

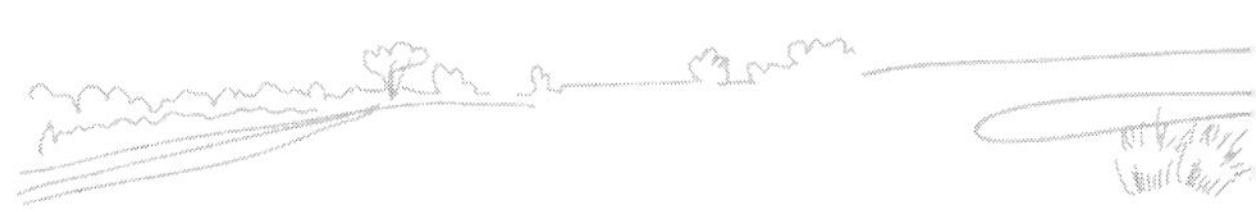

指着外面一个“钢铁巨人”笑道：“没啥忙的，现在都有收割机哩，可容易就把麦子收完。”那外面的收割机也仿佛听到了爷爷的赞赏，闪烁着骄傲的光芒。

我想起了那座我一直喜爱的山丘，于是我一路小跑来到了那个熟悉的地方。却见原来陡峭的地方已经砌上了水泥台阶，可以直接爬到山顶，山顶上还特地设计了一个“观景台”，可以从那里直接眺望整个村庄，耳边传来鸟儿的欢唱。这时，我看到了一大块灰白色的空地，上面还有着蓝色的斑点。我知道，那个是政府安装的健身器材。这所有的一切，都变得不一样了，一切都在向着更好的方向发展。

回到城市中，同村的朋友问我：“家乡还像以前那样吗？”我笑着回答：“不是。”的确，家乡已不若依旧。

点评

文章开头简而得当，通过环境描写来衬托人物的心情，十分艺术化。中间叙述，运用对比的写法，自然生动、结构紧凑，衔接自然连贯，中心突出。结尾恰到好处地点明中心，言简意赅，耐人寻味。

本文语言通俗易懂，贴近生活实际，读来倍感亲切。尤其对于景色的描写，语言简练而准确，联想则为触景生情，情景自然融合。而比喻、拟人等修辞的运用更是锦上添花。

翻新家乡的记忆

灵宝市实验中学八一班　屈文琪　辅导老师：常啦啦

风会记住一朵花的香，而我会记住你的美。

——题记

又到了桂花飘香的季节，满树金黄的桂花，散发着沁人心脾的幽香。我的家乡就浸润在这花香里，多么惬意，多么诱人啊！

一提起家乡新农村建设，人们的话语就像打开闸门的水，滔滔不绝。有说不完的好事、喜事、幸福事；道不尽对党和政府的深情，那种眉飞色舞的气势，似乎全身的神经都兴奋起来了。

说起我家乡的从前，真是不堪回首。原来这里没有宽阔的水泥路，通往各家各户的都是凹凸不平的土路，雨天“和稀泥”，晴天“扬灰面”，自行车只能推着走，汽车进了村庄在这儿也常常抛锚。

短短几年，这里完全变了样，旧貌已无影无踪了，呈现出一派欣欣向荣的景象，真可以说是美不胜收呀！虽然这些街道长不过几百米，但已经全部铺成了水泥路，并且这里有饭馆、书店、网吧、超市、药店、照相馆等等，真可以说是样样俱全。人们安居乐业，生活和睦美满，怡然自乐。

村子北边是一望无际的麦田和一条由西往东流的河，边上还有几间破烂不堪的小茅屋，在诉说着过去的历史。而现在的村庄里树绿花芳，落英缤纷，家家户户都住上了新房。村子里房子高了，街道宽了，街道里常年人来人往，熙熙攘攘，连人们也变得爱打扮了。村子东南侧新盖起了敬老院，院内各种健身器材一应俱全。许多老爷爷老奶奶在这里生活，安度晚年。再说说村子西边的那条臭水沟吧，早已填平，栽上了高大挺拔的杨树，树下各种花草点缀其间，使得空气清新、芳香怡人。每到傍晚，那一排排高大的杨树下总会聚集许多人，有些老爷爷在谈心、下棋；小朋友在这里嬉戏玩耍，有的捉迷藏，有的跳皮筋，到处充满了欢声笑语。这里就像陶渊明笔下的桃花源，美好恬静。

虽说新农村建设使家乡的变化很大，但是家乡的人们还在不停地忙碌着，他们跟随政府的脚步，拥护党的政策，他们要在党和政府的领导下将这里建设得更加美好。听说，政府正在家乡的北入口“打违治乱”，将要在路的两旁栽种樱花，我期待，我向往在樱花烂漫时，家乡在丛中笑，为我的青春留下更美的记忆！

点评

小作者以“自己对家乡的记忆”为着眼点，通过描写“一条臭水沟”“街道”“房屋”等变化，构造了一幅“家乡人民美好生活”的图景，简洁朴实的语言中流露出对家乡变化的欣喜之情。文章借助题记，用简洁凝练的语言点明主题，表达自己对美好家乡的热爱之情。小作者善于抓住意象“花”营造美好氛围，别具韵味，最后文章首尾呼应，使全文浑然一体，结构严谨。

人人都说天堂美，怎比灵宝美如画

灵宝市实验中学九三班　刘于楠　辅导老师：张晓霞

我的家乡在河南省灵宝市，近两年来，灵宝市政府正确领导，着力打造“环境美、田园美、村庄美”三美灵宝，城乡环境面貌焕然一新。

从前一上街，街上尘土飞扬，呛得人喘不过气来。下雨天，路上的水坑像水池，小鱼可以在里面自由自在地游玩儿。现在，灵宝市政府大力进行基础设施建设，修了宽阔平坦的柏油马路。马路上再也看不见飞扬的尘土。洒水车早中晚在城里各个街道巡回洒水，你在街上转一天鞋上也不会沾一丝尘土。马路两旁树木郁郁葱葱，鲜花芬芳四溢，高楼大厦拔地而起，鳞次栉比。

以前的道路很窄，人们出行不方便，经常堵车，让人烦恼让人忧；柏油路修好后，车水马龙，川流不息，再也不用担心堵车了；函谷关、女郎山、亚武山，风景美不胜收。来自全国各地的游客，人流如织，热闹非凡。当地的人们也随之富裕起来了。

家乡环境的变化令你更惊讶！原来的弘农涧河又脏又臭，鱼儿几乎绝迹，人们路过都要捂住鼻子，匆匆而行；一到夏天，苍蝇蚊子都来这里聚会，涧河两岸成了它们“快乐的天堂”。如今，市政府组织人员排除污水，运走污泥，把清清的涧河水引进来。水质净化了，河水清澈见底，鱼儿又“重现江湖”。更让人欣慰的是，河边大量种植花花草草，环境优雅宜人，绿树青青，鸟语花香，人们常常在河边流连忘返。夜晚华灯初上，河岸又变成光的森林，色的海洋。放眼远望，仿佛天上人间：美如风，美如云，美如诗，美如画。

人们居住的环境也今非昔比，过去人们大多住的是小平房，土坯墙，屋里一张小木床。现在人们住上了宽敞明亮的大楼房，水泥墙，席梦思。人们再也不用土灶煮饭，全部换成了电磁炉、天然气，方便快捷。各家各户都用上了互联网，数字电视，智能空调。房前屋后，一改往日的习俗，到处种花种草。一年四季鲜花不断：春天，迎春绽放，桃花含羞，牡丹迷人；夏天，群芳争艳，姹紫嫣红，十里荷塘，十里飘香；秋天，成了菊花的海洋，黄如金，白如银，绿如玉；冬天，瑞雪纷飞，梅花枝头春意闹，

红梅如火，白梅似雪。一年四季季季芬芳。

随着科学新技术的应用和发展，到处都是绿色无公害作物，平坦地区全部实现了机械化生产，省时又省力。农民的腰包越来越鼓，物质生活提高了，精神生活也随之发生了变化：乡下每个村镇都设了文化站，组建了腰鼓队、街舞队、歌唱队，农民的生活丰富多彩。

说一千道一万，党的好政策暖人心。在改革开放的今天，人们过上了世世代代梦寐以求的美好生活。尤其是今年，创建文明城市，让人们生活质量大大提升，思想认识有了巨大的转变。扫黑除恶，为人们舒适的生活保驾护航，给人们创建了精神领域的人间天堂。桃源仙境不再是遥远的梦想，仿佛就在眼前，向我们招手。

人人都说天堂美，怎比灵宝美如画？

谁不说俺家乡好，美丽灵宝欢迎您！

点评

美是到处都有的，对于我们的眼睛，“不是缺少美，而是缺少发现”。小作者就拥有这样一双善于发现美的眼睛。她善于观察，语言生动。在她的眼中，有飞扬的尘土，能养小鱼的水坑，低矮的平房，窄窄的马路；更有葱郁的树木，芬芳的鲜花，高楼大厦别墅，宽阔平坦的柏油路；既有飞鸟游鱼快乐的天堂，也有人间美如诗画的灵宝晚景，读来妙趣横生。

她善用对比表现灵宝天翻地覆的变化，灵宝人物质、精神两个层面今昔的巨大反差，让人叹为观止。更难能可贵的是，她能把灵宝巨变和党的好政策，市委市政府的英明决策，创建文明卫生城市，扫黑除恶，这些具有鲜明时代特征的内容结合起来写，画龙点睛，让人眼前一亮，心中一动，感人于无形。

家乡变化大

阳平镇程村初级中学七二班　呼晓涵　辅导老师：张娜娜

我的家乡位于豫秦晋三省交界处的河南西部，南依秦岭，北临黄河。它辖10镇5乡，440个行政村，总面积3011平方公里，常住人口70多万，被誉为“苹果之乡”“道家之源”等。相信你们都猜出来了吧，没错，没错，它就是灵宝！

“改革春风吹满地，中国人民真争气。”改革的春风也吹向了我的家乡，带来了翻天覆地的变化。

最明显的是人们之间的联系方式发生了巨大的变化。人们从最早的书信、电报到后来的固定电话、大哥大、BP机，再到如今的WiFi网络、智能手机……使亲朋好友间的沟通越来越方便。即使远隔万里，也能日日相见。

人与人之间的距离感大大缩减的不仅源于通信方式的变化，还有交通的变化。以前的路，晴天，尘土飞扬；雨天，泥泞不堪。记得村口的小河，以前没有桥，人们只能在河中的沙石上小心翼翼地走来走去。晴天还好说，一下雨，河中的沙石就被淹没，只能蹚水而过。如今，河上架起了小桥，无论晴雨人们都能安全过桥。暮色下，细雨中，有时还能看到三三两两的人群漫步桥头，说说笑笑，惬意至极。

人们的生活也随之发生了巨大变化。一座座高楼大厦拔地而起，办公楼是鳞次栉比，一列列火车贯穿灵宝，家家经济发展，一台台彩电飞进千家万户，生活水平明显提高。

当年，中国灵宝县委门口写着，“毛泽东万岁，中国共产党万岁”，灵宝的共产党人也以实际行动实现了灵宝的辉煌。1990年改建的立体声影院、1992年元宵节新华广场社火表演、1992年9月10日建成的果品市场、1993年“灵宝之春”广场举办的文艺活动、1982年1560平方米的新华大楼落成、1996年新华办公楼、2004年北区的改建等，都见证了我的家乡发生的巨大变化。

物质生活好起来了，人们的精神生活也越来越丰富。家乡的旅游业也发展起来了，函谷关城楼气势雄伟，燕子山的水杉林郁郁葱葱，娘娘山的娘娘庙古韵犹存，汉山的吊桥独具特色。用一首诗来描述就是：“娘娘山鬼斧神雕的瀑布，飘落高山流水的古韵，一带一路的驼铃在古老的函谷道悠扬……青花瓷里浸泡的函谷关，款款地舒展着岁月的熏陶”。

“雄关漫道真如铁，而今迈步从头越。”即使走遍千山万水，唯对灵宝情有独钟。身为灵宝人，我既骄傲又自豪，我愿为家乡更好的发展而拼搏！

点评

小作者小小年纪，却着眼大处，以大胸怀细数灵宝四十年改革开放的变化与成就。由生活层面到精神层面娓娓道来，带我们共同领略社会发展与生活变迁。字里行间对家乡的自豪感清晰可见，不由心生同感，实在难得！

车内·窗外

五亩一中八一班　郭晓敏　辅导老师：冀宁波

“嗤——”，公共汽车靠站停了下来，我排着队，随着等车的乘客有序上车，选择了一个靠窗的位置。

客车低速行驶在中心街，我不由得拉了一下帘子，窗外的景致错落变换，一闪而过，只留下一片斑驳的幻影。过去这里充斥着嘈杂的人群，现在依旧不显冷清，繁华中增添了一番新景致：刻着或隶书或楷书及花纹的褐色牌匾，整齐地悬挂在街道两旁的小店上，到处弥漫着复古的气息，似又回到了大唐。偶然一瞥，远处的村落俨然红瓦白墙，堆放杂物的黄土路早已不见，房屋与房屋之间连接着敞亮整洁的水泥路。故乡的这片土地果然是变了新模样呵！崭新代替了陈旧，平坦代替了坑洼，宽阔代替了狭窄。

穿过中心街，汽车在新修的柏油路上加速行驶，一股凉风从窗外悄无声息地钻入，随之而来的还有耀眼的强光，我随手拉住了蓝色的窗帘。车内一片静谧，此时过道两旁还剩着两个空座位。同车的乘客，有的低头看着手机，有的欣赏着耳机里美妙的音乐，也有的正打开一本书徜徉于文字的海洋里………就这样，安静的，都各自沉浸在自己的精神世界里，让人不忍打扰。

车突然停了下来，上车的是一对夫妻，买了票后，他们坐在了那两个空座位上。车子再一次启动，但没过多久又再次停下，这次上车的是一位抱着一岁左右婴儿的妇女和一位年逾花甲的老奶奶。她们上车后已经没有空座位了，我本想起身让出一个座位，却不想坐在我前面的两个青年男女已经起身，将座位让与她们，妇女本想推辞，那青年女子却说：“你抱着孩子站着不方便，再说了，我们马上就下车了，你还是坐下吧。”青年男子忙扶着老人坐下，妇女不好推辞，道了声谢，回以微笑。此时，我瞥见，除我之外，车上也有些许人要将座位让出，这让我想起了几年前的一个夏日……

放学之后，奶奶接我回家，那时我尚年幼，每次都与奶奶静静地等待公共汽车。那时的车来得慢，不等上半个小时是不会看见一辆的；那时的车很挤，往往都要拼了命呢才能搭上。我与奶奶费了九牛二虎之力，终于挤上了车。在盛夏烈日中等待了将近三十分钟的我们，此刻已是汗流浃背。奶奶护犊般保护着我不被推挤，但即便如此又怎能抵挡住拥挤的人潮。售票员依旧疯狂地吆喝着“挤挤，往里再挤挤”，直到车门几乎无法闭合。场面十分混乱，你推我搡，嘈杂得令我产生一种进入菜市场的感觉。车窗玻璃没有任何遮挡，阳光直射车内，看到奶奶额头上密布的汗珠和坐在座位上依旧冷漠喧哗的人们，我顿感烦躁不安……

清凉的风将我的思绪拉回，车子依旧行驶在平坦宽阔的道路上，两旁挺拔的白杨一晃而过，偶尔还可以看见一两个干净的垃圾仓，路边粉白的墙壁刷着醒目的标语“绿水青山就是金山银山”，二十四字核心价值观的标语牌在煦暖的阳光下熠熠生辉。不知不觉，我便随着“富强、民主、文明、和谐，自由、平等、公正、法治，爱国、敬业、诚信、友善”，一起回到了家乡的路口。

“嗤——”，客车到站停靠，我迅速下了车。但我知道我们正搭乘着一辆建设社会主义法治国家的客车，它不会随我这一站地停下而终止，将依旧行驶在这条追梦的路上——习近平新时代中国特色社会主义改革开放之路。

点评

一辆行驶于乡镇街道的公共汽车，沐浴的是改革开放的春风，承载的是中国社会的进步与文明，小客车折射大时代。小作者以独特的视角，以小见大，前呼后应，构思精巧。文章语言平实，情感自然，对比、联想手法运用娴熟，卒章显志，意境深远。

家乡变化日新月异

函谷关镇初级中学九二班　焦佳佳　辅导老师：张飞飞

在我心灵的天空中，信仰之光永不黯淡。我想从尘世梦中醒来，却有身处天国的感觉。

——题记

改革开放四十年以来，中国经过具有划时代意义的巨大跨越，她打开了尘封已久的国门，开始了中国特色社会主义道路的探索。这一历史时刻是伟大的，它令中国从此富裕强大起来。

无限回味

儿时的家乡，那时的我非常讨厌下雨。一遇下雨我就不得不撑起雨伞，穿上雨鞋才可以去上学。坑洼不平的土路经过一连几天雨水的浸泡，人一踏上去就会陷入泥窝，鞋面便沾满泥巴，想要再次抬腿迈步非得使劲不可，鞋子被烂泥牢牢吸住了，费力拔出后，深一脚浅一脚地走在烂泥路上。

乡村的土路不仅给上学的孩子带来不便，更给农民伯伯带来很多麻烦。夏收秋播，农民伯伯真的是“足蒸暑土气，背灼炎天光”。路难行，人们得用架子车或小推车来运输农作物。一场大雨，面前就是一条大坑小洼的烂泥路，有时车辙里积满了水，只要架子车一陷进去就别想再拉出来，农民伯伯只能先将农作物卸下来，将车子推出来，再将农作物装上去……等人们回到家时，都已累得汗流浃背，筋疲力尽了。

青山绿水

光阴荏苒，日月如梭。往日坑洼不平的乡间土路早已变成了平坦整洁的水泥路。村与村之间被宽阔的水泥路紧密地连接在一起，村庄间大大小小的巷道也被水泥路完整地贯穿为一体了。家家户户门前都栽树种花，绿树红花映衬着一座座鳞次栉比的房屋。晴空万里的时候，天空是那么蓝，蓝得深沉，蓝得空灵。再也看不到垃圾杂物胡乱堆砌的村庄，再也看不到下雨天污水横流的村巷。

我上学的必由之路，正在穿上一件华丽的衣裳，她有一个响亮的名字——柏油路。村道间安放一些中性的垃圾箱，每天都有工作人员将这些废弃物回收、处理。尤其近段时间，村庄面貌更是焕然一新。村巷两旁的墙壁粉刷一新，并且彩绘了各种图案：有孝亲敬老，有古诗名句，有中外名画，有村貌新风尚，大大提升了村庄的文化内涵。

前景无限

随着交通的便利，乡村经济飞速发展，出土的农产品：香甜的苹果，脆甜的大枣，益智的核桃，红玛瑙似的石榴，晶莹剔透的葡萄……通过“农村淘宝”销往全国各地。腰包鼓起来了，生活水平提高了。人们已不再片面追求金钱，而是注重生活质量，对生活环境的要求更高了，未来的家乡会发展得更好。也许不久，各家各户出行都会驾驶一辆新能源汽车，为保护环境尽自己的一份绵薄之力！

政府实施了各项保护环境，加强生态文明建设的政策，不断增强人民的幸福感、获得感。我坚信家乡的环境会变得更加美好，村落间的交流会更加频繁，当地经济发展会更加令人憧憬！

天国不是虚幻的，家乡的变化令我惊叹！

点评

小作者用朴实无华的语言给读者立体呈现了家乡的发展变化，让读者也为之感叹！“无限回味”这段，朴实的文字、细节的描摹给读者带入了悠远的回忆，绵绵的沉思，仿佛身临其境。“青山绿水”就是金山银山，随着文字汩汩地流淌，读者看到了整洁、漂亮、有文化内涵的村容村貌。“前景无限”这段，小作者将所见所闻所感娓娓道来，更让读者感叹村民的思想觉悟，村民的致富能力，村民的精神追求。这一切都源于国家的好政策、党的好领导。三个小标题首尾呼应，恰到好处！

第五部分　小学生组

美丽乡村梦

河滨小学六二班　石晶莹　辅导老师：张培培

站在金城大地最高的山上，一眼望去，昔日的城市已经有着很大的改变，每一处都散发着魅力灵宝独有的气息，实现美丽乡村梦的家乡人一直在路上……

美丽乡村梦在人们的行动中。街道上，原本布满垃圾的地方，现在被环卫工人打扫得干干净净，出于一份善心与爱心，人们再也不往这里扔垃圾了；以前，在街角或路边总会见到一些拿砖头或其他杂物堆的简易房或是垃圾堆，人们堆杂物，烧垃圾，严重影响了市容市貌，也污染了环境。现在把这些私搭乱建都拆除了，简易房的地方成了空地，马路变得宽阔了，环境卫生也改善了很多，人们舒心地笑了！

美丽乡村梦在人们的笑容里。以前农村每家门口都有一个厕所，由于厕所不是冲水马桶式的，因此，臭气冲天。既不卫生，又有味道。现在全拆了，在那些空地方种些花花草草，空气中飘逸着淡淡的花香，既美观又舒心。以前的马路上全都是灰尘，只要在马路上走着，一辆汽车开过，就会扬起许多的灰尘，我们把这些灰尘吸进了鼻子里，灰尘里边的细菌会让人生病，影响了人们的工作和生活！可是，现在好了，每天过往的行人都会看到洒水车不停地在街道上洒水，街道干净了，家乡空气的质量提高了，以前雾霾非常的严重，能见度只有几百米，而现在，空气清新了，城市干净整洁了，市民素质提高了，每个人脸上的笑容更多了！

美丽乡村梦在人们的奋斗中。习总书记说："撸起袖子加油干。""幸福都是奋斗出来的。"家乡人正在用自己的双手与智慧，在幸福的大道上实现着美丽乡村梦。作为小学生的我们也要紧跟时代的步伐，努力拼搏，奋斗不止。那样金城春色一定万紫千红，祖国前程必定欣欣向荣！

点评

本篇习作小作者以“美丽乡村梦”为中心，将美丽乡村梦在人们的“行动中，笑容里，奋斗中”贯穿全文，通过自己对家乡变化的所见、所感、所想，抒发了小作者对家长变化的感叹、热爱与赞美之情。全文叙述自然朴实、结构紧凑，衔接自然连贯，中心突出。结尾处不仅有对家乡变化的喜爱，又有对家乡人实现美丽乡村梦努力奋斗的赞美，情真意切，感人至深。

辛勤汗水催开巨变之花

河滨小学六三班　康语霏　辅导老师：建春肖

“幸福是奋斗出来的！”刚踏上黎湾源这一方热土，由红色字体印刷的墙体标语便跃入眼帘，句末那个强有力的感叹号，似乎在告诉着人们，此刻目之所及的一切美好，都是勤劳能干的黎湾源人民用自己朴实的心和灵巧的手创造出来的。

此言并不为过。汽车一路驶来，从窗边闪过的是一块块整齐的葡萄园和一行行错落有致的桃树和樱桃树，出现在眼前的是朴实能干的村民在田间劳作的情景，好一派“乡村四月闲人少”的田园风光。极目远眺，大片的农作物尽收眼底，葡萄树枝、桃树叶和不远处的韭菜田遥相呼应，伴着清新的微风，用动人的舞姿，欢迎着我们的到来。

车子刚停稳，我们便迫不及待地冲下了车，想一睹新农村的风采。率先映入眼帘的，是鲜红的习总书记号召语和图文并茂的二十四孝图。我信步走向二十四孝图，待仔细观察后才发现，这二十四孝图，原来是按照从帝王到平民的顺序罗列的。我们的驻足观看引起了一位老爷爷的注意，兴许是被我们兴致勃勃的议论所吸引，他拄着拐杖走了过来，和我们聊起来：“自从这二十四孝图画在墙上以来呀，我每天都会看上几遍，本来我就知道这些故事，现在天天看，我啊，已经把它们记得烂在肚子里啦！”我们一听，赶忙问道：“爷爷，您以前在学校就读过这些故事吗？”爷爷摇了摇头：“不，我小时候可没你们现在这么幸福，那时候家里穷，生活条件十分差，我小学没上完，就因为交不起学费而退学了。这些故事，都是我从别人口中听来的。现在生活条件好了，我每天都坚持读书，再加上每天都看墙上的标语故事，一来二去的，这些我就记住了！”听了爷爷的话，我追问道：“那咱们村子以前是什么样的呢？”谁知，老人竟湿了眼眶，他摇摇头，说道：“以前的村子呀，破旧不堪，连条像样的路都没有，一到下雨天土路就变得泥泞不堪，脚踩在地上，跟在冰上走路一样，滑得人连连摔跤。因为以前人的行为习惯不好，村子里经常是臭味熏天的，让人闻了直想吐。因为环境原因，没啥外人愿意来这破山沟沟，村里因为没钱，也只能让村民各干各的，整个村子，根本没有美观可言……”我们还想和爷爷聊一聊村子现在的新发展，可已经到了集合的时间，只能遗憾地和爷爷道声“再见”，身后爷爷慈祥的声音传来：“欢迎你们再来黎湾源观光旅游!”

走向集合地点，朴实的黎湾源村书记已经在等候了，我们集合完毕，他便向我们介绍起了村里的现状：“黎湾源村现在有居民一千多户，包产到户的葡萄1300余亩，樱桃500亩，桃子1000亩。村民们靠着农产业富起来了，村子里也发生了翻天覆地的变化，请大家跟我一起到村里去看看吧!”说着，他便带头向村子里走去。说实话，我其实是不以为然的，心想着农村能有什么变化呢，可当我走进了黎湾源村时，眼前的景象告诉我，我错了，大错特错!

一栋栋青砖白瓦的农舍，一张张朴实的笑脸，一条条宽阔的水泥路，道路两旁图文并茂的墙体文明宣传画，让人赞叹不已。整齐的标语，色彩艳丽的农家画，从六尺巷的故事到东方猫王张亚丽的事迹，再到道德经思想，每面墙都是文化的宣传者，每幅画都是文明的倡导者。不远处的山坡上，绿树红花相伴，为这座充满了文化气息的村庄增添了几分“绿树村边合”的味道。

转眼，来到了村子的发展区，村支书告诉我们：“要把这边的旧土屋填平改造成人工湖，把那边的土坡改成网虹桥，还要在山顶的空地建一个观景台，在山后种上大量的观赏花木，发展村里的旅游业，让村民以自己的聪明智慧创造幸福生活。”望着眼前尘土飞扬的废墟土地，我的眼前仿佛出现了宏伟蓝图：村里的小孩在网虹桥上嬉戏打闹，老人在人工湖边散步聊天，山顶的观景台上，外地的游客正在拍照留念，村子里一派欣欣向荣的景象。到那时，欢歌将替代了悲叹，幸福将替代了苦难，富裕将替代了贫穷，其乐融融将替代了各种陋习，村子里一定会再次发生翻天覆地的变化!

再往前行，便来到了山顶，站在这儿，山下的风光尽收眼底，不远处的黄河呼啸着奔流而过，站在这儿，颇有一种“指点江山”的感觉。眺望远处的黄河，我的脑海中不禁浮现出了两幅画面：一幅是以前的村民因贫穷而痛哭流涕，而另一幅是现在的村民因幸福而欢歌笑语。这两幅画面的强烈对比让我萌生了一个问题：是什么让这小小的山村发生了沧海桑田的变化？哦!是时代的进步，科技的发展，政策的改革，让人民的思想率先发生了变化，当人民开始对未来产生美好的憧憬并付诸行动时，变化就悄悄地到来了。

回去的路上，看着路边整齐有序的农田，我不禁感慨万千：家乡之所以会发生如此翻天覆地的变化，正是因为家乡的人民在奋斗啊；幸福是奋斗出来的，要想幸福生活就要现在好好奋斗；幸福是奋斗出来的，祖国日后的幸福发展是要靠我们少年一代去奋斗！我的家乡变化大，我的祖国发展进步大，我的能力提升空间也是很大的啊！

点评

小作者开头先声夺人，直接入题，开篇就让读者对黎湾源的发展变化产生急于了解的冲动。乡村四月田园风光朴素美好，以一位老爷爷的叙述，巧妙展开了一幅农村致富图，反映了农村人文精神的变化提升。小作者语言贴近生活实际，读来令人倍感亲切，画面感很强。

小作者边叙事边抒情，夹杂议论。观察仔细，叙述井然有序，景物描写则凸显农村人民的勤劳能干，写人则衬托出政策引领，思想变化。文章线索明朗，主题突出，描写细腻，可见小作者写作功底，以及对家乡的赤子之情！

谁不说俺家乡好

函谷关镇初级中学六三班　程俊翔　辅导老师：白伟平

“约吗？”

“约！”

“这周去准备哪里？”

“去华山吧？”

“不，这周来俺家乡看看吧！”

“走起！”

镜头一：道德文化扬四方

千古雄关，道家之源，两千年前有一位老人在这里留下旷世经典《道德经》。自习主席提出“传统文化进校园”后，我们的学校开展“文研道德经，武习太极功”活动：你听——“道可道，非常道。名可名，非常名……”“上善若水，水善利万物而不争……”校园里处处是琅琅书声。你看——武龙太极开始训练啦，伴着“新时代，新灵宝，开拓进取向未来，和谐家园美无边！”的音乐，学生们手中的剑、龙、旗武起来了……

2018 年福佑灵宝社火表演，我们学校的同学们还参加《道德经》点章背诵呢！在老子诞辰 2589 周年及《道德经》问世 2509 年纪念日，学生点章背诵《道德经》大放异彩，师生展演“弘农太极，龙腾函关”受到好评；在河南省全民阅读分会场启动仪式上，我校学生“文研道德经，武习太极功”再次受到赞美；在刚刚结束的中国·灵宝《道德经》国际文化艺术周活动里，我校学生“龙腾函关”表演再次受到赞誉！我还是里面的小演员呢！给个赞吧！

听老师说，我们学校要质量立校，特色兴校，文化与特色在灵宝及三门峡都取得了优异的成绩，去年在河南省以及全国都获了大奖。我要说我的同学侯萌萌可厉害了！她把《道德经》全部都背过了，我还剩一点“小尾巴”，我也要做一个《道德经》小小宣传员，我会努力背诵《道德经》，让道德文化在心中扎根，发芽，传到世界的各个角落……

镜头二：生活环境质量优

奶奶说，她年轻的时候，村里的人们生活水平较差，能吃上白面馒头就是好生活；妈妈说，她小时候最喜欢过年过节了，因为在节日里能穿新衣、吃好饭；我想说，我现在的生活甜如蜜，有新衣，有新鲜可口的蔬菜，有充满营养的鱼、肉！

走在田间小路上，映入眼帘的是崭新的道路、房屋，道路两边有路灯及新栽上的竹子、柏树，还有美丽的壁画，真是风景美如画，人在画中游！

村里的老支书说："原来的土路已经'光荣退休'，由新的水泥路来接替'岗位'，土墙瓦房已经'辞职'，新'上任'的是一幢幢农家红砖瓦房，一个个高大上的田间小别墅，家家户户走在奔小康的路上！亮化美化工程让村里大变样！感谢党，党的方针就是好，让老百姓的生活越来越美好！你瞧，村里的文化大院里：每天有大爷大妈跳广场舞，喜庆的锣鼓敲起来！秧歌扭起来！棋牌室里有比赛，党建室里传喜讯，逢年过节队队组织活动亮幸福，比干劲……"

镜头三：小康路上大步走

道德小镇坡头村，家家户户"晒"大棚；"石榴之村"店头村，家家户户"晒"石榴；美丽乡村梨湾源，葡萄采摘等着您……

班级有个同学，爸爸妈妈因车祸去世，惨遭不幸——但是，党的政策温暖他：建档立卡及贫困资助每学期1025元，爱心人士王文华基金每期有资助，上学不用愁！他的爷爷奶奶领着低保，生活也有保障，村里时时关心他们一家的生活，真是小康路上一个都不能少！

"今天的收获怎么样，我的家乡美不美？"

"美！美！美！"

"愿我的家乡越来越美！约吗？"

"约！"

"下次再来我家乡！"

"好！好！好！下次叫上我的朋友一起来！"

点评

1. 文章开头出手不凡，采用对话吸引读者，暗示家乡的美，结尾与开

头遥相呼应，结构严谨。

2. 本文构思巧妙，善于选取生活中的美点展开。采用第一人称的写法，用“镜头”切换来表现家乡的美：用自己参加“文研道德经，武习太极功”的亲身经历，写出家乡教育的美；采用对比手法写出家乡的变化：①引用奶奶、妈妈的话来体现“我家”生活美。②用自己的亲眼所见体现变化美。③用支书的话体现百姓生活美。

3. 文章裁剪得体，口语化的对话与诙谐有趣的语言，使文章显得亲切自然，容易打动读者。

金水湖的脸偷偷地在改变

灵宝市实验小学五七班　李卓然　辅导老师：高秀萍

我站在金水湖堤岸上看风景，看风景的人在长椅边笑谈金水湖，美景装饰了我的眼睛，变化装饰了金水湖的梦。美景醉人，感慨万千：你看，你看，金水湖的脸偷偷地在改变！

杨柳拂堤，湖山林木，乃南山所望；层楼幢影，雄壮大桥，是北畔之景；小亭落霞，灿烂星河，为西堤之观；湖光塔影，山光水色，谓东览之美。现在的金水湖，是灵宝最大的人工湖，是一道靓丽的风景线，更是灵宝美丽的名片。进入公园，行走在悠长悠长的林荫小道上，感受着没有尽头的绿，快乐也在心头无尽地荡漾！

瞧！那一排排杨柳，如列队穿着迷彩的士兵，笔直刚硬，似乎正默默地干着守家卫国的事儿呢！可是突然之间，风小姐来了，柔柔的风，刚牵住杨柳的衣袖，杨柳便摆出了各种舞姿，顷刻间又有了水般的温柔，煞是赏心悦目！一抬头，便看到树枝上浓密的枝叶，如美女长长的睫毛，又如床单上长长的流苏，还像挂在枝头的五线谱，令人无限遐想！

瞧！那平整的小道，无限延展向远方，它静静地躺在地上，毫无怨言地承受着大人小孩或轻或重的脚步！早晨，这里生机勃勃，跑步的，打羽毛球的，跳广场舞的，打太极拳的，数不胜数；午后，这里更是人声鼎沸，有一半的居民都来这里散步、谈天、游玩，随处可见兴奋的孩子，那叫一个热闹；而晚上，这里最是清闲，看不到车水马龙，看不到嬉戏玩耍，只有一群人，默默地抬着头，望着一闪一闪的星星，思考着，快乐着，静默着。

曾听老人们说，这里之前算是“大型水上垃圾场”，大量的生活垃圾、生活污水都被毫不留情地填进了她的肚子，到了天气炎热的时候，她肚子里的脏物就会发酵，于是她便有了口臭，甚至臭气熏天！人们不愿意接近她，什么金水湖西施，简直连臭水沟东施都不如啊！人们不喜欢她，还有一个原因：她足下的土地崎岖不平，到处都是坑坑洼洼，在这里，人们每走一步都要小心翼翼，生怕摔了跟头。不过，这里还是有常客的——乞丐与流浪汉，对他们来说，这里简直是天堂。此刻，慢慢地踱步，领略着映入眼底的惊喜，脑海里不断地闪现一句话：你瞧，金水湖的脸偷偷地在改变啊！

听！金水湖那潺潺水流，那是风吹水响的声音，那是人们划船摇桨的声音，带着几分羞涩又带着几分欢快，蹦蹦跳跳地奔向了下游湖水的怀抱！听！鸟儿那婉转的歌声，有高昂的，有低沉的，有绵长的，有粗短的，我想只有在无边的绿色、无穷的自由中，才可以这么畅快地鸣叫吧！

听！孩童那自由的嬉闹，笑声响彻在整个公园，顷刻间，让我想起了幼儿园时的玩伴！听！“你们想想原来肮脏的金水湖，再想想现在美丽的金水湖，变化多大呀！我们可不能再随便扔垃圾、吐痰了！”“是呀是呀！”老奶奶的话迎来了阵阵赞许。

此刻，驻耳倾听，再一次想说：你听啊，金水湖公园偷偷地在改变！

闻！那满园花香！深呼吸，香气直逼鼻腔，连气息都有了香味！河边盛开的苹果花、桃花正挥洒着芬芳，不，她们正挥洒着对这片土地的热爱；还有各种花，红色的，紫色的，粉色的，淡蓝色的，叫出名字的，叫不出名字的，有袅娜地开着的，有羞涩地打着朵儿的，都散发着迷人的清香！此刻，呼吸着香，想大声呼喊：你闻到了吗？金水湖公园偷偷地在改变哪！

你看，你听，你闻，金水湖公园的脸偷偷地在改变啊，思平桥雄健挺拔，体现着灵宝人自强不息的阳刚之气；金水湖柔波荡漾，象征着灵宝人厚德载物的阴柔之美。所以，你感受到了吗？灵宝的脸也在偷偷地改变啊，感谢环境大整治行动，感谢政府！

点评

这篇文章清逸婉丽，流畅连贯。开头出手不凡，引人入胜，中间观察仔细，情景交融，文中运用了比喻、拟人、排比等修辞手法生动形象地描绘了金水湖的美景，使读者仿佛置身于梦境一般。小作者通过自己的所见所闻，所思所想，突出了家乡的变化大，环境美，字里行间洋溢着对家乡的赞美和热爱。

花落去　燕归来

河滨小学六二班　杨屹睿　辅导老师：张培培

在辽阔的神州大地上，有一个美丽的角落，有一座古老的县城，它安静且斯文。虽然它也曾被穷困、落后所包围，但时代的更迭并没有将它遗忘，困难与挫折如花般凋落，美好与希望终将踏燕归来。如今，这座城市如破茧而出的蝶，以轻盈曼妙的姿态展示在世人面前。

历史的风沙徘徊在灵宝的上空，我们仿佛被带回了那段血与泪交织的岁月。过去的灵宝城是一座贫困落后的荒城，数百里的荒地绵延开来，用土墙垒城的房子一座接着一座，用破瓦铺成的房顶，野草装饰的院子，总有塌下来的危险，可就在这样的残垣断壁中，生活着成千上万的黎民百姓，他们衣不遮体，食不果腹。年迈的老母在草席上，不断地呻吟着，等待着不确定的未来。妇女们梳着大辫子，一边抱着嗷嗷待哺的婴儿，一边煮着稀疏不多的饭菜，美丽的脸庞上除了泪痕，仅剩憔悴。孩子们手中挥舞着“空洞”，在泥地里涂鸦……硕大的双眼中写满了对知识的渴望。农民们在地主的监视下，疲惫地挥动锄头，摇动着没有希望的明天……

“幸福是奋斗出来的。”改革开放让灵宝如沐春风。国家的体恤民情，党员干部的亲民爱民，朴素灵宝人的努力勤劳，瞬间让旧城换新颜。村子路口，雪白的墙壁上，充满正能量的宣传标语、山水画、二十四孝图，图文并茂，振奋人心；红白相间、错落有致、布局各异的花坛里开满了鲜艳漂亮的花儿，真真沁人心脾；平坦宽阔的水泥路四通八达，引领人们奔向幸福生活的康庄大道；鳞次栉比的高楼大厦展示生活的幸福指数节节攀升；路边五颜六色的花儿预示着幸福的生活比蜜甜……超市、公园、游乐场就在家门口，让人们享受到了优质的物质生活和丰富的精神文化。尤其是习总书记对人民的谆谆教诲、声声鼓舞，让农民们更加勤劳，在希望的田野里开垦着自己的绿色，让行走在美丽乡村梦路上的人民步步铿锵，更激励着不同岗位的人们为家乡做出卓越的贡献。

空巢老人，老有所养，老有所依；孩子们背上小书包，畅游书海；马路上的红马甲，为每个年轮的春天，增添绿的朝气；人工智能、5G 通信、高铁、共享经济……不仅仅是灵宝今天的写实，也是奏响新时代灵宝人走向繁荣富强的最强音。

无可奈何花落去，似曾相识燕归来。无论沧海桑田，作为新一代的灵宝人，我要更加努力，好好学习，为家乡的发展做出贡献，让家乡更加美丽！

我爱家乡！花落去，燕归来！

我爱家乡！心温暖，永向阳！

点评

家乡的过去已如花般凋落，家乡的美好与希望正踏燕归来。全文小作者以独特的比喻，巧妙的构思将家乡的过去与现在形成对比，使家乡以轻盈曼妙的崭新姿态展示在世人面前。文章运用诗化语言，富有诗意的标题，蕴含寓意的“花落燕归”，充满想象与韵律之美，内容丰富且有深度，既含蓄又点题，耐人寻味，令人愿读、爱读，不忍释手。结尾两处感叹句更是抒发了小作者对家乡巨变的喜爱与赞美！

家乡的变化

灵宝市第二小学四四班　史成康　辅导老师：夏璟

随着科学发展日新月异，人们的生活犹如芝麻开花——节节高。我的家乡也不例外，发生了翻天覆地的变化，到处焕然一新。

光芒四射和色彩斑斓的城市在夜空里显得朝气蓬勃。你看，沿街楼房的轮廓灯周期性闪烁着五彩的光芒，像夜空中闪烁的星星一样，点亮了我们的城市。街道上不仅仅只有整齐排列的路灯，连树上也挂满了形态各异、五颜六色的彩灯，有红红的灯笼，有展翅欲飞的鸽子，有彩色的五角星……就像是树上“开”满了五彩斑斓的彩花，过往的行人也会不由自主地放慢脚步，停下来多看几眼。走在灵宝金街上，金灿灿的灯光让人仿佛置身于金碧辉煌的宫殿中。站在金水湖畔看那映入眼中五彩的灯带，随着水波的荡漾，好像是跳动的彩色五线谱，让游玩的人们流连忘返，不忍离去！

整洁干净的城市，每个人都在努力中。你看穿红马甲的志愿者都会走上街头，有弯腰扫地的，有蹲下身锄草的，有擦墙上小广告的……经过志愿者长期的坚持努力，城市卫生死角的垃圾不见了，花坛里的杂草消失了，墙上电线杆上的小广告也不见了，我们的城市变得更干净，更美丽了。

一个现代化的城市是智慧的，你看，洒水车每天定时出现在大街小巷，通过空中喷雾来降低空气中的灰尘，地面洒水来阻止尘土飞扬，继而使空气变得更清新，地面更干净。为了减少水污染，政府实施“雨污分流”工程，有效地阻止污水混入雨水中排入河道，污染水资源，充分地把雨水给利用起来，帮助城市建设，使我们的生活环境变得更美好！

我们在变，城市也在变。我们更加努力和朝气蓬勃，家乡灵宝更具魅力和智慧！我爱家乡的变化！

点评

这是一篇写景文章，小作者以自己独特的视角为我们描绘了家乡的变化。文章不长，但能抓住家乡现在美丽夜景和家乡人民为魅力家乡建设的实际行动来描述，叙述得清楚具体，真实可信，生动有趣。全文语言朴实自然，结构紧凑、完整，文笔流畅，处处流露出对家乡的赞美之情。结尾点题，更起到了画龙点睛的作用。

我的家乡变化大

灵宝市第二小学四六班　张晨阳　辅导老师：齐肖辉

千盼万盼又盼来了周末，星期六早上刚睡醒就被爸爸叫着一起去苏村老家送爷爷奶奶。冲着既可以欣赏沿途的春景，又可以到村间地头挖野菜，我愉快地答应了。快速收拾完后，我们开始起程。

刚驱车经过步行街草坪就发现几辆挖掘机在给花坛中间的空地松土，看来是要抓住春天的这个好季节种东西了。“会种什么呢？”我心里想着，好期待呀！

路过草坪，车子往左转进入了去往外贸市场的那条小路，等车身走正时，“呀！怎么几天工夫原来的市场消失了？”眼前留下的是一片空地。“太快了吧！”我不由地叫了起来。爸爸听到我的叫声，故弄玄虚地对我说：“这可是咱们新书记的大手笔！你知道为什么要拆吗？”我只好摇摇头，因为我真不知道。好好的市场说拆就拆了，多可惜！只听爸爸一本正经地说：“这是因为这个市场建得不合理，它挡住了外贸小区住户的消防通道，当小区的居民生病或者家里发生火灾时，救护车和消防车进不去。”这样一说我明白了，看来拆得很有必要。新书记想得真周到！

就这样我们一边闲聊一边驱车一路向南出了城。没多久车子就进入了弯弯曲曲的山路，这可是我一饱眼福的好机会。与以往不同的是这一次路边的小树引起了我的注意，刚开始发现的是一排一排的小松树，整整齐齐矗立在路的两边。再接着树没有了，路的两边换成一道一道的50厘米左右宽度的“布条”，伸出头仔细看，原来是新加宽的还没有凝固好的柏油路，这下回老家的路越来越好走了，我的心里无比的高兴。

不一会，我们就到了周家塬的村东头，远远地就望见各家各户门前放着的和市区路边一样的绿色大垃圾桶。“农村也放这大绿桶了！哇！”爸爸不服气地说：“看你这话说的，农村就不能和城市一样呀？”因为有爷爷奶奶在车上，要知道，在我们家里说起对老家的感情，那还得数他们第一。“可不敢让他们误会了，下次要零花钱可就不那么容易了！”想到这，我赶紧解释：“不是那个意思，只是觉得不可思议。”这时候爷爷说：“保护环境，农村人、城里人，人人有责！”为了讨好爷爷我赶紧迎合着：“对对对！保护环境人人有责！”

好家伙！这短短的一路下来，还真是发现了家乡的好多变化，我的家

乡是越变越美了！

点评

“挖掘机松土”、“补种小草”、“拆建后宽敞的市场”、“路边整齐的绿化树”、“新添的绿皮桶”，小作者从身边的小变化写起，着眼于生活，让读者眼前拥有了画面感。文章没有华丽的语言，没有诱人的修辞手法，但是可贵的是文章语句平实、感情真挚，字里行间流露着对家乡变化的欣喜之情。

灵宝之旅，嗨起来

灵宝市第五小学五一班　张佳丽　辅导老师：王晓霞

我美丽富饶的家乡——灵宝市，位于河南省西部，与陕西、山西两省相邻。它有着悠久的历史，源远流长，物华天宝，人杰地灵。随着创建文明城市活动的推进，家乡发生了翻天覆地的变化，成了令许多人向往的地方。

宜居环境优雅美

我的家乡变化万千，这些年城市建设尤为显著。听爷爷奶奶说，在20世纪80年代，那时的灵宝只是一个小县城，大家住的是土房和平房，极少数家庭有电视机和住宅电话，街上只有两条主道，地面坑坑洼洼，旁边也没有绿化。那时的人们骑着自行车在公路上行走，时不时地就要摔倒，尤其是下雨天，泥泞的道路出门时总得穿双胶鞋。那时的情况跟现在简直没法比。现在，人们住上了楼房，道路也宽敞多了，看上去也气派了！路旁还有人行道、非机动车道……每条道都相当宽！在道路的中间还用了绿化带隔开呢！大道两旁芳草萋萋，鲜花盛开。一棵一棵的树木“屹立”在人行道旁，树下还有绿油油的小草和五彩斑斓的小花。尤其是新老城区脉络贯通、浑然一体，街道宽阔，高楼林立，设施完善，金水湖畔周围百花齐放，初来乍到的还以为走进了一个大花园呢！灵宝处处辉映着经济的繁荣。

文化底蕴厚重美

我们灵宝的风景名胜很多，有春华秋实、夏瀑冬冰的娘娘山，有碧波万顷、风景迷人的鼎湖湾，还有原生原态的森林公园亚武山，更有千古雄关、道家之源的函谷关！

“道可道，非常道……”“天之道，利而不害；圣人之道，为而不争！”优美的童声诵读回荡在校园上空，中华经典的魅力感染着每一位师生。墙壁上一块块板面，展台上一本本画册、一幅幅书法，柜子上一块块奖牌、一本本校本教材，多媒体播放的一场场演出……这就是《道德经》进校园的优秀成果。真经多妙言，修身养性益无穷。传统文化《道德经》是国家和民族的灵魂，凝聚着中华民族的智慧，展示着中华民族的精神，使优秀传统文化走进校园、走进课堂、走进学生的生活，接受经典传统文化的熏陶，传承优秀的国学精神，从而砥砺自我，完善人格。

特色小吃味道美

人常说：“灵宝三大宝：苹果、黄金和大枣。”但灵宝风味小吃更是独具特色。记得有人说，弘农街当年曾被称作“吃死鬼一条街”。这种说法虽不好听，但可以想象当年这条街上饮食的兴隆和嗜食者的习性。过去这条街有新灵食堂、回民食堂、新灵食堂二店以及市管会南的小吃市场，大凡从乡下来灵宝的人都在这条街上吃饭。如今，它变身为健康绿色、安全放心的小吃一条街：香酥烂软，肥而不腻的烧饼夹肉、浓而不臊，香而不膻的羊肉汤……这里飘着妈妈的味道，传统美味在舌尖来回舞动；这里吸引的不是眼球，而是味蕾和胃口！就连“凉粉”这种最不起眼的小吃，都以它独有的传统，创造了凉粉节日；以它极其独到的优势，打造了品牌特产。

每年的农历二月初五，是寨原村的“流光”节，即凉粉节。全村大人小孩都吃凉粉，图个光景顺利、万事如意。寨原村民几乎家家户户都能制作凉粉，逢年过节，给亲戚朋友送块凉粉倒是稀茬的食品。真正的寨原一生凉粉，好端端的一大块就是从一米多高的案板上摔下来，也不会摔碎。凉粉的吃法以热炒和凉调为主。炒的凉粉不烂片儿，吃着酸柔上口；调的凉粉不断条儿，吃着清爽利口。如果把凉粉夹在石子烧饼里吃，比吃肉夹馍还别有风味。听着都流口水吧？

来吧，朋友，让我们相约这块风水宝地——灵宝，感受一下这里人们的盛情吧！灵宝之旅，嗨起来！

点评

本文小作者看问题的角度别具匠心，主要从旅游休闲的角度来介绍，让读者了解到自己的家乡是个旅游的好去处，从而能够激起读者对灵宝的向往。文章从“宜居环境优雅美、文化底蕴厚重美、特色小吃味道美”三个方面展现了家乡的变化之大，层次分明，对家乡的喜爱之情溢于言表。构思很不错哦！

故乡那一泓“神水”

五亩乡中心小学四年级　张嘉然　辅导老师：孙卫华

我家的房后有一潭“神水”。冬暖夏凉，那里留下了我儿时的美好回忆。

冬天，小潭被一层薄薄的雾笼罩着，宛如进入仙境一般，水的温度恰到好处，村里人在潭边洗脸、洗衣服，大家都喜欢把手伸进水里享受着温泉般的沐浴，感觉心旷神怡。潭边欢声笑语一片。

夏天，小潭便是我们嬉戏的乐园。夏日午后睡不着，就和几个小伙伴悄悄联系，猫腰去池边捉虾，拿上从家里“偷”来的油、调料，把小虾在简易的瓶盖上翻炒，吃的不亦乐乎。摸鱼、捉青蛙、打水漂，玩得乐不思蜀。常常是家长不出来训斥，我们是不会主动回家的。有时候也给家里的小鸡打一篮子绿茵茵的水草，尽情享用一泓清水中的无私馈赠。

有一次，和几个小伙伴在小潭捉鱼。我挽起裤腿，在齐腿深的冰爽的水中，拿着小篓捞鱼。搂得正起劲，突然小伙伴国国吆喝道：“看你的腿上，有个水钻子（水蛭）。”我往下一看，一条水蛭刚好半个身子钻进小腿，半个身子露在外面。我吓得泪珠子吧嗒吧嗒往下掉，连忙用手掐住它，但不管用，急得我哭出声来。“快把腿伸进水里，轻轻地拍一拍，它就自动出来了。”对面的小刚吆喝道。带着试探的心理，我把腿伸进水里，手不断拍打，一会工夫它就慢吞吞抽出身来，游走了。我立刻用小篓舀起它，狠狠扔在地上，真是有惊无险啊。

不知从什么时候起，涧河沿岸的采沙场多了起来，那一汪汩汩而流的泉水愈来愈小，洗衣服需要抻着胳膊才能够着水，潭中杂物越来越多，洗菜、刮鱼鳞也在吃水的地方，水质越来越差，鱼虾渐渐越来越少了。

去年，家乡积极响应美丽乡村建设的号召，将池水旁边的砂石厂停工整顿，又专门对水中杂物进行了大面积清理，小潭的面貌焕然一新。小潭旁边修建了宽阔的“龙乡三环”，并且种上了枫树、法国梧桐等风景树，水潭四周用水泥、砂石垒岸，增设了洗衣板、休息椅，并且把饮水区和洗衣区分置开来，专人管理，定期打扫卫生，这泓“神水”又“复活”了。潭水变清澈了，鱼虾多了，人们在泉眼处用水桶舀水，大家健康生活的意识明显提高了，孩子们久违的笑声越来越响亮了。

在一个秋天的夜晚，我和爸爸在这潭清水旁边乘凉后，回到家中顿生困意。在朦胧的睡梦中，我看到自己长大后，利用家乡得天独厚的优势，再加上国家的好政策，在潭边办了个矿泉水厂，名曰“龙乡神水”。

故乡的这泓清水啊，你是家乡由古老焕发年轻活力的最有力的见证者，愿你继续成为远离家乡的游子的牵挂，孕育出更多的人才，为家乡的发展做出更大的贡献。

点评

1. 题目独特、新颖。让人看到题目就立刻想知道潭水的“美妙神韵”是什么，激起大家的阅读欲望。

2. 构思巧妙，立意远大。借小池潭水由清澈、快乐变成浑浊，又恢复到往日的池水神韵，展现出家乡的大变化，人们素养的提高。

3. 主题升华，意味悠长。把一泓“神水”看作是一个见证时代变迁的老者。他不但是游子心中的挂念，也为家乡的建设贡献了力量。

家乡变了

灵宝市中州实验学校六二班　朱洛娇　辅导老师：程　楠

清晨，月色笼罩着大地。我揉了揉眼睛，迷迷糊糊地走了出去。

露水从绿叶上轻轻地滑落。“沙沙——”的声音引起了我的注意。我走上前去才看清是一位扫路人。茂密的树木遮掩了我的身影，我远远地望着她，她吃力地把垃圾桶倒过来，用铁锹将垃圾运上车。就这样，反复地倒，反复地铲，反复地运。

小鸟如果没有大树筑巢，它们就会无家可归；小鱼如果没有清澈见底的河水养育，它们就不能自由自在地游来游去；我们少年儿童如果没有美好的生活环境，就不能健康快乐地茁壮成长。我希望生活在蓝天白云下，鸟语花香中。

周六下午，春风拂面，我坐着妈妈的车子去领略城市的风光。不知不觉到了环城河，我钻出车子驻足观望，啊，眼前的一切让我大吃一惊，这里的变化可真大！河岸上临时搭建的棚架拆除了，目之所及的是两旁从头到尾垒起了石基，河岸上种着各种各样的绿色植物。瞧！翠竹在迎风招展，花草树林在含笑点头，蝴蝶在花间翩翩起舞，美景当前，让人一下子心旷神怡。河床下的石头在清可见底的河水中若隐若现，像个含羞的少女。鱼儿可欢快哟！它们成群结队地嬉戏，乖巧地吐泡泡，调皮地翻跟斗。春燕也来赶热闹，和鱼儿亲切地打了个招呼后侧身横掠河面，尾巴偶尔沾了一下水面，波纹一圈圈地荡漾。太阳公公笑容满面地从云层里探出头来，把阳光洒在河面上，河面顷刻间像铺了一地金子，到处波光粼粼。此时碰巧一位渔翁撑着木舟经过，我向他招了招手，欣喜若狂地跳上船，舟行碧波上，人在画中游。

正当我陶醉于诗情画意之中时，突然回想起以前环城河的旧模样：经营服装的棚架覆盖着整个河面，遮天蔽日，河水又黑又脏，鱼儿因为受到污染而死在河岸边，散发着腐烂的腥臭味。两岸的树木、鲜花垂头丧气，哭哭啼啼，满脸泪痕。临街的商铺和住户把废弃的垃圾随手扔到河边，太阳炙烤着垃圾，臭气熏天，蚊子、苍蝇满天飞。河面上到处漂浮着一层白腻的泡沫，风起时那些“白蝴蝶”在随风飘扬，雨天更可怕，污水横流……

轰隆隆！轰隆隆！吵闹的机器声打断了我的回想，呈现在眼前的是工

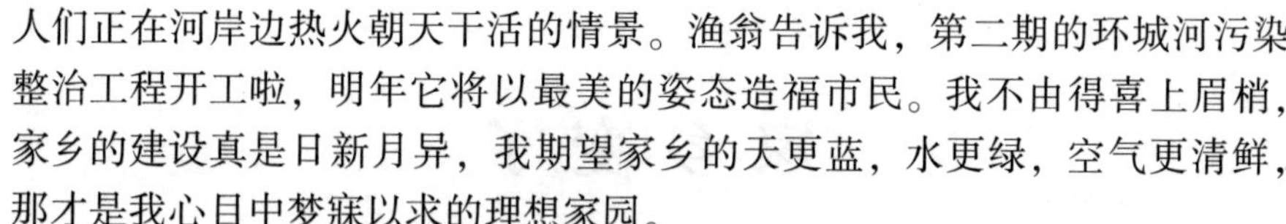

人们正在河岸边热火朝天干活的情景。渔翁告诉我，第二期的环城河污染整治工程开工啦，明年它将以最美的姿态造福市民。我不由得喜上眉梢，家乡的建设真是日新月异，我期望家乡的天更蓝，水更绿，空气更清鲜，那才是我心目中梦寐以求的理想家园。

点评

小作者以“行踪”为线索，以“环城河的变化”为着眼点，以小见大，展示家乡环境的变化，表达自己对家乡的喜爱和赞美之情，条理清晰，主题明确。小作者善于观察生活，文章语言富有文采，能够运用多种修辞手法描写景物，使景物富有情趣和活力，语言生动感人，是生活中的有心人，用心观察，生活处处有美景！

我爱家乡的千亩杏林

灵宝市第四小学　牛子儒　辅导老师：雒红梅

我的家乡在灵宝市西阎乡下庙地，这里是一个美丽的乡村。沙土地非常适宜果树生长，瓜果特别香甜，尤其是杏树。这里的特产贵妃杏闻名遐迩。

春天是最美丽的季节，杏花满树满树地开放，和煦的春风把花瓣吹得漫天飞舞，地上像铺了白地毯。白得像雪的花瓣好像在告诉着人们今年准能有个好收成。蜜蜂嗡嗡飞舞，带给乡亲们无尽的希望。据说，这里的杏林有的已有一百多年历史。你看，土地里生长着许多野菜，小蒜、蒲公英……它们有的可以入药，有的则是人们餐桌上的一道美味。因为这里风景宜人，所以有很多人纷纷慕名而来，有许多摄影爱好者，在这千年古杏林里拍出美丽的照片，还有许多带孩子的，来这里玩耍，还有一些中年人，来这里放松心情。从沙丘上滑下来，充满了刺激，欢乐的笑声震落了枝头的花瓣。

转眼到了杏儿成熟的季节，这山坡上成了绿色的海洋。漫山遍野的杏树上坠满了金黄鲜红的杏儿，有仰韶杏、贵妃杏、白沙杏……一个个杏子像一颗颗金色的宝石在枝头闪耀，随手捡起来一个吃了，嘴里满是酸甜可口。老乡们笑呵呵地摘下杏子，装成一筐一筐，一辆辆大货车把杏儿运到全国各地去。收获的季节，乡亲们忙得顾不上吃饭，但他们脸上常常溢满了微笑。这些杏树也是摇钱树，是村里人财富的来源。村里一条条跌宕起伏的小路被推平，铺上了柏油，宽阔平坦，成了乡亲们的致富路。村子里乡亲们的生活水平也提高了不少，电动车、三轮车、小轿车几乎家家都有，彩电、冰箱、空调，一应俱全，与城市已经没有多大区别。我们村里的老乡家家户户都在种植杏树，通过精心的管理，收获一年又一年的喜悦，乡亲们侍弄起杏树来也更有心劲了，良性循环正在形成。

一方水土养一方人，下庙地就是这样一个黄河边的小村庄，这样一个沙土地的小村庄，孕育了我们祖祖辈辈，孕育了我的父老乡亲，生生不息。他们祖祖辈辈生活在这里，用勤劳的双手，把朵朵杏花，颗颗杏儿变成了金银财宝。

我爱我家乡的千亩杏林，更爱勤劳致富的乡亲父老！

点评

小作者语言生动形象，比喻、排比、夸张等手法似乎信手拈来，家乡千亩杏花盛开时的景象写得轻松，活泼，娓娓道来，似在向读者展开一幅“千年古杏林，游人散落其间。”的人间仙境图。而丰收时节，杏子像金色的宝石，乡亲们脸上“溢”满了笑容，言之有物、言之有情，饱含着对家乡、对乡亲、对生活的热爱。

沧桑巨变美如画

灵宝市实验小学六六班　陈依诺　辅导老师：杜建霞

我是一座桥，一座有故事的桥。

我坐落在河南灵宝的涧水河上，我和我的姐妹们，正经历着涧河沧海桑田似的岁月变迁。

不知什么时候，孱弱的涧河溪流变得奔放了，发黑的河水变得清澈了，满目苍凉的两岸变得花红草绿了。河水两边的荒地变成了美丽的公园，铺上了适合运动的小路，路旁种满了鲜花，不时有蝴蝶流连在花丛上空。路旁每隔不远就有一个绿色的垃圾桶，不时还有志愿者在清扫垃圾，整个公园里干干净净。晨跑的人，散步的人，带着孩子来的父母，陪着父母来的年轻人，手拉着手的伴侣，人来人往，也成了小河两旁不可或缺的靓丽风景。

以前？以前是什么样的？记不太清了，只记得那时候的寂寞和无聊。

不知什么时候，我的身上也开满了鲜花，连路两旁的电线杆上都“长”满了美丽的花朵。洒水车时不时就来给我“洗洗澡”，清洁工人时不时也来帮我“挠挠痒”。我闻着身上散发的阵阵清香，听着车辆行人演奏的悠悠乐章，观看着桥下公园里的美丽风景，这日子，简直过得太逍遥！

以前？以前是什么样的？记不太清了，只记得那时候的雾霾和灰暗。

不知什么时候，我的夜晚也明亮起来。我的身上挂满了亮晶晶的霓虹彩灯，各种颜色，各种样式，明亮耀眼，绚丽多姿。但最美的不是我，是我在水中的倒影，树的倒影，远处的姐妹桥的倒影，美得像一幅画，如一座真正的蓬莱仙宫……

以前？以前是什么样的？记不太清了，只记得那时候的黑暗和无奈。

不知什么时候？其实是知道的，正是从提出“绿水青山就是金山银山”以后，从“十九大”以后，从一项项惠民政策落实以后！空气是清清甜甜的，带着花香；河水是悠悠潺潺的，清澈见底。树木花草随处可见，触目可及的姹紫嫣红，郁郁葱葱。以前？以前只是一个噩梦，我只向往未来，美好的未来！

点评

这篇作文构思巧妙。以涧河上的桥为着眼点，用三个“不知什么时候……”开头，拟人化的语言，生动地描述了桥周围的巨大变化，特别亲切。然后用了三个“以前？以前是什么样的?”概述以前的情景，引发读者的想象。就在读者充满疑惑的时候，篇末点题“不知什么时候？其实是知道的……”豁然开朗，拨云见日。抒发了对家乡的热爱和赞美之情。真是不落俗套，独具匠心。

新农村的变化

灵宝市第三实验小学六年级　杨文皎　辅导老师：刘　涛

“春风一夜吹乡梦，又逐春风到灵宝。”春天的风，伴着生机而来，改革的春风，给新农村建设带来了巨大的变化。

前些时日，我们来到灵宝梨湾源村，开始探寻云泥般的变化。一路上，汽车在绿野乡路里穿梭，看向车外干净宽阔的道路，因树为屋，当那些古老但不失风雅的房屋映入我的眼帘，这是梨湾源村吗？我问自己。从前下雨出门一步摔三下的泥泞小路、破烂不堪的房屋，去哪了？究竟是什么让这个曾经破败的村子发生如此翻天覆地的变化？

哦！是新农村的建设，是改革的春风促成这样惊人的变化，从党和国家实施“乡村振兴”战略以来，梨湾源村全体村民积极响应国家号召，优化基层管理体系，主观能动性得到充分发挥，他们借改革之东风，助力自身完成质的变化。梨湾源村真正做到了“六无”标准：一无刑事案件；二无邪教活动；三无非法涉毒；四无违规信访；五无安全事故；六无突出环境问题。村民们上下一心，才有了现在的静谧祥和的小村。

村子的变化不仅体现在安定秩序的建设、环境的优化上，更体现在展示精神风貌的文化建设上。村子里的文化建设以猫为主题，这又是为什么呢？是因为享有“东方猫王”称号的张亚丽是这个村的人，她一生画猫、养猫二十八个春秋，曾是中国十大艺术人物之一。在艺术道路上她不忘初心，不断加强传统美德修养，刻苦创新，拼搏进取，无私奉献，她的《白猫图》成为村里最靓丽的风景。由于比邻千年函谷雄关，宣传墙上的《道德经》触目可及，使村民在悠悠古道散步成为一种精神的享受。

村子还有“四会”，村民议事会、道德评议会、禁毒禁赌会、白红理事会。村委会提出了“五大振兴”：产业振兴，人才振兴，文化振兴，生态振兴，组织振兴。有了“四会五振兴”，邻里乡亲关系也因此亲密起来，不像从前因一点小事斤斤计较。村民们个个讲党性，比奉献，树形象，促发展，只有人民有了信仰，国家才有力量，民族才会有希望。村民们从之前精神萎靡不振到现在满怀对生活的期望，这一切翻天覆地的变化，都是因为党，因为改革开放，因为新农村的建设。

不只梨湾源村，西册村的变化也是令人刮目相看，从前白草黄云，“黄花开未，白衣到否，篱落荒凉处”便是对它最好的形容，现在人们利用它地平、地广、地阔的特点开发出两个游乐场，村民也可入股，共同谋利。漫步于游乐场中，一阵阵欢声笑语传入耳畔，沧海变桑田，如果说之前的西册村是满目荒凉，那么如今它已然变成一片人间乐土。西册村的“幸福苑”是我印象最深的，它是专门为老人而建设的，上年纪的老人们中午可以在这里免费就餐，饭后还可以在这里打打门球，散散步，墙上的“两袖清风”等故事也可供老人们消遣，老人们在这里安享晚年，完美地诠释了“幸福苑”中“幸福”两个字的含义。

关于新农村探寻已经结束，但我的心依旧徘徊在那里。微风习习，穿梭在平整的道路上，鼻尖依稀萦绕着淡淡槐花香，我明白了：时代在进步，新农村也改变了从前的旧面貌，迎来新气象。新村，旧村，都是村，但它们的差别可谓是云泥之别。思想上的变化，环境上的变化，房屋的变化，文化的变化，一切的一切都形成了鲜明的对比，新农村的建设，造福了百姓，惠及了四方！但我相信这一切只是开始，因为明天正等待着我们去创造！我相信家乡的明天定然会光芒万丈！

点评

本文小作者思路清晰，语言丰富，内容真实，情感真挚，主要从环境的变化、文化的变化、村民的信仰态度的变化三方面表达了对新农村建设的由衷赞美。在叙述中作者能将所见、所看、所思整合起来，夹叙夹议，详略处理较得当，对比也运用较好，整体结构完善，主题突出。

家乡旧貌换新颜

灵宝市中州实验学校六二班　郭佳怡　辅导老师：卢红丽

文明像一盏明灯，为人类照亮前行的道路；文明像一座灯塔；引领一个国家走向了繁荣与昌盛；文明是一张明信片，讲述着一座城镇的过去与未来。

我的家乡在人杰地灵、物华天宝的灵宝市，这里有着秀美的风光和丰厚的文化底蕴。这几年以来，市政府提出了“创建文明城市　共创美好家园”的构想。最初，有的市民认为，这是政府的事儿，事不关己；有的市民认为，这只是嘴上说一说，就是一句口号罢了。不久，一车车的管道运来了，挖掘机、装载机忙碌起来了，工人们夜以继日奋战在施工现场，终于实现了雨污分流。现在，涧河的河水更清澈了，河中的鱼儿游得更欢快了。走在路上，随处可见城市的洒水车在喷洒路面。感觉天空更加湛蓝，空气更加清新。路两旁的树木再也不“灰头土脸”了，玉兰、樱花、梧桐都使劲地摆弄着自己的风姿，树叶绿得发亮，花儿送来缕缕清香，鸟儿们也欢快地唱着赞歌！市民们感受着环境的变化，喜出望外，赞不绝口！于是大家撸起袖子加油干，一起来建设美丽家园。各村村民也不甘落后，我们生活了几十年的小村庄如今也发生了翻天覆地的变化。

现在，我们尹庄镇岳度村里楼房鳞次栉比，柏油马路纵横交错，大路边的青松、翠柏像等待检阅的士兵一样挺拔地伫立着。不少人家都买了汽车，生活条件一点不比城里的差。而这个小村以前，到底是什么样的呢？我从爸爸妈妈的口中了解到了一些家乡以前的面貌。以前，每家每户住的都是平房，并且面积不大，环境也不好。一到夏天，房子里闷热得让人睡不着觉；但是到了冬天，房子里就会像冰窖一样，简直快要把人冻成冰棍了。那时，没有电视。可能稍微有点钱的人家，会有一台黑白电视，每天晚上村里人都会挤到那人家里看电视。村里如果放电影的话，四面八方的村民都会赶很远的路来看电影。那时出行也没有汽车，出门只能骑自行车或步行。小孩子每天上学都会跑到七八里以外的村子里去上学，晚上还要再跑着回来。以前到了冬天，洗个澡更是不容易啊！厨房大锅里用柴火烧好热水，倒进木盆里，放在火炉旁边，才能凑合洗个澡，还要提防煤气中毒。

我听完爸爸妈妈的介绍，感叹我们家乡的变化可真大啊！现在人们都住的是高楼大厦，城市里高楼林立，就连我们这个小村村民也住进了楼房。房顶上面还砌了隔热层，房内安装了空调，使房子冬暖夏凉。现在人们都用的是节能灯，不但节约能源，而且还会使夜晚就像白天一样明亮。竹溪湾，霓虹灯闪烁，倒映在水中，流光溢彩，宛如仙境。现在每个家里的电视都是超大超清晰的液晶电视机。电影院天天都播放着 3D、4D 电影。闲暇时间，可以约朋友或家人一起去看电影，增长见识，拉近感情。现在的汽车也是随处可见，每家每户几乎都有属于自己的汽车，小孩子上下学都是家长开着车接送孩子。现在我们洗澡也方便多了。天然气通到了每家每户，各自家里又都安装了太阳能热水器、浴霸灯。无论冬夏，从田间劳动回来，轻轻打开淋浴，洗个热水澡，浑身都舒服极了！这些变化简直就是翻天覆地！我情不自禁地说："我的家乡变化可真大呀！"我想，我们一定要好好学习，长大了，好为祖国实现伟大复兴贡献力量。

我们要感恩党的好政策，感恩勤劳朴实的灵宝人！一个新的时代才刚刚开启，灵宝崭新的美丽画卷才刚刚展开，同学们，让我们挥毫泼墨，共同描绘大灵宝的宏伟蓝图吧！

点评

文章语言通俗易懂，贴近生活实际，让人读起来倍感亲切。叙述自然生动，结构紧凑，衔接自然连贯。小作者善于运用对比的写法，突出家乡的巨大变化，流露出家乡人民的生活幸福感。文章最后揭示中心，概括之语，短促而有力，表现了作者的美好愿望和坚定信念，鼓舞人心，催人奋进！

家乡变脸记

河滨小学五一班 方冶锟 辅导老师：朱瑞楞

世界，正飞速地变化着。我的家乡——灵宝也不例外。这个美丽的城市每时每刻也在发生着变化，带给人们一个又一个惊喜。请看——

环境变化靓金城。以前家乡的环境可以用三个字形容：脏、乱、差。许多公共场所都是垃圾满地。连我们美丽的金水湖公园水面上都漂浮着垃圾，许多的小鱼儿无法生存，都死掉了，有时还发出阵阵恶臭。人们都绕道而行。尘土满天飞，一到冬天就有雾霾，连路都看不清楚。现在美丽的家乡，环境优美，空气清新。自从开展创建文明城市以来，乱扔垃圾的人越来越少，人们都很自觉地将垃圾分类后扔进垃圾桶，再看看现在的金水湖，湖面清澈见底，小鱼儿游来游去，很多游船荡漾在湖面上，微风吹来，顿时让人心旷神怡。还有很多人在公园里散步、打太极、游玩。天蔚蓝蔚蓝的，还经常可以看见飞机的航空线呢。

人民素质提高快。以前市民的素质特别低，公共场所吸烟的人随处可见，随地吐痰的人更是见怪不怪。虽然很多地方都写着爱护小草，人人有责，但还是有很多人将草地踩出一条条羊肠小道。以前的道路上，司机很不讲文明，临近斑马线都不礼让行人，吓得行人不敢过马路。还有我们的共享单车时常被人们骑到小区里乱放，甚至停在大马路摔倒也不管。以前人们在超市里结账的时候都是你争我抢，不按顺序排队，不文明的行为屡见不鲜。而现在人们的素质有了很大的提高，随地吐痰和在公共场所吸烟的不文明现象也越来越少，很多司机也会在斑马线上主动礼让行人；共享单车整齐地放在道路两边，人们都会主动扶起摔倒的共享单车；不管走到哪个公共场所，都能看见人们井然有序地排队结账。人们的幸福指数也提高了很多。

城市道路换新颜。以前城市的道路坑坑洼洼，只要一下雨，有汽车路过时，常把泥水溅到路人身上，不知情的人还会以为掉进了泥坑。汽车开过大路，就会甩起很多泥巴，非常不方便。而现在，原来泥泞的道路变成了平坦宽阔的柏油路，在道路的两旁还种上了各式各样的花卉，春天一到，百花齐放，个个争奇斗艳，形成了一道美丽的风景线。走在公路的两旁，闻着一路的花香，沁人心脾。有的人停下脚步，在花下拍着美丽的照片，无论走在家乡的哪条街道上，都让人感到轻松而愉悦！

居住环境变化大。以前人们居住的都是破旧的楼房，夏天只有电风扇，冬天也只有炉子取暖，条件最好的也不过空调而已。而现在，房子都是建在公园的两旁，放眼望去，一排排整齐的小高层耸立着，还有很多花园洋房。夏天用的是中央空调，冬天取暖用地暖。小区的绿化也做得特别好，从自己的小区出来，就能在公园里散步，环境优美舒适。居住环境的变化也让人们的生活变得越来越美好！

如果说灵宝是一棵大树，那么我们就是树上的一片片树叶。我们只有爱护她，才能让她有更多的绿色，绽放更多的光芒。让我们携起手来，让家乡变得更美好，我爱我的家乡！

点评

小作者用清新朴实的文笔从家乡环境、人民素质、城市道路和居住环境四个方面来描写家乡的巨大变化，紧扣中心；对每个方面的变化，小作者又通过过去和现在的对比突出家乡的变化之大，把城市大环境的变化和人民素质的提高作为主要部分，有详有略，重点突出。开头从世界的变化引入家乡变化过渡自然，引起读者的阅读兴趣，结尾又用比喻的修辞手法总结文章的中心，点明主旨，表现了对家乡灵宝的热爱。

我们村子变了

灵宝市第二小学四五班　杨牧融　辅导老师：吴秀平

“咕咚咚”，破碎锤敲碎了一道道砖墙；“轰隆隆”，挖掘机的长臂铲起一堆堆砖头。放心，这是政府组织的“打违治乱”环境大整治行动。就在短短的一个多月里，我们村子的环境发生了翻天覆地的变化。

我家住在尹庄镇阎李村。这是一个东靠连绵小山，西傍弘农涧河，有山有水，民风淳朴的好地方。听爷爷说早在几年前，村子里对建房进行统一规划，所以站在高处看，房子坐落有序，鳞次栉比，像棋盘一样。但仔细一看，却让人大跌眼镜。原来，为了让院子里的地方宽敞一些，好多人家就在院墙外的公共道路上自划一片地方修建厕所，使原本较为宽阔、笔直的村中道路变得狭窄、曲折，时不时地还飘散着股股难闻的臭味。以前，村民出行都骑着自行车、摩托车或电动车，从巷子经过也还算畅通无阻，没有什么不方便的。但随着生活水平的提高，很多家庭买了私家车，但许多车已经买回来几年了，却还不“认识”自己的家门——巷子七拐八弯，汽车根本就无法从巷子通过，只好停在村边大路上，既不安全，又影响了交通。村边大路设计的是双向车道、外加人行道。有些人为了挣钱，就在这里私自盖房，或搭个简易房做起了生意。自己挣了钱，换来的是杂乱和拥堵，村容村貌无从谈起。人们在抱怨之余更是满怀期盼——啥时候才能有宽阔的道路、美丽的小村庄啊！

如今，拆除违建乱建、环境大整治的春风吹遍了村子的各个角落。政府牵线拆除各家各户院墙外的厕所和村口的违规建筑；饭店、商店进行统一规划；主干道进行拓宽、整修，道路两旁开辟了绿化带，栽种上花草树木，村子里处处都是风景。小汽车也开进了院里，再也不用为小孩划破车身闹纠纷。以前写满广告的文化墙也焕然一新，“社会主义核心价值观”、“我的中国梦”、“民族精神”、“环保宣传”等内容配上精美的图画，大气醒目，优美靓丽，立体感强，不但给人美的享受，还提升了村民的审美观，丰富了村庄的文化底蕴。沿路建筑物和体育健身器材也都进行了统一粉刷，一切都焕然一新。用奶奶的话说就是：“我们的村子路更宽了，天更蓝了，水更绿了，真的是比城市还美了呢！”

奶奶说的一点没错。你看，一条条平坦硬化的乡村路，一幅幅赏心悦目的墙画，一处处绿意盎然的景色，一幢幢整齐排列的住房，真是山清水秀、天然氧吧。茶余饭后，人们三三两两地围坐一起聊天，或走进文化大院健身、唱歌、跳舞，生活的舒适和惬意变成了欢乐的笑声，在村子上空飘荡。

“绿水青山就是金山银山。”习爷爷的这句话在我们的村里得到了最好的见证。我相信，品尝到美好环境甜头的村民一定会坚守这份美丽，也一定会用自己的美好德行把村庄建设得越来越好！

点评

《我们村子变了》一文，小作者用一双慧眼观察灵宝市政府组织“打违治乱”环境大整治行动下，短短一个多月自己村子环境发生的翻天覆地的变化，抒发了小作者对家乡变化的欣喜与热爱，讴歌了新时代、新农村、新风尚。文章采用对比的写法，以朴实、纯真、娴熟的笔调细腻地记录了村庄房屋、巷子、道路等文化氛围的变化，给人身临其境之感。尤其是文中大量运用生活口语，使文章显得自然亲切，堪称佳作。

金城巨变醉人心

灵宝市第三实验小学三二班　赵紫玥　辅导老师：张志辉

我的家乡在河南灵宝，是个小城，它虽然没有赛江南的美景，也没有杭州西湖的妖娆，但它却散发着一种平凡的自然美。随着社会的发展，家乡也在飞速地变化着，巨大的变化使原本美丽的小城更美了。

家乡变净了！看，这宽阔的马路上多么干净啊！记得以前，灰尘满天的土路上垃圾成片，人们随手乱扔垃圾，在路边私自堆放垃圾。夏天，经过太阳的暴晒，满条街臭气熏天。这一切使小城变得凌乱不堪。现在，路旁的一棵棵树木长得浓密茂盛，就像一排排绿色的哨兵，给小城增添了一道美丽的风景。

家乡变亮了！夜晚的小城在灯光的装点下是多么妩媚。以前，我最害怕走夜路了，漆黑的夜晚显得那样寂寞孤独。可现在，夜晚的小城几乎比白天更热闹。两旁的路灯像军人一样笔直地站在那，似乎在为我们站岗放哨。公园里各式各样的霓虹灯随着音乐的旋律有节奏地变幻着，犹如进入了七彩美妙的世界一般。各个商城门前也挂着五彩的小灯，在小彩灯的点缀下，商场变得更加华丽耀眼。啊，家乡的夜晚真美啊！

家乡变绿了！现在人们提倡保护环境，我的家乡在绿化方面可好啦！那美丽的森林公园，以前曾是杂草丛生的空地，经过修建后，现在变成了人们的天堂。那用花朵摆成的扇子，用草修剪成的图案，构成了一幅美妙绝笔的风景画。走在宽阔的柏油马路上，一条条绿化带绽放出绿的柔美，使整个城市朝气蓬勃，富有生机。

家乡真的变了，家乡变净了，一种干净纯洁的美充满小城；家乡变亮了，五彩缤纷的色彩使小城变得绚丽多姿；家乡变绿了，勃勃生机使小城充满了青春的活力。我相信，在不久的将来，家乡会变得更加美好。

点评

本文小作者观察仔细，以“变”为线索，主题突出，不枝不蔓，首尾连贯，生动紧凑，一气呵成。触景生情，融情于景，情感真挚。语言朴实流畅，简练准确，优美生动，引人入胜。结尾处，直抒胸臆，点明中心，集中表达情感，既照应开头又总结全文，字里行间都融入了小作者对家乡的热爱和赞美之情，不失为一篇佳作。

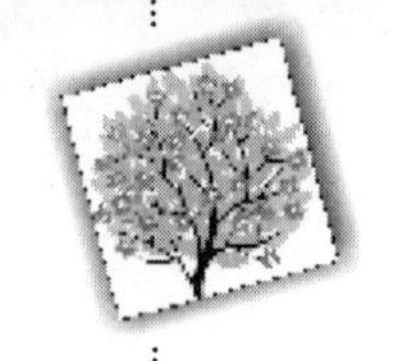

美丽乡村梨湾源
——研学旅行见闻记

灵宝市第三实验小学五一班　朱慧颖　辅导老师：张艳敏

4 月 22 日下午，我有幸作为学生代表跟着学校领导、老师、部分家长代表一起去梨湾源村进行研学活动，亲眼见证美丽梨湾源村的巨大变化，感受新农村的新面貌。

我们乘坐的汽车在笔直，宽阔的公路上行驶，道路两旁绿意盎然，特别养眼。不一会儿就来到了梨湾源村，我们在村口下了车，干净整洁的道路，两旁种植的松树都在向我们讲述着新农村的新面貌。再看那蓝砖白墙煞是漂亮，还有图文并茂的宣传墙，上面写满了寓意深刻的为人处事之道，这些无不体现了纯朴的民风和厚重的传统文化。

进入村文化大院，这简直是高大漂亮的文化大舞台。告别了妈妈口中曾经的帐篷戏台，在这里看戏别是一番好滋味。最令我们震撼的是出生在这个村庄的名人——大画家张亚丽老奶奶，她的一幅巨作《百猫图》在文化大院的北墙上展示着。一百〇八只猫形态各异，栩栩如生，真让人叫绝！这幅作品已经被联合国收藏了。这是梨湾源村的骄傲，也是我们家乡的骄傲！文化大院西边正在修建一座“猫趣园”，就是为这位“猫王”画家及其作品而建的。现已初现规模，将来肯定很漂亮，猫文化定能传承下去！

出了文化大院往北，是《道德经》文化墙，一章章精选文段以书画的形式活跃在干净洁白的墙上。《道德经》是我们老祖宗留给我们的财富，村民的勤劳朴实也是《道德经》精神的体现。我们家乡从老到少，从农村到城市都在传承、弘扬老子精神。

听村民和村干部说，他们还有红提、玫瑰葡萄、无籽黑葡萄大棚，坡地的花椒，红不软桃，大樱桃，丹参等种植产业。这些产业让村民腰包鼓了起来，随之也有经济基础去美化村里的环境并提高村民的思想觉悟和文化水平了，村庄也更文明，更美丽了。

还听说呀，站在村西塬边上就能看见滚滚黄河的轮廓，可是时间紧，我们没有去看。但这里有依地理特征修建的窑洞宾馆，还会建黄河观景台。姥姥家就在临村，我肯定有机会站在那个观景台上目睹滚滚黄河的。相信勤劳朴实的村民肯定会让这个美丽的村庄越变越美丽的。

研学旅行结束了，从吃旱井汇集的雨水，靠天吃饭到用上甘甜的深地下水；从村里的精神文化风貌到环境变化；从猫文化到《道德经》文化……这一处处变化都在鼓舞着我们青少年的志气，所以我们要学习村民们善良、纯朴、踏实、勤劳的精神，努力学好真本领，让自己将来有能力为家乡的发展变化献出自己的智慧和力量。

点评

本文作者以研学为线索，描写了梨湾源村认真“实施乡村振兴战略”所展现的新风貌，以生动的语言将自己的所见所闻所感向我们娓娓道来，层次清晰，条理分明，用词巧妙。尤其是结尾以排比句式通过对比展现家乡的变化，自然而然地点明中心，起到了画龙点睛的作用。

我的家乡环境变化大

灵宝市第二实验小学六三班　薛丹阳　辅导老师：何晓华

在习主席指导下开展的环境治理活动使全国各地都发生了翻天覆地的变化。当然我的家乡——豫灵，也不例外，在一系列的整改措施下它同样发生了巨大的变化。

“碧玉妆成一树高，万条垂下绿丝绦。”“家乡真美啊!”我不由得感叹。回想从前，街道脏乱不堪，车辆凌乱无序，房屋乱搭乱建，摊位乱摆乱设，令人不敢直视，惹得人“火冒三丈”。如今，你瞧，到处草长莺飞，杨柳依依，鸟语花香，弥漫着祥和之气。真是让人耳目一新!

家乡的环境变化真大啊！原来被人们当作是垃圾场的河流，被各种各样的垃圾包围，厨余垃圾，可回收垃圾，不可回收垃圾等早已聚积成堆，老远处就能闻见弥漫出的酸臭味，使人恶心想吐，早已没有了河流该有的面貌。如今，偶然到河流旁看看，听——潺潺的流水唱着欢快的歌，哗哗地向东流去，水中的鱼儿自由自在地游着，好不快活！几棵柳树也在河边梳洗长长的秀发，那柳枝纤细而柔软，像瀑布一泻而下，在微风的吹拂中摆着腰肢。近看，那柳芽像一颗颗绿星星布满枝头，可爱极了。而我，似乎也变成了其中的一颗，和柳枝一起荡秋千。“好不婀娜多姿的垂柳!”我不禁赞叹。柳树仿佛听懂了我的话，摇晃着枝条说：“嗨！老朋友，我们又见面了。”这样的场景着实令人心神荡漾。

家乡的环境变化真大啊！原来杂木、杂草凌乱不堪，泥泞的草地里也只是几棵野草无精打采地抬起头来，其余的小草似乎是被压弯了腰似的。如今再看，新抽芽的小草个个精神抖擞，还在和春风说悄悄话呢！花儿争奇斗艳，散发阵阵清香，那花是那么的美、那么的香、那么的嫩！花团下成群结队的蜜蜂嗡嗡地闹着，忙碌着采蜜，它们在酿造甜蜜的新生活呢，可爱极了！风儿一吹，花儿、草儿、禾苗儿一齐摆动，就像演员在掌声中翩翩起舞。“放眼尽芳菲，入目皆花园”，这里正是花的海洋，花的世界。

近几年来，豫灵镇政府十分重视豫灵整体的环境，尤其对农村整体进行全面改造，给每家每户分发了绿色垃圾桶，每天会安排专人按时将垃圾分类回收，对垃圾进行及时清理，这样，公民不但渐渐养成了保护环境的意识，而且道德心也在慢慢提升。如今的乡村看起来更加美观，更加整洁了，使人心旷神怡。

还曾记得之前的豫灵街上，总有一些居民，乱建房屋，使得整个城镇看起来没有了生气，变得杂乱无章，尤其是每到夜晚，小贩随意摆摊，叫卖声此起彼伏。但近几年来，豫灵的政府部门将一些乱建的房屋进行拆除，还有一些夜市，乱停的摊位都进行了调整或清理，这样一来，我们的小镇变得越来越美了，越来越干净整洁了！

家乡的环境变化真大啊！人们不再像以前一样随意践踏，随手乱扔垃圾了，人们懂得了珍惜，懂得世界万物都是有生命的精灵，懂得了随手乱扔就是在破坏它们……

家乡环境在不断变好，我们也应当懂得珍惜，懂得珍惜现在的一切，懂得保护，保护现在的美丽家乡。让我们一起行动起来吧，让这美丽的景色成为经久不衰的瑰宝！

点评

本文的作者具有一双敏锐的眼睛，能够发现豫灵近年来一系列的真实变化。小作者作文功底深厚，各种写作方法运用自如，例如第三段和第四段都运用了先概括后具体的写法，文中比喻、拟人、引用、对比等修辞的运用更是随处可见，成功地将豫灵的巨大变化真实而生动地展现在了读者眼前。

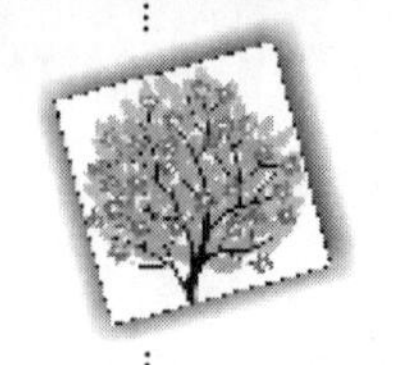

风景这边独好

灵宝市城关镇涧东小学三一班　杨予涵　辅导老师：任　莉

我的家乡在灵宝，这里素有“人杰地灵，物华天宝”之美称。近几年家乡的变化日新月异！特别是城市河流清洁治理项目的建设，使河道形成了“水清、流畅、岸绿、安全”的生态新面貌，使城区河道两岸如诗如画。

初春时节，金水湖公园内，蓝天悠悠，白云柔柔，天鹅翩翩，游人乘坐游船在湖中欣赏美景，与河岸挺拔的高楼、葱郁的林木构成了一幅美丽和谐的山水画卷。人在城中走，如同画中游！

我漫步园内，一股花儿的清香裹携着泥土的气息扑鼻而来。沿着蜿蜒曲折的竹林小道，沐浴着春风，看着阳光下五光十色的湖水和路边的奇花异草，我的疲劳消失得无影无踪。

看！河边的柳树发芽了，小草从大地里探出头来，樱花、杏花、桃花都竞相开放，小蜜蜂在花朵上忙碌着采蜜。这迷人的景色不禁使我想起“樱花红陌上，杨柳绿池边”“桃花一簇开无主，可爱深红爱浅红”“采得百花成蜜后，为谁辛苦为谁甜”……

瞧！岸边的草坪里撑起的一把把小伞，那是蒲公英开的花，微风一吹，花瓣飘来飘去，就像小姑娘在空中撒了一把羽毛。躺在草坪上，软绵绵的，犹如漂浮在云朵上一般。仰望着蓝蓝的天空，朵朵白云千变万化，像羽毛，轻轻地飘浮在空中；像鱼鳞，一片片整整齐齐地排列着……云朵飘来飘去，令人浮想联翩。忽然，一股春风吹来，让人神清气爽，心旷神怡。

河边那一排排碧绿的垂柳，在春风的吹拂下，细长的枝条左右摆动，就像一个个披散着秀发的亭亭少女，在为美丽的春天表演着婀娜多姿的舞蹈……涧河两岸，一幅幅诗情萦绕、芳草相依的画卷悠然展开，杨柳依依，芦苇摇曳，百鸟徘徊，遍地花开，尽享人与自然和谐共处的美妙。

入夜了，弯弯的月儿，像金色的小船在蔚蓝的大海上航行；银色的繁星，睁开澄净的笑眼，在高高的天幕上欣赏着人间美景。繁星和河岸上的盏盏明灯倒映在水中，显得那么耀眼，那么明亮。

大美灵宝——我的家！这里风景独好！

点评

小作者以轻松愉快的语气，向我们娓娓道来，带着我们去感受家乡的美丽景色，令人回味无穷。文章条理清楚，叙述自然生动、结构紧凑，衔接自然连贯，语言简练而准确。对于景色的描写，小作者想象很丰富，写出了自己独特的体验，很有童趣。这一切都源于小作者对家乡的热爱，也正如此，才能发现并描写出家乡的美丽。

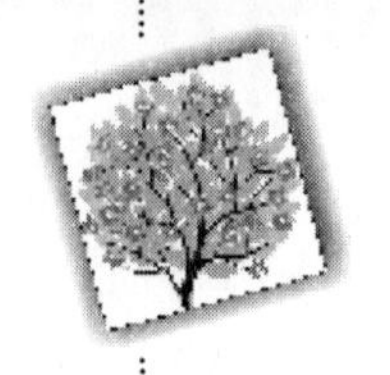

我们的村子变了

焦村镇辛庄小学六年级　李琪莹　辅导老师：李战线

我们村子的环境变化真是太大了！让我给大家说说吧。

我随爸妈居住在城里，可我仍然在我们原来的村庄读书。记得刚到学校时，村里的环境简直不堪入目。学校的门前似乎就是一个垃圾场。眼见有的同学把垃圾倒上去，也似乎顺理成章，没有人制止，没有人管，而门前的垃圾堆也在一天一天“长高”。学校西墙外大道边，似乎是一个垃圾长廊，各种垃圾让人不忍直视。而垃圾并不安分守己，不断从墙根跑到路上，横卧在路上，车轧在上面，人踩在上面，而它呢？顽强抵抗，宁扁不屈！再往北走，六年级教室墙外，赫然就是一个人造垃圾场。附近的村民把积攒的垃圾用小推车推到那儿，双手一掀，头也不回，扬长而去。那儿的垃圾更是形形色色，破缸、破碗、烂棉絮、破鞋、破衣服、腐烂的蔬菜、吃剩的变质食物，不断散发出难闻的臭气。每到夏天，苍蝇飞舞，臭气熏天，从这条路边走过，几乎能把人呛到窒息。

本来，我的奶奶和蔼可亲，对我也疼爱有加，我也很爱我的奶奶，可我就是不喜欢到奶奶的家里去，你知道为什么吗？我奶奶家门前也是一个大的垃圾堆，气味非常难闻，中间一条小道，道旁散落的垃圾不堪入目。听爸爸说，奶奶门前原来是一个地坑院，后来人们搬上来了，地坑院就废弃了，那里就逐渐成为人们倾倒垃圾的场所，即使后来被填满了，但还是有人不断往那儿倒，逐渐堆积如山。这个垃圾场似乎成为阻隔我和奶奶的一个小墙壁了。我最不愿闻到那种气味，也就不愿到奶奶家里去。加上奶奶做饭用的还是小泥灶，铁锅被熏得乌黑发亮。烧的是柴火，每做一顿饭，浓烟滚滚，烟熏火燎。爸爸曾多次劝说奶奶用电磁炉，可奶奶总是不改，我也不明白，被烟熏火燎的饭有多好吃，奶奶是不是就喜欢吃烟熏饭。我也不喜欢看到奶奶做饭，看了心里也添堵，所以不想去。

周围的垃圾，也似乎成为我心中的一团乱坟岗。我的心情也感到压抑和悲凉，不知道这样的日子还要过多久！有时，和爸爸在村子里走动，我才发现不光是学校周围有垃圾，到处都有垃圾。我问爸爸，你小时候就生活在这样的村子里吗？爸爸神色黯淡，叹口气说：“哎，村子原来也不是这样，就是这几年以来，不知怎么就变成这样了。”说完，一脸的无奈。

我经常从书上看到，农村的天很蓝，水很清，空气很新鲜，人也很厚道，我怎么就感觉不到呢？我感受到的大多是脏、乱、臭。爸爸也经常说，农村回不去了，那儿好像不欢迎咱们了。说话的同时，眼里似乎有晶莹的东西在闪动。我的心也似乎掉到冰窖里了。哪儿才是爸爸的家？我的根又在哪里呢？哪儿才能安放我这颗忧伤不定的心呢？虽然随爸妈生活在城里，但是乡情难断呀！

不知不觉间，我升到六年级了。再有几个月就要离开爸爸的村子了。曾几何时，我们的村子正悄悄地发生了变化。

学校门前的垃圾场被清理掉了，西墙外道路两旁的垃圾走廊没有了，六年级教室墙外的垃圾堆消失了，奶奶门前的垃圾堆也不见了。取代之的是新植栽的松树，干净的路面。在我们村的最中间，盖起了两排门面房，中间是一条很宽的水泥路，门面房统一刷上黄色的墙外漆，看起来非常的气派、整齐，和城市里的街道很相似。每天早上，环卫工穿着黄色的工作服，把街道扫得干干净净，垃圾也随之清理。环境干净了，道路宽阔了，看起来真让人心情爽快！我们村还成立了集市，每到周六，十里八乡的人们会到这里赶集，卖东西的小摊摆满了路的两旁，卖衣服的，卖农产品的，卖小孩玩具的，卖烧饼的，卖凉粉的，说也说不完。买东西的人也往来其中，说说笑笑，好不热闹！爸爸有时也叹息道："哎，咱们如果能在这儿买套门面房，乡里乡亲的，那该多好呀？"

有时周六，我会到奶奶家，奶奶大手一挥，很洒脱地说："走，赶集去，给我闺女买点好吃的！"我的心里甭提有多高兴了。奶奶家的小泥炉不见了，取而代之的是政府统一安装的液化气灶，黄色的管道一下通到奶奶的院子里，银白色的细管通进厨房里。奶奶稀罕地说："'啪'的一下火就打着了，太方便了！用它做的饭还好吃。"说着露出幸福的笑容。过了一会儿，又感叹说："现在的政府真是太好了。搁放在过去，谁管你的死活，现在的政策也好，种地不要钱，还发养老金，比过去哪个朝代都好。"我不清楚什么是"朝代"，但我看见奶奶比过去胖了不少，气色也好了，笑声也爽朗了很多。我就知道国家对农民真是太好了。

问起爸爸，怎么村子好像比过去整齐了很多呢？爸爸说，国家正在拆除违章建筑。怪不得呢？真是太好了！过去拥堵的巷道，现在一眼都可以望过去，过去很窄的路，现在也宽敞了很多。很多临路的墙壁还被喷上雪白的涂料，一座座房屋都变漂亮了，整个村子沉浸在静谧与安详之中。

人们的生活从容了，性格也豪爽起来了，穿的衣服也讲究起来了，很多家庭门前停放了崭新的轿车。我的大伯、二伯家里都买了小轿车，可漂亮了！人们的举止也文雅起来了。走在村里，再也看不到堵心的事了。有时，我住在奶奶家，一住就是几天，都不想走了。奶奶做的饭喷香喷香，很有一种老家的味道，奶奶把我宠得像小公主，吃啥做啥，我都不想回自己家了。

不知不觉间，家乡的环境变了模样。这里的天更蓝了，水更清了，空气也温馨起来了，饭菜的味道更醇厚了，人们的感情也更淳朴了。这儿是爸爸生长的地方，也是我向往的地方，更是我永远的老家。

爸爸说，我们国家的农村都在改变，城市也在变，变得更富，变得更美！我也要努力地学习，快乐地成长，将来一定为家乡，为我的祖国母亲奉献我的才华，还有一份深深的爱！

我自豪，我是一个中国人！

我庆幸，我生长在现代的中国！

我永远爱你，我的祖国！

点评

这篇文章文笔细腻，感情充沛。以一个小学生的视角，把校园周边环境的变化，奶奶家周围环境的变化，奶奶的生活条件、心境的变化，刻画得淋漓尽致，入木三分。不但反映了乡村环境的巨变，更反映了国家的亲民政策，对农民更深层次的民生关怀。小作者用以小见大的手法，借用村庄环境、道路、奶奶家的灶台等事物的变化，说明乡村的富强文明气息正在熏染着那里的一草一木、一砖一瓦，从而真实地反映国家的富民政策落到实处，生态文明意识已走近农村的千家万户。

中国梦，靠的就是这些有梦的中国少年！祝福他们吧！

家乡的变化

焦村镇杨家小学三年级　朱彤旗　辅导老师：姚金华

火了！火了！

沿着函谷古道一直往西，汉山的峻峭，亚武山的挺拔，老鸦岔的巍峨，无不渗透着大自然带给灵宝的美。女郎石瀑布，映照着鼎湖湾的芦苇，龙湖大坝的绿水对应着森林氧吧燕子山，遍地月季花开满，薰衣草庄园，红亭驿民俗文化村，这些都彰显家乡魅力，真是旅游的好去处。

不能饶恕自己的嘴巴的我，享用完红亭驿的美食，就坐车进城了。

紫金宫、文化广场、振宇红色文化纪念馆、浩嘉美食一条街、南田夜市、苹果花节、老子诞辰纪念等一系列的活动点缀着灵宝，好像在向我招手。

变了！变了！

又宽又大的马路可以供四辆车并进，不对，是八辆，因为进城是四车道，出城也是四车道。

经过水泥桥墩支撑的高架桥，来到了三仙鹤，桃林街映入眼帘，整整齐齐的楼房，散发着商业气息，家电、眼镜、衣服各种类型的店面都有，在不知不觉中，就进入了繁华地段，那就是时尚金街。跳了四十六个台阶，左拐两个弯，径直走过去你会发现，人头攒动，来来往往，逛街的人不计其数，时不时，也会听到叫卖和高亢的音乐声。这都不重要，最值得我去的就是游乐场，什么都有，每次去，玩儿的可开心了，出完汗就直接大吃一顿，慰劳自己的胃，汤足饭饱之后，就去金水湖公园散步，帮助消化。

你说，金城是不是变化很大呢？

公园里的小鸟好像知道我要来，就已经奏乐欢迎了；悠悠的湖水在风的吹动下，荡漾着；来回走动的人们就像水里的鱼，四处游走。我雇了一条船，开始向北区进发。说到这里，就想顺便说说家乡的桥，由南依次是铁路桥下的城南桥、热闹的东关桥、灯光闪烁的思平桥、优雅的桐沟桥、有趣的木吊桥，这些连接了灵宝东城和西城。涧河两边楼盘耸立：冠天花园、金涧花园、金湖公馆、电业小区、景园四季、碧桂园、建业森林半岛、爱丽舍、嵩基鸿润城、锦悦华庭、长安悦府等都能看得见，周边配套的学校、幼儿园、医院都让我感受到了家乡变了，变得干净了、美了。

这就是我的家乡：人杰地灵、物华天宝。

点评

文章开头一句“火了！火了！”激发起读者的阅读兴趣。之后，家乡社会环境的变化，美丽的自然风景，数不胜数的文化节目，都彰显家乡的魅力。再由一句“变了！变了！”，统领下文家乡百姓“衣食住行”的变化。由交通到商业，到文化娱乐，百姓的生活水平提高了，日子越过越好了。最后，写家乡的桥，由桥牵出家乡的全貌，进行全景式俯瞰总结。结尾“人杰地灵，物华天宝”对家乡的特点高度概括，点明中心！

文章总体结构明了，思路清晰，语言质朴，感情深厚。

灵宝变了

灵宝市第四小学四三班　何佳璇　辅导老师：梁少丽

小时候的我常常幻想，早晚有一天灵宝会变成西安，西安会变成上海，到那时候，我们金城不也到处是高楼和大商场，街上汽车排成长龙阵吗？

这么多年过去了，灵宝发展速度越来越快，真的变成“西安”了。

灵宝的矿越开越多，厂子越建越多，人也越来越富。富起来的灵宝人开始建设自己的家乡，高楼大厦处处林立，高档小区一个接一个，大商场鳞次栉比，后来地下商场也在灵宝亮相了，人们购物的选择余地更大了，富了的灵宝人，纷纷买上了汽车，于是马路更宽了，马路上终于排上了长龙阵。

灵宝变了，灵宝富了。

可是每个灵宝人都有一个疑问：我们原来湛蓝的天空去哪里了？随着灵宝的巨变，人们发现灵宝的天空不知道什么时候已经开始终日不见太阳，总是灰蒙蒙一片。

街上戴口罩的人越来越多，公园里锻炼的人越来越少。爸爸对我说：我们灵宝雾霾在省里已经挂上号了！天空灰蒙蒙的，老百姓的心灰蒙蒙的，市政府的脸色也灰蒙蒙的。

灵宝富了，灵宝却病了。

“绿水青山就是金山银山。”市委书记大手一挥，全市人民齐心协力。

一年过去了，就在这个春末夏初，灵宝终于又见了蓝天、白云，灵宝空气质量终于变好了！

灵宝的天空高了，远了，清了，蓝了。灵宝人的眉头又展开了，脸上的笑容灿烂了，街头锻炼的人又开始多了，慢跑的、舞剑的、打太极的、跳广场舞的……

灵宝变了，灵宝美了。

点评

文章结构严谨，思路清晰，小作者语言质朴，感情纯厚，又不乏童趣，开篇的反问句恰恰说明了这一点。全文围绕一条主线“灵宝变了”，

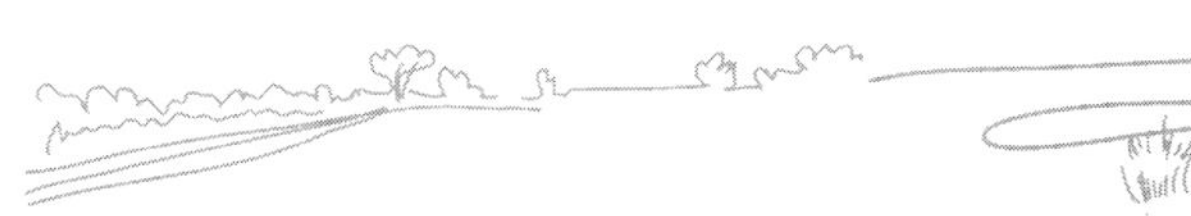

紧扣时代主题，通过前后的对比，写出两次变化给家乡环境带来的不同结果，突显出环境美家乡才更美的道理，文中字里行间都充满了小作者对家乡的喜爱之情。

喜看家乡变化多

灵宝市中州实验学校五二班　王一宁　辅导老师：雷娅宁

我的家乡在浊峪，近两年来变得一年比一年美，一年比一年时尚！

忆往昔，我们村大部分都是土坯房子，路就更不用说了。晴天的时候，车一过去，尘土弥漫飞扬，让你立刻变身“土人”，更兼双眼迷蒙、咳嗽不停！要是遇到下雨，那就更糟糕了，土路变成泥路，到处坑坑洼洼，走路深一脚浅一脚都不怕，最怕的是偶尔来一辆车，泥水肆意飞溅，溅得你满身都是，宛若“泥猴”，让人哭笑不得！村民们也因此编起了顺口溜：“晴天土，雨天泥，啥时走都不行。”村里没有像样儿的饭店、商店，人们干什么都不方便。

看今朝，我的家乡发生了翻天覆地的变化。你瞧！一幢幢整齐的楼房拔地而起，所有违建的小房、厕所均被拆除，宽阔平坦的水泥路伸向远方，路两旁绿树成荫，人们散步乘凉，惬意非常！最让人高兴的是村里建起了菜市场，蔬菜瓜果应有尽有，人们每天都能买到新鲜的蔬菜、大肉等。菜市场里除了卖菜以外，还有卖小吃的：豆腐脑、凉皮、胡辣汤、石子馍夹炒凉粉、千层烙饼等特色小吃让人馋涎欲滴。什么？你担心菜市场里乱扔乱倒不卫生？这绝对不可能！因为市场每日都有专人打扫冲洗，那环境也是相当的整洁！每天早上，很多村民和工人都纷纷涌向这里吃早点，方便了人们的生活。

物质生活富裕了，居住环境美丽了，精神生活更要跟得上！您看！那漂亮的文化大院，高大气派的戏台子，宽阔平坦的文化广场，各式各样的健身器材，一幅幅精美的宣传版面，一簇簇香气袭人的鲜花，……农闲时，村里就会请来戏班子为村民唱戏，十里八乡的人们都会涌向这里看戏，人们的脸上绽开着幸福之花。每天清晨和傍晚时分，这里都会聚集很多人，有的舞剑，有的打太极拳，有的扭秧歌，有的在健身器材上锻炼……大院里洋溢着欢声笑语，幸福的歌声飘向原野……

最让人惊艳的是村里的亮化工程！夜幕降临，一到村口，只见道路两旁的大树们闪亮登场：五颜六色的彩灯在树干上闪闪发亮，一只只五彩斑斓的蝴蝶，一颗颗耀眼夺目的海星……还有各种叫不上名来的造型在树冠上竞相绽放！人们恍如来到了霓虹闪烁的大都市，谁敢相信这竟是一个稍显偏僻的小村庄！

“为有创文多壮志，才叫浊峪换新颜！”朋友，欢迎您到我美丽的家乡赶集、看戏！

点评

小作者开门见山，点出家乡变化之大之美。接着运用对比的写法描绘了家乡的巨大变化，语言流畅生动，文笔清新自然，恰当的成语运用和排比的修辞手法更使文章锦上添花！字里行间流露出对家乡的热爱和赞美之情，使人读来有身临其境之感。结尾巧用诗句，点明中心，深化主题，言已尽，而意未了，是一篇难得的佳作！

家乡环境的变化

河滨小学六四班　张弛

在这个大千世界里，有很多事情都在发生着变化，一些变化让我们感到欣慰，而我的家乡就发生着这种让人欣慰的变化。

我的家乡是河南灵宝，这是一个位于豫、晋、陕三省交界的魅力城市，这里物华天宝，人杰地灵，有着“黄金之城、苹果之乡、道家之源”的美称。近年来家乡发生了许多变化，而最令我感到骄傲的是家乡环境的变化。

从四年级开始，在我上学和回家的路上多了许多洒水车。每走一段路，你的耳边就会传来一段悠扬的音乐声，紧接着一辆洒水车便从你身边缓缓驶过，它们有的伸着粗大的“炮管”向空中喷着水雾，有的用前后四只“铁腿”向路面喷洒出激流。它们喷出的水滋润了大地，驱散了尘土，净化了空气，空气变得清新、湿润了许多，也使我们每一个人的心灵得到了浸润。

近年来，政府向全市各行业发出了“创建文明城市”的号召，在各种“组合拳”持续发力的作用下，全市市民整体素质普遍得到了提高。大街上乱丢垃圾、随地吐痰的不文明现象没有了；除了繁华的商业街和小吃街以外，已经没有了小商小贩的占道经营；马路两边的车辆规规矩矩地停在停车线内安静地休息；周五，城中大街小巷随处可见的“红马甲”为我们的心灵注入许多的感动……灵宝城变得整齐干净、焕然一新，市民的生活环境大大改善。

作为灵宝市的小市民，保护城市环境的行列中自然也不能少了我们的身影，同学们积极参与“洁城行动”，到清洁区内消灭死角，走向广场、公园，进行公益宣传，打扫卫生，举行“弯弯腰捡起丢失的美德”的活动，在大街上看到垃圾就主动捡拾打扫。在这场争创文明城市和改善人居环境的活动中，我们是见证者，更是参与者。

家乡的变化让我们感到高兴，家乡的美需要我们灵宝人共同来守护，环境的好需要我们灵宝人共同来努力。习近平主席说过“绿水青山就是金山银山”，让我们携起手来，为家乡的美好环境贡献力量和才智，做一名“文明灵宝人”。

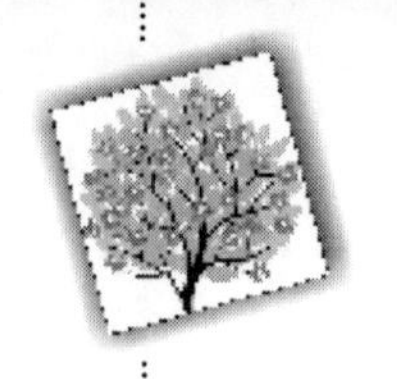

家乡“美容变形记”

灵宝市第四小学四四班　李子墨　辅导老师：雒红梅

一个阳光明媚的清晨，我和爸爸踏上了回老家——阳平镇桑园村的征程。

提到回老家，我心里有点发怵，村子里的巷道旁堆放着东家的柴草、西家的砂石，张家洗衣服的污水遍地，李家猪圈的臭气熏天。爸爸开着车小心翼翼地驶过巷子，我和妈妈大气都不敢出，没承想，车侧身还是被柴火划了一道痕迹，我们心疼了好久。提到回老家心里就打退堂鼓。

今天，在爸爸的再三劝说和“威逼利诱”下，我才勉强出了门。

沿途风光倒是不错，一个个村牌整齐划一，沿途村子的墙体有的是灰白色，古朴；有的是淡黄色，清新；……绿树红花像一条条彩带从我身旁划过。打开车窗，呼吸一口清新的空气，顿时心旷神怡。车轮飞快地旋转，我们一点一点地接近老家。

进村了，仔细望去，眼前的景象更使我大吃一惊：道路两边搭建的一个个大棚子小圈子全部拆除了，每家每户用的柴草全都整整齐齐地码放到墙根。道路一下子宽敞整洁了许多，看来我那点车身被划的担心多余了。村里的绿植也是数不胜数，瞧，村委会门口的月季艳丽芬芳，牡丹端庄雍容，真应了那句——唯有牡丹真国色，花开时节动“金”城。

到家后，我迫不及待地问爷爷：“咱们村里的变化真大呀，是哪个高级美容师帮它美容了呢?”爷爷眉飞色舞地向我们讲述了村里的“打造生态宜居城乡环境活动”。还告诉我们村里的猪圈都拆除了，以后就不会再有大家讨厌的污水横流和臭气熏天的现象了。村里正在将门口的山路加宽，以前弯急坡陡，总有安全隐患，现在两辆车可以轻松通行。我在心里默默地想：看来，我们以后回家看望爷爷奶奶就更加安全方便了。

望着老家门口欣然怒放的马蹄莲，我不禁想道：家乡的环境治理不正像这些马蹄莲一样蓬勃吗？作为一名小学生，我们也要义不容辞地投入到如火如荼的保护城乡环境、建设美丽家园的活动之中。从今天起，捡起一片垃圾，呵护一株小草。只要我们每一个人都做这样的小善举，金城灵宝就会建设得更加美丽富饶。

天上白云悠悠，地上小草柔柔，一切新生事物都在蓬勃的春日里努力地焕发生机，“美容”后的家乡我打心眼里喜欢，这次回家真是不虚此行啊！

※点评

小作者采取了欲扬先抑的手法，先回忆上次回家时“车被划”这样的闹心事，然后向读者展开家乡美容后的新画卷，与之前形成鲜明的对比，而后，点出“美容师”正是“打造生态宜居城乡环境活动”，吸引读者。除此之外，小作者还在所见、所闻之外，抒发了自己的感想，主题更加深刻。结尾呼应开头，照应题目，点明了主题。

我爱我的寺洼新旧村

灵宝市第四小学四九班　潘明杰　辅导老师：王敏娟

我的家住在灵宝市尹庄镇最东边的一个村子——寺洼新村。一排排整齐的楼房，每家每户都是豪华气派的二层小楼，喜庆庄重的大红门上大红灯笼高高挂。如果你来找我玩，记不清门牌号的话，你就会进错门哦！我们村前后都有通往市区最近的大路，家家户户都有汽车。我家房后那崭新的健身器材和宽阔的篮球场，是家门口锻炼的好地方。我爱我的寺洼新村。

其实，我们村原来不在这里，更不是如今这般的美景。我们村原来是在山里的，是由灵芝坡、龙湾沟、寺洼三个大队组成的一个村子，叫寺洼村，听起来是不是很复杂？是的，地形特别复杂！听爷爷说：“住在山上吃水很不方便，都是从沟底往上挑，挑回来的水里都是泥水加着蝌蚪，洗脸的水都是下雨汇聚起来的，还要省着点用。由于道路不通，住户分散，隔壁家的叔叔小时候大雨天发烧，等他爸妈找到拖拉机送到医院已经错过了最佳治疗时间——烧傻了，好在捡回了一条命。村里这样的年轻人有四五个。后来，党的政策好．在市区附近给我们批下免费的宅基地，还给盖不起房子的贫困户分了免费的房子。第一年村里就娶了三十多个新媳妇，爸爸妈妈就是那年结的婚。

我们原来的寺洼村，现在我们都习惯叫它“寺洼旧村”。说是“旧村”，如今这里变化也可大了。在我上一年级的时候，这里修好了宽阔的公路。一到春天，山坡上黄澄澄的油菜花，山沟里碧绿的槐叶夹杂着雪白的槐花芳香四溢。到了星期天，热爱锻炼的市区人就骑着自行车到山上买土鸡蛋，挖野菜，呼吸着新鲜空气。夏天时，到了晚上，在山上养猪放羊的爷爷奶奶们提着矿灯捉蝎子也别有一番乐趣。秋天，满山的红柿子就像红灯笼，一串串红玛瑙似的酸枣酸甜可口……简直就是一个世外桃源！

我爱你们——我美丽的寺洼新旧村！

点评

“寺洼新旧村”真美，“美”在交通便利、环境优美、人们富庶，“美”在前后变化日新月异。小作者行文思路清晰、语言流畅，勾勒出一幅优美的家乡变化图，字里行间饱含着小作者对家乡的喜爱与赞美之情。

醉美乡村我的家

灵宝市第二小学四八班　赵艺彤　辅导老师：王佩佩

雁过无痕，岁月无声。白驹过隙的岁月却在生命的每个空隙里不着痕迹地流动。一转眼，我已经从一个懵懂的小女孩成长为一个四年级的小学生了。不只是我，我的家乡也发生了翻天覆地的变化。

清明时节，我和爸爸妈妈回到了老家——灵宝市尹庄镇娄下村。如此美丽的乡土却有着阴雨连绵的惆怅，儿时最怕下雨天的泥泞小道。每逢阴雨连绵的季节，出行成了最大的难题，每一步都是艰辛，走一路都是泥泞。步行和自行车都是步履维艰，一不小心自行车就滑进沟里，轮胎夹满泥土，那时最羡慕城里人有一条光亮的柏油马路。

不知不觉中就到了我的老家。啊！老家的面貌焕然一新。一幢幢小楼拔地而起，公路上车辆如闪电般来回穿梭。一进村，首先映入眼帘的便是一条用水泥铺成的宽敞而又平坦的道路。道路两旁芳草萋萋，鲜花盛开。一棵棵苍翠挺拔的树木“屹立”在人行道旁，像一个个战士守卫着这里，五彩斑斓、形态各异的鲜花也招来了各色的小蝴蝶，漂亮极了。

如今在我们生态宜居的秀美乡村，处处花团锦簇，绿树成荫，空气清新，环境优美。没有了乱七八糟的小广告，没有了四处飘飞的尘土，没有了恶臭满天的垃圾，人们再不会行走于遍地果皮纸屑的村道，也不会在飞驰的乡间客车里领略漫天的沙尘暴。

走着走着，不远处传来悠扬的乐曲，原来我们已来到了村中心文化活动广场。广场中央，一队队古稀老人随着欢快的音乐翩翩起舞。广场西侧，是健身运动区，数十套先进的运动器材，人们成群结队，运动健身，一个个体魄强健，活力倍增。休闲广场，老人悠闲地晒着太阳，孩童在飞奔嬉戏……我好奇地问爷爷：“爷爷，这里什么时候建的？”爷爷笑呵呵地说：“现在家乡富有了，也关注老年人，去年为我们建起文化活动中心，让老年人老有所乐。”

傍晚，我们踏着夕阳悠闲地在迷人的银水湖漫步。几年前，银水湖开始治理，浑浊的河水不见了，取而代之的是清澈的流水。在蔚蓝的湖面上，洁白的水鸟划过水面，河水泛起阵阵涟漪。鱼儿在其中欢快地游来游去。河岸都栽植了杨柳，岸边修建的木质栈道，夏天走上去清风拂面，非常惬意。看着眼前这一派和谐温馨之景，觉得心里头暖暖的。远离匆忙的人群与都市的嘈杂，安然享受自然的滋养，心情舒畅如诗。水清、岸绿、田美、路硬、村洁，一幅幅生态宜居的美丽乡村画卷扑面而来，我不禁感慨：“我们的家乡越来越美了。”

夜幕降临，周围五彩缤纷的景观灯亮起来了，远远看去像一座座宫殿一样。此时此刻，我已经被家乡的美景深深地陶醉了……

点评

所谓“登山则情满于山，观海则意溢于海”，小作者真的是生活的有心人。她首先通过今昔对比写出家乡灵宝翻天覆地的变化，继而用活泼明快、生动形象的语言写家乡人们现如今的美好生活，字里行间透露出清新的生活气息和生活情趣。本文语言虽不华丽，但却极为准确生动，情感丰富而又真实，使人读起来津津有味。整篇文章一气呵成，行文如流水一般，给人明快舒畅的感觉。

君自故乡来

灵宝市第一小学五九班　王玺婕　辅导老师：段培艳

您是东都洛阳、西都长安之间的文化古城；您是道法自然思想精髓的渊源；一夫当关，万夫莫开，您是千百年烽烟际会、兵家必争的战略要塞；北托黄河、南依秦岭，您是自然最美的刻画……

您就是我的家乡灵宝，历史给予您独特典雅的气质，但您依旧把握着时代的方向，不断给自己穿上时尚的外衣，2017 年到 2018 年，两次入选全国工业百强县，2018 年被评为全国投资百强县。特别是 2018 年文明城市创建以来，您又穿上了一件靓丽的外套，我要走进您，拥抱您，用我的相机记录下您的成长。

镜头一：建筑由凌乱到规整

记忆中尹庄镇涧河口村路边都是凌乱的房屋，不规整的建筑；垃圾没有统一的回收地，废物随处可见；有的居民为了扩大自己的房屋面积，竟然占用了公共道路；很多土地因为垃圾的堆放成为荒地；污染物长期得不到清理，不仅污染了水源，也使得空气质量变差……但是自从全市“打违治乱”行动开展以来，这里的违章建筑被拆除，建筑垃圾被清理，长久荒废的土地被新土覆盖。之前的问题从根源上得到了改善，整洁代替了凌乱。灵宝市的很多地方都在进行“打违治乱”活动，如城关镇、阳平镇、函谷关镇等等，各个乡镇都在大力整治脏乱。治理后市容市貌得到了很大的改善，不论是走在城区大街小巷，还是乡镇村庄，街道变得宽阔整洁，面貌焕然一新，金城处处整洁优美、规范有序、文明和谐。

镜头二：街道上出现了红色天使

之前的灵宝街道上垃圾、烟头随处可见，似乎成了街道司空见惯的“装扮”；现在街道上的红色天使成了一道靓丽的风景线。志愿者统一穿着红色环卫服，行走在街道上，捡拾地面的垃圾，帮助身边需要帮助的人。他们积极响应“烟头不落地，城市更美丽”的号召，喊出“让灰尘看不见”的口号，践行“为人民服务”的责任。有了他们，市区由脏乱变得洁净，人情由冷漠变得融洽。

镜头三：城市的夜晚由黑暗到绚丽

去年到今年，夜晚的城区成了童话城堡，市区很多街道的大树挂上了彩色的夜灯，形状各异，五彩缤纷，靓丽的灯光驱走了之前黑夜的冷寂与清凉，让我们感受到不夜城的姿色与魅力。贯穿城区南北的河流沿岸也被彩灯装扮得格外好看，斜拉桥、金水湖的亭子、湖中的小岛在黑夜别具一格。黑夜里灯光的渲染带给人们无尽的温馨，幽静的湖畔成了人们聊天散步的好去处。

镜头四：道路由坑洼到平整

这三年来，走在城区道路上可以发现主要的街道都在“修路”，比如黄河路、长安路、富士路等。其实这是在实施一项重大工程“雨水污水分离”。这一工程实施后，下雨天城区不会再有大量积水，路面也会干净整洁。除此之外，还能加强水资源的循环利用，雨水进入下水道，污水进入污水处理场，这将极大地减少环境污染。这一工程的完善也将很好地改善道路质量，使路面变宽且不再坑坑洼洼，停车位增多，更方便居民的出行。

这几年来，您很多地方得到完善，由内而外、由宏观至微观，您的改变带给我们满满的幸福，我们也要以身作则、严于律己，去保护您，去绿化您，去建设您，让您在现代化的道路上迈上新的台阶。

我爱您，我的家乡——河南灵宝！

点评

文章从孩子的视角，用孩子的语言叙述，自然朴素，犹如一股清泉。又通过四个镜头描写家乡由过去到现在的变化，画面感很强，极具感染力，发人深思，表现出了小作者极强的观察力。文章平实真挚，没有唱高调，却极有力量，反映了小作者极强的社会责任感。

喜看变化　爱我家乡

河滨小学六四班　郭昇承

绿化是城市的外衣，建筑是城市的骨架，环境是城市的容貌，市民是城市的灵魂。文明城市不仅是要看她的楼有多高，街道有多宽，种了多少树，栽了多少花，搞了多少景点，更要看城市中人的素质，关注不起眼的细节，不引人注意的“小事”。

创建文明城市活动启动以来，我的家乡灵宝发生了翻天覆地的大变化。

路边的流动小吃摊没有了。以前漫步街头，到处是油烟弥漫。现在道路宽敞干净，广场上，人们谈笑风生，休闲娱乐多么惬意啊！

垃圾入池，运送得更快了。环卫工人很辛苦，每天清扫街道、清运垃圾。洒水车过后，街道像洗了澡一样洁净清新。走在这样的路上去学校，我的心情格外高兴。

我们的环境也更美了，街道两旁绿树成荫，鲜花盛开。路口又新增了很多健身器材，人们三五成群地来锻炼身体，欢声笑语陪伴左右。

道路通畅了、干净了，堵车也少了，司机的心情好多了。交通秩序也有了很大变化，自行车、电动车都走慢车道，路中间还有隔离栏杆，解决了随意调头和拐弯的难题，保证了行人的安全。

自动扫地车，喷雾式洒水车等高科技也投入了城市，为城市注入了新生力量，减少了人力。

“一滴水也能折射出太阳的光辉”，只要我们众志成城，积极行动起来，我们的城市一定会更加有魅力！

喜看家乡新变化

灵宝市第四小学四三班　秦舸轩　辅导老师：梁少丽

“回老家喽！”一提起回寺河山，爸爸总是这么兴奋。

一听到回老家，我顿时脸拉得像驴一样长，实在不想回那个鬼地方。

印象中，寺河山山路十八弯，道路千疮百孔。还记得去年回老家，车摇摇晃晃的，我差点都要吐出来。走进村子，几乎没下脚的地方，到处是臭水沟，污水横流，要捏着鼻子走路。好几次，村民们乱搭乱造的违法建筑，让我迷了路。

每次想到这样的环境，我的胃里也就忍不住翻江倒海，恨不得把我吃进去的所有东西全都吐个精光！在这种环境下，我实在不想多待一秒。

“这次，你一定不会失望的。”爸爸神秘地笑了笑。

我反驳道：“都是一个地方，能变什么样？”

我胳膊掰不过大腿，最终还是被爸爸拉走了。

到了村子之后，我大吃一惊。天哪！真是旧貌换新颜，用天翻地覆来形容一点都不为过。村里的道路重新修整，原来又窄又烂的土路不见了，又宽又平的柏油路一直通到大门口。臭水沟、歪七扭八的道路通通消失不见。违法建筑也全部拆除，变成了路边一排排整齐的房屋。

路旁的空地种满了叫不上名字的野花，成片成片的，姹紫嫣红，争奇斗艳，一缕缕清香随风吹来，如同小提琴奏着的名曲。孩子们在玩耍，老人们在锻炼。好一派迷人的景色！

“爸爸，太美了，我不走了。”我央求道。

“哈哈，不走了，咱们也当当山中神仙，在这里逍遥逍遥！”

“好，当神仙了！”我和弟弟兴奋地喊道。

看来，寺河山真要变成神山了！

点评

文章线索明朗，深刻的主题与新颖的构思相得益彰，巧用伏笔是文章的一大特点，开篇第一自然段就为全文的主题“家乡变化”做了铺垫。全文情节生动有趣，文笔流利活泼，人物语言、心理描写也为文章增色添彩。文中通过小作者的所见所闻，由自己回家乡态度的变化，让人们看到了家乡环境的变化。

我的家乡在“长大”

灵宝市第四小学四九班 何洁 辅导老师：王敏娟

说起“家乡”这两个字，我的脑海中就会浮现出那个绿荫环绕、山清水秀的地方，每到春天的时候，果园里美丽洁白的苹果花漫天飞舞。那是我的家乡，我生长的地方，我的世外桃源，承载着我最美好的记忆，伴随着我成长。如今，我慢慢地长大，它也在慢慢地改变着。

以前，家门口是一条狭窄的小路，狭窄到过往的车辆无法相向而过，要到空地上倒车才行。坐车走遍村庄，一座座低矮的土房从眼前掠过，旁边的山上遍是黄土，空荡荡的。小时候特别喜欢去村子里的小河边玩，在小河边抓螃蟹，在浅浅的河水里泡脚，可是后来，慢慢地，河边的垃圾越来越多，水也不再清澈。

不知是从什么时候开始，家乡开始慢慢地变好，修起了一条宽敞的路，来往的车再也不用怕“碰头”了。路宽了，交通也变得越来越方便，来往的车辆也越来越多。这时走遍村庄，路的两旁不再是低矮的房屋。村里面家家户户都盖起了楼房，原本清一色的灰墙壁，也换上了五彩缤纷的颜色，和路旁的柳树相互映衬，构成了一幅无与伦比的美丽画卷。往山上望去，原本光秃秃的黄土，现在已是绿树成荫，尤其到春天的时候，满山都是粉白色的苹果花，真的美极了。后来，村里修起了水坝，把河边的垃圾都清理了，河水也变回了往日的清澈。唯一遗憾的是，水坝上面的水变得很深，爸妈也就不允许去那里了，但是下游的水一如既往的浅，又可以像小时候一样玩耍了。

家乡的变化伴随我的成长，我在长大，家乡也在“长大”，我们都会变得越来越好。家乡孕育了我，将来的我一定会为家乡美好的改变而努力。亲爱的家乡，我们一起加油！

点评

本文的小作者观察细腻，叙述清楚，通过家乡道路、住房、小河等的前后对比，凸显了家乡的变化。全文语言朴实自然、具体真实、生动有趣。文章结构紧凑，结尾点题起到了画龙点睛的作用。

家乡的环境变化

灵宝市第二小学四九班　吴奇萍　辅导老师：雷茹霞

我的家乡河南灵宝，是一个人杰地灵的地方。随着科技的进步发展，我们家乡的环境是越来越好。

以前的家乡很少看见蓝天白云，天空常被灰色的雾霾吞没。遥望家乡的小村庄，一条条泥土路相互连通。每到雷雨过后，雨水将泥土路浇灌得湿漉漉的。泥土像稠面汤一样软绵绵的，黏糊糊的，让人不禁提心吊胆。

一排排房屋坐落在弯弯的小路旁，最令我难忘的是每到雨天时，我们每家每户的院子里几乎都是汪洋一片，简直可以在院里乘船。那一排排小土房，就像坐落在海洋里的小岛屿。

更可恶的是小路旁那一堆又一堆的垃圾，只要一刮大风，较轻的垃圾，特别是塑料袋，就会满天飞舞。

俗话说“条条大路通罗马”，而如今，却是“条条大路通我家”。马路边栽满了高大挺拔的松柏，活像守卫边疆的战士，守卫着我们的家乡。看，我们家乡的待遇还不错吧！

宽阔的马路上来往的车辆畅通无阻，交通便利。人们出门都可用“闪电般的速度”来形容，正所谓是一路顺风。宽阔的马路旁也建起了一座座漂亮整洁的小康住宅，不但美观，而且很好地解决了雨天的麻烦。小康住宅既宽敞又明亮，使农民也享受到了和城里一样的条件。如今，马路旁还设了垃圾桶，家乡乱倒垃圾的现象也消失了，家乡变得整洁又美观，就连空气也天天“奔小康”了。

这是家乡翻天覆地的变化。正像村民所说的：“党的政策好，家乡都旧貌换新颜了。”相信吗，再过几年，家乡还会有惊人的变化。如今，姑姑从外地到我家来，都已经找不到我们家了。难道家乡变化还不够大吗？

新时代，新政策改变了家乡的面貌，也改变了我们的生活。

点评

本文运用今昔对比的写法，从家乡道路、房屋等方面生动地写出了“金城”灵宝日新月异的变化。字里行间饱含着炽热的感情，文笔流畅，

给人以深刻的印象。全文语言清新典雅，把一棵棵松柏比作战士，保卫着美丽的家乡，比喻的使用增加了文章的风采。文章结尾处直抒胸臆，赞颂了党的富民好政策使家乡旧貌换新颜。小作者通过自己的细致观察，传神描绘，将这一变化，化为永恒！

我的家乡环境变化大

灵宝市实验小学六三班　柳欣然　辅导老师：郭秋娟

我的家乡在灵宝市，在这里，我有一个老家，一个新家。从我记事到现在，尤其是今年，我觉得家乡的变化太大了，我要为我的家乡点赞！

先来说说我的老家吧！我的老家在程村乡，是我妈妈出生的地方，也是我出生之后经常去的地方。记得小时候，只要妈妈有事，就把我送到爷爷奶奶家，所以我对老家的记忆很深。小时候回去，妈妈经常叮嘱奶奶，说我跑得快，一定要看好我。因为老家的人每家每户都在自己家门外建了厕所，跟前还有化粪池，小孩子玩的时候不小心掉进去的事也是不少的。而且以前大家都把柴火堆在自己家门口，整个村子看起来乱七八糟的。当然了，有的人还在自己家门口的树上拴个牲口，一到夏天，臭烘烘的，好难闻啊！

随着我的年龄慢慢长大，每一次回去都觉得老家有了新的变化，公路修得更宽了，路两旁还栽了好多树和花，我们一家三口开车回去，感觉心旷神怡，不由自主地哼起小曲来。通往村子里的每条道路已经不再是以前那泥泞的小路，也全部是水泥路了，我再也不用担心下雨的时候弄得我漂亮的鞋子上都是泥巴。自从市领导加大力度进行环境治理以来，我的老家就更美了。整个村子整齐划一，一栋栋新房拔地而起，家家户户门口的厕所已经拆除，道路更宽敞了，门口摆放的乱七八糟的东西已经不见踪影，全部换成了一个个美丽的花坛，春天，花开了，村子里到处香气扑鼻。健身器材安装更多了，人们茶余饭后还能在一起锻炼身体，聊聊家常。我更喜欢回去了，每次放假都叫妈妈带我回去。

说完了老家，再来说说我的新家吧！我的新家在南田村附近的熙龙湾小区，我们家是2017年买的房子，那时候虽然已经买好了，但是偶尔会听到爸爸妈妈抱怨，说那里的房子挺好的，就是周围的环境太不好了，前面是违规搭建的棺材店，附近还有许多临时搭建的小店，看着极不协调。小区西边就是一个垃圾场，堆满了五颜六色的垃圾，而且经常有人焚烧这些垃圾，发出的味道非常刺鼻。

自从我们灵宝市开始重视环境和违建问题以来，我的新家周围也发生了翻天覆地的变化。首先是路边违规搭建的那些店面全部拆除了，道路一下子宽敞起来；垃圾也被运走了，垃圾场彻底没有了，种上好多树，大路两旁的树今年已经开花了，我们家路边成了小花园。现在，不光是我的爸爸妈妈，小区的每个人都觉得这里环境太好了！

我说的这两个地方是我感情最深的两个地方，一个是充满回忆的老家，一个是我以后要居住的新家，在我的眼中，它们越来越美了，让我想起来就觉得开心不已。当然，我们整个灵宝市也已经旧貌换新颜了，低矮的、破旧的房屋不见了，到处高楼林立。污染空气的工厂没有了，天更蓝了，空气更清新了。绿化面积也越来越大，到处是青山绿水，到处是红花绿草。随着环境的变化，人们也更加文明了。生活在这里，真幸福！我爱我的家乡！

点评

小作者以亲眼所见写了家乡翻天覆地的变化，对家乡的过去、现在进行了对比，行文采用总分总的结构，条理分明，结构严谨。文章融情于景，边绘景边抒情，字里行间透露着家乡的美丽以及作者对家乡的深深热爱。本文语言简练生动，情感丰富而真实。

喜看家乡大变样

五亩乡桂花小学四一班　孙梓璐　辅导老师：郭泽生

时代在进步，国家在发展，我们的家乡也一天一个样。越来越方便的交通，越来越红火的日子，越来越多彩的生活……让我们一起走进我家乡的新生活去看看吧！

我的家乡在伏牛山上，以前是羊肠小道。记得有一年秋天阴雨连绵，爸爸出远门打工了，我得了急病，妈妈背着我，打着手电筒，一脚水一脚泥，一步一滑，摇摇晃晃，艰难地去几里外找医生。一不留神我和妈妈就滑到了，跌在泥窝里，我们浑身都是泥水，我抱着妈妈哇哇大哭，雨水和着泪水在脸上流淌……党和政府给我们大力帮助，我们的土路变成了水泥硬化的盘山公路，刮风时尘土不再乱飞，即使雨雪天走路也不再怕打滑摔倒，让人很放心。

以前，我们都住在土窑洞或者土坯房里，一般瓦房很少见，就更别说楼房了。现在住的不是平房就是楼房。就连村里最差的贫困户，经过党和政府的资助，也都易地搬迁到扶贫安置点小区，不用花钱就住上了漂漂亮亮的小洋楼，不信你快来我们家乡看看。

以前村边院外到处可见脏兮兮的垃圾，还有一股刺鼻的臭味，但是现在村里安排了保洁员，发了扫帚、簸箕等，天天打扫。现在的村庄环境清清爽爽，让人心旷神怡。

以前晚上有事出去，都要黑灯瞎火的摸黑。想在外面玩，却什么都看不见，很害怕。但是现在村道边安上了太阳能路灯，晚饭后大人坐在树下乘凉聊天，小孩在树下追逐打闹，开开心心的。

以前我们村的路边光秃秃的，夏天走过去，热得要命。这些年，村里环境大整治，就去外地拉了桂花树、梧桐树、侧柏树、冬青树等许多风景树栽植。现在呀，可漂亮了，就像走进了梦幻森林。你来我们家乡一看，就会被迷倒。

以前我们家乡还没有苹果树，大家整天游手好闲的。后来政府让我们栽上了苹果树。现在我们家乡还有大片大片的果园，还有许多桃树、梨树、杏树、楸树、洋槐树等。从春到秋，各种花儿争先恐后开放。我们村

就变成了一个大花园。你一打开屋门，都有一种淡淡的花香味扑鼻而来。

现在我们家乡万紫千红，绿树红花，都变成了风景区，有许许多多的游客都来我们这里参观游览。我们整天开开心心的，日子就像芝麻开花节节高，一天更比一天好。

啊！我们村的变化可真大啊！短短的几年时间，就发生了翻天覆地的变化。家乡变化大，感谢党中央，感谢习主席！你看，党和政府为我们付出了多少！以后我要好好学习，长大后把家乡建设得更美丽，更富饶，就跟童话里的仙境一样。那时，你再来我们村旅游吧，我欢迎你！我一定会用我们家乡的苹果、柿子等土特产招待你，你一边吃着美味的土特产，一边跟着我去游玩，这里有淳朴的乡亲，真诚的笑脸，亲热的招待，别看我们这儿是农村，可比那城市好多了。

听了我的介绍，你还不赶快行动，快来我的家乡看看吧，保证让你美得不想走了！

点评

这篇文章热情似火，从字里行间能体会到小作者对家乡巨变的喜悦，对农村生活乃至一草一木的喜爱之情。读来如沐春风，沁人心脾。

本文篇幅虽短，但小作者观察细致，描写生动，感情充沛，语言朴实，叙事娓娓道来，条理清晰。

通篇紧紧扣住题眼，突出一个“喜”字。文中多次运用对比的写法，通过今昔对比，写出家乡的变化之大。

以邀请式的语气开头、结尾。这样文章前后照应，首尾连贯，同时又使文章主题回环复沓，感染力极强。

结尾两段，恰到好处地点明中心，语言朴实而含义深刻，耐人寻味。

回味故乡

灵宝市第四小学四一班　徐晨暄　辅导老师：李慧敏

回家的路总是那么漫长，山外的一山一水，一草一木，看了一遍又一遍，记忆中的家乡，就像是位永不知疲倦的行者，变化着，生长着，伴着我长大。

我的老家在故县，是一座小城。它虽然没有“春水碧于天，画船听雨眠”那般赛江南的美景，也不及杭州西湖“淡妆浓抹总相宜”的妖娆，但它却周身散发着一种平凡的自然美：连山排闼，绿荫粉烟，良田肥沃，农居怡然。随着创建文明城市的社会发展大趋势，小城也在默默地变得更美。

小城变干净了。看！宽阔的柏油马路，绵延如飘带。记得以前的路是泥土石块铺成的羊肠小道，遇到大风天气，灰尘满天飞。下雨的几日，更是为乡亲们的出行带来不便。人们随手将垃圾丢在村口路边自己摆设的垃圾池，夏天经过太阳的暴晒，满条街臭气熏天，连城管也要绕着垃圾走，这一切使小城变得凌乱不堪。现在，路旁的绿色垃圾分类处置箱，使得垃圾有了好去处，环保清洁。黑缎似的公路旁边，一棵棵树木像排排绿色的哨兵，净化了小城的空气，为小城增添浓郁欲滴的翠色，让人心旷神怡。

家乡的小溪变清了。以前村道间流淌的那条小溪水非常浑沖，就连小鱼都不愿在小溪里生活，这使我们感到非常伤心。经过污染源的治理和乡村改造计划的深入，小溪变得清澈透亮，叮叮咚咚地从村旁淌过，成了村民们茶余饭后休闲的好去处。

小城变得现代化了。以前，我们想要联系亲友，都是靠邮递员骑着自行车，或徒步而行，挨家挨户地送信。可是现在呢，人民的生活渐渐富裕了起来，思想也进步开放多了，村里的手机普及开来，除了带来便捷的购物体验之外，还能让我们随时随地给千里之外的亲人送去问候。

爸爸告诉我，以前他们的课堂上，常常只有一本书，大家要一起抄。而现在呢，我们的课本是每人发一本，现在的课桌，崭新明亮。爸爸给我看以前的老照片，我知道了以前的房屋，都是用土建成的，而现在的房屋，都是用水泥和瓷砖建成的。大楼林立，高耸雄伟，设施一流。

以前的花草树木都是野生的，现在呢？由于科学的发展，研发出了人工嫁接的新技术，奶油大樱桃、大棚黄瓜和西红柿逐渐活跃在人们的生活里。

城边那绵延起伏的群山，城内那温婉涓涓的溪流，一切都是家乡熟悉的味道，却多了一份创文争先的自信。

我爱故乡，我爱蓬勃生长着的故乡。

点评

一个随着小作者的成长而蓬勃发展的家乡，有着童年记忆里的斑驳与遗憾，却凭借改革开放的春风，注入了多少活力之源，承载着多少进步与文明。鲜明的对比贯穿，展现了故乡新颜：道路宽阔通达，村落整洁美丽，溪水涓涓而绕，青山排闼绵延，生活现代快捷，人民精神文化生活不断在提升。随着小作者清澈的眼眸，我们发现了一座周身散发着蓬勃生命力的山村小城，我们发现了一些公德素质、精神追求大跨步的家乡父老。小作者的所见、所闻、所忆、所思皆因“变”而起，又定墨于“变之欣喜”，情景相辅，文意赫然！

我的家乡风景如画

灵宝市第二小学四二班　张雯静　辅导老师：郭红艳

我有一个美丽的家乡——它就是苏村乡卫家磨。那里山清水秀，景色宜人，是一个生态宜居的好地方。并且卫家磨水库就坐落在我们村旁，站在大坝上一眼就望到绿绿的水，像翡翠一般绿，仿佛一架照相机拍摄下我们家乡的山水之美！

从前，我的家乡只有土路、泥路，每当下雨的时候，人们都只能踩着泥泞的小路去地里干农活，有时，还要从很远的地方挑水来给农作物浇灌，十分辛苦。可是他们还是坚持着，就这样日复一日、年复一年地坚持着，日出而作，日落而息，从来不怕苦，不怕累。而现在，一条条蜿蜒崎岖的水泥路通向家家户户及田间，农民们再也不用踩着泥泞的小路去干农活了。家家户户也都引进了自来水，人们再也不用去偏远的地方挑水了。

还记得小时候和妈妈一起回家乡的时候，人们住的都是土房、草房等，很不安全，容易倒塌，所以每次我和妈妈一起回家时，我都是提心吊胆，生怕房子倒塌。转眼间，现在的家乡我都快不认识啦，一条条洁净的街道，一排排整齐的小洋房排列在我的眼前，家家户户安居乐业。我真高兴：人们再也不担心房子会倒塌，人们过上了幸福的生活了！

在我上幼儿园时，我记得我家旁边的环境十分差：放眼望去，地面尘土飞扬，到处都是垃圾，而且，有时走路时都会不小心踩到牛粪。雨天时，路面更加泥泞，鞋上常常沾满了泥。花草更是很少看见，随处可见的是纸张、塑料袋和空瓶子，人们的环保意识很差。不仅仅是在我家的旁边，处处都如此。哎，家乡的环境真是糟透了！

时间过得飞快，转眼间，我读四年级了。我的知识不断增长，而我的家乡也在不断变化：那泥泞不堪的小路，变成了既宽敞，又平坦的水泥马路，而且不再像以前那样尘土飞扬、路面泥泞了；街道两旁的那几棵树木，现在变成了枝繁叶茂的大树。低头一看，五颜六色香气扑鼻的花、绿茵如毯的小草便出现在你的眼前；地上，再也没有纸张、塑料袋、牛粪和空瓶子了。现在的人们，环保意识也增强了，垃圾会扔进分过类的垃圾桶里，地上变得干净多了，这样的变化真让我眼前一亮。

以前的家乡，村里除了房子，就是庄稼，剩下的什么也没有，人们每天只能干活，干完活后也只能在一起聊聊天来消磨时间，剩下也没有什么可以干的。而现在，村子里都多了一些“新朋友”，比如：健身器材和孩子们的娱乐设施，这让人们的生活又多了许多乐趣！

家乡的变化可真大啊！在我心中，家乡犹如妙龄少女，越变越好看，我从心眼里热爱我的家乡，让我们一起用心灵的眼睛来发现家乡的不同之美吧！

美丽的家乡还会不断地变化，但我相信，我的家乡一定越变越有魅力！我的家乡风景如画！

点评

小作者很善于观察生活，用细腻的笔触、对比的写法描绘出家乡的变化，结尾点题升华中心。文章中对景物的描写细致，并且用了比喻、拟人等手法，令人处处感受到家乡的变化，感受到家乡的风景美如画。小作者的语言朴实生动，情感真挚，字里行间洋溢着对家乡的热爱！

喜看家乡新变化

灵宝市第三实验小学三一班　呼媛　辅导老师：赵秀娟

我站在阳台眺望远方，映入眼帘的是一幢幢屹然矗立的高楼，一条条整洁宽敞的马路。再看看远处绿绿的草坪，蓝蓝的天空，不由得想起了以前的时候……

我的家乡灵宝市阳平镇，以前乡亲们大多住的都是瓦房，矮矮的房屋破旧不堪，冬天一到，凛冽的寒风吹进来，如冰窖一样的寒冷。每到做饭时从屋顶烟囱中冒出的黑烟笼罩在天空，让人感到透不过气来。而现在的家乡呢？家家户户都住上了平房或楼房，有的房子外面还镶嵌着大理石或玻璃，在阳光的照射下五光十色、金碧辉煌。夜晚镇上的楼房上闪烁着五颜六色的彩灯，灯火辉煌，变幻无穷，让人觉得自己仿佛进入美好的童话世界。

以前家乡的交通工具，大多数都是自行车、摩托车。如果去县城，就得坐燃汽油的班车。我晕车，每次去灵宝，班车在弯弯曲曲、坑坑洼洼的道路上颠簸一个多小时，就像经历了一次生死考验，那滋味现在想起来都感觉害怕。现在基本上每家都有私家车，公交车也都变成了既环保又安静的电车，行走在又平又宽阔的道路上，不知不觉就到了。以前学生上学都要步行走几十里路，遇到刮风下雨，家长的心就一直揪着。而现在，很多家长都用私家车接送孩子。即使没有家长接送，公交车也都通道了家门口。在灵宝街上，哈罗共享单车满大街都是，既方便又经济，这一切变化，听爷爷说，放在过去想都不敢想。

再拿我们的学习环境来说，以前的教室，都是长桌子、长凳子，大家都挤在一起。低矮的教室光线差，环境恶劣。而现在的教室，不但在高大的教学楼里面，连桌子、椅子都是独立的。每个教室里光线充足，还实行多媒体教学，和过去相比真是有天壤之别。

随着社会的发展，家乡这几年的变化实在是太大了，我说也说不完。我相信在党的好政策下，在家乡人民辛勤的建设下，我的家乡一定会变得越来越好，越来越美！我也要努力学习，长大以后，要把家乡建设得比现在更好！

点评

家乡的变化日新月异，小作者善于观察，紧紧围绕自己体验最深的农村住房、交通出行以及学习环境的往昔对比来写，从自己独特的视角和亲身感受入手，突出家乡的巨大变化。文章虽然从小处着眼，但反映家乡巨变的主题却很明确。全文结构清晰，语言亲切朴实，自然流畅，体现了作者不错的文字功底。

我的家乡环境变化大

灵宝市第三实验小学六一班　黄若冰　辅导老师：刘涛

我的家乡位于河南省灵宝市函谷关镇，这里有千古雄关，这里是道家之源，这里还有新农村建设的先进代表——梨湾源村！近年来，随着改革开放的春风，我的家乡每时每刻都在发生着翻天覆地的变化。

上个月，我和父母再次来到了阔别两年的家乡，入村路上，百亩油菜花在阳光下如同一片金色海洋，风乍起，吹出道道花纹，美不胜收；村中一排排楼房拔地而起，错落有序地环绕在油菜花海两侧。目之所及，油菜花露出笑脸，仿佛是在欢迎我们的到来；迎春花排起队伍，好像在向春天致敬；桃花引来了一群群蜜蜂；粉白的梨花开满了枝头；小兰花开得那么艳，那么多；微风吹来，一切都洋溢在静谧的村庄里。

回到家乡以后，我突然眼前一亮。村中有山有水，有花有草，有叶有果，有树有鸟，异常美丽。环境设施变得非常美，文化气息变得非常浓……

还记得几年前回老家，爸爸开车带着我们一家五口来到梨湾源，刚进村口，弯曲的小道让我们心惊胆战，“刷——”地一下，车就被墙壁划了一道又大又长的“口子”。我们走的路还是坑坑洼洼的泥泞小路，下雨时泥土总是黏着鞋子。村民们寸步难行，走路个个左闪右避，以免踩到大大小小、凹凸不平的水坑，出门走路不小心就一个踉跄。天晴了，路上的灰尘满天飞……

如今泥路变成了柏油大路，平滑宽大，好走许多，道路四通八达，纵横交错。再也不用担心因为道路狭窄，而让车被墙刮破了。旁边还设有许多绿化带，美化环境又净化空气。晚上路灯接连亮起，灯火辉煌，张灯结彩，花灯齐放，简直就是灯的海洋。

以前常常漏雨，破旧不堪，冬天如大冰窟，夏天像大蒸笼一样的瓦房平房也早已被冬暖夏凉、富丽堂皇、夏有空调冬有暖气、做饭用天然气、经济又实惠的高楼新房所取代。

以前人们用水很不方便，来回要走十来里路去井边挑水，井水还特别的不干净，夹杂着雨水和雪水。人们用雨水做饭、洗衣服，而现在人们开渠引水，吃水问题得到解决，农田得到灌溉。村里还种植了许许多多又大又甜的葡萄，让村民的腰包鼓了起来。

硬件的变化也带来了村民精神生活的改变。

村中的人开始追求时尚，建立猫王馆、猫王网虹桥、猫王幼儿园、猫王文化园，尤其是村部大院墙壁上 108 只活灵活现的猫，彰显了梨湾源博大精深的猫文化。晚上猫王广场上到处都是爷爷奶奶们健身、跳舞时的身影，成年人聊天时的声音，小孩子们嬉戏时的欢声笑语。村里掀起读书热、学习热、健身热，老老少少茶余饭后齐聚村广场。村民们也传扬老子的《道德经》，让更多的人懂得为人处世的道理。人们变得容光焕发，精神矍铄起来，文化素质提高了，幸福生活得到实现。

道路的变化，房屋的变化，街道的变化，村民生活的变化等等，使乡村生活的节奏渐渐与城市接轨！也见证了改革开放以来党的好政策以及市领导的英明决策和村民辛勤努力的成果。

啊！梨湾源，我的家乡，你如一颗璀璨的明珠，借改革之风，正在努力崛起腾飞！如今共建美丽的家园，共享幸福生活，已经成为父老乡亲共同的心声；共奔小康路，共筑中国梦，已经成为全民的美好心愿。我现在一定要好好学习，将来为家乡、为祖国贡献智慧和力量！我相信，未来一切都会更好！

身为一名函谷关镇的人，面对着日新月异的梨湾源，我为此深深感到自豪快乐！真希望有更多人来我的家乡梨湾源村，我相信，来到这里，你一定会得到一些比旅行更美、更好的东西！

点评

本文小作者感同身受，用热情洋溢的笔墨，描绘出家乡梨湾源的巨变，讴歌了改革开放对建设美丽农村带来的辉煌成就。文章语言优美，描写生动细腻，“百花争春图”、“家乡巨变图”、“猫文化弘扬图”，整个梨湾源就是灵宝的“世外桃源”。整篇文章结构合理，中心明确，主题突出，由衷地表达了作为函谷关人的自豪！